词体形态论

A Study on the Form of Ci Genre

李东宾 著

图书在版编目(CIP)数据

词体形态论/李东宾著. —北京:北京大学出版社,2022.10
ISBN 978-7-301-33327-3

Ⅰ.①词… Ⅱ.①李… Ⅲ.①词学—诗词研究—中国 Ⅳ.①I207.23

中国版本图书馆 CIP 数据核字(2022)第 166961 号

书　　名	词体形态论 CITI XINGTAILUN
著作责任者	李东宾　著
责任编辑	张　晗　郑子欣
标准书号	ISBN 978-7-301-33327-3
出版发行	北京大学出版社
地　　址	北京市海淀区成府路 205 号　100871
网　　址	http://www.pup.cn　新浪微博:@北京大学出版社
电子信箱	pkuwsz@126.com
电　　话	邮购部 010-62752015　发行部 010-62750672 编辑部 010-62752022
印　刷　者	北京溢漾印刷有限公司
经　销　者	新华书店
	730 毫米×1020 毫米　16 开本　18.25 印张　334 千字 2022 年 10 月第 1 版　2022 年 10 月第 1 次印刷
定　　价	75.00 元

未经许可,不得以任何方式复制或抄袭本书之部分或全部内容。
版权所有,侵权必究
举报电话: 010-62752024　电子信箱: fd@pup.pku.edu.cn
图书如有印装质量问题,请与出版部联系,电话: 010-62756370

国家社科基金后期资助项目
出版说明

　　后期资助项目是国家社科基金设立的一类重要项目,旨在鼓励广大社科研究者潜心治学,支持基础研究多出优秀成果。它是经过严格评审,从接近完成的科研成果中遴选立项的。为扩大后期资助项目的影响,更好地推动学术发展,促进成果转化,全国哲学社会科学工作办公室按照"统一设计、统一标识、统一版式、形成系列"的总体要求,组织出版国家社科基金后期资助项目成果。

全国哲学社会科学工作办公室

序

　　李东宾教授,叶嘉莹先生之高足。十二年前在南开大学读博期间与余交识。课余常过敝宅作半日之谈,相得甚洽。其于学专精,淳而不轻作;为人平和,兼国士之度。学成北归,屡应境外之聘,亦东西南北之人也。前岁,以其新作《词体形态论》示余。余喜而捧读一过,掩卷而叹曰:词体之学得也,一家之言立矣。

　　盖词体兴于唐而盛于宋,源于唐天宝以来宫廷燕乐之娱乐化、声乐化、世俗化而形成之唐曲子。本为教坊伶人、宫廷乐工之能事,后经诗客文士拾翠操觚渐演为士夫市民娱心遣兴之"曲子词",即词也。故词体于诗文更多乐舞因素,更多受到近古以来娱乐化文学思潮与市民通俗文体的影响。宋代更以大量倾动当世家诵户弦的作品,成为一代文化艺术的标志。李东宾教授此书则是在唐天宝以来中古文化向近古文化演变的大背景中,从文学价值观的转变,诗文、音乐舞蹈艺术与语言、语音对词体产生影响的角度,多维地揭示了词体这一七宝楼台的架构与层次。融汇古今词论,尤其是吸收当前词体研究的新成果,而成就一家之言。

　　《词体形态论》一书厚积薄发,胜处甚多不可枚举。其中论词体意象与特质,着笔于"要眇幽微",得其师叶先生论词之精髓,家数在焉。至其"散文化"之说,则为作者首发,乃填补词学研究空白者。既然近古以来汉语之通俗化与白话体为词曲之一重大特点,倘扩张其说,效王力先生《汉语诗律学》之体例,再著《汉语词律学》《汉语曲律学》之书,当对推进古代汉语学、修辞学以及词学研究功莫大焉,东宾教授其有意乎?

刘崇德
2019 年劳动节于津门止舫斋

目 录

绪 论 ………………………………………………………（ 1 ）

第一编 词体:诗体穷变的音乐文学

第一章 诗乐的深度融合 ………………………………（ 13 ）
第一节 词体之前的诗体演进 ………………………（ 13 ）
第二节 词体发生的声、诗探源 ……………………（ 23 ）
第三节 词体的发生及其演进 ………………………（ 36 ）

第二章 词体的音乐属性 ………………………………（ 49 ）
第一节 词体:一种"文学-文化现象" ………………（ 49 ）
第二节 声辞配合之理 ………………………………（ 53 ）
第三节 音乐规约下的语言面貌 ……………………（ 59 ）

第三章 词体的诗体属性 ………………………………（ 65 ）
第一节 "句从古短,字以世增":句式的延展 ………（ 65 ）
第二节 "诗之体以代变":体制的丰容 ………………（ 73 ）

第二编 词体散文化的表征

第四章 散文化的字法 …………………………………（ 83 ）
第一节 概念的界定 …………………………………（ 83 ）
第二节 领字 …………………………………………（ 88 ）
第三节 虚字 …………………………………………（ 96 ）

第五章 散文化的句法 …………………………………（106）
第一节 "句读"之法 …………………………………（106）
第二节 情意的深婉表达 ……………………………（111）
第三节 长短抑扬,各极其致 ………………………（122）

第六章　散文化的章法 ·· (133)
　　第一节　律诗的局限 ·· (133)
　　第二节　词之章法与赋之手法 ···································· (135)
　　第三节　叙事的要件 ·· (142)

第三编　语言转型中的词体特质

第七章　语言的俗化和意象的本质 ···································· (155)
　　第一节　文言与白话之间 ·· (155)
　　第二节　意象语言的本质 ·· (163)
　　第三节　意象语言向散文语言的转移过渡 ·························· (170)

第八章　表达方式的转移 ·· (179)
　　第一节　诗歌语言的散文化趋势 ·································· (179)
　　第二节　诗词创作手法的转移 ···································· (187)

第九章　意象的传承和词体的特质 ···································· (195)
　　第一节　"诗人之词"与"词人之词" ······························ (195)
　　第二节　散文的形式和诗意的特质 ································ (206)

第四编　雅俗整合中的词体演进

第十章　"含蓄"与"发越"两种态势的形成和对立 ······················ (219)
　　第一节　小令的诗体回归 ·· (219)
　　第二节　雅俗的对立并存 ·· (227)
　　第三节　"含蓄"与"发越"之间的张先 ···························· (233)

第十一章　"发越"的改造与"含蓄"的回归 ···························· (242)
　　第一节　苏轼"以诗为词"与诗化先声 ······························ (242)
　　第二节　词体的"本色"回归和雅俗整合 ···························· (250)
　　第三节　雅之大成与俗化趋势 ···································· (261)

结　语 ·· (271)

主要参考文献 ·· (275)

后　记 ·· (283)

绪　　论

　　新时期的词学研究在短短的二三十年间获得了空前的发展,且呈现出多元展开的态势,无论是在词学文献的搜集整理、词人生平、词作研究及词学思想方面,还是在词的美学和文化学等方面,均取得了长足的进步。然而,在取得这些辉煌成果的同时,却存在着明显的缺憾,那就是对词体这一基本的研究对象本身关注不够。众所周知,在学术研究领域,对研究对象认识的深入程度,是衡量一个学科发展状况及其研究水平的重要标志,也是这门学科得以健康发展的基础和前提。同时,文学研究对象的细致划分,也促使各个学科和体裁以相对明晰的概念及较为科学的阐释规范,建立起各自独立的话语体系。在当今词学研究和诗学研究越来越分疆划域的趋势下,词体学研究就更有亟须加强的现实意义。

一、"词体"概念的界定及其语言学视角

　　"词体",就是词这种文学体裁的简称。在词学史上,最先使用"词体"一词的是宋代的黄昇,他编著的《唐宋诸贤绝妙词选》卷一《巫山一段云》词牌下题解云:"唐词多缘题所赋,《临江仙》则言仙事,《女冠子》则述道情,《河渎神》则咏祠庙,大概不失本题之意,尔后渐变,去题远矣。如此二词,实唐人本来词体如此。"[①] "词体"一词在这里即是体格和体制之意。

　　"词体,是指词的体制形式方面的研究,包括词的起源、词乐、词律、词韵等。"[②] 鲍恒先生则说:

　　　　何谓词体？简言之,即词的体格或体制,也就是构成词的诸要素的结构方式和词的艺术表现形式。若就词体本身而言,有三点至为重要：

　　　　其一,词的艺术形式是由哪些因素构成的,在这些构成因素中哪些又是最核心的因素。

　　　　其二,词体的这些构成要素是如何组织与结合的,组合的原则与规

---

① [宋]黄昇编《唐宋诸贤绝妙词选》卷一,《四部丛刊》本。
② 王兆鹏:《词学史料学》,中华书局,2004年版,第8页。

律是什么。

其三,由这样一些要素构成的这种特殊的组合形式具有何种艺术功能与美学风格。①

这段话明确地概括出了词体的概念和研究范围。单就外在形态而言,在中国古代众多的文体中,词是最富鲜明形体特征的艺术形式之一,与音乐先天地结合,具有长短参差的句式、众多的词牌词调等等。兴于唐而盛于宋的词这种诗体,"与我国汉字型的文学有紧密而深刻的关系,体现了中国古典格律诗体艺术技巧的高度成熟和极端化"②,可见,词体有着丰富的研究内容。龙榆生先生曾在《研究词学之商榷》中就词学研究的范围大致规划了八个方面的内容,即"图谱之学""词乐之学""词韵之学""词史之学""校勘之学""声调之学""批评之学"和"目录之学"③。如果词学研究按胡明先生"体制内"和"体制外"④两大部分来划分的话,那么上举八个方面中的"图谱之学""词乐之学""词韵之学"以及"声调之学"四个方面均属于"体制内"研究的范畴,也就是词体研究的范畴。可见词体研究在整个词学研究中的重要性。

龙榆生先生于现代词学筚路蓝缕的开拓之功,当然不容抹杀,但是他所规划的词学的研究范畴,在当今的话语体系下有必要进行重新审视。毕竟其《研究词学之商榷》一文写于1934年,世事几经变换,词学研究之风气与任务几经转移,近二三十年词学研究的丰厚积累使人们有理由提倡以现代语言学理论对词体进行全新的阐释,此为其一。其二,龙榆生先生关于词体研究的四个方面,"图谱之学""词乐之学""词韵之学""声调之学",都是建立在词的音乐属性之上的,正如龙榆生先生在另一篇文章《谈谈词的艺术特征》开篇所说的那样,"词是依附唐、宋以来新兴曲调的新体抒情诗,是音乐语言和文学语言紧密结合的特种艺术形式"⑤。词乃音乐文学,此为公论,然当时的曲调已不可寓耳,这对词体的研究无疑是一巨大的困难。根据有限的史料对燕乐的描述和记载,以及仅存的弥足珍贵的姜夔十七首词的宫尺谱的研究,当代学者已尝试着恢复当时歌词与音乐结合的原貌,如夏承焘先生《白石歌曲旁谱辨》、杨荫浏和阴法鲁两位先生《宋姜白石创作歌曲研究》以及刘崇德

---

① 鲍恒:《清代词体学论稿》,人民文学出版社,2007年版,第2页。
② 谢桃坊:《中国词学史》,巴蜀书社,2002年版,第9页。
③ 龙榆生:《研究词学之商榷》,载《龙榆生词学论文集》,上海古籍出版社,1997年版,第89~100页。
④ 参见胡明《一百年来的词学研究:诠释与思考》,《文学遗产》1998年第2期,第21页。
⑤ 龙榆生:《谈谈词的艺术特征》,载《龙榆生词学论文集》,上海古籍出版社,1997年版,第43页。

和龙建国两位先生《姜夔与宋代词乐》等等。对这些学者于词体音乐研究所作出的贡献,我们永远怀着一份崇敬来看待,这些成果也成为我们对词体进行深入研究的依据。但应该指出的是,我们所从事的是文学学术研究,如果仅以恢复其原貌为最终目的,说得严重一点,就如胡明先生所言,"词学真成了音乐史的一个附庸,或者纯粹的一门技术工艺,她的学术生命史便会中断"①。我们今天所看到的是词的文本形式,所从事的是词体的文学研究,也就必然以其语言形态和文学内涵为出发点和最终归宿。其三,词体是中国古代众多文体之一种,词体研究就是词的文体学研究。杨仲义先生于近年构建起一门"中国诗体学"体系,将词体纳入其中,其实也是一种具体而微的文体学研究。所谓文体学,其基本的学科特点是语言学与文学的结合。杨仲义先生说:"诗体学是一门介于语言学和文学之间的学科。"②韦勒克与沃伦也说:"如果没有一般语言学的全面的基础训练,文体学的探讨就不可能取得成功。"③既然词体研究是文体学研究的一种,就应该遵循文体学研究的规律,以文体学研究的一般原则为指导,运用语言学与文学相结合的方法,揭示词体所独有的区别于其他文体的本质特征,以及它所承载的独特的历史文化内涵。

童庆炳先生给"文体"下的定义是:"文体是指一定的话语秩序所形成的文本体式,它折射出作家、批评家独特的精神结构、体验方式、思维方式和其它社会历史、文化精神。上述文体定义实际上可分为两层来理解,从表层看,文体是作品的语言秩序、语言体式,从里层看,文体负载着社会的文化精神和作家、批评家的个体的人格内涵。"④据此,鲍恒先生构拟出了词体学研究的基本结构框架:

词体学 { 形体要素研究——最基本的结构要素(词乐、词律、词韵等)
语体研究——词的语言(广义的语言)研究——叙事、抒情、议论方式
风格研究——美学特征⑤

关于词体的词乐、词律、词韵等"结构要素"研究,前人尤其清人诸如凌廷堪、方成培、万树、戈载等人已经作了大量的研究工作,近期鲍恒先生在其《清代词体学论稿》中也作了总结性的研究;词体"美学特征"方面的研究,前人

---

① 胡明:《一百年来的词学研究:诠释与思考》,《文学遗产》1998 年第 2 期,第 26 页。
② 杨仲义、梁葆莉:《汉语诗体学》,学苑出版社,2000 年版,自序第 2 页。
③ 〔美〕雷·韦勒克、奥·沃伦:《文学理论》,刘象愚、邢培明、陈圣生等译,生活·读书·新知三联书店,1984 年版,第 189 页。
④ 童庆炳:《文体与文体的创造》,云南人民出版社,1994 年版,第 1 页。
⑤ 鲍恒:《清代词体学论稿》,人民文学出版社,2007 年版,第 31 页。

以及当代学者于此创获颇多;而关于"语体研究","若从现代语言学的角度对词之语体进行考察,目前尚是空白,有着极大的研究和开拓空间"①。崔海正先生在谈到"建构词学研究体系的初步设想"时,将其概括为四个层次。第一个层次是"词体研究",其中要着重加强"文体进化原因研究";第三个层次是"词学与其他学科之关系研究",其中专列"词学与语言学"一项。② 本书就是这方面的尝试之作。

于词体概念叙述之后,需要辨正的一点是,吴熊和先生《唐宋词通论》详列宋金人所标"词体",如"白乐天体""花间体""南唐体"等十一种③;刘扬忠先生《唐宋词流派史》又梳理出如"李易安""稼轩"诸体多达三十一种④,而木斋先生《走出古典——唐宋词体与宋诗的演进》中又增补了十六种词体⑤;木斋先生的大作《宋词体演变史》直用"词体"之名。如此众多的"词体",难免让人眼花缭乱,而"实际上,上述诸体,与其说是词体,倒不如说是词家,是不同词人在其词的创作上所表现出的不同的风格特征,实与词的结构体制无关"⑥。可见,"词体"的概念有广义与狭义之别,广义的"词体"概念即词之体格或体制,狭义的概念是指词人在词作中所体现的风格特征。本书所遵从的概念基本是广义上的词体内涵,但两者又不能判然分开,因为词之体格或体制又是存在于词人的具体词作中,并通过它表现出来的。

"文学是语言的艺术",从根本上说,文学作品是以语言的方式建构起来的意义世界,文学活动的所有方面,无论是创作还是阅读,理解还是阐释,都必须经由语言这个绝对中介来完成。没有语言,就不可能有文学。正是出于这一点,韦勒克与沃伦将产生文学作品的社会背景、作者的生平传记、读者所获得的心理印象等方面的研究,称为文学的"外部研究",并认为这种研究并非文学领域的研究。而文学研究真正的领域是"内部研究",包括语言、形式和手法的各个方面,如声音、句法、语法、结构、修辞以及文类等等。本书对词体语言形态和演进规律的考察,正是文学"内部研究"的体现。

二、词体研究的多维视角及其语言研究的缺失

由于词体本身包含着丰富复杂的诸多要素,故对词体的认识和把握相较

---

① 鲍恒:《清代词体学论稿》,人民文学出版社,2007 年版,第 32 页。
② 崔海正:《中国词学研究体系建构稿》,齐鲁书社,2007 年版,第 26~29 页。
③ 吴熊和:《唐宋词通论》,商务印书馆,2003 年版,第 153~154 页。
④ 刘扬忠:《唐宋词流派史》,福建人民出版社,1999 年版,第 36~38 页。
⑤ 木斋:《走出古典——唐宋词体与宋诗的演进》,中国社会科学出版社,2002 年版,第 4~8 页。
⑥ 鲍恒:《清代词体学论稿》,人民文学出版社,2007 年版,第 12 页。

于其他文体来说更为困难。从任何角度和方向探索,都有着丰富的阐释空间。与人们认识事物的规律一样,人们对词体的把握与研究也经历了一个由表及里、由浅入深、由零散到综合的过程。应该指出的是,这一过程始终存在着语言研究的缺失和不足。

词体是音乐文学,词体之外在形态及内在意蕴都是音乐塑造的结果,故探讨词体与音乐的关系成为词体研究的首要问题。传统观点认为,词体是伴随着燕乐的传入、流行而产生、发展起来的一种可歌的诗体,故词与燕乐的相互关系是把握词体起源和本质的重要内容。上个世纪的诸多学者在词体音乐方面已取得了丰厚的研究成果。这方面的论著主要有:龙榆生先生的《词体之演进》、刘尧民先生的《词与音乐》、任半塘先生的《词曲通义》和《唐声诗》、王昆吾先生的《隋唐五代燕乐杂言歌辞研究》和《唐代酒令艺术》以及施议对先生的《词与音乐关系研究》等等。上述著作又各有侧重,龙氏主张词体所依附的音乐乃胡乐,词体乃是胡乐中国化、小型化的产物;刘尧民先生主张词源于近体,侧重于论述近体诗如何与燕乐配合而形成词体;任半塘和王昆吾二位先生详细论述了包括长短不齐的歌词在内的诸多音乐文艺形式演唱和流传的情况,主张词即歌词,词起源于酒席歌唱;施议对先生则较为全面地论述了燕乐源流演变的情况,多角度、多层次地研究了词与音乐发生、发展以及离合中的复杂现象和疑难问题,其著作成为当时研究词与音乐关系的扛鼎之作。近些年来,随着学术观念的活跃和研究的深入,对词之起源与音乐关系的问题,许多专家学者又提出了新的看法和见解,其中,尤以刘崇德先生的《燕乐新说》、木斋先生的《曲词发生史》《曲词发生史续》等著述影响为大。二位先生都对词体起源的燕乐说提出疑问,刘崇德先生主张词体"源于燕乐声乐化、娱乐化的曲子"[1];而木斋先生在继承前贤的基础上,对词体起源发生作了较为全面深入的探索,最终得出词体起源于宫廷、词乐来源于魏晋宫廷清乐发展而成的法曲这一具有颠覆性的论断,其翔实而严谨的论证令人信服。本书论及词体音乐起源发生的内容,多采用木斋先生的观点。应该说,词体与音乐的关系是一个非常复杂的问题,它涉及许多专门的音乐知识。大体上,词起源于中国传统之清乐法曲,已渐为人所接受,但一些细节问题,诸如"乐节""乐句""句读""声调""词调"等,都有待于从音乐和语言学相结合的角度来进一步深化研究。

词体之演进本身就有着较为明显的阶段性特征和丰富的内涵,故学者们对词体发展阶段和历程的研究从未间断。词学史上就有朱彝尊"词至南宋

---

[1] 刘崇德:《序二》,木斋《曲词发生史》,光明日报出版社,2011年版,序二第1页。

始极其工,至宋季而始极其变"以及周济"北宋有无谓之词以应歌,南宋有无谓之词以应社"等词体演变观。至现当代,对词体演进的规律、过程的研究达到了一个新的高度。较有影响的观点有胡适的三阶段说,即"歌者的词""诗人的词"和"词匠的词"三个阶段;叶嘉莹先生的三阶段说,即"歌辞之词""诗化之词"和"赋化之词"三个阶段。当代学者的著作如杨海明先生的《唐宋词史》,刘扬忠先生的《唐宋词流派史》,木斋先生的《唐宋词流变》《走出古典——唐宋词体与宋诗的演进》以及《宋词体演变史》,陶尔夫、诸葛忆兵两位先生的《北宋词史》,陶尔夫、刘敬圻两位先生的《南宋词史》,等等,都是这方面的力作。词体的发展大体上经历了一个由粗率质陋到精深渊雅、由止于应歌到文人情志抒写的雅化过程,众多的论著多从社会背景、作家经历个性以及题材内容等方面加以论述,且颇为详赡。词史这样一个雅化历程,其实更多地是从词体的语言运用和创作手法上体现出来,而诸多论述将之列于次要章节,或点到为止,或语焉不详;依据韦勒克与沃伦所主张的文学研究的内外分法,这正是我们急需加强的"内部研究"。而本书以词体语言形态和演进形态为研究对象,正有着"补遗"的用心。

　　文学是一个民族文化精神最具体生动的载体,特定阶段的文化面貌和精神本质在当时代表性的文体中最能得到鲜活全面的体现。对词体进行文化学方面的研究一直备受学界青睐,这方面的研究也取得了丰厚的成果。其代表性的论著有:沈松勤先生的《唐宋词社会文化学研究》,全面论证了唐宋词乃当时一种"文学-文化现象";王晓骊女士的《唐宋词与商业文化关系研究》,论述了词体在商业文化熏陶下所具有的"市民性、通俗性、商业性、娱乐性"[1]的"异类"特征;沈家庄先生的《宋词的文化定位》,通过对大量史料的考察论证了词体乃"宋型文化"的代表,"在文体意义上则属通俗文学,带有鲜明的平民文化特征"[2]。还有刘尊明、甘松先生的《唐宋词与唐宋文化》,张春义先生的《宋词与理学》,赵晓岚女士的《姜夔与南宋文化》,杨柏岭先生的《唐宋词审美文化阐释》,孙艳红女士的《唐宋词的女性化特征演变史》等专著。这些论著得到了学术界的广泛认可,其中诸多观点对于本书的论述有很大的启发。但是当今的词体文化学研究更多地表现为现象的罗列和材料的拼接。我们看到,大多数学者从浩如烟海的笔记中爬梳、钩沉史料,力图对当时的社会面貌以及词体的创作活动进行细致的描述和真实的还原,对史实的迷恋与对文本的漠视形成了鲜明的对比。这样的研究无疑应归入词体的"外部研究"。如何从丰富的史料中提炼出本质的东西,为词体的"内部研

---

[1] 王晓骊:《唐宋词与商业文化关系研究》,中国社会科学出版社,2004年版,第335页。
[2] 沈家庄:《宋词的文化定位》,湖南人民出版社,2005年版,第32页。

究"服务,是值得词学界深思的问题。

最后需要特别强调的是对词体从语言学、文体学的角度进行研究的紧迫性和必要性。由于古人的思维模式,古代的词学研究长期采用的是描述式和比喻性的语言,对事物的认知始终停留在体悟和感性的层面上,故运用现代语言学理论和知识,以文体学中文体产生、发展、演变的相关规律为指导,对词体的本质特征进行科学的阐释,就成为当代学人不容推卸的责任。由于现代语言学产生、兴盛于西方,故语言学与词学的结合研究首先兴起于海外词学界。其中代表性的论著有刘若愚先生的《词的文学性》《北宋六大词家》、高友工先生的《小令在诗传统中的地位》《词体之美典》、林顺夫先生的《中国抒情传统的转变——姜夔与南宋词》《词体特性之形成》、孙康宜女士的《词与文类研究》《晚唐迄北宋词体演进与词人风格》以及日本学者村上哲见的《唐五代北宋词研究》和青山宏的《唐宋词研究》等等,这些论著均能找到合适的视角,将语言学理论和文本结合,令人耳目一新。国内学者在这方面的研究也取得了丰厚的成果,如詹安泰先生《论章句》《论意格》《论修辞》《论寄托》等论文,吴世昌先生《词林新话》、施议对先生《词体结构论简说》《宋词正体》等著作开风气之先。后来的赵仁珪先生《论宋六家词》、鲍恒先生《清代词体学论稿》、洛地先生《词体构成》、张廷杰先生《宋词艺术论》、窦丽梅博士《词论修辞论——词话中虚字、化用、比兴三论研究》、辛衍君博士《唐宋词意象的符号学阐释》等,从词汇意象、章法结构或修辞文类出发,皆有独得。

需要指出的是,当今国内这方面的研究存在着两个误区:一是流于材料的简单堆砌,如对各种字法、句法、章法的罗列和描述,不去分析其相应的表达效果以及产生这些语言现象背后的深刻原因;一是就某一语言现象,如意象、章法等,进行穷尽式的钩稽整理而不及其余,缺乏对词体语言整体上系统的析理。鉴于词体研究的现状,在已经取得的材料整理和专项研究成果的基础上,以现代语言学和文体学相关理论为指导,对词体语言进行更高和更本质的把握,以形成一个合理的阐释系统,这是本书努力的方向,相信也是今后词体研究的重点所在。

三、关于论题及内容的几点说明

现对本书论题及相关内容作一些简要说明。

首先是本书中文体学的介入及其方法问题。如上所述,词体是中国古代众多文体之一种,而文体学又是语言学和文学之间的交叉学科。传统语言学往往停留于语言诸要素的静态描述上,就诗歌而言,从词汇、音韵、节奏、句法等要素构成的传统汉语诗歌的静态语言视角来分析其语言形态,然后梳理其词语构成、音韵形态乃至于节奏安排等等,著名语言学家王力先生的《汉语诗律学》、蒋绍愚先生的《唐诗语言研究》以及魏耕原先生的《唐宋诗词语词考释》等著作就采用此法。毫无疑问,这种静态的语言研究解决了汉语诗歌基本形态的认知问题,但如果仅限于此,势必会妨碍人们对于诗歌乃至一种诗体的更深层次的理解和把握。因为,一种诗体无论是语言的趣向、句法的选择还是体制的规定,不仅仅是作为表述的工具而存在,更重要的是它作为一种自足的存在,是一个动态的发展演进过程,其每一个阶段的形态构成和面貌,承载的是一个民族特定阶段认识、把握世界和自身的感性形式,有着社会转型、思维进化、审美尚好以及语言发展等诸多方面的深刻原因。因此在继承传统语言学研究方法的同时,本书不囿于传统方法的界限,力图从多角度、多层次对词体的语言形态、言说方式及其文化内涵进行多方面的考察。

其次是文化语言学中关于人类思维发展内容的借鉴和引入。文体的产生、发展及与之相应的言说方式都与人类的思维发展有着密切的关系。诗歌大抵是人类早期一种感知世界的方式和手段,由于当时相对低下的认知能力,故形成了中国诗歌含蓄蕴藉、意象比兴、遵循情感逻辑等具有"隐喻式思维"①性质的言说方式。随着社会的发展、人类认识水平的提高,尤其是当人类社会进入近代实证社会、市民社会的时候,一种具有实证精神,能够清晰、客观地反映现实生活状况的文体,也就是"日常意识的散文"②的出现,就成为时代的必然。纵观中国文体的发展,由先秦的《诗经》、楚辞,而汉魏六朝的古诗和骈文,而唐诗,而宋词,而元曲,而明清小说,这是一个众所周知的递进序列。词体有韵体的诗行、长短参差的句式、相对于近体延展了的篇幅以及叙事内容的展开等,这些体现了诗歌和散文兼具的文体特征,是两种言说方式的交汇。因此,从语言、思维和言说方式发展的角度来考察中国文学史的演进历程,我们才能对词体有一准确的把握和定位。

再次是本书内容的简单介绍。全书共四编,第一编从中国诗体发展的历时角度将词体概括为诗体穷变的音乐文学。诗歌从本源上讲是诗乐结合的产物,近体诗与清乐法曲结合而产生的词体,从诗歌的音乐方面解构了近体诗整齐刻板的诗行,为诗歌开辟出了新的发展道路。再从语言上说,中国诗体的发展是一个句式逐渐展开、体制渐趋丰容的过程,而词体的语言面貌正顺应了诗歌表意功能渐次完备丰富的发展趋势。第二编从共时的角度将词体概括为一种散文化的诗体,这一部分集中地从字法、句法以及章法三个方

---

① [德]恩斯特·卡西尔:《语言与神话》,丁晓等译,生活·读书·新知三联书店,1988年版,第102页。
② [德]黑格尔:《美学》第三卷下,朱光潜译,商务印书馆,1981年版,第15页。

面论述了词体散文化的诸多表征,包括字法中大量领字、虚字的出现,句法中参差错综的句式组合及其表达效果,章法上在加长的篇幅中对赋体手法的引入,等等。在中国文学发展由"诗歌时代"向"散文时代"转移兴替的过程中,词体这一散文化的诗体无疑起到了桥梁过渡的作用。第三编是对词体"要眇幽微"特质的阐释。词体有着诸多散文化的表征,体现了语言发展转型中通俗化的倾向,然而就在这浅近易晓、通俗明白的言辞语体背后,却深蕴着"要眇幽微"的词体美质。本书将这一现象归结为语言通俗化直露"发越"的发展趋势与中国诗歌含蓄蕴藉的美学传统之间相互冲突、融合的结果。第四编是从雅俗整合的角度对词体演进规律的考察。词体既顺应了语言俗化的"发越"趋势,又包含着诗歌传统含蓄的潜质。词体的演进,就是散文式的直言无隐抒写手法的拓展和诗歌含蓄传统的意象抒情手法的回归这两种言说方式矛盾、冲突、共进的发展过程。四编既有对诗体发展、词体演进历时角度的勾勒和考察,又有对词体面貌和特质共时角度的描述和分析,全书框架努力作到由表及里、由浅入深、历时共时结合,以期对词体给予全面的多角度的阐释。

最后,需要补充说明的一点是,本书研究的对象是词体,内容涉及词体的形态特征及其发生、发展、演进的规律。书中词体演进的部分乃主线俯瞰式的勾勒,而非万花为春般的全貌描述,以唐、五代、北宋为主,南宋只以一节的篇幅论及。因为词体发展至周邦彦,标志着词体规范化、格律化的完成,词体构成的诸要素已基本完备和定型。以后词史的发展大抵是在这一基本完备的框架内的词艺雅化和精进,然而就语言和体制而言,已没有了根本性的新变和展衍,失去了语言发展的势能和体制更新的内在动力,新变的停止以及矛盾的消失即意味着僵化和衰落。南宋词整体雅化的发展趋势证明了这一点,也由此完成了一种文体由民间俗众走向高雅庙堂,直至最后衰落的发展历程。

第一编

词体:诗体穷变的音乐文学

兴于唐而盛于五代两宋的词,是中国古代诗歌百花园中绽放的艳丽花朵。它具有繁复而美听的声韵节奏、错综而有序的句法安排、细美而尖新的语言风格等鲜明的特征。它适合表现人类丰富细腻的情感,诚如缪钺先生所言:"词之所言,既为人生情思意境之尤细美者,故其表现之方法,如命篇、造境、选声、配色,亦必求精美细致,始能与其内容相称。"①

词体外在的声韵语言和内在的风情意蕴,既是音乐塑造的产物,又是中国诗体发展的必然结果。词体伴随着清乐法曲而产生并随之发展演进,是一种音乐文学;同时词体又是在唐宋时期特定的社会和语言环境中出现的新兴诗体,是中国古典诗体发展的必然环节。

---

① 缪钺:《诗词散论》,上海古籍出版社,1982年版,第56页。

第一章　诗乐的深度融合

诗歌天然地由文辞和音乐构成。纵观中国诗歌发展史,由于诗歌音乐与语言的矛盾运动,一种诗体的发展往往是一个从口头向案头、由合乐向不合乐转变的过程,总是文学性压倒音乐性,这是诗歌文学发展的必然结果。近体诗于语言形态上的完备和成熟,孕育着词体产生的契机,也为词体音乐与语言在更高层次上的融合提供了条件。

第一节　词体之前的诗体演进

一、"自然艺术"①

诗歌是在劳动中产生的,并且与音乐和舞蹈有着密不可分的关系,这些艺术形式处于一种浑然一体的状态,它们共同存在的基础是节奏。关于诗歌的起源,《诗大序》即曰:

> 诗者,志之所之也。在心为志,发言为诗。情动于中而形于言,言之不足,故嗟叹之。嗟叹之不足,故永歌之。永歌之不足,不知手之舞之,足之蹈之也。情发于声;声成文,谓之音。②

《礼记·乐记》曰:

> 诗,言其志也;歌,咏其声也;舞,动其容也。三者本于心,然后乐器从之。③

---

① 这里"自然艺术"和下文"人为艺术"的提法,是朱光潜先生在《诗论》中所说的诗歌的两种创作模式。"自然艺术"是指民间的口头歌唱和文人没有外在格律约束的自由"纯朴"的抒写;"人为艺术"是指文人依诗歌的外在格律创作的"精妍"的案头创作。参见朱光潜《诗论》,上海古籍出版社,2005年版,第155页。
② [汉]毛公传,郑玄笺,[唐]孔颖达等正义:《毛诗正义》,[清]阮元校刻《十三经注疏》,中华书局,1980年版,第269~270页。
③ [汉]郑玄注,[唐]孔颖达等正义:《礼记正义》,[清]阮元校刻《十三经注疏》,中华书局,1980年版,第1536页。

这种对诗歌起源的解释显然不具有针对性,因为它不仅可以解释诗,而且可以作为包括诗在内的多种艺术形式追根溯源的依据,后来的诗歌、音乐、舞蹈等皆可依此溯源。但有一点是必须反复强调的,那就是诗歌和音乐乃是同根相生的,诗歌的本质特征及其形态的演变历程都可以从音乐这里获得解释。诗歌是一种音乐语言,随音乐的节拍、旋律而生,其外在的形式和内在的情韵都经过音乐的淘洗而留下了深深的印记。然而随着社会及文学的发展所带来的诗歌表意功能的自觉,诗歌表现出强烈的脱离音乐的倾向,但这种倾向始终伴随着诗歌由外在的音乐形式向内在的语音转化、由语音的音乐化存在向语意渗透的过程。词体产生以前的齐言诗歌形态,由四言到五言再到七言、由古体诗到近体诗的发展历程,就是一个与音乐相生、相即、相离,由口头歌唱到案头创作的曲折演进的过程。

最早的诗歌总集《诗经》多来自民间创作,经删述而成三百篇,"孔子皆弦歌之"①。从现存的诗歌文本来看,十五国风一百六十篇,占了《诗经》总数的一半以上,这些具有地方特色的民歌,大都保留了生动活泼的民间口头歌唱的痕迹。如我们所熟悉的《诗经·周南·桃夭》:

　　桃之夭夭,灼灼其华。之子于归,宜其室家。
　　桃之夭夭,有蕡其实。之子于归,宜其家室。
　　桃之夭夭,其叶蓁蓁。之子于归,宜其家人。

又如《诗经·周南·芣苢》:

　　采采芣苢,薄言采之。采采芣苢,薄言有之。
　　采采芣苢,薄言掇之。采采芣苢,薄言捋之。
　　采采芣苢,薄言袺之。采采芣苢,薄言襭之。

《诗经》的语言形态多是如此,采用重章叠句的复沓手法。《说文解字》释"章"云:"乐竟为一章,从音从十。十,数之终也。"②一章指乐曲的一个段落,每章的结构字句基本相同,只换少许词语,进行回环往复的歌唱。这种质朴而单调的词句正是先民口头歌唱这种"自然艺术"的真实记录,字句的重复也是上古时期音乐的体现。诗歌发展的初始阶段必然是这样一种粗质简陋的面貌。对于这一点,前人及当今学者多有论及:

---

① [汉]司马迁:《史记·孔子世家》,中华书局,1959年版,第1936页。
② [汉]许慎:《说文解字》,中华书局,1963年版,第58页。

> 《三百篇》每章无多言。每有一章而三四叠用者,诗人之妙在一叹三咏。其意已传,不必言之繁而绪之纷也。①

> 歌谣的节奏,最主要的靠重叠或叫复沓;本来歌谣以表情为主,只要翻来覆去将情表到了家就成,用不着费话。重叠可以说原是歌谣的生命,节奏也便建立在这上头。字数的均齐,韵脚的调协,似乎是后来发展出来的。②

> 它以生动的事实告诉我们,中国古代诗歌成就的取得以及其传统的形成,主要依赖的不是以述说为主要形式的"诗",而是依赖以歌唱为主要形式的"歌"来实现的。③

《诗经》的句法基本上以四言为主,这种整齐的诗行也是在音乐的规约下形成的。"原始音乐本来是很简拙的,看它和集体劳动和舞蹈等结合得那样紧密,可以推知节奏应是它的基本因素。古人说原始歌曲'乐而无转',应是可信的"④,所谓的"乐而无转",就是节奏简单地重复而少婉转变化。闻一多也说:"凡是以鼓为节的配乐诗多是齐言,而配管弦的诗则以长短句为多。"⑤上古时期的乐器多以钟鼓为主,配合着这种乐器就产生了《诗经》那简单而整齐的诗行。

西汉武帝时设"乐府","采诗夜诵",广采民间歌曲,为后人留下了大量优秀的民间诗歌作品。这时期的诗歌基本上以口头歌唱为主,但"采诗"的这一过程就埋下了诗歌由口语向文字转化、曲调和文字分离的种子。《汉书·礼乐志》载,武帝"乃立乐府,采诗夜诵,有赵、代、秦、楚之讴。以李延年为协律都尉,多举司马相如等数十人造为诗赋,略论律吕,以合八音之调,作十九章之歌"⑥。先是"采诗",然后由李延年、司马相如等文人加工润色,"比其音律,以闻于天子"⑦,这种采诗制度本身就包含着口头和案头两种创作模式,是口头歌唱的完善和书面创作的雏形。从陆侃如、冯沅君对汉代乐府的分类中,也可以看出这一转变的事实:"它们的来源不外三种:一是采民

---

① [明]陆时雍:《诗境总论》,丁福保辑《历代诗话续编》,中华书局,1983年版,第1415页。
② 朱自清:《经典常谈·〈诗经〉第四》,《朱自清古典文学论文集》,上海古籍出版社,1981年版,第625~626页。
③ 赵敏俐、吴相洲、刘怀荣等:《中国古代歌诗研究——从〈诗经〉到元曲的艺术生产史》,北京大学出版社,2005年版,第140~141页。
④ 李纯一:《先秦音乐史》,人民音乐出版社,1994年版,第11页。
⑤ 闻一多:《古代的音乐与诗》,郑临川述评《闻一多论古典文学》,重庆出版社,1984年版,第31页。
⑥ [汉]班固:《汉书·礼乐志》,中华书局,1962年版,第1045页。
⑦ [汉]班固:《汉书·食货志》,中华书局,1962年版,第1123页。

歌以协律者,二是文人所作经修改入乐者,三是通晓音律的人所制者。"① 后来乐府涵盖的范围不断扩大,入乐的、不入乐的、拟古题的、自创的,以至后来的词、曲都名之"乐府",其概念已非常模糊。这时期的诗歌,按朱光潜先生的说法,是"音重于义",他说:

> 在历史上诗的音都先于义,音乐的成分是原始的,语言的成分是后加的。换句话说,诗本有调而无词,后来才附词于调;附调的词本来没有意义。到后来才逐渐有意义。词的功用原来仅在应和节奏,后来文化渐进,诗歌作者逐渐见出音乐的节奏和人事物态的关联,于是以事物情态比附音乐,使歌词不惟有节奏音调而且有意义。较进化的民俗歌谣大半属于此类。在这个时期里,诗歌想融化音乐和语言。词皆可歌,在歌唱时语言弃去它的固有节奏和音调,而牵就音乐的节奏和音调。所以在诗的调与词两成分之中,调为主,词为辅。词取通俗,往往很鄙俚,虽然也偶有至性流露的佳作。②

这种依附于音乐而存在的歌词,基本上保持着民间语言浅白、直露甚至"鄙俚"的特点:诗歌语言与散文语言相似,其间的区别仅在于有韵与无韵;诗中多用虚字以应和音乐的节奏。如《诗经》中:

> 葛之覃兮,施于中谷,维叶萋萋。黄鸟于飞,集于灌木,其鸣喈喈。(《周南·葛覃》)

> 南有乔木,不可休思。汉有游女,不可求思。汉之广矣,不可泳思。江之永矣,不可方思。(《周南·汉广》)

诗句中的"之""兮""于""维""其""思""矣"等皆为虚字。又如汉乐府《长歌行》的诗句:"百川东到海,何时复西归?少壮不努力,老大徒伤悲。"没有任何生僻的词汇,语语如家常,"语近而意远,情浮于语,偶象则发,不以力制,故皆合于语,而生自然"③。在诗歌形成的早期,音乐与语言合为一体,歌词必须应和外在音乐的节奏,词语接近或等于口语,明白浅显。等到诗歌摆脱了外在的音乐束缚,其音乐性由内部语音声调来规范完成,诗歌才实现了真

---

① 陆侃如、冯沅君:《中国诗史》,百花文艺出版社,1999 年版,第 186 页。
② 朱光潜:《诗论》,上海古籍出版社,2005 年版,第 171～172 页。
③〔日〕遍照金刚:《文镜秘府论·南卷·论文意》,卢盛江校考《文镜秘府论汇校汇考》,中华书局,2006 年版,第 1394 页。

正文学上的独立。

诗歌发展到汉乐府时期,由于采诗制度的确立,客观上促进了曲调和歌词的分离,又由于诗歌创作的文人化以及五言诗的产生发展,这些都不可避免地促使诗歌初期"音重于义"的口头创作模式走向终结。诗歌开始探索自身音乐化的道路,同时也开启了文人书面案头创作的道路。

朱光潜先生认为中国诗歌的发展有两大关键,他说:

> 第一个是乐府五言的兴盛,从十九首起到陶潜止。它的最大的特征是把《诗经》的变化多端的章法、句法和韵法变成整齐一律,把《诗经》的低徊往复一唱三叹的音节变成直率平坦。……第二个转变的大关键就是律诗的兴起,从谢灵运和"永明诗人"起,一直到明清止,词曲只是律诗的余波。①

朱光潜先生关于中国诗歌发展阶段分期的论述,无疑是深刻的、符合诗歌史实的,这种分期大致是依据诗歌创作模式,或者说诗歌的语言与音乐关系的离合转移来划分的。

汉乐府时期,五言诗的兴起以及文人创作的出现标志着诗歌的创作模式由口头歌唱转向案头抒写,这时的文人创作被称为"古诗"。关于古诗和乐府的区别,秦惠民先生指出,"其体有合乐与不合乐之别,合乐者为五言乐府,不合乐者为五言古诗"②。由于文人的参与,《诗经》那种一唱三叹、反复歌咏的简单形式已无法满足诗人们抒写性情的需要,诗歌外在的音乐形式已成为诗歌表情达意的羁绊,抛弃这种桎梏而实现自然的书写就成了古诗必然的追求。"从十九首起到陶潜止"的古诗,就是以常见的语言呈现最常见的景物和情感,平淡自然是其最显著的特点。正如明代谢榛评价《古诗十九首》:"平平道出,且无用工字面,若秀才对朋友说家常话,略不作意。"③黄庭坚评陶诗"意在无弦"④,朱熹也说:"渊明诗平淡,出于自然。"⑤都是指古诗那种抛弃诗歌外在的音乐束缚而自由抒写的创作模式,严羽对此亦曰:

---

① 朱光潜:《诗论》,上海古籍出版社,2005年版,第153~154页。
② 秦惠民:《中国古代诗体通论》,华中科技大学出版社,2001年版,第162页。
③ [明]谢榛:《四溟诗话》卷三,丁福保辑《历代诗话续编》,中华书局,1983年版,第1178页。
④ [宋]黄庭坚:《赠高子勉四首》其四,[宋]任渊等注《黄庭坚诗集注》,刘尚荣点校,中华书局,2003年版,第574页。
⑤ [宋]朱熹:《朱子语类》卷一四〇,《朱子全书》,上海古籍出版社、安徽教育出版社,2002年版,第4322页。

> 汉魏古诗,气象混沌,难以句摘。晋以还方有佳句,如渊明"采菊东篱下,悠然见南山",谢灵运"池塘生春草"之类。谢所以不及陶者,康乐之诗精工,渊明之诗质而自然耳。①

诗歌从产生之日起,就与音乐有着同根相生的不解之缘,音乐的节奏、旋律是诗歌的本质规定和特征。乐府衰亡以后,诗转入有词无调的阶段,这才成就了古诗的辉煌。诗歌的音乐本质使得诗歌在其所依附的外在的音调消亡之后,转而于诗歌的内部也就是语音上求得音乐的节奏和旋律。这样就开启了以永明诗体为代表的诗歌的律化过程,也就是朱光潜先生所说的中国诗歌的第二次大的转型,进入文人诗也就是诗歌"人为艺术"的演进阶段。

二、"人为艺术"

谈到诗歌的律化,就不得不涉及中国诗歌史上著名的永明声律说,《宋书·谢灵运传论》中沈约论声律的这段名文广为人所征引:

> 夫五色相宣,八音协畅,由乎玄黄律吕,各适物宜。欲使宫羽相变,低昂互节,若前有浮声,则后须切响。一简之内,音韵尽殊;两句之中,轻重悉异。妙达此旨,始可言文。②

学者引用这段话基本是在谈四声运用到诗文的创作中所形成的抑扬顿挫的音乐效果。细品原文,沈约于此先谈的是音乐,如"八音协畅""玄黄律吕""宫羽相变"等,然后由此推及语音之四声。其基本的精神是将语音之四声(平、上、去、入)比附音乐之五声(宫、商、角、徵、羽),通过四声有规则地组合,即"宫羽相变,低昂互节""前有浮声,则后须切响",使诗句内和诗句间形成"辘轳交往,逆鳞相比"③的高低和谐、回环往复的音乐效果。关于四声与五声的对应关系,初唐的元兢在《诗髓脑·调声》中给予进一步的揭示:

> 声有五声,角徵宫商羽也。分于文字四声,平上去入也。宫商为平声,徵为上声,羽为去声,角为入声。故沈隐侯论云:"欲使宫徵相变,低昂舛节,若前有浮声,则后须切响。一简之内,音韵尽殊;两句之中,轻重

---

① [宋]严羽:《沧浪诗话》,[清]何文焕辑《历代诗话》,中华书局,1981年版,第696页。
② [南朝梁]沈约:《宋书·谢灵运传论》,中华书局,1974年版,第1779页。
③ [南朝梁]刘勰:《文心雕龙·声律》,周振甫注《文心雕龙注释》,人民文学出版社,1981年版,第364页。

悉异。妙达此旨,始可言文。"固知调声之义,其为大矣。①

永明体诗人们所追求的目标就是"以文章之音韵,同管弦之声曲"的音乐效果,近体诗也正是在沈约等人声律说的理论和实践基础上建立起来的。后来经过唐初沈佺期、宋之问等人的改进,将冗长的排律形式精简为四联八句,简化四声为平仄,将律联粘合,规范押韵和对仗等,近体诗才最终定型。近体诗一句之内平仄相间,一联之内平仄相对,两联之间平仄相粘,所形成的"辘轳交往,逆鳞相比",抑扬抗坠、回环往复的节奏特征,基本上实现了诗歌语言内部的音乐节奏。平仄将音乐化声调系统深入诗歌语言的每一个音节中,诗歌音节的轻重缓急、高低起伏,可以于诗歌的每一个片段中体现出来。所以明陆时雍说:"诗至于宋,古之终而律之始也。体制一变,便觉声色俱开。"②

从四声的发现、声律的建立到近体诗语音模式的定型,汉语诗歌可以脱离外在的曲调,以其语音中声调的抑扬顿挫、徐急起伏便可获得节奏和旋律,这样,汉语诗歌发展中语言和音乐的矛盾运动在近体诗语音的声调中达成了和谐的统一。中国前期诗歌形式的探索以近体诗那精致而壮观的语音图案结构作了完美的总结,加上有唐一代诗人笔追造化、各极天工的壮丽篇章,遂成就了中国诗歌史上一段辉煌无比的乐章。历史确有着神妙的逻辑,近体诗作为当时艺术之一种,像是特为盛唐加冕一样,见证了历史的壮伟,也塑造了盛唐的艺术精神,李泽厚先生对此有精彩的论述:

> 它们一个共同特征是,把盛唐那种雄豪壮伟的气势情绪纳入规范,即严格地收纳凝炼在一定形式、规格、律令中。从而,不再是可能而不可习、可至而不可学的天才美,而成为人人可学而至、可习而能的人工美了。但又保留了前者那种磅礴的气概和情势,只是加上了一种形式上的严密约束和严格规范。③

这种精致的平平仄仄的框架,已经将诗歌的音乐本质上升为一种理性规范,诗人已无须关注诗歌音乐的部分,因为这本身就是一套"可学而至、可习而能"的完备的音乐形态系统。诗人所应该作的就是在这一副精致的枷锁中

---

① 见〔日〕遍照金刚《文镜秘府论·天卷·调声》,卢盛江校考《文镜秘府论汇校汇考》,中华书局,2006年版,第156~157页。
② 〔明〕陆时雍:《诗镜总论》,丁福保辑《历代诗话续编》,中华书局,1983年版,第1406页。
③ 李泽厚:《美的历程》,中国社会科学出版社,1989年版,第133页。

跳出最优雅的舞步,词句的锤炼、意境的创造、诗意的表达就成为诗人费尽心力追求的目标。"为人性僻耽佳句,语不惊人死不休""吟安一个字,捻断数茎须""二句三年得,一吟双泪流",都是诗人书斋案头苦吟创作的诗意写照。文人只有在平平仄仄的规范中浸润一生,才可能换得"晚节渐于诗律细"。沈括的一段话道出了其中的艰辛:"小律诗虽末技,工之不造微,不足以名家,故唐人皆尽一生之业为之。至于字字皆炼,得之甚难,但患观者灭裂,则不见其工,故不唯为之难,知音亦鲜。"① 由此,近体诗尤其律诗已完全成为诗人们怡悦心性以至于逞才取试的案头创作。

近体诗这套精美的音乐图案设计,的确是诗歌创作中人为设置的规矩、障碍,但也使诗歌成为一种承载情志的智性游戏,将一己之情感在韵律、规矩、语言之枷锁间游走自如,征服之过程即智性增进之过程,诗人无疑可以从中获致无穷的乐趣。这标志着一种新的创作模式的确立,将文人的案头创作推向了极致,它改变了以陶渊明为代表的依于自然、合乎口语的抒写模式。诗人首先依据的是这套格律法则而非语言规范,正是这套"语音形式"使得近体诗表现出"对标准语言规范的有意违反"②的诗歌本质精神,从而使近体诗的语言面貌与当下的口语状况保持着一定的距离,而这一距离的存在正为诗歌提供了恰当的诗意空间。

关于近体诗句法的研究较多,如高友工、梅祖麟先生将其归纳为"独立性句法""动作性句法""统一性句法"③ 等;陈植锷先生将其归纳为五种,即"并置式""跳跃式""叠加式""相交式"和"辐合式"④;易闻晓先生将其总结为"语序之倒错""成分之阙略""结构之紧缩""限定之松散"⑤等。这些观点归结为一点,即近体诗的句法表现出与日常语言迥然背离的面貌特征,是对正常语言形式的"有意违反"。葛兆光先生对此总结道:

> 他们不断对习惯了的语言形式进行改造,他们追求意象的密集化,尽可能少用虚字,他们追求字词的错综,尽可能地使句式变化,他们追求音韵的杂错,在句内、句间甚至双句间寻求对称而参差的声韵效果……逐渐把诗歌语言与散文语言的距离拉开,形成了一整套独立的诗歌美学

---

① 〔宋〕沈括:《梦溪笔谈》卷一四,侯真平校点,岳麓书社,2002年版,第107页。
② 〔捷〕扬·穆卡洛夫斯基:《标准语言与诗歌语言》,竺稼译,赵毅衡编选《符号学文学论文集》,百花文艺出版社,2004年版,第17页。
③ 〔美〕高友工、梅祖麟:《唐诗的魅力——诗语的结构主义批评》,李世耀译,上海古籍出版社,1989年版,第33~37页。
④ 陈植锷:《诗歌意象论》,中国社会科学出版社,1990年版,第78~88页。
⑤ 易闻晓:《中国诗句法论》,齐鲁书社,2006年版,第181~226页。

形式,而语序的省略与错综正是构成这一形式的重要内容之一。①

这样的诗句在唐诗中俯拾皆是,以杜甫诗句为例,如:

> 绿垂风折笋,红绽雨肥梅。(《陪郑广文游何将军山林十首》其五)
> 客病留因药,春深买为花。(《小园》)
> 片云天共远,永夜月同孤。(《江汉》)
> 露下天高秋水清,空山独夜旅魂惊。(《夜》)
> 听猿实下三声泪,奉使虚随八月槎。(《秋兴八首》其二)
> 香稻啄余鹦鹉粒,碧梧栖老凤凰枝。(《秋兴八首》其八)

像"绿垂风折笋,红绽雨肥梅""香稻啄余鹦鹉粒,碧梧栖老凤凰枝"等句,其语序、语意、意境等,至今学者还在探讨、争论。造成这样的状况,无疑是近体诗的格律诸如平仄、押韵、对仗、节奏要求的结果。这样的诗句正在可索解与不可索解之间,造成了诗歌意象的朦胧化、意蕴的复杂化、意味的隽永化,诗意也正由此而生,中国诗歌一直崇尚的含蓄蕴藉的美学追求在近体诗中得到了完美的体现。长期的浸润以及经典的示范作用遂形成了古人这种诗歌感知和创作模式。北宋王安石在读到王仲至的诗句"日斜奏罢长杨赋,闲拂尘埃看画墙"时,非得将"日斜奏罢长杨赋"改成"日斜奏赋长杨罢",其原因王安石只说了一句话:"诗家语,如此乃健。"② 为了语健,可以将固定的名词词组任意拆散、颠倒,语意警奇、耐人寻味就成了诗人刻意追求的目标。对此,宋人范温曰:

> 古人律诗亦是一片文章,语或似无伦次,而意若贯珠。③

清人冒春荣亦云:

> 唐人多以句法就声律,不以声律就句法,故语意多曲,耐人寻味。

---

① 葛兆光:《汉字的魔方——中国古典诗歌语言学札记》,复旦大学出版社,2008年版,第66页。
② 参见[宋]魏庆之《诗人玉屑》卷六,王仲闻点校,中华书局,2007年版,第196~197页。
③ [宋]范温:《潜溪诗眼》,郭绍虞辑《宋诗话辑佚》,中华书局,1980年版,第318页。

> 后人不知此法,顺笔写去,一见了然,无意味矣。①

形式整饬、规矩井然,集齐言形式大成的律诗,在有唐一代达到鼎盛,其严苛的秩序和恢宏的气势也正是"盛唐气象"的体现。故明王世贞曰:

> 夫近体为律,夫律法也,法家严而寡恩;又于乐亦为律,律亦乐法也,其龠纯皦绎,秩然而不可乱也。是故推盛唐。盛唐之于诗也,其气完,其声铿以平,其色丽以雅,其力沈而雄,其意融而无迹,故曰盛唐其则也。②

中国诗歌发展至近体诗告一段落,一是从诗歌的语言形态来说(主要就句式而言),经历了一个四言、五言、七言乃至更长句式的探索过程,最后以整饬的五、七言作为诗体的通行句式;二是从诗歌创作模式上看,诗歌发展经历了从诗乐一体的民间歌词到古诗的自然书写,再到诗句之声律化而成近体的过程,可以说完成了诗歌发展的一个轮回。两条线索汇于近体一体,近体诗以其内容和形式的双美完成了齐言诗体的演进。当然,这里仅仅是一条粗略的主线勾勒,诗体的发展演进本就是精彩纷呈的多面演出,古诗阶段也还有乐府的发展,近体的演进并不排除古风的创作。

近体诗发展到盛唐已全面成熟,达到了中国齐言诗体发展繁荣的顶峰,成熟和辉煌也就孕育着嬗变转移的消息。一方面,凡事有利必有弊,近体诗那整齐、刻板的句式结构,使得"这种体裁不适宜于叙曲折的事,也不适宜于抒婉转的情,而适宜于写入画的景——作者撷取最精彩的一点而表现之,即成名句"③。诗歌语言形态的选择是一个民族集体无意识的体现,近体诗创立的是中华民族感知世界、体悟自然的一套模式,它所擅长和适合承载的是阔大、涵浑的景物描写,以及与之相应的物我两忘、天人合一的精神境界。然而当社会发展到需要人的意识和思维感知细腻、体认入微的时候,这种方板的形式已经不能适应时代的要求,长短句的产生以及篇幅的扩展就成为历史的必然。另一方面,诚如刘永济先生所言:"惟是近体,章有定句,句有定字,长于整饬而短于错综,其弊也拘,能常而不能变者也,故其道易穷。"④近体诗完整刻板的声律模式使得"其道易穷",近体诗也确实将诗歌中语言文字的表现力在盛唐时期发挥到了极致。诗歌的音乐属性再一次腾现出来,为自身

---

① [清]冒春荣:《葚原诗说》,郭绍虞编选《清诗话续编》,富寿荪校点,上海古籍出版社,1983年版,第 1580 页。
② [明]王世贞:《徐汝思诗集序》,《弇州山人四部稿》卷六五,明万历五年王氏世经堂刻本。
③ 陆侃如、冯沅君:《中国诗史》,百花文艺出版社,1999 年版,第 326 页。
④ 刘永济:《宋词声律探源大纲 词论》,中华书局,2007 年版,第 105 页。

的发展开辟新的道路,从这一点上来说,音乐文学词体的出现,乃中国诗歌发展之必然结果。故刘尧民先生指出:"可见词一定要等到近体诗酝酿成熟,轻重律确定以后,才正式产生。所以词是直接近体诗,而在便利上可以称为'诗余'。"①

第二节 词体发生的声、诗探源

一、词乐的发生起源

关于词体的发生起源,上个世纪经过诸多专家学者如胡适、龙榆生、王易、刘尧民、胡云翼、夏承焘、任半塘、唐圭璋、吴熊和先生的反复考析论辩,大致归结为两个共识,即民间说和燕乐说。词体起源的民间说,胡适最早提出,影响也最大,他说:"词起于民间,流传于娼女歌伶之口,后来才渐渐被文人学士采用,体裁渐渐加多,内容渐渐变丰富。"② 持燕乐说者如胡云翼先生:"唐玄宗的时代,外国乐(胡乐)传到中国来,与中国古代的残乐结合,成为一种新的音乐。最初是只用音乐来配合歌辞,因为乐辞难协,后来即倚声以制辞。这种歌辞是长短句的、是协乐有韵律的——是词的起源。"③ 吴熊和先生也说:"词是随着隋唐燕乐的兴盛而起的一种音乐文艺……从音乐方面说,词是燕乐发展的副产品;从文学方面说,词是诗、乐结合的新创造。燕乐的兴盛是词体产生的必要前提,词体的成立则是乐曲流行的必然结果。"④ 陆侃如、冯沅君两先生则折中于两者之间:"词的产生主要是因为唐代民间诗人创造了新的乐章,附带也因为有外族音乐的输入。"⑤

缪钺先生曾指出:"就中国文学史中考之,每一种新文学体裁之产生,必经多年之酝酿,多人之试作,至伟大之天才出,尽其全力,多方试验,扩大其内容,增进其技巧,提高其境界,用此种新体裁作出许多高美之作品,树立楷模,开辟途径,使后人有所遵循,于是此种新体裁始能成立,始能盛行。"⑥ 词体作为唐代一种初兴的文学或文艺体裁,从其发生、演进到成熟以至为社会成员广泛接受,绝非一人之力、一时之功,乃是一个不断探索、反复试验的过程,其

---

① 刘尧民:《词与音乐》,云南人民出版社,1982年版,第108页。
② 胡适:《〈词选〉自序》,载季羡林主编《胡适全集》第三卷《胡适文存三集》,安徽教育出版社,2003年版,第720页。
③ 胡云翼:《宋词研究》,巴蜀书社,1989年版,第12页。
④ 吴熊和:《唐宋词通论》,商务印书馆,2003年版,第1页。
⑤ 陆侃如、冯沅君:《中国诗史》,百花文艺出版社,1999年版,第435页。
⑥ 缪钺:《曹植与五言诗体》,载《缪钺全集》第二卷《冰茧庵古典文学论集》,河北教育出版社,2004年版,第31页。

中包含着诸多复杂的因素。就音乐而言,有着燕乐、清商乐、清乐以及法曲等音乐类型的更迭交融;就诗歌而言,有着乐府、近体诗、声诗、曲词等各类诗体的演进借鉴;还有着不同时期统治者及整个社会的风气、好尚转移等诸多因素。由于诸多问题纠缠交错、治丝益棼,对其作出令人信服的还原和阐释着实有巨大的难度,故众多学者对词体的起源发生笼统持民间说、燕乐说而解释之,也多有不得已而为之之感。

近二三十年以来,随着人们视野之开阔多途、观念之活跃解放,对词之起源问题,许多专家学者如洛地、王小盾、刘尊明、李昌集、岳珍诸位先生相继发表了一系列高水平的论文,又提出了许多新的见解。其中,又以刘崇德先生的《燕乐新说》、木斋先生的《曲词发生史》《曲词发生史续》等著述影响较大,而木斋先生在继承前贤的基础上,对词体起源发生作了较为全面深入的探索,其论断多有颠覆性质,确给人以高屋建瓴、拨云见日之感。笔者自忖浅薄,深感对词体起源发生这一问题难以驾驭,欲以木斋先生的论述为主,加以己意,试申述之。

刘崇德先生、木斋先生都对词体起源的燕乐说提出了质疑。"词体并非直接产生于燕乐,也就是说,词体并非是为燕乐乐曲配辞的文体。初唐之燕乐,其主体是以胡乐新声为代表的乐舞曲,曲型为器乐曲组曲,大体分为大曲、中曲(次曲)、小曲。而其乐舞亦以宫廷礼仪、歌功颂德之政教内容为主。"①"从这个意义上来说,词并非燕乐的结果,隋代初唐的燕乐,由于以外来胡乐为主,主要是大曲的表演形式,其音乐品类主要是行曲和舞曲。"② 以舞曲、行曲(器乐)、歌曲、大曲、小曲等为表现形式的燕乐,其本身产生不了歌词。况隋唐之际流行的北方胡乐燕乐,乃是从北魏世宗时代的六世纪开始传入华夏本土,到隋代七部乐、九部乐制度形成,燕乐发展臻于顶点,至初唐张文收创作《燕乐》大曲,形成十部乐制度,则燕乐已经形成。到了盛唐,以胡乐为主的燕乐已经开始走向衰落,新兴的法曲和随之而来的曲子开始兴起。若说词体是胡乐燕乐的产物,则词体至晚在初唐就应该产生,然而我们知道,文献关于词之创作的最早记载是李白的《菩萨蛮》《忆秦娥》诸调,这又如何解释呢?

基于以上事实,木斋先生明确提出:

> 词体发生的诗歌史原因在于宫廷音乐消费由六朝乐府歌诗,向初唐近体歌诗,再向盛唐声诗转型之后的曲子之歌诗(曲词)转型的产物;

---

① 刘崇德:《燕乐新说》,黄山书社,2003年版,第221页。
② 木斋:《曲词发生史》,光明日报出版社,2011年版,第3页。

音乐史原因,则是宫廷音乐经历魏晋南朝的清乐、北朝隋代初唐的燕乐,再到开元天宝的重归清乐,经历法曲中枢,引导了声乐消费形式的曲子的出现。①

概而言之,词体并非起源于民间,而是起源于宫廷;词乐并非源于北方的胡乐燕乐,而是来源于魏晋宫廷清乐发展而成的法曲。这一具有颠覆性的论断,是木斋先生对所及文献长期钩稽考辨,并基于对中国诗歌史、音乐史流变把握梳理的结果。

词体乃音乐文学,理清词乐的发展脉络,则是破解词体发生起源的关键。与词体密切相关的音乐类型有两种,一是来源于北方的胡乐燕乐,一是燕乐之前盛行于南朝的本土音乐清乐,两种音乐形式发展、交错、融合,有着"剪不断、理还乱"的因缘际会。清商乐大致产生于曹魏时期,乃"九代之遗声"②,史籍载:"清乐其始即清商三调是也,并汉来旧曲。乐器形制,并歌章古辞,与魏三祖所作者,皆被于史籍。"③清商乐脱胎于两汉乐府相和歌辞中的清、平、瑟三调,包含着先王雅乐的基因,后演进发展为魏晋南北朝时期盛行的宫廷俗乐。其以后的发展线索是,从曹魏政权的北方随着晋室东渡来到南方,并在南方与当地的吴声、西曲结合,成为新的江南清乐。"乐府俗乐,汉仍楚声,三国曹魏置清商署,则汉魏相和、清商,以至南北朝沿用之清、平、瑟三调,皆为清乐之律"④,清商乐流行于南方,接续了华夏本土音乐之余脉。北方则由于少数民族政权入主中原,北方及西域的少数民族文化风俗日兴,胡乐就是在音乐方面的体现。"自宣武已后,始爱胡声"⑤,"宣武"是北魏世宗元恪,其在位时间为公元499~515年,这样我们就可以推知,从公元六世纪初直到玄宗时代之前的八世纪初,大约二百年的时间里,北方胡乐盛行。其间发生了中国音乐史上的交融事件,元恪征服南方多地,"定寿春,收其声伎。江左所传中原旧曲,《明君》《圣主》《公莫》《白鸠》之属,及江南吴歌、荆楚四声,总谓《清商》"⑥。清乐并入胡乐,仍仍以胡乐为主;而南方的清乐仍在发展,成就了梁、陈、隋的清乐曲子。北方的胡乐发展到隋代,由于完成了北方政权对南方政权的统一,音乐体制上也实现了北方盛行的燕乐对南方清乐的整合,设七部乐、九部乐,将清乐并入燕乐的系统之中,成为燕乐体系的一个组

---

① 木斋:《曲词发生史》,光明日报出版社,2011年版,第27页。
② [宋]王溥:《唐会要》卷三三,中华书局,1960年版,第610页。
③ [唐]魏徵、令狐德棻:《隋书·音乐下》,中华书局,1973年版,第377页。
④ 刘崇德:《燕乐新说》,黄山书社,2003年版,第219页。
⑤ [唐]杜佑:《通典·乐二》,王文锦、王永兴、刘俊文等点校,中华书局,1988年版,第3614页。
⑥ [北齐]魏收:《魏书·乐志》,中华书局,1974年版,第2843页。

成部分。初唐基本延续了隋代的音乐体制,设十部乐,以《燕乐》大曲为十部乐之首,并以之总称隋唐宫廷燕乐。

由此可知,清商乐与燕乐有着迥异的文化渊源,并经历了不同的发展演进轨迹,无论在音乐类型还是外在体制、内在风格等诸多方面,都存在着巨大的差异。燕乐与清乐的区别,"不仅仅是燕乐是胡乐,清乐是华夏本土音乐,燕乐是北方音乐,清乐是南方音乐,更为重要的是燕乐的本质是舞乐和曲乐,而清乐的本质是声乐歌唱"①。在郭茂倩编的《乐府诗集》中保留着大量的清商乐、清乐的乐府歌诗,虽然清乐经历了由北向南的变迁,并定格为以江南吴歌、荆楚西声为主的南方音乐,最后为世宗并入燕乐的系统之中,但仍有大量的歌诗作品留存。从这些歌诗作品可以看出,清商乐、清乐继承了中国本土所喜闻乐见的自《诗经》以来可以歌唱的声乐表演传统,并且经过南方风物人情的陶冶,具有了以后词体所具有的诸多特质。其一为江南属性,借用黄伯思评楚辞"书楚语,作楚声,纪楚地,名楚物"的话,则南朝乐府歌诗也是如此,饱含浓郁的江南色彩,妩媚旖旎的吴声西曲、吴侬软语的江南方言、碧水画桥的江南景致、采莲泛舟的江南生活等等。其二是凝练短小的体制,观《乐府诗集》所收录的歌诗,绝大多数为五言四句的诗歌体制,其原因是多方面的,既与江南的小山秀水、清乐的短律体制有关,也与前文提到的中国诗歌发展到南北朝时期,从"自然艺术"到"人为艺术"、从繁缛走向凝练的过渡时期的诗歌特征有关。其三是男女情爱的主题,如《子夜歌》其二、三、四曰:

芳是香所为,冶容不敢当。天不夺人愿,故使侬见郎。

宿昔不梳头,丝发被两肩。婉伸郎膝上,何处不可怜。

自从别欢来,奁器了不开。头乱不敢理,粉拂生黄衣。

《乐府诗集》就是一部情歌大全,这多与南朝礼教废弛、江南景物妩媚秀丽有关。以上这些特质与后起被名之曰"艳科"的词体,有着太多的神似乃至因承之处。

而隋代初唐时期整合后的燕乐,虽将以雅乐、清乐为代表的华夏本土音乐纳入其中,兼收并蓄,但由于特定时期的历史文化因素,仍以胡乐为主。胡乐则以龟兹乐为主,以西凉乐、高昌乐、疏勒乐、天竺乐等为辅。与可歌的属于声乐类型的清乐不同,胡乐的本质是舞乐和曲乐。清商乐的曲辞流传众多,而若要寻找到燕乐的配乐歌诗,不能说没有,但相对比较困难,这或许从

---

① 木斋:《曲词发生史》,光明日报出版社,2011年版,第85页。

反面证明了燕乐乃乐曲的属性。就乐器而言,据杨荫浏先生考察,"燕乐乐器可包括雅乐以外的一切乐器",可分"管乐器""弦乐器"和"击乐器"三大类,每一种类又包括众多的乐器,如筚篥、贝、琵琶、箜篌、羯鼓等等①。就表现力而言,伴随着跌宕促节的燕乐演奏,又有着艳丽热烈的胡舞表演,其场面宏大壮观,豁人耳目,令人乐而不倦。"感其声者,莫不奢淫躁竞,举止轻飙,或踊或跃,乍动乍息,跷脚弹指,撼头弄目,情发于中,不能自止"②,有着"繁手淫声,争新哀怨"③、"铿锵镗鎝,洪心骇耳"④震撼人心的表演效果。所谓"艳曲兴于南朝,胡音生于北俗"⑤,胡乐所表现出的那种粗犷苍凉、豪宕健劲的风格与西北民风民俗相表里。

中国魏晋南北朝直至隋唐时期的音乐发展史,是华夏各民族之间的音乐交融史。燕乐虽然古今中外兼收并蓄,但北魏到隋唐之际却是胡乐盛行的时期,而在胡乐盛行之际,中华本土的雅乐和清乐虽为燕乐的组成部分,但长期被边缘化,处于近乎湮灭中断的地步。史载清乐到了武则天和开元初期已经达到了"工伎转缺","就之讹失,与吴音转远","清乐之歌阙焉"的严重程度。⑥但作为华夏本土音乐,由于其深厚的文化血脉,在条件成熟和机缘相会之时,总会受到华夏民族重新青睐。

中国音乐发展到盛唐时期,在继承初唐燕乐的基础上,发生了深刻的变革,变革的本质是向华夏本土音乐的复归,即以本土清乐为主体的法曲的流行,伴随着声乐化的演出形式代替了盛行多时的以舞曲、器乐曲为主的表演形式。燕乐大曲,演出规模大,演员和观众众多,适合大型的宫廷音乐歌舞演出。到了玄宗开元天宝年间,开始盛行小型的个人私宴性质的以歌舞曲、声乐曲为主体的音乐形式,即法曲。

法曲兴盛于盛唐,但法曲的发生却早在隋代初唐燕乐盛行之前的南朝梁代,基本始于梁武帝时代。法曲本称法乐,早期的法乐与梁武帝笃信佛教有关,原本是用来宣讲佛经、弘扬佛法的。杜佑《通典·乐二》载梁武帝即位之后:"更造新声,帝自为之词三曲,又令沈约为三曲,以被管弦。帝既笃敬佛法……又有法乐《童子伎》《童子倚歌梵呗》,设无遮大会则为之。"⑦法曲作为音乐的一个曲种,由于时代和地理的因素,本源上属于清乐系统,"法曲出

---

① 杨荫浏:《中国古代音乐史稿》,人民音乐出版社,1981年版,第220页。
② [唐]杜佑:《通典·乐二》,王文锦、王永兴、刘俊文等点校,中华书局,1988年版,第3615页。
③ [唐]魏徵、令狐德棻:《隋书·音乐中》,中华书局,1973年版,第331页。
④ [唐]杜佑:《通典·乐二》,王文锦、王永兴、刘俊文等点校,中华书局,1988年版,第3614页。
⑤ [宋]郭茂倩编《乐府诗集》,中华书局,1979年版,第884页。
⑥ [唐]杜佑:《通典·乐六》,王文锦、王永兴、刘俊文等点校,中华书局,1988年版,第3717~3718页。
⑦ [唐]杜佑:《通典·乐二》,王文锦、王永兴、刘俊文等点校,中华书局,1988年版,第3610页。

自清商,以清商为基本再融合部分的道曲佛曲以及若干外族乐而成的一种新乐"①。因此,盛行于盛唐时期的法曲,是在清商乐的基础上糅合"胡夷里巷之曲"②而成,是在发展了的音乐形势下,对传统清商乐改造后的回归。

这种音乐的变革,大致来源于唐玄宗个人的音乐好尚,"玄宗既知音律,又酷爱法曲,选坐部伎子弟三百教于梨园,声有误者,帝必觉而正之,号'皇帝梨园弟子'"③。盛唐的宫廷音乐体制也随之发生了重大的变革:将传统的按乐曲种类分类的七部乐、九部乐、十部乐拆散,改为坐部乐和立部乐,立部乐表演传统的以胡乐为主体的燕乐,坐部乐演唱新兴法曲。并设专门的音乐机构——"教坊",皇帝亲自教习梨园弟子法曲,"上于梨园自教法曲,必尽其妙,谓之皇帝梨园弟子"④,若不能胜任法曲表演的,就淘汰到立部乐班。玄宗几乎是以个人之力,将个人对法曲的爱好变为了整个宫廷的爱好,从而渐渐成为整个大唐王朝的音乐风尚。

随着法曲在盛唐的流行,中国音乐至此"已经完成了由传统的大曲大型歌舞演出到清雅的小型乐队的轻音乐的转型,由隋代初唐盛行的喧闹的胡乐到以清乐吴声为基础的法曲的转型,由传统的以舞为主要音乐表现中心到以歌为主要音乐表现中心的转型"⑤。对盛唐时期这一音乐变革或转型对词体发生的意义,刘崇德先生有精辟的论述:

> 唐玄宗开元二年(714)以服务于宫廷娱乐并且以演奏清商部"九代遗声"与法部新曲为主的教坊成立,同时也给了燕乐乐舞由宫廷走向民间和燕乐的汉化架起一道桥梁。在燕乐乐舞由宫廷走向民间及进一步汉化的过程中,一种短小灵活的乐舞曲,有些一开始就是歌舞曲,即"曲子"出现。⑥

词体发生的音乐史的原因,"是宫廷音乐经历魏晋南朝的清乐、北朝隋代初唐的燕乐,再到开元天宝的重归清乐,经历法曲中枢,引导了声乐消费形式的曲子的出现"⑦。最后需要解释的一点是,为何在古人的文献中,论及南北朝至隋唐以至宋代的音乐形式以及词体发生时,多用"燕乐"涵盖之,这一

---

① 丘琼荪:《燕乐探微》,隗芾辑补,上海古籍出版社,1989 年版,第 99 页。
② [后晋]刘昫等:《旧唐书·音乐三》,中华书局,1975 年版,第 1089 页。
③ [宋]欧阳修、宋祁:《新唐书·礼乐十二》,中华书局,1975 年版,第 476 页。
④ [唐]郑处诲:《明皇杂录·辑佚》,[唐]郑处诲、裴庭裕《明皇杂录 东观奏记》,田廷柱点校,中华书局,1994 年版,第 63 页。
⑤ 木斋:《曲词发生史》,光明日报出版社,2011 年版,第 112 页。
⑥ 刘崇德:《燕乐新说》,黄山书社,2003 年版,第 221 页。
⑦ 木斋:《曲词发生史研究的学术史误区》,《井冈山大学学报》2010 年第 4 期,第 101 页。

方面是因为在这一相当长的历史时期,诸如清商乐、胡乐、燕乐以至法曲等各种音乐形式层现错出、交互演进,头绪万千,纷乱复杂,一时难以理清;另一方面是由古人感悟或感性的思维模式所致,对"燕乐"一词只是通行含混而用之,而对每一音乐发展阶段的概念内涵和外延不作清晰的界定。这样,我们看到,"燕乐"一词在指称隋唐以至宋代的音乐时不断发生变化。先是贞观时张文收的使用,单指自己创制的《燕乐》大曲。然后是中唐时杜佑撰《通典》,将隋代的九部乐和初唐的十部乐统称为"燕乐",由于张文收的《燕乐》大曲为十部之首,故以"燕乐"之名统称隋唐宫廷俗乐。接着是北宋的沈括,他在《梦溪笔谈》中说:"以先王之乐为'雅乐',前世新声为'清乐',合胡部者为'宴乐'。"①已经将盛唐才兴起的法曲纳入其中,使其范围更加扩大。最后,由于"燕乐"一词已深入人心,音乐史就顺势将整个隋唐宋时期的宫廷俗乐统称为"燕乐"。这就是"燕乐"一词内涵发展演变的过程。这也给本书带来了难题,一方面,在引用文献时皆用"燕乐"一词,其本意有时难以确指;另一方面,"燕乐"一词的使用已成惯熟,学界对这一问题尚存争议,贸然区别使用恐生纷乱,故不得已,于文中他处也只能权以"燕乐"之名统称。

二、"歌诗之法"与"歌词之法"

诗乐一体、配乐演唱乃中国诗歌源远流长的传统,《诗经》"三百五篇,孔子皆弦歌之",其后汉乐府、南北朝之清商曲辞等都延续了这一传统。由于盛唐时期的音乐变革,法曲盛行,完成了由胡乐的大曲大型歌舞演出到清乐的小型声乐演出的转型。由胡乐以舞为主要音乐表现形式到清乐以歌为主要音乐表现形式的转型,是以一种更高的形态向中国配乐演唱传统的回归。这种转型必然带来对配乐曲辞的大量需求。任何一种新兴的文艺形式在其初始阶段都表现出一种复归传统的特征,并在此基础上探索前行。"唐声诗"配合着流行的法曲清乐而盛行于盛唐开元时期,其五七言的绝句体式承接的是南朝乐府五言小诗的传统,而后起的"句读不葺"的词体正是在"唐声诗"的基础上发展起来的。

所谓"唐声诗",任半塘先生定义为:

"唐声诗",指唐代结合声乐、舞蹈之齐言歌辞——五、六、七言之近体诗,及其少数之变体;在雅乐、雅舞之歌辞以外,在长短句歌辞以外,在大曲歌辞以外,不相混淆。②

---

① [宋]沈括:《梦溪笔谈》卷五,侯真平校点,岳麓书社,2002年版,第33页。
② 任半塘:《唐声诗》上编,上海古籍出版社,1982年版,第46页。

从以上定义可知,"结合声乐、舞蹈之齐言歌辞——五、六、七言之近体诗",从形态上溯源,是对南朝乐府五言四句艳歌的继承和发展,并与中国诗体演进的历程相呼应;"在长短句歌辞以外",语意即唐声诗乃曲词发生的前奏。这样,于歌唱形态上就有着一个由"歌诗之法"向"歌词之法"转变的历程。

诗、乐结合的最初阶段,是乐工直接采诗入乐,以近体诗中的绝句为多,此时尚未深究声辞配合之理,是一种元稹所说的"选词以配乐"的歌唱模式。曲调初兴,短小的歌词一时紧俏难寻,而当时诗人的绝句在形式上与南朝乐府的清商曲辞最为接近,这样,由乐工选当时著名诗人近体诗作随声配合演唱,就成为必然的选择。这种以绝句入乐的"歌诗之法"前人多有记载:

> 开元天宝已来,宫掖所传,梨园弟子所歌,旗亭所唱,边将所进,率当时名士所为绝句尔。故王之涣"黄河远上",王昌龄"昭阳日影"之句,至今艳称之;而右丞"渭城朝雨",流传尤众,好事者至谱为《阳关三叠》;他如刘禹锡、张祜诸篇,尤难指数。由是言之,唐三百年以绝句擅场,即唐三百年之乐府也。①

> 唐时古意亦未全丧,《竹枝》《浪淘沙》《抛球乐》《杨柳枝》,乃诗中绝句,而定为歌曲。故李太白《清平调》词三章皆绝句。元、白诸诗,亦为知音者协律作歌。②

至有诗作较长,截取其中四句入歌的现象:

> 唐乐府所歌绝句,多节取名士篇什,如"开箧泪沾臆",乃高适五言古首四句。又有载律诗半首者,如《睦州歌》取王维"太乙近天都"后半首,《长命女》取岑参"云送关西雨"前半首,与题面全不相涉,岂但取其声调耶!③

对此,王灼总结道:"以此知李唐伶伎,取当时名士诗句入歌曲,盖常俗也。"④像当时社会上流行的乐曲,如《水调歌》《梁州》《伊州》《竹枝》《浪淘沙》《抛球乐》《杨柳枝》等,皆采绝句入调而歌之。这就形成了一种有趣的现象,诗

---

① [清]王士禛:《唐人万首绝句序》,[宋]洪迈辑《唐人万首绝句》,天津市古籍书店,1990年版,第2页。
② [宋]王灼:《碧鸡漫志》卷一,唐圭璋编《词话丛编》,中华书局,1986年版,第77页。
③ [明]胡应麟:《诗薮》内篇卷六,上海古籍出版社,1979年版,第112页。
④ [宋]王灼:《碧鸡漫志》卷一,唐圭璋编《词话丛编》,中华书局,1986年版,第78页。

人以近体写诗,而人人望入乐,提高声价;乐工也以得名人词句为荣。"唐史称,李贺乐府数十篇,云韶诸工皆合之弦管。又称,李益诗名与贺相埒,每一篇成,乐工争以赂求取之,被声歌供奉天子。又称,元微之诗,往往播乐府。旧史亦称,武元衡工五言诗,好事者传之,往往被于管弦。"①

上文所述,法曲源自清商,接续了南朝乐府传统,完成了向短小精练体制的复归。对此,刘崇德先生论述道:"曲子脱离了燕乐乐曲组曲的形式,并且将乐段的反复精减到两遍(个别有三遍、四遍)。每段的乐拍(乐句)规范为四拍到八拍(个别有多达十一二拍者)。这也就为配制声辞统一的歌词创造了条件。"②同时,这种复归又吸纳了胡乐中的有益因素,特别是胡乐的节奏以及器乐中的羯鼓等,并杂糅"胡夷里巷之曲",实现了对清商乐的改造。"而羯鼓等胡乐打击器乐的进入华夏本土音乐,使过于清淡素雅的清乐法曲增强了节奏感和音乐的约束性,为后来与之相配的词体文学的律化,奠定了一定的基础"③。这样的改造就使得当时流行的法曲曲调相较于传统的清乐具有了"繁音促节"、抑扬顿挫、缓急多变的特点,而句式整齐的五、七言绝句一入曲调,其平板、质直的缺陷就显露出来,曲拍与诗句之间必然存在着诸多抵牾之处。

词曲之间的这种不和谐,使得当时的乐工"不得不谋救济之方。其法有二:一为利用泛声,化一定之词句为参差错落;一为重叠歌唱,使有低徊往复、悠扬不尽之音"④。至于第一种方法,就是在曲调有声无词的地方配以"和声""泛声",或"杂以散声"之类,以足曲度。古人对此多有论述:

> 诗之外又有和声,则所谓"曲"也。古乐府皆有声有词连属书之,如曰"贺贺贺""何何何"之类,皆和声也。今管弦之"中缠声",亦其遗法也。唐人乃以词填入曲中,不复用和声。此格虽云自王涯始,然正元、元和之间,为之者已多,亦有在涯之前者。⑤

> 古乐府只是诗,中间却添许多泛声。后来人怕失了那泛声,逐一声添个实字,遂成长短句,今曲子便是。⑥

> 古乐府诗,四言、五言,有一定之句,难以入歌,中间必添和声,然后

---

① [宋]王灼:《碧鸡漫志》卷一,唐圭璋编《词话丛编》,中华书局,1986年版,第77~78页。
② 刘崇德:《燕乐新说》,黄山书社,2003年版,第221~222页。
③ 木斋:《曲词发生史》,光明日报出版社,2011年版,第112页。
④ 龙榆生:《词体之演进》,载《龙榆生词学论文集》,上海古籍出版社,1997年版,第27页。
⑤ [宋]沈括:《梦溪笔谈》卷五,侯真平校点,岳麓书社,2002年版,第34页。
⑥ [宋]朱熹:《朱子语类》卷一四〇,载《朱子全书》,上海古籍出版社、安徽教育出版社,2002年版,第4331页。

可歌,如"妃呼豨""伊何那"之类是也。唐初歌曲,多用五七言绝句,律诗亦间有采者,想亦有剩字剩句于其间,方成腔调。其后即以所剩者作为实字,填入曲中歌之,不复别用和声,则其法愈密,而其体不能不入于柔靡矣,此填词所繇兴也。①

唐七言绝歌法,必有衬字以取便于歌。五言六言皆然,不独七言也。后并格外字入正格,凡虚声处,悉填成辞,不别用衬字,此词所繇兴已。②

这些"和声""泛声""散声"都是为了调和声多词少的矛盾,其所填之词多为"虚声",仅表声而无实义。如皇甫松《采莲子》:

菡萏香连十顷陂(举棹)
小姑贪戏采莲迟(年少)
晚来弄水船头湿(举棹)
更脱红裙裹鸭儿(年少)

又如孙光宪的《竹枝》:

门前春水(竹枝)白蘋花(女儿)
岸上无人(竹枝)小艇斜(女儿)
商女经过(竹枝)江欲暮(女儿)
散抛残食(竹枝)饲神鸦(女儿)

《古今词话》云:"唐人歌词皆七言而异其调,渭城曲为阳关三叠,杨柳枝复为添声,采莲、竹枝,当日遂有俳调,如竹枝、女儿、年少、举棹,同声附和,用韵接拍,不仅杂以虚声也。"③ 这种"和声"可置于曲前、曲中或曲后,位置皆依曲调的旋律和节奏而定。像歌词中的"举棹""年少""竹枝""女儿"等词皆无实际意义,之所以缀以实字,也正如朱熹所说的"后来人怕失了那泛声,逐一声添个实字",是用实字表示演唱时于歌词外多出的音调、曲拍。

---

① [明]胡震亨:《唐音癸签》卷一五,上海古籍出版社,1981年版,第170页。
② [清]吴衡照:《莲子居词话》卷一,载唐圭璋编《词话丛编》,中华书局,1986年版,第2413页。
③ [清]冯金伯辑《词苑萃编》卷一引《古今词话》语,载唐圭璋编《词话丛编》,中华书局,1986年版,第1772页。

至于第二种方法"重叠歌唱",也就是"取其辞与和声相叠成音"①。白居易《河满子》诗云:

> 世传满子是人名,
> 临就刑时曲始成。
> 一曲四词歌八叠,
> 从头便是断肠声。

"一曲四词歌八叠",即是将诗句叠唱。方成培曰:

> 唐人所歌,多五七言绝句,必杂以散声,然后可比之管弦,如《阳关》诗,必至三叠而后成音,此自然之理。后来遂谱其散声,以字句实之,而长短句兴焉。②

这里所说的"《阳关》诗,必至三叠而后成音",指的是乐工歌王维诗《送元二使安西》之法。此诗入歌后成为著名的《阳关三叠》,亦称《渭城曲》,其歌法甚多。王兆鹏先生对此有详尽的考论:"综观唐宋以来《阳关三叠》的叠法,可分三类:一是原句叠,二是破句叠,三是增句叠。原句叠,是在不改动原诗句式的前提下,用原句进行不同的重叠与组合,组合的歌诗仍是齐言体。破句叠,即将原诗七言句摊破成二字句、三字句、四字句、五字句,进行不同的重叠与组合。组合成的歌诗是杂言体。增句叠,是在原作基础上,增补新的字句,形成新的歌词。"③ 书中详列了从唐宋至明清有关《阳关三叠》的二十三种叠法,可谓奇观,鉴于篇幅所限,兹录近于唐时且与本论题关系较为密切的三种,如D14:

> 渭城朝雨浥轻尘,朝雨浥轻尘,浥轻尘。
> 客舍青青柳色新。青青柳色新,柳色新。
> 劝君更尽一杯酒,更尽一杯酒,一杯酒。
> 西出阳关无故人,阳关无故人,无故人。

---

① [宋]胡仔纂集《苕溪渔隐丛话》前集卷二一引《蔡宽夫诗话》语,廖德明校点,人民文学出版社,1962年版,第140页。
② [清]方成培:《香研居词尘》卷一,《丛书集成初编》本,商务印书馆,1936年,第1页。
③ 王兆鹏:《宋代文学传播探原》,武汉大学出版社,2013年版,第172页。

D16：

> 渭城朝雨,渭城朝雨浥轻尘,浥轻尘。
> 客舍青青,客舍青青柳色新,柳色新。
> 劝君更尽,劝君更尽一杯酒,一杯酒。
> 西出阳关,西出阳关无故人,无故人。

D19：

> 渭城,渭城朝雨,渭城朝雨浥轻尘。
> 客舍,客舍青青,客舍青青柳色新。
> 劝君,劝君更尽,劝君更尽一杯酒。
> 西出,西出阳关,西出阳关无故人。①

可见其叠法是在原诗的基础上作不同的重叠与组合。以上二法为近体诗渐变为曲词有据可稽之轨迹。两种歌法在流行的过程中又逐渐走向交融,最初叠唱的是原诗的词句,然其中仍杂有"和声"和"泛声",后来先是乐工,继之文人诗客,将这些原诗叠唱的部分"以字句实之",如五代时期顾敻《添声杨柳枝》:

> 秋夜香闺思寂寥,漏迢迢。
> 鸳帏罗幌麝烟销,烛光摇。
> 正忆玉郎游荡去,无寻处。
> 更闻帘外雨萧萧,滴芭蕉。

刘永济先生指出:"此词每句下三字,显系重叠上句末三字的声调。可见唐人唱此曲原来每句下有虚声和之,而此种作和用的虚声,又即每句末三字的声调,后来用有实义的字填上去,便成了长短句的形式。"②由此显示出由歌诗向歌词的过渡形态。故《全唐诗》附词十二卷,其序曰:

> 唐人乐府,元(原)用律绝等诗杂和声歌之;其并和声作实字,长短其句以就曲拍者,为填词。开元、天宝肇其端,元和、太和衍其流,大中、

---

① 王兆鹏:《宋代文学传播探原》,武汉大学出版社,2013年版,第186~189页。
② 刘永济辑录《宋代歌舞剧曲录要 元人散曲选》,中华书局,2007年版,第8页。

咸通以后,迄于南唐二蜀,尤家工户习,以尽其变。①

在实际歌唱中两种方法交相使用,而且对于何处加"泛声"、何处"叠唱"等并没有一定之规,完全取决于乐工唇吻歌唱之便,其目的正如张炎在《词源》卷上"讴曲旨要"所言,"字少声多难过去,助以余音始绕梁"②,效果如何则全在于乐工取舍应用之间。

应该指出的是,这种"歌诗之法"向"歌词之法"的转移是音乐形态上发生的事,正如苏珊·朗格所说的那样,"歌词配上了音乐以后,再不是散文或诗歌了,而是音乐的组成要素。……所以,它们放弃了文学的地位,而担负起纯粹的音乐功能"③。歌唱时为协调曲与词之间的矛盾而采用的"和声""泛声""重叠歌唱"以及后来"以字句实之"等方法,都构成了"音乐的组成要素",其歌法以及与曲调配合之效乃乐工的职分,于诗歌文本无涉。任半塘先生在谈到这一点时说:"声诗有和声辞或叠句者,其原有之齐言形式表面似已被打破,其实二者对于原诗之主辞,皆独立存在,并不影响主辞之为齐言。"④这反映了一种诗体的嬗变是以音乐为先导,而诗体本身具有滞后性;也说明了从乐工的口头歌唱形态到文人的案头文本形态的转变是一个漫长而复杂的过程。后来"歌词之法"兴起并盛行,并不意味着声诗"歌诗之法"的消失,两者在后来很长的一段时间并行不悖。故李清照在其所著《词论》中说:"乐府声诗并著,最盛于唐开元天宝间。"⑤任半塘先生也说:"诗有诗之曲,杂言有杂言之曲。诗之曲辞用诗,终于是诗,无变;杂言之曲辞用杂言,原本即已是唐杂言歌辞。彼此各得其所,相得益彰。"⑥两种歌法并存,且由乐工在曲调与歌词间不断探寻最佳的配合之方,这无疑"促进了由歌诗向歌词的过渡,为歌词之法代替歌诗之法,创造了条件"⑦。

---

① [清]彭定求等编《全唐诗》卷八八九,中华书局,1960年版,第10040页。
② [宋]张炎:《词源》,载唐圭璋编《词话丛编》,中华书局,1986年版,第254页。
③ 〔美〕苏珊·朗格:《情感与形式》,刘大基、傅志强、周发祥译,中国社会科学出版社,1986年版,第171页。
④ 任半塘:《唐声诗》上编,上海古籍出版社,1982年版,第146~147页。
⑤ 见[宋]胡仔纂集《苕溪渔隐丛话》后集卷三三引李易安语,廖德明校点,人民文学出版社,1962年版,第254页。
⑥ 任半塘:《唐声诗》上编,上海古籍出版社,1982年版,第401~402页。
⑦ 施议对:《词与音乐关系研究》,中国社会科学出版社,1985年版,第11页。

第三节　词体的发生及其演进

一、小令的发生及其演进

在经历了"声诗"与曲子的配合实验之后,曲词开始了以参差句式为基本特征的发生演进历程。词体之发生演进,较之其他文体尤为复杂错综,本身就是一个综合的社会文化现象,同时又需要具备多方面的前提和条件,还有一些偶然因素掺杂其中。音乐方面,盛唐时期糅合胡乐并杂以"胡夷里巷之曲"的清乐法曲的盛行,以及对南朝清商曲辞五言短章声乐演唱形式的借鉴继承,乃词体得以产生的音乐基础。诗体方面,从永明体开始的近体诗的律化过程,直至初盛唐渐次定型成熟,并以"声诗"的形式为词体的产生作了充分的实验和探索。再有,当时的社会风尚、文艺思潮对词体的产生也有着不可忽视的影响。唐代尤其盛唐时期科举制的实行,大量优秀诗人得以涌现,并形成了一股新兴的政治力量,从"初唐四杰"、陈子昂,到李杜、王维、孟浩然,都对齐梁延至初唐的宫廷诗进行了不懈的批判和否定,诗歌的主题也由此走向田园山林、大漠边关,在盛唐主要诗人的作品中,除了李白一些模拟乐府古题的诗作外,男女情爱的主题基本销声匿迹。盛唐时期清乐法曲盛行,亟须与之相配的情爱主题的歌词,而盛唐诗坛对情爱题材的回避和否定,客观上需要有别于正统诗体之外的一种歌诗来填补这一空缺,因为任何时候,无论是宫廷享受还是民间娱乐,音乐疏导人性的功用中,情爱主题都不可或缺。这又是词体产生的深层社会文化原因。

有时,历史的发展总是将必然性蕴藏在偶然性之中,一次偶发事件或一个历史人物的出现,总能大大推进事物的发展进程,即如屈原,在《诗经》群体性短章创作之后,以个人之绝世才情自铸伟辞,完成了《离骚》《九歌》等鸿篇巨制,屈原的个人创作"与日月争光",确有着超越时代的意义。李白也以其天纵的诗人才华和翰林供奉的特殊身份,风云际会,出现在开元天宝这一法曲盛行、音乐变革的历史时刻,将其诗歌和音乐的才华完美结合、应制作词。其偶然行为,不意竟成就了"百代词曲之祖"的历史地位。李白创制的《清平乐》《菩萨蛮》《忆秦娥》等词章,意境深远、文辞华美,以融合近体诗格律的长短参差句法出之,已经标志着词体的形成①。上文所说,一种文体的发生演进,必经长期及多人之酝酿实验,方能盛行并为社会所接受。不能不

---

① 关于李白词真实性的问题,学界尚存争论,木斋先生对此有比较详尽的考论。参见木斋《曲词发生史续》,中国文史出版社,2014年版,第36~44页。

说,李白以其天才的创作,在词体的初创阶段,即树立了超越词体本身发展阶段的典范意义。词体之发生兴起,历来众说纷纭,木斋先生在《曲词发生史》《曲词发生史续》中明确提出,词体产生于宫廷,导源于清乐法曲,乃是唐宫廷文化的产物,并由李白完成词体的创制。后以安史之乱教坊乐工散落民间为契机,经张志和、韦应物、戴叔伦、王建直至白居易、刘禹锡等中唐诗人反复酝酿实验,经历了一个由宫廷文化向士大夫家宴文化乃至"胡夷里巷"市井文化的逐渐下移的转型历程,其间还夹杂融合了以敦煌歌辞为代表的民间曲词的兴起和发展。

词体发展的另一条线索在民间,以胡适为代表的一大批学者持词体起源民间说,所依据的就是敦煌歌辞。收录敦煌歌辞的著作,以任半塘先生编著的《敦煌歌辞总编》最为精审全面,共收歌辞一千二百余首,而其中"《云谣集杂曲子》一卷,乃唐代民间杂言歌辞"①。"从现存敦煌歌辞看,其体制已相当完备,其中,有令词,有慢曲,有只曲,有联章,有杂曲也有大曲,而且,各种不同体制的词,其乐曲形式也是复杂多样的。"②吴熊和先生将其体制总结出有衬字、字数不定、平仄不拘、叶韵不定、咏调名本意者多、曲体曲式丰富多样六个方面的特征③,正符合初兴词体简质粗陋的民间形态特征。关于《云谣集》的产生时间和作者、编者等问题,迄今尚无定论,有七世纪中叶、盛唐派、晚唐说、五代说等观点。由于敦煌歌辞数量众多,体制"有令词,有慢曲,有只曲,有联章,有杂曲也有大曲"等,应是作者众多,且历时较长;其中又多有慢词,按词体"进展之顺序",应为晚唐五代到宋初之际产生。故木斋先生承郑振铎、王易之说,主张"敦煌词的主体作品应该是中晚唐之后到宋初的作品,个别作品,或有李白之后的宫廷乐工作品。其作者的阶层,是个相当复杂庞杂的构成,既有宫廷乐工,又有边将藩臣,既有佛道唱词,又有歌伎演唱,就写作时间而言,多数应为晚唐五代至宋初的作品"④。敦煌歌辞以其丰富质朴的原生面貌呈现出词体在民间演进的多元形态,故朱孝臧称之为"洵倚声中椎轮大辂"⑤,其词体制无准、句式无依,又"语多鄙俚","但取就律,不重文理",⑥虽然艺术性不高,然其中体现出的活泼无拘的语言风格、贴近市井人情的铺叙手法等,为当时以及后来的词人提供了可供汲取的丰富养料,以独

---

① 任半塘编著《敦煌歌辞总编》,上海古籍出版社,2006 年版,第 1 页。
② 施议对:《词与音乐关系研究》,中国社会科学出版社,1985 年版,第 29 页。
③ 吴熊和:《唐宋词通论》,商务印书馆,2003 年版,第 165~167 页。
④ 木斋:《曲词发生史续》,中国文史出版社,2014 年版,第 45~46 页。
⑤ 朱孝臧:《云谣集杂曲子》跋,载朱孝臧辑校编撰《彊村丛书》,上海古籍出版社,1989 年版,第 15 页。
⑥ 王易:《中国词曲史》,中国书籍出版社,2017 年版,第 45 页。

特的方式参与到词体的演进过程中,这一点从后来诸如白居易、刘禹锡、韦庄、李煜等人的词作中可以清晰地看出。

文人词在李白之后,经历了张志和、韦应物、戴叔伦、王建等人灯火相传,至白居易、刘禹锡等中唐诗人才开始明确揭示出词体"依曲拍为句"的文体特征。这与文人们贬谪四方的经历、保守思想较为淡薄、注意向民间歌曲学习等因素有关。如刘禹锡《忆江南》两首:

> 春去也,多谢洛城人。弱柳从风疑举袂,丛兰裛露似沾巾。独坐亦含嚬。

> 春过也,共惜艳阳年。犹有桃花流水上,无辞竹叶醉樽前。惟待见青天。

加上我们所熟知的白居易《忆江南》三首,"刘、白两人之《忆江南》五首,为长短句词之肇端"①。刘禹锡两首《忆江南》其一,集中题作:

> 和乐天《春词》,依《忆江南》曲拍为句。②

这是文人尝试"倚声填词"的开始。陶东风先生在《文体演变及其文化意味》中指出:"一种特定的文体往往是一个由众多规范所组成的系统,而标志其根本特征的往往又是其中某一个占支配地位的核心规范……支配性规范的移位常常导致文体的根本性转化。"③曲与词是词体两大基本构成要素,词之创作"依曲拍为句",此一核心规范的确立,标志着词这一新兴的音乐文学体裁也正式宣告成立。刘禹锡等人的偶然之作,却使风气大开,使人明晓声词配合之理。以参差错综之句法,入抑扬抗坠之乐曲,才可尽词乐之双美。自此,中国诗歌史遂开启了文人词体自觉创作的华美乐章。

然考诸《刘禹锡集》,刘禹锡的词作有《纥那曲》两首,《杨柳枝》十二首,《竹枝》十一首,《浪淘沙》九首,《抛球乐词》两首,《踏歌词》四首,《步虚词》两首,皆为五、七言绝句的格式;只有《忆江南》两首和《潇湘神》两首为"依曲拍为句"的长短句格式,可见其仍未脱近体的痕迹。齐言、杂言共存,且以齐言为主,仍是当时歌词创作和演唱的真实面貌的反映。直到温庭筠的出现,才将这一局面彻底打破。

---

① 龙榆生:《词体之演进》,载《龙榆生词学论文集》,上海古籍出版社,1997年版,第30页。
② [唐]刘禹锡撰,陶敏、陶红雨校注:《刘禹锡全集编年校注》,中华书局,2019年版,第1187页。
③ 陶东风:《文体演变及其文化意味》,云南人民出版社,1994年版,第17页。

温庭筠在词史上不能不说是突起的第一座高峰,不仅在于他开深婉密丽的花间词派之先河,为以后词体题材划定了界域,更在于他将词这种文学体裁从绝句的形式中独立出来,并将其定型化和规范化。他以自己的创作为词体的发展,无论在题材上还是在形式上,都树立了可资模仿的典范。温庭筠对词体的贡献可概括为以下三点:

首先,分片立纲、初具体制。初期的文人词以绝句为主,唐人写得最多的是依《杨柳枝》《竹枝》《浪淘沙》等曲调所作的五七言歌词,抛开曲调,与绝句无异。即使是有所突破,也是将曲调中的"和声""泛声"和"散声"等添入实字,或将其中一句七言拆为两句以就曲拍。这种绝句形式的单片令词体制短小,无法容纳更多的内容和情感,词体之演进发展则需扩充容量、放大体制。温庭筠对词体的重大贡献之一,就是确立双片体制,使词由两个相同或相似的结构单位——"片"——组成。在《花间集》所收录的温庭筠六十六首词中,双片四十首,单片二十六首,双片词的数量远多于单片词。双片词的出现使词的表现空间得以拓展,内容更丰富,抒情更细腻,从而大大扩充了词体的容量、提高了词体的表现力。

其次,创制新调、改造旧曲。在《花间集》中,温庭筠共用词调十八种,像《更漏子》《归国遥》《定西蕃》《河渎神》《女冠子》《玉胡蝶》《河传》《蕃女怨》《荷叶杯》等均首见于温庭筠词作,为温氏首创。同时他又改造了一些民间曲调,以便于歌唱。如《酒泉子》乃民间敦煌曲辞曲调,其句式为"四七七五/七七七五"和"四七七五/四四七七五"两式。温庭筠则改其体制,面貌与之迥异:

  花映柳条。闲向绿萍池上。凭栏干,窥细浪,雨萧萧。 近来音信两疏索,洞房空寂寞。掩银屏,垂翠箔,度春宵。

从上可以看出,温庭筠已基本摆脱了近体律绝的束缚,以参差简短的句式来应和"促碎"的曲调节拍。至温庭筠才完全作到了"依曲拍为句"。

最后,规范格式、严密声律。小令的定型化、格律化,标志着小令从敦煌民间曲辞自由无拘的状态,进入有较严格格律要求的文人歌词创作阶段。试比较温庭筠三首《南歌子》(|为仄声,–为平声):

手里金鹦鹉， 胸前绣凤皇。 偷眼暗形相。 不如从嫁与， 作鸳鸯。
｜｜－－｜　　－－｜｜－　　－｜｜－－　　｜－－｜｜　　｜－－

似带如丝柳， 团酥握雪花。 帘卷玉钩斜， 九衢尘欲暮， 逐香车。
｜｜－－｜　　－－｜｜－　　－｜｜－－　　｜－－｜｜　　｜－－

懒拂鸳鸯枕， 休缝翡翠裙。 罗帐罢炉熏。 近来心更切， 为思君。
｜｜－－｜　　－－｜｜－　　－｜｜－－　　｜－－｜｜　　｜－－

三首《南歌子》，格律丝毫不苟，即使按近体诗格律可平可仄的地方也一律从严把握。温庭筠共有七首《南歌子》，七首格律完全一致。依此类推，温词他调也多是如此。可见温庭筠已经有意识地追求格律的统一，以达到体制上的规范化。夏承焘先生说："大抵自民间词入士夫手中之后，飞卿已分平仄。"又说："至飞卿以侧艳之体，逐管弦之音，始多为拗句，严于依声。往往有同调数首，字字从同；凡在诗句中可不拘平仄者，温词皆一律谨守不渝。"① 小令的成熟和定型化，乃是一个逐步完善的过程，至北宋仍在继续，温庭筠在这个过程中确实树立了一座丰碑，对小令体制的发展起到了示范、指明方向的作用。

温庭筠为小令的定型化和规范化树立了典范，这个过程实伴随令词发展的始终。在晚唐五代就普遍存在着一体多调和一调多体的现象，七言四句的绝句体式可入多种曲调，如《杨柳枝》《竹枝》《浪淘沙》《水调歌》和《阿那曲》等；同样，一个词调有多种格式，据万树《词律》载，《酒泉子》从四十字至五十二字不等，有二十体，《河传》从五十一字至六十一字不等，有十七体，《倾杯乐》八体，《诉衷情》七体，《卜算子》七体，《春光好》六体②，不一而足。词调如此纷杂错综，而唐五代乃至北宋词人仍不满足，还在不断地创制新的曲调，以更贴近其情思和心曲。其常用的方法就是"添声""摊破"和"减字""偷声"。任半塘先生指出："添声之事，已迟在五代，前未尝有。……'减''破'等法，乃北宋人在诗乐与词乐间之所为……'偷声'因声立说，是主；'减字'是文人因辞立说，是从。"③ 依任半塘先生的说法，"添声"之法应产生于五代，而"减字""摊破"之法已是北宋之事。所谓"添声""摊破"就是增加曲调，相应地字句也就增加；"减字""偷声"就是减少曲调，相应地字句也必减少。如前引五代时词人顾夐的《添声杨柳枝》，乃将一绝句于每七言句下各增三字，衍至六平声韵、两仄声韵的体式。又如南唐中主李璟著名的《摊破

---

① 夏承焘：《唐宋词字声之演变》，载《夏承焘集》第二册《唐宋词论丛》，浙江古籍出版社、浙江教育出版社，1998年版，第52、53页。
② 参见［清］万树编著《词律·目次》，上海古籍出版社，1984年版，第24、30、31、23、25、24页。
③ 任半塘：《唐声诗》上编，上海古籍出版社，1982年版，第383～384页。

浣溪沙》：

> 手卷珠帘上玉钩，依前春恨锁重楼。风里落花谁是主？思悠悠。
> 青鸟不传云外信，丁香空结雨中愁。回首绿波春色暮，接天流。

乃于《浣溪沙》的上下片后各加三字，且将原上下片的最后一句改成仄声，即成此体。"减字""偷声"的例子，如张先的《偷声木兰花》：

> 画桥浅映横塘路，流水滔滔春共去。目送残晖，燕子双高蝶对飞。
> 风花将尽持杯送，往事只成清夜梦。莫更登楼，坐想行思已是愁。

《木兰花》的第三句和第七句本为七字句，皆减去三字，成四字句；同时，变仄声韵通押为仄声韵和平声韵互叶。又如晏几道的《减字木兰花》：

> 留春不住，恰似年光无味处。满眼飞英，弹指东风太浅情。
> 筝弦未稳，学得新声难破恨。转枕花前，且占香红一夜眠。

此体则将《木兰花》的一、三、五、七句都变成四字句，且成仄韵、平韵转叶。可见"添声""减字"并无一定之法，效果却是长短变化更鲜明，更助美听，进一步摆脱近体诗体式的束缚。

"诗客曲子词"经西蜀、南唐数十年的涵养，已脱尽里巷杂曲歌唱的原始面目，日近精妙娴雅，已成为士大夫"娱宾遣兴"之资。至北宋欧晏，小令的发展达到极致。在这个过程中，一些词牌由于曲调丧失，或者一些词调的句法、体式不太适合士大夫的审美和诗歌创作习惯，而逐渐消失；另一些词牌由于有着与诗体相近的体式和句法特征，非常符合士大夫早已定型的近体创作模式和审美习惯，故而广泛流行于词人中间。这里我们依据《全宋词》中二晏词所用词牌数量的统计就可以看出词牌的存废、消长情况。晏殊共存词一百四十首，其中《渔家傲》十四首，《浣溪沙》十三首，《木兰花》（或《玉楼春》）十一首，《诉衷情》八首，《蝶恋花》六首，《采桑子》七首，等等。晏几道共存词二百六十首，其中《采桑子》二十五首，《浣溪沙》《木兰花》（或《玉楼春》）各二十一首，《鹧鸪天》十九首，《清平乐》十八首，《蝶恋花》十五首，《生查子》十三首，《菩萨蛮》九首，《临江仙》和《诉衷情》各八首，等等。像《浣溪沙》《木兰花》《渔家傲》和《鹧鸪天》等，或纯为七言句式，或七言稍作变体，又如《生查子》也纯是五言句式，这些都非常符合士大夫的诗歌创作习惯，故能够保存且得以流行。而一些原有的"句短而调未舒"、不太适合婉转表意的"促碎"词调,像温庭筠所创制的《河传》《思帝乡》《定西蕃》等,随着北宋令词的雅化,也就渐渐消弭了。

小令的雅化历程就是诗化的过程。当士大夫将他们的学养、襟抱以至情感志意一并寄予词中的时候,小词就"形成了一种既可以显示作者心灵中深隐之本质,且足以引发读者意识中丰富之联想的微妙的作用"、富有"要眇幽微"特质的"歌者的词",① 这样的发展客观上也就要求词体的形式向诗体接近、靠拢以至融合,才能承载与之相应的"析酲解愠"②的内容,形式与内容具有异质同构的关系。这样经过"诗人之句法"陶洗的词体体制,已经与近体相差无几了。对于词体这一转型,刘崇德先生总结道:

> 曲子其作为一种歌舞声乐体式,本为声辞一体的。当其被称作"曲子词"时已渐从文人诗客笔下从乐体中脱离。当其脱掉"曲子",而直接被称为"词"时,已是欧阳修、苏轼等词作巨匠出现于词坛之际,词已成为一种抒情遣兴的文学体裁。这种脱胎于燕乐乐舞,由曲子演化成的文学体式虽然仍以曲有定句,句有定字的固定调名(后世曰之词牌)为载体,然已是"著腔子写好诗""句读不葺之诗",其已用诗韵之平仄代替了曲子词之五音、五声、六律。用诗律之韵格(两句一韵)称作曲子拍律之"均"。虽然保留了拍句,但以诗句之句读(句投)、顿法代替了乐拍之节奏,终由协乐可歌之体成为空余宫调、曲(牌)名之案头韵文。③

二、"铺叙展衍,备足无余"的长调

小令发展至北宋前中期已基本定型和成熟,且欧晏等词人以"诗人之句法"入词,词体成为士大夫阶层"娱宾遣兴"的工具。而北宋以来,随着城市经济的繁荣和市民阶层的壮大,市井文化也随之悄然萌发、兴盛,追求世俗享受、感官刺激成为时代的风尚。以柳永为代表、以表现市井生活为内容的慢词大量涌现,就成为时代的必然。

慢词的兴起、繁荣,虽是词体发展之必然,但必须具备两个条件:其一是城市的发展,市民阶层娱乐的兴盛;其二必须有大量慢词曲调出现。据《宋

---

① 叶嘉莹:《词学新诠》,北京大学出版社,2008年版,第151、83页。
② [宋]晏几道:《小山词自序》,金启华、张惠民、王恒展等编《唐宋词集序跋汇编》,江苏教育出版社,1990年版,第25页。
③ 刘崇德:《燕乐新说》,黄山书社,2003年版,第227页。

史·乐志》记载:"宋初置教坊,得江南乐,已汰其坐部不用。自后因旧曲创新声,转加流丽。""太宗洞晓音律,前后亲制大小曲及因旧曲创新声者,总三百九十。"① 民间也因"中原息兵,汴京繁庶,歌台舞席,竞赌新声",遂有"耆卿失意无俚,流连坊曲,遂尽收俚俗语言,编入词中,以便伎人传习。一时动听,散播四方"。② 这些新声多为慢曲,其声调柔靡舒缓,迥异于唐五代时"促碎"的燕乐曲调。曲调的特征决定了歌词的性质,故清人沈曾植曰:

    五代之词促数,北宋盛时啴缓,皆缘燕乐音节蜕变而然。即其词可悬想其缠拍。花间之促碎,羯鼓之白雨点也。乐章之啴缓,玉笛之迟其声以媚之也。庆历以前词情,可以追想。唐时乐句,美成、不伐以后,则大晟功令,日趋平整矣。③

  "啴缓""迟其声以媚之",乃北宋时期新声的特点。虽然长调在唐民间敦煌曲辞中已然产生,唐五代词人也偶有创作,如杜牧的《八六子》、薛昭蕴的《离别难》等,但终归是一种尝试、兴到之作,未成规模和主流。事物的发展总是由简到繁、由易到难,也只有等到小令充分发展和成熟之后,慢词产生的诸多条件得以具备,长调才能在此基础上发展、演进以至兴盛起来。

  北宋词体面貌和风格,至柳永而彻底改观。由于仕途失意加之生性放浪,他长期混迹于秦楼楚馆之间,这使他能够充分地接触市井新声,并能真实地感受市井生活的面貌,加上他先天的音乐才能和文学修养,遂成就了他在词史上卓绝的地位,后来词体的发展无不是基于柳永的开拓。

  柳永最大的贡献是长调的创制。柳永《乐章集》存词二百多首,所用词调除十几首沿用唐五代的曲调外,其余百余首均首见于柳永词,其中慢词的数量又远超小令。柳永词调的主要特点是"变旧声作新声"。这首先体现在将唐五代的曲调衍为长调"新声",像《鹤冲天》《浪淘沙》《洞仙歌》《玉蝴蝶》等,初皆为小令,篇幅短小,柳永将其敷衍加工成长调,即如《浪淘沙》,刘禹锡等中唐诗人创作时乃单片二十八字的齐言绝句,到李煜时已发展为五十四字的双片长短句,而柳永又将其扩展为三叠一百三十三字的长调《浪淘沙慢》。其次体现在将唐代教坊曲中大量前人不曾用的曲调,如《二郎神》《曲玉管》《夜半乐》《六幺令》等,亦度为新的词调,其中流传最广的就是那首《雨霖铃》。最后,柳词的"新声"还表现在他的自创曲调,《词谱》中注明"创自柳

---

① [元]脱脱等:《宋史·乐十七》,中华书局,1977年版,第3345、3351页。
② [清]宋翔凤:《乐府余论》,载唐圭璋编《词话丛编》,中华书局,1986年版,第2499页。
③ [清]沈曾植:《菌阁琐谈》,载唐圭璋编《词话丛编》,中华书局,1986年版,第3607页。

永"者十八调,只有柳永有此调、"无别首可校"者三十七调。又有学者考证,柳氏自创又"无他词可校"者共五十五调。① 应该说,柳之创调绝非小令的简单延长,慢词本身有其独立的音律节拍及"句读"安排,必须结合当时的市井俗曲才能产生独特的韵律与声情,才能承载与之相符的市井情调和内容。

  铺叙手法的开创运用乃柳永对词体的一大贡献。刘熙载曰:"赋起于情事杂沓,诗不能驭,故为赋以铺陈之。斯于千态万状,层见迭出者,吐无不畅,畅无或竭。"② 篇幅的增长,使得小令含蓄蕴藉的手法派不上用场,铺叙手法的运用就成为必然。通过铺叙手法,景物得以清晰地再现,事件得以完整地叙述,情感得以细腻地抒发,真正将语言表情达意的功能淋漓尽致地体现出来,铺叙手法的运用使得词体的创作具有了明显的散文化特征。柳永于词体创作手法的另一大贡献是领字的大量使用。领字的出现,彻底打破了近体诗的句法形式,使得词的气韵更加流转,词意更加贯通,句法更加多变。如柳永的《八声甘州》就是运用领字的成功典范,通过领字的运用,使得长调的铺叙手法婉转多姿而富于变化,充分体现了长调节奏上的抑扬顿挫之美。领字的出现和铺叙手法的运用,意味着从小令到长调创作模式的根本转移。另外,柳永词另一个显著特征是语言的通俗化、情调的市民化。以俚俗的语言和市民的情调入词,使词体在民间获得了巨大的发展生机。他充分运用现实生活中的日常语言,诸如副词"恁""怎""争"等,代词"我""你""伊""自家""阿谁"等,动词"看承""都来""抵死""消得"等,这些浅显直白的词语反复使用,不仅生动活泼、富有表现力,而且使听众感到亲切有味,易于理解接受,从而获得了绝佳的视听效果,对听众形成了强烈的感染力和冲击力,实现了词体在演唱时价值的最大化。

  柳永的慢词创作适应了社会市井文化发展的需要,取得了空前的成功,在当时的影响无人能及,达到了"凡有井水饮处,即能歌柳词"③ 的地步。"彼其所以传名者,直以言多近俗,俗子易悦故也"④。柳永一变令词之文人情志抒写而为长调之歌妓情爱歌唱,为词体开辟出一条通俗化的发展道路。

  长调在柳永时期,毕竟处于初创阶段,格律还很不固定。如同属于林钟商的两首《古倾杯》("冻水消痕""离宴殷勤"),一个一百零八字,一个一百一十字,《乐章集》中三首《洞仙歌》,分属中吕、仙吕和般涉三调,字数分别为

---

① 参见梁丽芳《柳永所用词牌之特色》,《南开学报》1982 年第 4 期。
② [清]刘熙载:《艺概·赋概》,上海古籍出版社,1978 年版,第 86 页。
③ [宋]叶梦得:《避暑录话》,徐时仪校点,载《宋元笔记小说大观》,上海古籍出版社,2001 年版,第 2628 页。
④ [宋]胡仔纂集《苕溪渔隐丛话》后集卷三九引《艺苑雌黄》语,廖德明校点,人民文学出版社,1962 年版,第 319 页。

一百二十六字、一百二十三字、一百二十一字,且其句式、句数多有差别,又由于流传等原因,致使"传讹舛错,惟乐章集信不易订"①,据梁丽芳统计,在柳永所用的一百二十七个词调中,同调异体者即有三十一个②。之所以出现这种情况,是因为柳永填词首先注重词的音乐可歌性,注重词与音乐的有机配合,字数的多寡、句式的长短则是次要问题。这样长调的规范化、格律化就要等到后来以周邦彦为代表的精通音乐的词人来完成了。

在柳永开启的风气之下,慢词的创作呈多元的探索状态,如苏东坡摆脱音乐的束缚,"以诗为词",使词体成为士大夫情志抒写的工具;黄庭坚、贺铸之词作兼有柳之艳冶与苏之豪壮,体现的是俚俗和典雅共存的文本形态;秦观则是以本色语入词,济以含蓄、化用等诗法,体现了清丽淡雅的词风。这些词人的积极探索和多样创作都为周邦彦的集大成提供了借鉴之资。

周邦彦的出现,标志着词体进入一个新的发展阶段。在长调创制方面,他继承并超过了柳永,把长调带到了一个新的高度。张炎《词源》卷下曰:

> 迄于崇宁,立大晟府,命周美成诸人讨论古音,审定古调,沧落之后,少得存者。由此八十四调之声稍传。而美成诸人又复增演慢曲、引、近,或移宫换羽,为三犯、四犯之曲,按月律为之,其曲遂繁。③

像《拜星月慢》《浣溪沙慢》《荔枝香近》等皆属于周氏之创制。相较于柳永,周邦彦已不限于一调之内展衍慢词,而是创制了大量犯调,如《侧犯》《花犯》《渡江云》等,至如《六丑》一阕犯六调,故王国维称其"创调之才多",于此可见。

周邦彦在创调的同时,也完成了将长调体制定型化、规范化的工作,为后来不甚精通乐理的词人按谱填词提供了依据。这样,在柳词那里显得杂乱无序、韵脚无准、句式不一的体制,经周邦彦的改造、整理,走向规范化、精致化。定型以后的词体,句式得以统一,韵脚得以规范。同时,周邦彦既精通音乐,工于声律,能将音乐中的五音与语音中的四声融合,在词中既严辨四声,又妙于配合,使声律的高低急徐与情感的抑扬起伏妙合无间,将音乐文学的美质表现得淋漓尽致,故王国维说:"故先生之词,文字之外,须兼味其音律。……今其声虽亡,读其词者,犹觉拗怒之中,自饶和婉。曼声促节,繁会相宣,清浊

---

① [清]吴衡照:《莲子居词话》卷三,载唐圭璋编《词话丛编》,中华书局,1986年版,第2447页。
② 梁丽芳:《柳永所用词牌之特色》,《南开学报》1982年第4期,第51页。
③ [宋]张炎:《词源》,载唐圭璋编《词话丛编》,中华书局,1986年版,第255页。

抑扬,辘轳交往。两宋之间,一人而已。"①夏承焘先生遍览清真词,并通过与柳永词的比较,总结道:"清真《片玉》一编,承温、晏、秦、柳之流风,声容益盛,今但论其四声,亦前人所未有。《乐章集》中严分上去者,犹不过十之二三;清真则除《南乡子》《浣溪纱》《望江南》诸小令外,其工拗句、严上去者,十居七八。即以一句一章论,亦较三变为密。"②即如拗句,我们知道,近体诗以其诗句中平平仄仄式重复变化的律句安排,来获得在没有外在音乐的情况下语言内部抑扬顿挫的音乐美听效果,而周邦彦特变其法,多以有违律句平仄安排的拗句形式出现,且一调之内"严上去者,十居七八",如其《瑞龙吟》之"归骑晚、纤纤池塘飞雨"中五连平句法,《兰陵王》结句"似梦里,泪暗滴"六字皆为仄声等,将语音之声调与音乐之五音对应,将曲调激越扬厉的声情于语音文字上尽显。故龙榆生在总结《兰陵王》声律构成时说:"它对四声的使用,是完全改变了近体诗的法式而充分表现出它的独创性的。"③这正是清真词作为音乐文学的特征所在,这些创制标志着词体的音乐规范发展到周邦彦已经成熟化和定型化。

周邦彦在规范柳氏曲调的同时,又在铺叙手法上变柳词的平铺直叙为回环往复、勾勒提顿,在语言的运用上,既善于对物态进行细致入微的刻画描摹,又讲究"浑厚和雅,善于融化词句"④等,其语言运用之功,又使词体的文学性达到一个新的高度。周邦彦的诸多贡献,确立了其在词史上集北宋之大成、开南宋之先导的地位。所以清陈廷焯曰:"词至美成,乃有大宗。前收苏、秦之终,复开姜、史之始。自有词人以来,不得不推为巨擘。后之为词者,亦难出其范围。"⑤周邦彦这种集大成的成就,将词体作为音乐文学的双重美质都充分地展现了出来。从音乐方面而言,美成词严于四声、妙于配合自不待言,即如美成词的香艳性⑥,也是在特定的市井场所,伴随着柔靡的曲调所产生的官能刺激效果而产生的。从文学方面而言,其语言的"浑厚和雅"、铺叙的回环勾勒、言情体物的穷极工巧,都体现了极高的艺术性。美成词的存在形态是将口头歌唱和案头创作熔于一炉,真正作到了雅俗共赏,是词体的最高典范。故宋陈郁曰:"美成自号清真,二百年来,以乐府独步。贵人学士、市

---

① 王国维:《人间词话》附录一,载唐圭璋编《词话丛编》,中华书局,1986 年版,第 4272 页。
② 夏承焘:《唐宋词字声之演变》,载《夏承焘集》第二册《唐宋词论丛》,浙江古籍出版社、浙江教育出版社,1998 年版,第 63 页。
③ 龙榆生:《词曲概论》,北京出版社,2004 年版,第 170 页。
④ [宋]张炎:《词源》,载唐圭璋编《词话丛编》,中华书局,1986 年版,第 255 页。
⑤ [清]陈廷焯:《白雨斋词话》卷一,载唐圭璋编《词话丛编》,中华书局,1986 年版,第 3787 页。
⑥ 如张炎评美成词:"惜乎意趣却不高远。"刘熙载亦云:"只是当不得个'贞'字。"

侬妓女,知美成词为可爱。"①

高友工先生在《小令在诗传统中的地位》一文中说:

> 个人以为早期的词(当然也特别是指小令)是从旋律和节奏的角度来创作的。后期的慢词或长调则逐渐着眼于图位的角度。这是词的美典在唐宋这五世纪逐渐地转变,也正代表了民间词人为文士词人所取代。②

从"旋律和节奏"转变为"图位"形式,就是创作模式由口头歌唱形态向文人案头格律文本形态的转移,周词之创制无疑处于这种转变的关节点上,其词所具有的音乐和文学的双重属性也正是这种转变的体现。前期的歌唱形态至此作一完美的收场;同时也以其经典的词作将词体的音乐美以"图位"的形式也就是声律形式确定下来,为后来的词家提供了可资依循的典范。在曲调消失以后,或者在词人不通音乐的情况下,这种"图位"就成了音乐的载体,与近体诗的格律有着同等的性质,由此大体完成了词体由乐工歌唱向文人案头创作的转移。

周邦彦对长调的格律化,意味着词之体制经过"乐府声诗并著"到小令再到长调演进的完成。在文人士大夫全面接受并进行词之创作以后,文人的保守性就体现了出来,他们将词体的格律进一步规范化和严密化,加之文人传统情志抒写,使之一步步走进传统诗歌的藩篱,最终成为与近体诗一样有着严格格律要求的中国诗体之一种。周济曰:"北宋有无谓之词以应歌,南宋有无谓之词以应社。"③说明了北宋、南宋词体存在状态的不同。北宋之词用以"应歌",是介于音乐和文学之间的存在状态,有着通俗的大众化的倾向,故有着勃勃生机;而南宋之词已是文人的纯案头之作,是在极小的社团中间赋题逞才之作,虽可能付之弦歌,但也是在极小范围内的雅人之歌,早已失去了广泛的社会基础。"阳春白雪,和者盖寡",乃为恒理,当时的文人皆以风雅自命,生怕沾染上一点世俗之气,更遑论向时下市井流行的唱赚、缠令等民间新乐学习借鉴了;虽有姜夔、吴文英等人的自度曲,但由于讲究太多,歌唱太难,终也没能传播开来;又由于大量词调的唱法失传,大多数词人便谨守前人声律,试图维持词体在音乐上的原貌,以至于有方千里、杨泽民、陈允平

---

① [宋]陈郁:《藏一话腴》外编卷上,文渊阁《四库全书》本。
② [美]高友工:《小令在诗传统中的地位》,载《美典:中国文学研究论集》,生活·读书·新知三联书店,2008年版,第272页。
③ [清]周济:《介存斋论词杂著》,载唐圭璋编《词话丛编》,中华书局,1986年版,第1629页。

等人于周邦彦词之四声亦步亦趋,致使语意费解、病句连篇。诸多现象归结为一点,词至宋季已成为词人们书斋中苦心孤诣的雕镂之艺,失去了发展的源头活水,其僵滞、衰落已是不可避免的趋势。

　　一部南宋词史,尤其是后期的发展,大体上是一个脱离了真实的生活土壤,词艺愈加精进的过程,已基本上没有了语言的新变和体制的拓展。从歌唱到书斋、从展衍到精约、从涣漫无依到格律谨严,这就是词体语言的雅化和体制完备的演进过程,同时也是一个走向衰落和僵化的过程。而一种新兴的文体——元曲,以其更加通俗的语言、更近自由的形式和更加市井的情调,开始了对词体的改造和超越。

第二章　词体的音乐属性

从以上中国诗歌产生、发展的历程可以看出,诗歌是在诗乐结合的基础上产生的,且总是在诗乐离合的过程中演进发展。从某种程度上说,音乐孕育了诗歌,音乐是诗歌的本质属性,对于中国音乐文学的代表——词体来说尤其如此,故刘熙载曰:

> 乐歌,古以诗,近代以词。如《关雎》《鹿鸣》,皆声出于言也;词则言出于声矣。故词,声学也。①

虽然与诸多的诗体发展轨迹一样,词体最终走上了与音乐脱离的道路,但就像剪断脐带的婴儿,母亲的因子早已渗透到其血液中一样,音乐的属性也已渗透到词体的各个方面,词的创作模式、语言形态、风神韵味,无不深深地打上了音乐的烙印。

第一节　词体:一种"文学-文化现象"

丹纳指出:"作品的产生取决于时代精神和周围的风俗。"② 词体作为诗歌与当时音乐相结合的产物,与唐宋时期的社会状况和时代精神密不可分,尤其是顺应了当时城市经济高度发展之下,宫廷、士大夫享乐以及市井阶层文化娱乐的需求而产生的。词体在唐宋时期的发展兴盛已不只是一种纯粹的文学创作或音乐演唱所能概括的,而更多地是一种"文学-文化现象"。吴熊和先生在《唐宋词通论》重印后记中说:

> 许多事实表明,词在唐宋两代并非仅仅作为文学现象而存在。词的产生不但需要燕乐风行这种具有时代特征的音乐环境,它同时还关涉到当时的社会风习,人们的社交方式,以歌舞侑酒的歌妓制度,以及文人

---

① 〔清〕刘熙载:《艺概·词曲概》,上海古籍出版社,1978年版,第106页。
② 〔法〕丹纳:《艺术哲学》,傅雷译,安徽文艺出版社,1991年版,第76页。

同乐工歌妓交往中的特殊心态等一系列问题。词的社交功能与娱乐功能，在相当长的时间内，是同它的抒情功能相伴而行的。不妨说，词是在综合上述复杂因素在内的历史背景下产生的一种文学——文化现象。①

上文所述，盛唐之前燕乐大曲流行，唐玄宗即位，凭着个人天纵的音乐才华对宫廷音乐体制进行变革，设两伎部、梨园法部、内教坊等音乐机构，并亲自教习乐工法曲。这些作法，将玄宗个人对清乐法曲的喜好变成当时宫廷的爱好，改变了整个大唐王朝乃至以后中国音乐的走向，使得传统的声乐演唱形式回归音乐的主流。关于玄宗的音乐才华，史书多有记载：

  上洞晓音律，由之天纵，凡是丝管，必造其妙，若制作诸曲，随意即成，不立章度，取适短长，应指散声，皆中点拍……尤爱羯鼓玉笛，常云八音之领袖，诸乐不可为比。尝遇二月初……上旋命之临轩纵击一曲，曲名《春光好》(上自制也)……又制《秋风高》，每至秋空迥彻，纤翳不起，即奏之。必远风徐来，庭叶随下。其曲绝妙入神，例皆如此。②

"帝又好羯鼓，而宁王善吹横笛，达官大臣慕之，皆喜言音律。"③玄宗精通各种乐器，尤善羯鼓，所谓上有所好，下必甚焉，以至"达官大臣慕之"。

盛唐时期社会安定、物阜民丰，社会奢靡享乐、游宴之风盛行。唐李肇《唐国史补》载："长安风俗，自贞元侈于游宴。"④又据《旧唐书·穆宗纪》卷一六载：

  前代名士，良辰宴聚，或清谈赋诗，投壶雅歌，以杯酌献酬，不至于乱。国家自天宝已后，风俗奢靡，宴席以喧哗沉湎为乐。而居重位、秉大权者，优杂倡肆于公吏之间，曾无愧耻。公私相效，渐以成俗，由是物务多废。⑤

南宋鲷阳居士《复雅歌词序》亦云：

---

① 吴熊和：《唐宋词通论》，商务印书馆，2003年版，第455页。
② [唐]南卓：《羯鼓录》，载[唐]段安节、南卓、佚名《乐府杂录 羯鼓录 乐书要录》，中华书局，1985年版，第4~6页。
③ [宋]欧阳修、宋祁：《新唐书·礼乐十二》，中华书局，1975年版，第476页。
④ [唐]李肇：《唐国史补》卷下，曹中孚校点，载《唐五代笔记小说大观》，丁如明、李宗为、李学颖等校点，上海古籍出版社，2000年版，第197页。
⑤ [后晋]刘昫等：《旧唐书·穆宗纪》，中华书局，1975年版，第485~486页。

迄于开元、天宝间,君臣相与为淫乐,而明宗犹溺于夷音,天下薰然成俗。①

清王夫之《读通鉴论》曰:

盖唐自立国以来,竞为奢侈,以衣裘仆马亭榭歌舞相尚,而形之歌诗论记者,夸大言之,而不以为怍。韩愈氏自诩以知尧、舜、孔、孟之传者,而戚戚送穷,淫词不忌,则人心士气概可知矣。迨及白马之祸,凡锦衣珂马、传觞挟妓之习,燀焉销尽。继以五代之凋残,延及有宋,膻风已息。故虽有病国之臣,不但王介甫之清介自矜,务远金银之气;即如王钦若、丁谓、吕夷甫、章惇、邢恕之奸,亦终不若李林甫、元载、王涯之狼藉,且不若姚崇、张说、韦皋、李德裕之豪华;其或毒民而病国者,又但以名位争衡,而非宠赂官邪之害。此风气之一变也。②

这样,上之所好与社会"游宴""奢靡"之风相应合。应该是在安史之乱以后,由于宫廷乐工、梨园弟子大量散落民间,乐风下移,先在士林,然后播之市井里巷,一种以歌舞表演为宴饮助兴的"歌妓"或"饮妓"群体也随之发展兴盛起来。歌妓歌舞侑酒与文人作词听曲为一体的宴乐之风,成为中唐以至唐末五代的社会风俗,文人士大夫也多以家宴的形式助长此风。王昆吾先生在《隋唐五代燕乐杂言歌辞研究》中详细考察了燕乐的各种表现形式,谈到酒令"著辞"时指出:"它是配合音乐和舞蹈的,是依附于酒令伎艺而存在的,是一种依调填词。"③词体也正是在这种歌酒宴乐的环境熏陶下,慢慢成长完善起来的。

此风延及五代北宋,为词体成就"一代之所胜"提供了养料丰厚的沃土。关于词作产生的具体环境和背景,一些序跋、笔记中有着丰富的记载。宋陈世修《阳春集序》云:

南唐相国冯公延巳,乃余外舍祖也。……公以金陵盛时,内外无事,朋僚亲旧,或当燕集,多运藻思,为乐府新词,俾歌者倚丝竹而歌之,

---

① [宋]鲖阳居士:《复雅歌词序》,载金启华、张惠民、王恒展等编《唐宋词集序跋汇编》,江苏教育出版社,1990年版,第364页。
② [清]王夫之:《读通鉴论》卷二六,舒士彦整理,中华书局,1975年版,第803页。
③ 王昆吾:《隋唐五代燕乐杂言歌辞研究》,中华书局,1996年版,第200页。

所以娱宾而遣兴也。①

宋李之仪《跋〈戚氏〉》云：

> 元祐末，东坡老人自礼部尚书以端明殿学士加翰林除侍读学士，为定州安抚使。……方从容醉笑间，多令官妓随意歌于坐侧，各因其谱，即席赋咏。一日，歌者辄于老人之侧，作《戚氏》，意将索老人之才于仓卒，以验天下之所向慕者。老人笑而颔之。邂逅方论穆天子事，颇摘其虚诞，遂资以应之。随声随写，歌竟篇就，才点定五六字尔。坐中随声击节，终席不间他辞，亦不容别进一语。②

宋周密《癸辛杂识》续集下记载：

> 张于湖知京口，王宣子代之。多景楼落成，于湖为大书楼扁，公库送银二百两为润笔。于湖却之，但需红罗百匹。于是大宴合乐，酒酣，于湖赋词，命妓合唱甚欢，遂以红罗百匹犒之。③

从一些词作题序中，也可看出当时创作的情景：

> 郑德舆饯别元益，余亦预席。醉中诸姬索词，为赋一阕。④
>
> 少蕴内翰同年宠速，且出后堂，并制歌词侑觞，即席和韵二首。⑤
>
> 江楼席上，歌姬盼盼翠鬟侑樽，酒行，弹琵琶曲，舞梁州，醉语赠之。⑥
>
> 移节岭表，宋子渊置酒后堂饯别，出词付二姬歌以侑觞，席间和。⑦

---

① ［宋］陈世修：《阳春集序》，载金启华、张惠民、王恒展等编《唐宋词集序跋汇编》，江苏教育出版社，1990年版，第8页。
② ［宋］李之仪：《跋戚氏》，载张惠民编《宋代词学资料汇编》，汕头大学出版社，1993年版，第196页。
③ ［宋］周密：《癸辛杂识》续集下，王根林校点，载《宋元笔记小说大观》，上海古籍出版社，2001年版，第5833页。
④ 唐圭璋编《全宋词》，中华书局，1965年版，第1570页。
⑤ 同上书，第720页。
⑥ 同上书，第1805页。
⑦ 同上书，第1564页。

另外在词作中有着大量的酒席宴前歌舞助兴的场面描写,是创作时真实的情景反映。如晏殊《清平乐》:"劝君绿酒金杯,莫嫌丝管声催。"《木兰花》:"重头歌韵响铮琮,入破舞腰红乱旋。"晏几道《鹧鸪天》:"舞低杨柳楼心月,歌尽桃花扇底风。"赵长卿《临江仙》:"蓄意新词轻缓唱,殷勤满捧瑶觞。"吴礼之《渔家傲》:"云笺谩写教谁传。闻道笙歌归小院。梁尘颤。多因唱我新词劝。"刘天迪《凤栖梧》:"脸晕潮生微带酒。催唱新词,不应频摇手。闲把琵琶调未就,羞郎却又垂红袖。"等等。

今人已无缘聆听唐宋时期的"哀丝豪竹",只能通过阅读那流动着无声音符的词篇来感受唐宋士人弦声响起时、轻歌曼舞中风流旖旎的雅致生活。歌舞侑酒与填词听歌是唐宋时期司空见惯的社会文化现象,在这个特定的环境中,歌妓们那甜美的歌喉、曼妙的舞姿在给词人带来无穷的感官享受的同时,也唤醒和激发了词人创作的冲动和灵感。词人填词,又通过歌妓演唱以获得当下的价值,这是一个词人和歌妓互动的艺术创作和生产的过程。这种创作过程或模式正如沈松勤先生所说:

> 其实,这是一个以歌妓为中介的、具有双重主体的音乐文学系统。在这个系统中,作为燕乐主体的歌妓,在按曲唱词的同时,需要词人的合作,为之提供歌词;作为文学主体的词人,在应歌填词中,已失去了作诗时的那种独立性与自由度,既要按曲择调,受制于音乐,又要"用助娇娆之态",受制于歌妓。也就是说,词人与歌妓,不是彼此分离,各自独立,而是相互牵制,各有羁绊。①

在这种"具有双重主体的音乐文学系统"中产生的歌词,其语言特征无论是外部的形态,还是内在的情韵,也都深深地打上了音乐文学的烙印。

第二节 声辞配合之理

吴梅在《中国戏曲概论·明总论》中说:"一代之文,每与一代之乐相表里。"② 词体是在与当时流行的燕乐的结合中产生、发展、成熟起来的,最后脱离音乐而成为独立的诗体。词体的字词、句式、韵律、结构以至于内在的意蕴和特质,无一不是音乐陶冶塑造的结果,故夏承焘先生曰:"宋代之词,文与乐

---

① 沈松勤:《唐宋词社会文化学研究》,浙江大学出版社,2000年版,第102页。
② 吴梅:《中国戏曲概论》,载《吴梅词曲论著四种》,商务印书馆,2010年版,第263页。

合,文人更以文字之声律助音乐之谐美。"① 可以说,音乐已凝结在词体的血液中,表演及歌唱的需要是词体的第一要义。

诗乐配合自古而然,而自词曲兴盛,其配合之法特为之一变,并由此形成了"我国古代声乐的两大类型",其间之分合差异,刘崇德先生有过精当的辨析:

> 歌诗乐府与词曲,既各有其乐,其声辞配合亦特点各异,故而形成各自之体。我国古代声乐,自唐宋曲子词出现以前,一直是沿续"歌永言,声依永"(《尚书·尧典》)的传统,即先有歌辞,然后依辞谱曲,即所谓"声依永(咏)"。这种声乐体裁是将诗体的歌词配上乐,是"声(乐)依永(诗韵)",六朝之乐府亦基本为"歌永言"之体。加上隋唐以前之乐节在章在解不在句,更无小节。曲无定拍,故"歌无定句"。而自唐开元天宝间以来,曲子一体渐兴,而发展成一种倚声(乐)填词的词曲声乐形式。……一种是为诗体的歌辞配乐,故"歌无定句""句无定声";一种是为乐(舞)曲"一字一拍(句)不敢辄增损"的配歌辞。此即我国古代声乐的两大类型。前者为歌诗(声诗)乐府体,其无定句,故以"言",即字为基础,所谓齐言(四言、五言、七言)与杂言之体。唐宋以来说唱文学之诗赞体,近世戏曲之板腔体(如皮黄、秦腔)皆为前者。明嘉靖以后出现并延续至今的昆曲;以及如闽南之梨园戏、高甲戏等皆为词曲体。②

从"为辞配乐"之传统变为"为乐配辞"之歌法,即所谓的"倚声填词",由玄宗开启的向清乐法曲回归的音乐变革,变燕乐大曲为可配辞歌唱的乐曲,并将其精简化、小型化,为声辞的配合创造了条件。刘崇德先生对此总结道:"曲子脱离了燕乐乐曲组曲的形式,并且将乐段的反复精简到两遍(个别有三遍、四遍)。每段的乐拍(乐句)规范为四拍到八拍(个别有多达十一二拍者)。这也就为配制声辞统一的歌词创造了条件,于是在这种新型的歌舞形式基础上,便产生了曲子词这一声乐形式,由于起初歌词仍为乐曲的附属,故曲子词亦犹被称作曲子。"③

词体"倚声填词"之理大致如下:

其一,"依曲拍为句"。上文所述,如李白之《菩萨蛮》《忆秦娥》《清平

---

① 夏承焘:《四声绎说》,载《夏承焘集》第二册《月轮山词论集》,浙江古籍出版社、浙江教育出版社,1998年版,第427页。
② 刘崇德:《燕乐新说》,黄山书社,2003年版,第220~221页。
③ 同上书,第221~222页。

乐》等词作,实已为"倚声填词"之体,然首先明确提出"依曲拍为句"的乃中唐时期的刘禹锡,其所作曲子词《忆江南》自题云:"和乐天《春词》,依《忆江南》曲拍为句。"确立了词体这一核心规范。

所谓的"曲拍",即张炎《词源》所称的"均拍","由唐宋燕乐声乐化的曲子之拍,即燕乐乐曲之乐句,是乐曲之节,亦为歌词之句。故而每只曲子之拍数,即曲子词,或曰歌词之句数。如《破阵子》,又称《十拍子》,盖其前后片各五句,全曲共十句,即十拍"①。今白、刘二人之词作皆在,刘禹锡一首五句,白居易二首,每首五句。可证唐人所称"曲拍",即句也。倘以刘词为例,其拍句关系如下:

乐曲:○○○(拍)○○○○(拍)○○○○○○(拍)
乐词:春去也,(句)多谢洛城人。(句)弱柳从风疑举袂,(句)
　　　○○○○○○(拍)○○○○○(拍)
　　　丛兰浥露似沾巾。(句)独坐亦含颦。(句)

宋人沿袭唐人之说,"曲拍"亦指词句。姜夔《白石道人歌曲》中《徵招》题解云:

此一曲乃予昔所制,因旧曲正宫《齐天乐慢》前两拍是徵调,故足成之。

此"前两拍"即其《徵招》前两句:

潮回却过西陵浦,扁舟仅容居士。

此二句与其咏蟋蟀的《齐天乐》首二句相较,字数、格律恰相一致:

庾郎先自吟愁赋,凄凄更闻私语。

由上可知,白、刘"依《忆江南》曲拍为句","实际是依照曲子的拍(句)与每拍(句)中的谱字(音符)一一填入文字。即王灼所谓'一字一拍(乐句)不敢辄增损',即是一字一句不能随意增减。这样就造成了曲有定句,句有

---

① 刘崇德:《燕乐新说》,黄山书社,2003年版,第223页。

定字的长短句的基本程式。一种曲子倘曲有定句、句有定字就成固定曲调，即张炎所说的'均'"①。词之初作，仅为单遍之曲，如白、刘之《忆江南》。因单遍容量过小，遂增两遍之曲，单遍之歌词如《忆江南》《南歌子》《浪淘沙》等亦增至两遍。至两宋之间，已如宋王灼《碧鸡漫志》所谓："止是今曲两段，盖近世曲子无单遍者。"②遍，又称片，即乐曲之一阕、一曲，在歌词为段。宋以来也有三段四段之曲，然以两段为主，即上下片。曲子上下片相接称过片，或用重头，或用换头，或用叠头，依曲填词者亦依其式。

曲子又以曲拍的多少、曲调的徐急或长短被规范为令、近、慢三体。"从现存敦煌琵琶古谱看，曲子作为器乐演奏曲，其有品弄、慢曲子、急曲子之分。而对曲子词作为一种声乐乐体则逐渐被规范为令、近、慢三体。其一曲（一遍）四拍（句）者，被称为令曲，一曲（一遍）六拍（句）者，即六均拍者，被称为近曲。而一曲（一遍）八拍（句）者，即八均拍者，则被称为慢曲。此种规范大致成于南北宋之交。"③盖曲子多为燕乐大小曲翻成，后曲家又多有"添声""减字""摊破""偷声"以至"犯调"等，故曲有变体，所填之词亦多有同调异体者。入宋以来，词家蜂起，新声迭出，曲调遂由晚唐五代以来不足百种增至七八百种。

其二，"声字"相协。"依曲拍为句"要求歌词曲有定句、句有定字，而所填之字的语音又须与曲拍中对应的谱字（音符）乐音相协，方使之"可歌"，此正是词有别于诗而难至者。

所谓"声字"相协，可从两方面而言，一为发音部位、发音方法与乐音相协。李清照谓词"别是一家"：

> 至晏元献、欧阳永叔、苏子瞻，学际天人，作为小歌词，直如酌蠡水于大海，然皆句读不葺之诗尔，又往往不协音律者，何邪？盖诗文分平侧，而歌词分五音，又分五声，又分六律，又分清浊轻重。且如近世所谓《声声慢》《雨中花》《喜迁莺》，既押平声韵，又押入声韵；《玉楼春》本押平声韵，又押上去声，又押入声。本押仄声韵，如押上声则协；如押入声则不可歌矣。……乃知别是一家，知之者少。④

"五声"指宫、商、角、徵、羽五声音阶，"六律"即黄钟、大吕等十二律吕，"五

---

① 刘崇德：《燕乐新说》，黄山书社，2003年版，第223～224页。
② [宋]王灼：《碧鸡漫志》卷五，载唐圭璋编《词话丛编》，中华书局，1986年版，第114页。
③ 刘崇德：《燕乐新说》，黄山书社，2003年版，第224页。
④ [宋]胡仔纂集《苕溪渔隐丛话》后集卷三三引李易安语，廖德明校点，人民文学出版社，1962年版，第254页。

音"即唇、齿、喉、舌、鼻发音部位之别,而所谓"清浊轻重",实发音方法,就曲中须声纽呼吸与音节高低急缓之配合。李清照所说,实乃词体音韵学之大要,即歌词之吐字发声须与曲子之音调律吕相协调,方能歌唱。故张炎《词源》卷下"音谱"一节以"词以协音为先"立论,并以其父亲张枢填词为例,谓其曾赋《瑞鹤仙》一词,中有"粉蝶儿、扑定花心不去,闲了寻香两翅"一句,曰:

> 此词按之歌谱,声字皆协,惟扑字稍不协,遂改为守字,乃协。始知雅词协音,虽一字亦不放过,信乎协音之不易也。又作惜花春起早云"锁窗深",深字音不协,改为幽字,又不协,改为明字,歌之始协。此三字皆平声,胡为如是。盖五音有唇齿喉舌鼻,所以有轻清重浊之分……当以可歌者为工。①

二为声调与乐音相协。夏承焘先生曰:

> 词之乐律虽非字声所能尽,而字声和谐亦必能助乐律之美听。即四声之分愈严,则合乐之功益显。②

永明体诗人开启的中国诗歌的律化历程,将语音之"四声"与音乐之"五声"对应,要求诗句"若前有浮声,则后须切响。一简之内,音韵尽殊,两句之中,轻重悉异",以追求诗歌在没有外在曲调的辅助下通过发挥汉语自身的特点,尤其是声调高低抑扬的属性,以获得音乐美听的效果。后来近体诗之律化规范,并没有真正实现永明体诗人诸多烦琐要求,而是将"四声"精简为平仄,以"一三五不论,二四六分明"之类简单的格律构建,完成了词体之前中国诗歌的律化运动,以一种前进中后退的方式达成了音乐与诗意之间的妥协。

词体乃后起依曲调歌唱的抒情文体,为达更加美听之效果,在永明体声律论的基础上再一次开启了汉语声调与音律配合之理的探索。于诸多大家名篇和词论家的著述中,形成了有关语音声调之辨析、四声之配合、拗句之妙用等内容的创作实践和理论总结,加深和细化了人们对汉语声调特征的认识。

---

① [宋]张炎:《词源》卷下,唐圭璋编《词话丛编》,中华书局,1986年版,第256页。
② 夏承焘:《四声绎说》,载《夏承焘集》第二册《月轮山词论集》,浙江古籍出版社、浙江教育出版社,1998年版,第427页。

声调的辨析方面。认识到了四声相通相异之处,尤其发现了去声于词体演唱的作用和意义。自柳永创长调,其词中领字多用去声,开启了词人,尤其是像周邦彦、姜夔、吴文英等精通音乐的大词人,对四声细辨的实践历程。后之词论家对此多有总结,张炎谓"平声字可为上入者"①,宋沈义父亦云:"但看句中用去声字最为紧要。然后更将古知音人曲,一腔三两只参订,如都用去声,亦必用去声。其次如平声,却用得入声字替。上声字最不可用去声字替。不可以上去入,尽道是侧声,便用得,更须调停参订用之。"②清人万树在考订众多唐宋名家词作的基础上更进一步总结道:"名词转折跌荡处多用去声,何也?三声之中,上、入二者可以作平,去则独异。故余尝窃谓,论声虽以一平对三仄,论歌则当以去对平上入也。当用去者,非去则激不起。用入且不可,断断勿用平上也。"③

四声之配合方面。去上连用、阴阳间用,最为美听。如周邦彦《花犯》一阕,有"梅花照眼""疑净洗铅华""去年胜赏曾孤倚""冰盘共宴喜""相逢似有恨""吟望久""脆丸荐酒""空江烟浪里""但梦想""黄昏斜照水"等句,多去上连用、阴阳间用处,咏之亦流丽婉转,唱则更助美听。又如周邦彦创调《齐天乐》,其上片第六句"云窗静掩",下片第七句"凭高眺远",声律皆为"平平去上",此去上连用应为曲调音程于此处的必然要求,后来南宋通晓音律之大词人多遵之,像姜夔《齐天乐》之"幽诗漫与"、吴文英《齐天乐》之"幽云怪雨""霜红罢舞"、王沂孙《齐天乐》之"西窗过雨""余音更苦"等等。故清万树《词律·发凡》云:"盖上声舒徐和软,其腔低。去声激厉劲远,其腔高。相配用之,方能抑扬有致。大抵两上两去在所当避。""若上去互易,则调不振起,便成落腔,尾句尤为吃紧。"④两平声相连,则宜"阴阳间用,最易动听"⑤。

拗句之妙用方面。近体之律句,乃是在音乐消失后所形成的便于诗人运转的至简之格律规范。而词体依附于曲调,曲调万方,欲妙合无间,则声调之组合也必变化万端,绝非近体律句形式所能囊括,此为拗句产生之理。故吴梅曰:"凡古人成作,读之格格不上口,拗涩不顺者,皆音律最妙处。"⑥拗调涩体,正多见于精通音乐的周邦彦、姜白石、吴文英三家,清真词如《绕佛阁》之起句"暗尘四敛,楼观迥出,高映孤馆",《兰陵王》结句"似梦里,泪暗滴",白

---

① [宋]张炎:《词源》卷下,载唐圭璋编《词话丛编》,中华书局,1986年版,第256页。
② [宋]沈义父:《乐府指迷》,载唐圭璋编《词话丛编》,中华书局,1986年版,第280页。
③ [清]万树:《词律·发凡》,上海古籍出版社,1984年版,第15页。
④ 同上。
⑤ 吴梅:《词学通论》,复旦大学出版社,2005年版,第9页。
⑥ 同上书,第8页。

石词如《暗香》结句"又片片吹尽也,几时见得",《凄凉犯》结句"怕匆匆,不肯寄与,误后约",梦窗词如《莺啼序》之"快展旷眼""傍柳系马",《霜花腴》之"病怀强宽""更移画船"等,皆特拗之句。词坛巨擘周邦彦,工于创调,又对音律十分考究,故多拗体,正体现了清真词那独有的"犹觉拗怒之中,自饶和婉。曼声促节,繁会相宜,清浊抑扬,辘轳交往"①的音乐效果。

这些声辞配合之理的探索和实践,是对初盛唐时期形成的近体诗格律在继承中的丰富和发展,使得词体相较于诗体别具声调谐婉、曼妙美听的效果。当外在的曲调消失,而直接被称作"词"时,就慢慢转变为传统格律诗之一种。然其音乐元素和血脉仍流淌在每个词牌中字、句、片的各个方面,是经过音乐陶冶后最能体现汉语语音美的诗体。

第三节　音乐规约下的语言面貌

词体作为音乐文学,天然存在着文学性与音乐性的矛盾,前人也充分认识到这一点,如沈义父云:

> 前辈好词甚多,往往不协律腔,所以无人唱。如秦楼楚馆所歌之词,多是教坊乐工及市井做赚人所作,只缘音律不差,故多唱之。求其下语用字,全不可读。甚至咏月却说雨,咏春却说秋。②

元刘将孙曰:

> 然歌喉所为喜于谐婉者,或玩辞者所不满;骚人墨客乐称道之者,又知音者有所不合。③

音乐从本质来说,是一种以声音为材料、以美听为最高原则的艺术形式,具有瞬间性的特征,顷刻响起,旋即消失,随着歌曲在当下的演唱,歌词的意义及其表现力、感染力必须同时呈现和产生。

首先,人们在音乐中获得的更多是感官的刺激和愉悦,清沈雄《古今词话》引孙光宪《北梦琐言》载:

---

① 王国维:《人间词话》附录一,载唐圭璋编《词话丛编》,中华书局,1986年版,第4272页。
② [宋]沈义父:《乐府指迷》,载唐圭璋编《词话丛编》,中华书局,1986年版,第281页。
③ [元]刘将孙:《新城饶克明集词序》,载《养吾斋集》卷九,文渊阁《四库全书》本。

> 蜀主衍裹小巾,其尖如锥。宫妓俱衣道衣,簪莲花冠,施脂夹粉,名曰醉妆。自制醉妆词云:"者边走,那边走,只是寻花柳。那边走,者边走,莫厌金杯酒。"又尝宴于怡神亭,妇女杂坐,自执板歌后庭花、思越人曲。①

像蜀主王衍的"者边走,那边走,只是寻花柳"这样的词句,就是一种纯粹的感观刺激的书写,已经流入恶俗之道。又如黄庭坚的《丑奴儿》:

> 济楚好得些。憔悴损、都是因它。那回得句闲言语,傍人尽道,你管又还鬼那人吵。　得过口儿嘛。直勾得、风了自家。是即好意也毒害,你还甜杀人了,怎生申报孩儿。

像黄庭坚这类俗艳之词,时人多非之,而黄庭坚则以"空中语耳,非杀非偷,终不至坐此堕恶道"②来辩解,如此词语鄙俚的俗词在欧阳修、黄庭坚、秦观等人的词集中多有,可以说是词体语言浅显直白的最低层面的表现。

鄙俚俗词的存在,体现出词体初级阶段为适应音乐性而不得不牺牲文学性的文体特征。词体自身文学性与音乐性相互依附、交融、背离的矛盾运动推动了词体的发展,并由此塑造了词体不同阶段、不同层面的语言面貌。下面无论是"骩骳从俗"的柳永词,还是"天风海涛之曲"的苏轼词,抑或"清远蕴藉"的张炎词,无不是在歌词浅显直白的总体特征下,在词体曲调与歌词矛盾运动的不同阶段所体现出的多元语言面貌。

> 飞琼伴侣,偶别珠宫,未返神仙行缀。取次梳妆,寻常言语,有得几多姝丽。拟把名花比。恐旁人笑我,谈何容易。细思算、奇葩艳卉,惟是深红浅白而已。争如这多情,占得人间,千娇百媚。　须信画堂绣阁,皓月清风,忍把光阴轻弃。自古及今,佳人才子,少得当年双美。且恁相偎倚。未消得、怜我多才多艺。愿奶奶、兰心蕙性,枕前言下,表余心意。为盟誓。今生断不孤鸳被。(柳永《玉女摇仙佩》)

> 花褪残红青杏小。燕子飞时,绿水人家绕。枝上柳绵吹又少。天涯何处无芳草。　墙里秋千墙外道。墙外行人,墙里佳人笑。笑渐不闻声渐悄。多情却被无情恼。(苏轼《蝶恋花》)

---

① [清]沈雄:《古今词话》词话上卷,载唐圭璋编《词话丛编》,中华书局,1986年版,第756页。
② [宋]惠洪:《冷斋夜话》卷一〇,李保民校点,载《宋元笔记小说大观》,上海古籍出版社,2001年版,第2223页。

波暖绿粼粼,燕飞来、好是苏堤才晓。鱼没浪痕圆,流红去、翻笑东风难扫。荒桥断浦,柳阴撑出扁舟小。回首池塘青欲遍,绝似梦中芳草。

和云流出空山,甚年年净洗,花香不了。新渌乍生时,孤村路、犹忆那回曾到。余情渺渺。茂林觞咏如今悄。前度刘郎归去后,溪上碧桃多少。(张炎《南浦》)

柳永的词中,多有如"愿奶奶、兰心蕙性,枕前言下,表余心意。为盟誓。今生断不孤鸳被"等艳俗的词语,所谓"杂以鄙语,故流俗人尤喜道之",反映的是市井阶层的审美情趣。苏东坡"以诗为词",意趣高远,落笔绝尘,但他的《蝶恋花》词语异常地通俗浅白,像"墙里秋千墙外道。墙外行人,墙里佳人笑",四个"墙"字频繁出现,这在诗体语言中是绝对避讳的,而在词中却是"当行本色",直如口语家常。也许这只是苏词中的特例,然遍览苏词可知,苏东坡的词作与他的诗文一样,语言晓畅明达,文字绝无艰涩难懂之处,所异于他人者,在文字之外摆脱流俗的境界和追求,这正是词体高层次上的浅显明白。张炎乃南宋骚雅派词人的代表,力倡词体的"雅而正",一生唯"复雅"是务,而他著名的《南浦》一词,语言明洁流丽,浅白谐婉。其实他和姜夔开创的骚雅派的词人一样,都是在剔除尘杂词之后,以清空骚雅的灵动句法来表现超脱凡俗的意趣追求,在词体的意旨向诗体回归的同时,努力保持词体语言上的清雅明白。

可见浅显明白绝不等同于王衍、柳永和黄庭坚等人部分词作的浅俗、艳俗甚至是恶俗,而是语言表层接近口语、符合自然语序、散文化的表达倾向,同时在风格特征上,又呈多层面展开的"万花为春"的语言面貌,为我们提供了多重的审美享受。与歌唱相结合的情感普泛化抒写,是导致词体语言浅显、散文化的根本原因,语言的面貌是以最适合的形式实现最佳表达效果的自然而合乎文体需求的选择,词体语言散文化的外在形态是词体音乐性的必然要求。

文学作品"修辞以适应题旨情境为第一义"[①],词体赖以存在的文化环境、歌者和词人的配合方式以及受众的文学修养程度等诸多因素的不同,决定了词体语言在浅显明白这一整体面貌的基础上又有着不同的表现层面,而由音乐和文学离合关系的变化所产生的创作模式的转移,于其中起着决定性的作用。像柳永等人的艳情词多是文学性依附于音乐性,为词体语言面貌的低级形态。其词"骫骳从俗""尽收俚俗语言",以迎合广大市民阶层官能刺

---

① 陈望道:《修辞学发凡》,上海教育出版社,1979年版,第11页。

激和声色愉悦的口味,这些歌词属于歌曲的一部分,只有在秦楼楚馆这样特定的市井场合演唱时,才能使其价值最大化,故清陈锐《褒碧斋词话》曰:"如柳三变,纯乎其为词矣乎。"①而当音乐消失后,其语言的苍白就显现了出来。清刘体仁曰:"古词佳处,全在声律见之。今止作文字观,正所谓徐六担板。"②将歌词视为市井小曲,登不得大雅之堂的观念,在当时文人中可谓根深蒂固。当时很多词人也亲身尝试着创作这类歌词,如欧阳修和黄庭坚那些为人所诟病的情调低俗的艳冶小词,与他们仪容堂正的诗文相比,确乎纯为歌词。所以刘熙载评黄庭坚艳冶小词说:"惟故以生字、俚语侮弄世俗,若为金、元曲家滥觞。"③道出了当时如柳永、黄庭坚等人那种不如此不足以为市井歌词的创作心态。

当词体成熟以后,其创作主体和受众已转为文人士大夫阶层,特定的饮宴场合、文人群体的存在以及歌妓的参与,使得词体必然兼顾文学性和音乐性,既要符合文人的高雅情趣,又要顾及歌妓的演唱效果。这样,那些低俗情调的市井小词已登不得大雅之堂;同时,那些过于强调文学性或者过于难唱的文人词作在这样的场合也显得落落寡合。如苏东坡"以诗为词",他那些逸怀浩气、指出向上一路的词作,乃"曲中缚不住者",在这种场合绝少歌唱。同样,像晁次膺《绿头鸭》一词"殊清婉,但樽俎间歌喉,以其篇长惮唱,故湮没无闻焉"④。而那些词语清雅流丽、音调和谐畅婉、文学性音乐性兼美、介于雅俗之间的歌词则受到文人、歌妓乃至社会各阶层的普遍欢迎,秦观和周邦彦的词作就是其中的代表。宋蔡絛《铁围山丛谈》载:

> 温(范温)尝预贵人家会,贵人有侍儿,善歌秦少游长短句,坐间略不顾,温亦谨,不敢吐一语。及酒酣欢洽,侍儿者始问:"此郎何人耶?"温遽起,叉手而对曰:"某乃'山抹微云'女婿也。"闻者多绝倒。⑤

又陈郁《藏一话腴》云:"美成自号清真,二百年来,以乐府独步。贵人学士、市侬妓女,知美成词为可爱。"⑥这种将文学性和音乐性熔于一炉、雅俗共赏的词体语言面貌,正是词体存在的最佳状态。

---

① [清]陈锐:《褒碧斋词话》,载唐圭璋编《词话丛编》,中华书局,1986年版,第4197页。
② [清]刘体仁:《七颂堂词绎》,载唐圭璋编《词话丛编》,中华书局,1986年版,第621页。
③ [清]刘熙载:《艺概·词曲概》,上海古籍出版社,1978年版,第108页。
④ [宋]胡仔纂集《苕溪渔隐丛话》后集卷三九,廖德明校点,人民文学出版社,1962年版,第321页。
⑤ [宋]蔡絛:《铁围山丛谈》卷四,李梦生校点,载《宋元笔记小说大观》,上海古籍出版社,2001年版,第3082页。
⑥ [宋]陈郁:《藏一话腴》外编卷上,文渊阁《四库全书》本。

词作的文人化以及音乐与文学的背离趋势,使得词体最终是作为诗歌艺术而存在的。文学性得以显现,音乐性减弱以至消失,是词体语言的第三种面貌形式。诗歌所要承载的对生命的观照以及情感的深层体验,更多地是以文字唤醒人们的文学想象和深层的情感体验,而在音乐的瞬起旋落间很难承载这样的文学内涵。其实,词人在填写歌词时已经有意无意地将其胸襟、学养、怀抱、人格等内在的品质因素融入其中,只是适应和摆脱音乐的程度大小之别。词体脱离音乐,摆脱其"娱宾遣兴"的卑微地位,具有与诗一样感物赋情的品质,也是词体发展的必然趋势。令词发展到欧晏阶段,长调发展至辛弃疾以至后来的姜夔、张炎等骚雅派词人那里,更多地是文学性的呈现。

晏几道在其词集自序中说:"尝思感物之情,古今不易,窃以谓篇中之意,昔人所不遗,第于今无传尔。"① 晏几道阐发了他自己的创作原则,就是要接续古人"情动于中而形于言",有感而发、抒写情志的诗歌创作传统。他的令词创作,正如夏敬观所言,"哀思豪竹,寓其微痛纤悲"②,包含着深重的人生感慨。姜夔精通乐理,能自度曲,但其一改语言依附音乐的填词传统,使得音乐从属于文辞,他在《长亭怨慢》词序中说:"予颇喜自制曲,初率意为长短句,然后协以律。"③ 从词序中可以看出姜夔已将情志的文学抒写放在词体创作的首位,音乐则是为诗意抒写而存在的。在姜夔等人的词作中,文学性的凸现并未抛弃词体的音乐特质,其语言的明白晓畅、灵动婉转仍体现了音乐文学的表征。他们的词仍能歌唱,只是在狭小的、高雅的文人词客的圈子内流行。

词体的音乐性决定了词体语言浅显明白的整体面貌,而音乐性与文学性矛盾运动中的离合关系及其不同阶段的创作模式,又决定了词体语言在整体浅显明白基础上有着不同的表现层面。其实在实际词作中,这样的界限相当模糊。如柳永的词作既有完全音乐化的市井艳情抒写,又有羁旅行役、登高怀远等题材的诗意表达。黄庭坚既有市井情调的俚俗歌词,又有学步东坡的豪迈词篇。作家作品语言的多样化本就是客观事实,也是文体繁荣兴盛的体现。

从清张惠言倡"意内言外"之说开始的词体构建,实是尊体意义上的他者阐释,已偏离了词体语言存在的本来面目。由于词体的音乐属性限制了词体诗意的表达和更深意蕴的追求,在文人全面介入词体的创作之后,词体最

---

① [宋]晏几道:《小山词自序》,载金启华、张惠民、王恒展等编《唐宋词集序跋汇编》,江苏教育出版社,1990年版,第25页。
② 夏敬观:《映庵词评》,载张璋、职承让、张骅等编《历代词话续编》,大象出版社,2005年版,第421页。
③ [宋]姜夔:《长亭怨慢》题序,载唐圭璋编《全宋词》,中华书局,1965年版,第2181页。

终走上了与其他诗体一样的脱离音乐的道路,也只有到了以语言的诸要素作为自己的规范而存在的时候,它才真正成为格律诗体之一种。但是能将两种艺术形式的特长同时发挥出来,也就是"文字弦歌,各擅其绝"①,无疑是一种最高境界,晏几道、秦观、周邦彦、辛弃疾、姜夔、吴文英等人都作到了这一点。只不过这是艺术形式存在的短暂状态,词体的进一步发展必然要破坏这段美好的姻缘,由此我们更加感到唐宋词留给了我们一段完美的绝唱,那种音乐和语言结合的本真状态。

---

① 钱锺书:《谈艺录》(补订重排本),生活·读书·新知三联书店,2001年版,第93页。

第三章　词体的诗体属性

词体是中国诗歌体裁之一种,在体现音乐属性的同时,自然也有着诗体属性。中国诗歌的发展,句式经历了从四言到五言再到七言的过程,体制经历了从四言诗、汉乐府、古诗直到以齐言律绝为主的近体诗的演进历程,然后转变为句式长短参差的词体。纵观这一历程,我们可以清晰地看到诗体的发展是一个句式逐渐展开、体制渐趋丰容、语言表达逐渐丰富细腻的过程。一个民族思维水平的提高、思想情感的丰富以及审美情趣的变化都会在诗歌的语言形态和表述方式上体现出来。句式的展开、体制的扩展与语言表达的细腻化、丰富性相辅相成、互为依托,在经历了齐言诗体句式和体制的全面探索之后产生的词体,其参差错综的句式和渐趋丰容的体制乃是中国诗歌发展的必然结果。

第一节　"句从古短,字以世增":句式的延展

明曾异曰:"今使缩长句为短句,难;展短句为长句,易。是以从后人而观,则欧苏流畅于韩柳,韩柳流畅于史汉,史汉流畅于左氏,左氏流畅于尚书。然而尚书、左传短节中未尝不畅不动,秦汉而后,遂以渐加,斯则句从古短,字以世增。"[①]这句话揭示了汉语文法句式的发展是一个由短及长、由简单到丰富渐次展开的历程。纵观中国诗歌句式演进历史,也基本上是一个随着社会、思维以及语言的发展而渐次展开的"字以世增"的过程。

中国最早的诗歌总集《诗经》基本以四言为主,采用重章叠句、反复咏叹的表现形式,这种"典重甚至板滞之形式"[②],承载的是先民质朴而单纯的精神世界。诗歌是音乐与语言结合的产物,在体现音乐要素的同时,也必然包含着语言文字的因素。《诗经》四言句式所形成的"二二"节奏,与中国文字单音表意的特点有着密不可分的关系。冯胜利先生在《汉语的韵律、词法与句法》中提出了"韵律词"的概念,他说:"在韵律构词学中,最小的、能够自由

---

① 〔明〕曾异:《与赵十五书》,《纺授堂集》卷五,明崇祯刻本。
② 叶嘉莹:《中国诗体之演进》,载《迦陵文集》第三卷《迦陵论诗丛稿》,河北教育出版社,1997年版,第2页。

独立运用的韵律单位是'音步'（foot），因此韵律词就必须至少是一个音步。"
"汉语最基本的音步是两个音节。就是说，双音节音步是最一般的，尽管单音节音步跟三音节音步也是存在的。"①双音节构成"音步"，双"音步"构成节奏和语意，这就是汉语构词表意的基本特征。汉语节律学上的所谓"足四"原则，原理也正源于此。中国最早的较为定型的诗歌句式即《诗经》的"二二"节奏，是语言法则自然选择的结果，是汉语功能和特征的自然显现。关于这一点，叶嘉莹先生指出：

> 中国文字都是单形体、单音节的，必须造成一种有节奏的韵律，读起来才好听。而一个字、两个字、三个字都很难造成有节奏的韵律，要想达到这个目的最少要四个字，也就是"二二"的节奏。《诗经》里的诗都是我国早期诗歌，其基本韵律就是"二二"的节奏。②

《诗经》这种入乐可歌、重章叠句的表现形式以及"二二"节奏的句式，虽然是音乐和汉语特征的自然显现，但由于字少句短，语意重复，不免显得"四言简质，句短而调未舒"③，"典重甚至板滞"，中国诗歌的发展必然要寻觅新的承载形式。

随后的楚辞"变《三百篇》之体，而为长句，变短什而为长篇，于是感情之发表，更为宛转矣"④。也只有像《离骚》这样的鸿篇巨制，才可以载负屈原那上天入地、上下求索的精神世界。从某种程度上来说，屈原的个人创作是特定阶段楚文化的产物，于中国诗歌形式的发展确有着超越时代的意义⑤。经过楚辞"不歌而咏"的各种句式的尝试，尤其是"《楚辞》以单音节的虚词作运转的枢机，给诗人无穷实验的机会"⑥。其后五言诗的产生，与楚辞的"实验"不无关系。

五言诗的产生在中国的诗歌发展史上有着重大的意义。五言诗较之四言诗虽仅多出一个音节，但使得中国诗歌无论在节奏变化上还是在表意功能上都有了巨大的改观。五言诗的"二三"节奏打破了四言诗句内"二二"节奏

---

① 冯胜利：《汉语的韵律、词法与句法》，北京大学出版社，1997年版，第2、3页。
② 叶嘉莹：《迦陵文集》第八卷《汉魏六朝诗讲录》，河北教育出版社，1997年版，第50页。
③ 〔明〕胡应麟：《诗薮》内编卷二，上海古籍出版社，1979年版，第22页。
④ 王国维：《屈子文学之精神》，载《王国维遗书》第三册，上海书店出版社，1983年版，第638页。
⑤ 程毅中先生认为："从诗歌发展的源流说，楚辞是另一个系统，不能插在四言和五言之间的。"（程毅中《中国诗体流变》引言，中华书局，1992年版，第6页）
⑥ 〔美〕高友工：《小令在诗传统中的地位》，载《美典：中国文学研究论集》，生活·读书·新知三联书店，2008年版，第268页。

以及句间"四四"节奏的单调平衡,使诗句更富有前驱和起伏动感的意蕴。在表情达意上,四言诗字少句短,表意不完,只能合两句表一意,如"关关雎鸠,在河之洲"乃两个音句合为一个义句,"窈窕淑女,君子好逑"也是如此;而双句八音表意又显得冗赘。有时为了满足八音表意的句式要求,不得不在句内多用虚字来补足音节,如"兮""之""维""思"等。而五言句的"二三"节奏可分为"二二一"或"二一二"节奏两种,句式的选择运用,基本上能够满足汉语初期以单音词为主的表意要求,且具有变化的余地,较之四言表意无疑是巨大的进步。高友工先生在谈到五言句式结构的特点时说:

> 一点是每句前二后三的结构。这不仅突破了四言平整的局势,而且打破了比句更小的音节的重复。一方面奠定了三言音节的一种终结感(finality),即是凡有三言必有一顿的倾向。另一方面,三言中有可以前二后一,和前一后二两种结构使五言结构有了变化的可能性。不过我以为更有意义的是前后不平衡的分配正突出了弗氏所说的中倾作用。一句之中的重点是在前节还是在后节是诗人创造想象的运用。所以它不仅打破了句内的重复,而且进一步滋生了一种新的幅度。不同的诗语成分或者维持了一种前后的平衡或者加强了直贯推进的动力。后者是重复性的节奏在一般叙事诗所造成的动感。前者则是抒情诗中拓展的另一形象的层面。①

叶嘉莹先生在谈到五言诗于诗体的意义时也说:

> 五言诗之句法及音节则与散文迥异,散文之五言句,其句法多为上三下二,五言诗之句法则多为上二下三,是五言诗之成立,实为诗与文分途画境之始。②

较之四言诗,五言诗体无疑更富节奏感、更具详尽的表意功能,五言诗体的出现使得四言诗最终退出了历史舞台,虽间有作者,然式微之势已成。对此钟嵘深有体会:

---

① 〔美〕高友工:《小令在诗传统中的地位》,载《美典:中国文学研究论集》,生活·读书·新知三联书店,2008年版,第269~270页。
② 叶嘉莹:《中国诗体之演进》,载《迦陵文集》第三卷《迦陵论诗丛稿》,河北教育出版社,1997年版,第4页。

> 五言居文词之要,是众作之有滋味者也,故云会于流俗。岂不以指事造形,穷情写物,最为详切者邪?①

后起的七言是在五言基础上的扩展。应该说,五言已能满足诗歌的表意需要,而七言增益二字,较之五言,字词组合方式较多,有了更多可以参差变化的可能。清冒春荣《葚原诗说》卷一列五言句式八种,卷二列七言句式十二种②。显然,字句组合方式的变化多样,使七言较之"倨直"的五言更为"畅纵"有致,表意更为丰富多变。但另一方面,由于七言句式为长,节拍较多,声气自然弥缓,易使语势散漫靡弱。有时需虚字衬贴或叠字形容,固然可使音韵流转、声情摇曳,但也有流于散漫敷衍甚至凑足字面之嫌,如七言句中常用"不知""但觉""难为""只是""始知"等虚字衬贴;叠字者,如王维"漠漠水田飞白鹭,阴阴夏木啭黄鹂",杜甫"风吹客衣日杲杲,树搅离思花冥冥","江天漠漠鸟双去,风雨时时龙一吟"等诗句。宋吕本中不喜王荆公诗,而引汪信民言其诗"失之软弱,每一诗中,必有'依依''袅袅'等字"③。明胡应麟也说"七言律字句繁靡,纵才具宏者,推敲难合"④。由是可知七言善用者有"畅纵""纡徐"之势,而用之不善者,有流于敷衍靡弱的可能。从上所述也可知,齐言诗演进至七言已至尽头。

近体诗经过漫长的律化发展,至初盛唐臻于定型,创作也达到辉煌的顶峰,由此确立了齐言诗体的规范,五、七言也就成为齐言诗歌的主要句式。虽有七言以上八言、九言以至更长句式的创作,但由于受人类发音生理的局限,仅仅是一种尝试,终没有流行。唐人古风中的长句也是以句逗将其断开来读,如"上有/六龙回日/之高标,下有/冲波逆折/之回川","何时/眼前突兀见此屋,吾庐独破受冻/死亦足",等等。

经过长期的诗歌创作和理论总结,人们对各种诗体的句式在表情达意上的特点和差别也逐渐有了清晰的认识:

> 诗四言优而婉,五言直而倨,七言纵而畅,三言矫而掉,六言甘而媚,杂言芬葩,顿跌起伏。四言大雅之音也,其诗中之元气乎?《风》《雅》之道,衰自西京,绝于晋宋,所由来矣。⑤

---

① [梁]钟嵘:《诗品》,载何文焕辑《历代诗话》,中华书局,1981年版,第3页。
② 参见[清]冒春荣《葚原诗说》卷一、卷二,载郭绍虞编选《清诗话续编》,富寿荪校点,上海古籍出版社,1983年版,第1579~1580、1591页。
③ [宋]曾季狸:《艇斋诗话》,载丁福保辑《历代诗话续编》,中华书局,1983年版,第286页。
④ [明]胡应麟:《诗薮》内编卷五,上海古籍出版社,1979年版,第81页。
⑤ [明]陆时雍:《诗境总论》,载丁福保辑《历代诗话续编》,中华书局,1983年版,第1402页。

> 四言简质,句短而调未舒;七言浮靡,文繁而声易杂。折繁简之衷,居文质之要,盖莫尚于五言。①

> 五言……体自整栗,语自雄丽。②

> 五言律规模简重,即家数小者,结构易工。③

> 六言诗声促调板,绝少佳什。④

> 七言律畅达悠扬,纡徐委折。⑤

四言的"简质"、调促,五言的"倨直"、整束,六言的"甘媚"、缓板,七言的"纵畅""纡徐"等,都是古人对句格特征的体验和概括。从中可以看出,在句式渐次展开的过程中,诗歌的表情达意功能也经历了一个由板滞局促到纡徐畅达、由简单质直到丰富婉转的过程,句式的延展为情感丰富细腻的表达提供了纵横回旋的空间,是汉民族思维情感丰富、细腻、深刻的体现。又由于这些句格所承载的不同的情感特征,反过来也为诗人抒发不同的情感提供了体制的依据,刘熙载对五、七言进行了比较和总结:

> 五言质,七言文;五言亲,七言尊。几见田家诗而多作七言者乎?几见骨肉间而多作七言者乎?

> 平澹天真,于五言宜……豪荡感激,于七言宜。

> 五言尚安恬,七言尚挥霍。

> 五言无闲字易,有余味难;七言有余味易,无闲字难。⑥

五言简古厚重,适足成句而音节无多;七言增益两字,成句有余而音节多出、声气浮靡畅纵。所以五言适合表达平淡、质朴的内容,而七言则更适合表达丰富或者激烈而富于变化的情感。一个简单的道理,字数的增多就能容纳更为丰富、细腻、复杂的内容和情感。

在近体诗那"严而寡恩"的格律规范之下,五言或七言往往是一句一景或一意,诗人呕心沥血要在这五个字或七个字内塑造意象、表达情感,要将每

---

① [明]胡应麟:《诗薮》内编卷二,上海古籍出版社,1979年版,第22页。
② [明]许学夷:《诗源辩体》卷一三,人民文学出版社,1987年版,第146页。
③ [明]胡应麟:《诗薮》内编卷五,上海古籍出版社,1979年版,第81页。
④ [清]钱良择:《唐音审体》,载丁福保辑《清诗话》,上海古籍出版社,1963年版,第783页。
⑤ [明]胡应麟:《诗薮》内编卷五,上海古籍出版社,1979年版,第81页。
⑥ [清]刘熙载:《艺概·诗概》,上海古籍出版社,1978年版,第69~70页。

一个字的诗意发挥到极致,又由于五、七言要浓缩于那短小凝练的律体或绝句的体制之中,遂形成了近体诗以至传统诗歌含蓄蕴藉的美学追求。由于七言已至单句的声气极限,且表意已显敷衍冗沓,而人类思维的发展、情感的丰富又是必然之势,于句式上唯一的发展方向就是句与句相组合,形成复合句群表意的语言形式。由此看来,词体长短错综、变化多端的句式正是汉语句法合乎语言法则自然选择的结果,它适应了汉民族在新的时代风气之下,情感细腻丰富的表达需求。词体的发生,即使没有唐宋时期的燕乐,也会有其他的音乐形式代替这个角色来完成这一历史使命。燕乐解构了近体诗那整齐而刻板的诗行,将情韵以"和声"或"泛声"的形式,从平平仄仄的缝隙中渗透出来,形成了长短错综组合的近于散文句群的句式表达。当然最初的词体句法,由于乐工歌唱的原因以及词人所依曲调的不同,造成了涣漫无依、多体共存的状态,但随着"依曲拍为句"的词体规范逐步确立,也就形成了一个曲调较为固定的句群组合形式。从词体演进的历史来看,这是一个漫长的在曲调和句式间反复试验直至融洽协畅的探索磨合的过程。

词体借着"繁声促节"的曲调节拍,得以从近体诗那整齐的句式中延宕开来,实现了句式长短错综搭配所特有的语言丰富细腻的表达效果。如温庭筠的《更漏子》:

玉炉香,红蜡泪,偏照画堂秋思。眉翠薄,鬓云残,夜长衾枕寒。
梧桐树,三更雨,不道离情正苦。一叶叶,一声声,空阶滴到明。

此词以"三三六"句式和"三三五"句式交错构成了整齐的上下片。一个"义句"由三个音句组合起来,联合表意,自然构成了繁缛的画面和细腻的情感表达。如第一个"义句",由"玉炉香""红蜡泪""画堂"和"秋思"等众多意象组成,细致地展现了女主人公居室的环境,透露出一种富贵而清冷的氛围;再如下一句,有"眉翠""鬓云""夜""衾枕"等意象,各与其后面的形容词结合,表达的是这位女主人公长夜难眠的孤寂情怀。一个是十二个字,一个是十一个字,比近体的七言字数多出了不少,其结果是这样的词句描绘出更具体可感的画面,传达出更丰富细腻的情感。虽声调伤于"促碎",然不妨情感之细腻表达。故王易曰:"温庭筠《金荃》一集,新声杂起,巧丽绵密,迹象纷纶。"①所谓"巧丽绵密,迹象纷纶",正是温氏在加长的错综的句式中,将意象和情感"绵密"呈现的表达效果。

---

① 王易:《中国词曲史》,中国书籍出版社,2017年版,第39页。

长调则更是涌现出各种参差错综的句式的组合,由于"新声""啴缓"的特点,甚至出现了五六个音句合为一个"义句"的句式表达,可以说基本摆脱了近体诗的束缚,使语言的表意功能得到了极大的释放。如我们所熟悉的名句:

> 斜阳外,寒鸦万点,流水绕孤村。(秦观《满庭芳》)
>
> 试问闲愁都几许?一川烟草,满城风絮,梅子黄时雨。(贺铸《青玉案》)
>
> 知何时、却拥秦云态,愿低帏昵枕,轻轻细说与,江乡夜夜,数寒更思忆。(柳永《浪淘沙慢》)
>
> 是他春带愁来,春归何处,却不解、将愁归去。(辛弃疾《祝英台近》)
>
> 归来后,翠尊双饮,下了珠帘,玲珑闲看月。(姜夔《八归》)

这些句式灵活自如且语意绵长,使得情感得以自由、婉转地表达。如贺铸的《青玉案》以三个比喻连用,极状愁之无边,句式由短到长,层层推进,愁绪也随之蔓延开来。又用"若问"领起,然后三句作答,句式灵动婉转,前后呼应,韵味无穷,在短小的句群之间形成了散文的抒写模式,构成了博喻的修辞格。故清沈谦云:"贺方回《青玉案》:'试问闲愁知几许,一川烟草,满城风絮,梅子黄时雨。'不特善于喻愁,正以琐碎为妙。"[①]刘熙载亦云:

> 贺方回《青玉案》词收四句云:"试问闲愁都几许?一川烟草,满城风絮,梅子黄时雨。"其末句好处,全在"试问"句呼起,及与上"一川"二句并用耳。或以方回有"贺梅子"之称,专赏此句,误矣。且此句原本寇莱公"梅子黄时雨如雾"诗句,然则何不目莱公为"寇梅子"耶?[②]

又如辛弃疾的《祝英台近》结句,是思妇呢喃的倾诉,三句中重复了"春""愁""归"三字,使这种呢喃的倾诉有着一波三折、回环往复的厚度。故沈谦于此词发出了"稼轩词以激扬奋厉为工,至'宝钗分,桃叶渡'一曲,昵狎温柔,魂销意尽,才人伎俩,真不可测"[③]的感慨。

---

① [清]沈谦:《填词杂说》,载唐圭璋编《词话丛编》,中华书局,1986年版,第632页。
② [清]刘熙载:《艺概·词曲概》,上海古籍出版社,1978年版,第115~116页。
③ [清]沈谦:《填词杂说》,载唐圭璋编《词话丛编》,中华书局,1986年版,第630页。

这种参差错落的句式,使得"词之情文节奏,并皆有余于诗"①,更适于表现丰富、细腻、曲折的情感意蕴。对此明沈际飞云:

> 情生文,文生情,何文非情?而以参差不齐之句,写郁勃难状之情,则尤至也。②

明何良俊云:

> 乐府以皦径扬厉为工,诗余以婉丽流畅为美,如周清真、张子野、秦少游、晁叔原诸人之作,柔情曼声,摹写殆尽,正辞家所谓当行、所谓本色者也。③

清谢章铤云:

> 诗以道性情,尚矣。顾余谓言情之作,诗不如词。参差其句读,抑扬其音调,诗所不能达者,婉转而寄之于词。读者如幽香密味,沁人心脾焉。诗不宜尽,词所不必务尽,而尽亦不妨焉。诗不宜巧,词虽不在争巧,而巧亦无碍焉。其设辞愈近,其感人愈深。④

诗"不宜尽""不宜巧",词则"尽亦不妨""巧亦无碍",这些并不是人之主观愿望所能决定的,句式长短错综之结构决定了诗词体性的不同及其言说方式的差异。胡适认为这种长短错综的句式,较之于近体,乃诗体之一大解放,它顺应了诗歌要表现更为丰富曲折的情感的发展趋势,他说:

> 吾国诗句之长短韵之变化不出数途。又每句必顿住,故甚不能达曲折之意,传宛转顿错之神。至词则不然。如稼轩词:"落日楼头,断鸿声里,江南游子,把吴钩看了,阑干拍遍,无人会,登临意。"以文法言之,

---

① 况周颐:《蕙风词话》卷一,载唐圭璋编《词话丛编》,中华书局,1986年版,第4406页。
② [明]沈际飞:《诗余四集序》,载金启华、张惠民、王恒展等《唐宋词集序跋汇编》,江苏教育出版社,1990年版,第399页。
③ [明]何良俊:《草堂诗余序》,载金启华、张惠民、王恒展等《唐宋词集序跋汇编》,江苏教育出版社,1990年版,第393页。
④ [清]谢章铤:《眠琴小筑词序》,载《赌棋山庄词话补辑》,葛渭君编《词话丛编补编》,中华书局,2003年版,第1113页。

乃是一句,何等自由,何等顿错抑扬!①

中国诗歌在经历了四言、五言、七言的发展之后,转入词体参差错综的句式组合,句式的扩展、错综使得词体较之于诗体有着更细腻、更曲折、更具体的表达效果,它顺应了语言表意功能渐趋丰富完备的客观发展要求。林语堂一段评论现代白话文的话,也可以用来解释词体这种参差错综的句式组合所特有的语言表达优势之根源,他说:"在句法上多用子母句相系而成之长句。此种句法,半系随科学而来,谓之科学化亦无不可,因非如此结构缜密之句法,不足以曲达作者分辨入微之意。"②

第二节 "诗之体以代变":体制的丰容

中国诗体之演进,一方面表现为句式"句从古短,字以世增"的发展历程,另一方面则是诗之体制不断丰容展衍的总体趋势。这里需要稍作说明的一点是,句式和体制并非一个概念,如五言、七言为句式,但五言、七言却可以表现为乐府、古风、律诗以及绝句等多种诗体。胡应麟曰:

> 四言变而《离骚》,《离骚》变而五言,五言变而七言,七言变而律诗,律诗变而绝句,诗之体以代变也。《三百篇》降而骚,骚降而汉,汉降而魏,魏降而六朝,六朝降而三唐,诗之格以代降也。③

这句话反映了胡应麟"格以代降"的退化、崇古诗学观,同时将句式与体制混为一谈,但他的结论"诗之体以代变"还是道出了诗体递变乃是客观不易规律的道理。他又说:

> 曰风、曰雅、曰颂,三代之音也。曰歌、曰行、曰吟、曰操、曰辞、曰曲、曰谣、曰谚,两汉之音也。曰律、曰排律、曰绝句,唐人之音也。诗至于唐而格备,至于绝而体穷。故宋人不得不变而之词,元人不得不变而之曲。词胜而诗亡矣,曲胜而词亦亡矣。④

---

① 胡适:《词乃诗之进化》,载姜义华主编《胡适学术文集·新文学运动》,中华书局,1993年版,第328页。
② 林语堂:《欧化语体》,载任重编《文言、白话、大众话论战集》,《民国丛书》第一编第五十二册,上海书店出版社,1989年版,第8页。
③ [明]胡应麟:《诗薮》内编卷一,上海古籍出版社,1979年版,第1页。
④ 同上。

指出中国诗体演进"至于绝而体穷",不得不变为长短句之词体的客观发展趋势。

朱光潜先生在《诗论》中指出中国诗歌体制的演进有两大"关键",其论述大抵是以齐言的演进为主线,至律诗而止,"词曲只是律诗的余波"。这当然有学术研究的角度和领域之别,但是无论从成就来说,还是从诗歌真正反映当时的语言面貌来看,词曲都是当时诗歌发展的主流。更为重要的是,朱光潜先生没有注意到词体的产生和演进对于中国诗歌史甚至整个文学史发展的意义。其意义在于,当律诗或者如朱光潜先生所说的"人为艺术"的文人诗发展至顶峰的时候,在这一齐言体制之内,诗歌中语言的功能已发挥到了极致,难以再有所突破和发展,必求改变,以获得新的发展的可能。与燕乐相结合而产生的音乐文学——词体,顺应了这一发展趋势,遂成就其"一代之所胜"的文学体裁。从整个中国文学发展史来说,唐宋以后的文学走上了通俗化的体制扩展的发展道路,宋词、元曲、明清小说,皆是如此。由此观之,词体在中国诗歌史以及文学史上占有极为重要的、承前启后的地位。

中国诗歌发展从《诗经》到乐府再到五言古诗,按朱光潜先生的说法,属于以民间创作为主的"自然艺术"阶段,这时期民间诗歌的所有特征都充分地展现了出来,像《诗经》时期回环往复、一唱三叹的章法,乐府时期合于口语的表达、叙事诗的繁荣,等等。从谢灵运始,中国诗歌开启了"由'自然艺术'转变到'人为艺术';由不假雕琢到有意刻划"① 的文人化的发展道路。这时诗歌创作的最大特征是抛弃了汉魏以来浑厚自然、近于散文的书写模式,而趋向讲求语言的"精妍新巧"和句式的对偶、声律。这种两句间的对偶和声律形式的出现,多源于赋体,"赋侧重横断面的描写,要把空间中纷陈对峙的事物情态都和盘托出,所以最容易走上排偶的路"②。形式的改变也使得诗歌的内容和创作手法发生了巨大的变化,诗歌从以前自然流动而易于叙事抒情的古诗,转变为静止严整而长于写景的律体。然而就体制来说,则是句数不定、篇幅不一,早期律诗就是密不透风的对句烦冗堆排的体制。如谢灵运著名的《石壁精舍还湖中作》:

> 昏旦变气候,山水含清晖。
> 清晖能娱人,游子憺忘归。
> 出谷日尚早,入舟阳已微。
> 林壑敛暝色,云霞收夕霏。

---

① 朱光潜:《诗论》,上海古籍出版社,2005年版,第155页。
② 同上书,第158页。

芰荷迭映蔚,蒲稗相因依。
披拂趋南径,愉悦偃东扉。
虑澹物自轻,意惬理无违。
寄言摄生客,试用此道推。

诗中不乏佳句,如"林壑敛暝色,云霞收夕霏。芰荷迭映蔚,蒲稗相因依",状景清丽生动,为人称道。但是当这种始终重复、单调冗长的对仗节奏超过一定的阅读限度,再精美的语言也会造成审美疲劳,由于篇幅和主题所限,不便多举。这种诗体的弊端一望便知,钟嵘《诗品》指责谢灵运、颜延之、谢朓的诗歌"尤为繁密""颇以繁芜为累""微伤细密"[1],清黄子云《野鸿诗的》也说六朝诗"行文涣溢而漫无结束""对偶如夹道排衙,无本末轻重之别,可存可削者"[2]。事物的发展总是合乎规律的自然选择过程,经过诗人的不断探索,最终确定为四联八句为主的律诗体制。后之绝句体制更趋短小,多数学者持律诗"截句"之说。从谢灵运开始的诗歌律化亦是诗歌文人化的过程,体制渐趋凝练精约,语言务求华美藻饰,题材上抛弃了民间诗歌的叙事而专注于写景抒情,中国诗歌意象呈现的表达方式和含蓄蕴藉的美学追求,在这种文人化的律诗体制中得到了完美的体现。从诗歌律化的过程中,我们看到这样一个事实,诗歌的文人化就是诗歌体制渐趋凝练、严整和规范的过程,有利于诗人们在可以掌控的体制内,将语言的表意功能最大限度地艺术化、含蓄化。而诗歌的艺术化、含蓄化就与语言的丰容发露或"字以世增"的表意趋势构成了一对矛盾。

这种体制短小、"严而寡恩"的律体规范,限制了情感更丰富婉转的书写,而更多地表现诗人当下的情感瞬间。高友工先生在《律诗美学》中将其概括为"抒情瞬间"的创作模式,这种创作模式由于体制和篇幅的限制,无法形成一种曲折的、历时的、多层面的情感抒写。近体诗耀眼的光芒与"盛唐气象"交相辉映,成就了中国诗歌史上的高峰,抒写了壮美的古典辞章。但当胜景不再,世风日靡,晚唐五代的"时代精神已不在马上,而在闺房;不在世间,而在心境"[3]的时候,诗人们将在衰世中形成的敏感细腻的精神世界付诸讽咏,近体诗的体制就显得局促和刻板了。社会风气的转移、思想情感的丰富,要求诗歌突破近体的限制,更自由婉转地表达和抒写,这成为词体发生的时代动因。

---

[1] [南朝梁]钟嵘:《诗品》,载何文焕辑《历代诗话》,中华书局,1981年版,第4、9、15页。
[2] [清]黄子云:《野鸿诗的》,载丁福保辑《清诗话》,中华书局,1963年版,第852页。
[3] 李泽厚:《美的历程》,中国社会科学出版社,1989年版,第147页。

刘勰曰:"时运交移,质文代变。"① 童庆炳先生也说:"文体的变化系乎世情的变化,文体的兴衰系乎社会的变迁。"② 近体诗承载的是一种大而化之的古典精神,是一种对事物和经验涵浑朦胧的感知模式。而随着社会的发展,尤其是唐宋时期城市商品经济的高度发达,汉民族对事物的认知和情感的体验趋于真切、细腻,呈丰容展开之势。近体诗那"方板"的体制已承载不了新时代下幽深曲折的"世情",细腻而具体的情感体验呼唤着一种与之更加贴近的文体以相匹配,词体拓展的篇幅、随物赋形的句式以及细腻的笔法就成为文学发展之必然选择。唐宋时期诗词文体的递变,与社会的变迁、世风的更迭、思维情感以及审美趋向的兴替,呈现出同步发展的轨迹。对此前人与时贤多有论述,此不赘言。这里,我们可以通过具体的诗作和词作的比较,看到文体间创作模式转移的消息。下面两首同是写春雨的名作,一首为杜甫的《春夜喜雨》:

好雨知时节,当春乃发生。
随风潜入夜,润物细无声。
野径云俱黑,江船火独明。
晓看红湿处,花重锦官城。

在这首短短的五律中,首联领起,点明时令和对春雨的欣喜之情。颔联总写夜间闻雨的感受,"潜""润"字见雨之轻柔温润,同时暗含着诗人欣喜之情,照应了首联的"好"字。颈联以两个特定的雨夜场景"野径"和"江船"作概括性描写,最后推想雨后清晨明艳的花枝簇拥中锦官城明丽的景色。其写景基本上是对一固定场景整体性的描述,情感通过意象呈现的方式间接地烘托出来,全篇没有一句直接抒情,而喜悦之情是通过对春雨轻柔温润的描写自然显现出来的。应该说,写"雨"的诗句不可胜数,如"山中一夜雨,树杪百重泉""雨中黄叶树,灯下白头人""一春梦雨常飘瓦,尽日灵风不满旗"等等,然这些诗句中的"雨"仅仅是一个意象或者是作为抒情的背景而存在,不具专咏的性质。受五律体裁的限制,杜甫这首诗能至如此境界,在同类题材中可称得上细腻的典范之作。然而与周邦彦《大酺》词相比,《春夜喜雨》的细腻精微程度就逊色许多。其词如下:

---

① [南朝梁]刘勰:《文心雕龙·时序》,载周振甫注《文心雕龙注释》,人民文学出版社,1981年版,第476页。
② 童庆炳:《文体与文体的创造》,云南人民出版社,1994年版,第41页。

对宿烟收,春禽静,飞雨时鸣高屋。墙头青玉旆,洗铅霜都尽,嫩梢相触。润逼琴丝,寒侵枕障,虫网吹黏帘竹。邮亭无人处,听檐声不断,困眠初熟。奈愁极频惊,梦轻难记,自怜幽独。　　行人归意速。最先念、流潦妨车毂。怎奈向、兰成憔悴,卫玠清羸,等闲时、易伤心目。未怪平阳客,双泪落、笛中哀曲。况萧索、青芜国。红糁铺地,门外荆桃如菽。夜游共谁秉烛。

陈洵评曰:

玩一"对"字,已是惊觉后神理。"困眠初熟",却又拗转。而以"邮亭"五字,作中间停顿,前后周旋。换头五字陡接。"流潦"八字,复绕后一步出力。然后以"怎奈向"三字钩转。将前阕所有情景,尽收入"伤心目"中。"平阳"二句,脱开作垫,跌落下六字。"红糁"二句,复加一层渲染,托出结句。与"自怜幽独",顾盼含情。神光离合,乍阴乍阳,美成信天人也。①

这首词写春雨,层次井然,极尽铺陈之能事。词上片写雨景,先室外由远及近、从高到低,依次是烟收禽静、雨鸣高屋、青旆、嫩枝;然后转入室内,感受到雨天的琴润枕寒,并由此惊醒。下片围绕着雨展开想象,想象雨中行人之艰辛,梁启超评其"托想奇拙"②,然后用三个典故,衬托词人在雨天中落寞孤寂的情怀,最后推开一笔,想象雨后落花满地的情景,并以无人共游同惜花落,强化落寞之怀的抒情。这首词充分展示了周邦彦的才情,围绕着春雨,既有眼前的实景描写,又有设想中的虚景刻画;既有雨天的感受,又有雨天的联想。"所谓赋水不当仅言水,当言水之前后左右"③,词人写雨,则雨之前后左右无不俱到,真可称得上一篇精美的春雨赋,难怪陈洵发出了"美成信天人也"的感叹。词调的加长,为填词创作增加了难度,但也为才大者提供了驰骋才华的广阔空间。这首词要比杜甫的五律容量大三倍有余,故周邦彦可以从容地多角度、多层次地对雨景展开铺叙,落寞之怀也层层递写推进。其细腻深微、"富艳精工"几令后人无从趋步。

与世间任何事物的发展规律一样,文体间的转换也是一个渐进更迭的过程,在这个过程中,既有旧文体特征的保留,又有新文体质素的不断介入。诗

---

① 陈洵:《海绡说词》,载唐圭璋编《词话丛编》,中华书局,1986年版,第4870页。
② 梁启超:《饮冰室评词》,载唐圭璋编《词话丛编》,中华书局,1986年,第4307页。
③ [清]王又华:《古今词论》,载唐圭璋编《词话丛编》,中华书局,1986年版,第601页。

体向词体的转变,以及词体规范和特征的最终确立,经历了一个漫长的过程。首先是燕乐在转变的初期起到了关键作用,它解构了近体诗那整齐而刻板的诗行,将情感从平平仄仄的缝隙中渗透出来,消解了齐言诗特有的方整和不可避免的刻板。所以明俞彦云:

> 六朝至唐,乐府又不胜诘曲,而近体出。五代至宋,诗又不胜方板,而诗余出。①

我们看到,更多的情韵正是随着燕乐的"和声"或"泛声"从近体诗中流淌出来,实现了篇幅加长的书写和对近体诗的解构。如唐玄宗的《好时光》:

> 宝髻偏宜宫样,莲脸嫩、体红香。眉黛不须张敞画,天教入鬓长。
> 莫倚倾国貌,嫁取个、有情郎。彼此当年少,莫负好时光。

刘毓盘曰:"此词疑亦五言八句诗,如'偏''莲''张''敞''个'等字,本属和声,而后人改作实字也。"② 如果我们依刘毓盘先生的观点将其复原的话,可以得到这样一首整齐的五言八句诗:

> 宝髻宜宫样,脸嫩体红香。
> 眉黛不须画,天教入鬓长。
> 莫倚倾国貌,嫁取有情郎。
> 彼此当年少,莫负好时光。

乐工由于依燕乐曲拍演唱的需要,加入了上面具有实词性质的"和声",遂变成了长短参差、变化灵动的句式结构,像"莲脸嫩、体红香""嫁取个、有情郎"等句,悠扬婉转,起伏变化,富有情韵。又如欧阳炯的《定风波》:

> 暖日闲窗映碧纱。小池春水浸晴霞。数树海棠红欲尽。争忍。玉闺深掩过年华。　独凭绣床方寸乱。肠断。泪珠穿破脸边花。邻舍女郎相借问。音信。教人羞道未还家。

这首词可以看作是一首七言八句的近体形式,不过是在近体形式的第三句、

---

① [明]俞彦:《爰园词话》,载唐圭璋编《词话丛编》,中华书局,1986年版,第400页。
② 刘毓盘:《词史》,上海书店出版社,1985年版,第32页。

第五句和第七句后分别加了"争忍""肠断"和"音信"三个两字句,明显有着"和声"的痕迹。更为值得注意的是,这三个两字句和其上一七言句,既有着意义的贯通和呼应,又是一个韵脚,无论从意蕴还是声律上来看,这三个两字句已经完全融入其中,成为一浑然整体。情韵也正是在这种句间短句的停顿、迟缓中荡漾开来。

后之词体的演进,由单片衍为双片,由令体衍为长调,都是词体表情达意功能增进的过程。如温庭筠著名的《菩萨蛮》:

> 小山重叠金明灭。鬓云欲度香腮雪。懒起画蛾眉,弄妆梳洗迟。
> 照花前后镜,花面交相映。新帖绣罗襦,双双金鹧鸪。

整首词描写一个晨起梳妆的贵妇人形象,既有环境的烘托,又有对女子的发型、容貌、服饰的描写。在上下片这样增长的篇幅中,细致地刻画了女子从起床、画眉、梳洗、穿着直到照镜时内心那一丝情感的波动。没有篇幅增加的双调形式,不可能包含如此丰富的内容。自温庭筠大力创制以后,双片形式遂成为令词的基本体制。

真正将表情达意的功能淋漓尽致地体现出来、近于散文化书写的词体,是由柳永创制而盛行起来的长调。如他的《浪淘沙慢》:

> 梦觉、透窗风一线,寒灯吹息。那堪酒醒,又闻空阶,夜雨频滴。嗟因循、久作天涯客。负佳人、几许盟言,便忍把、从前欢会,陡顿翻成忧戚。　愁极。再三追思,洞房深处,几度饮散歌阑,香暖鸳鸯被,岂暂时疏散,费伊心力。殢云尤雨,有万般千种,相怜相惜。　恰到如今,天长漏永,无端自家疏隔。知何时、却拥秦云态,愿低帏昵枕,轻轻细说与,江乡夜夜,数寒更思忆。

这首词通过对凄凉夜景的描写、对寂寞心情的刻画、对往事的追思、对未来相聚的幻想,把千头万绪的离情别思表现得真切细腻而又酣畅淋漓。在体式上,节拍明显舒缓,句式多叙述体长句,韵位变得稀疏不等,最长的五句才押一韵,充分体现了"迟其声以媚之"的特点,情调也变得低沉悠长。柳永长调风气一开,便展现出长调铺叙言情的优长,长调也就成为词体的主要体式,后来的词人无不沿着柳永开创的道路发展前行。

一段唐宋词史,预示了中国古代文学后期的发展,是文体呈逐渐"发越""绮靡""声色渐开"、言之务尽的趋势,是一个散文化、通俗化的过程,与中国古代社会后期的发展大势相表里。故清邹祗谟曰：

> 余常与文友论词,谓小调不学花间,则当学欧、晏、秦、黄。花间绮琢处,于诗为靡。而于词则如古锦纹理,自有黯然异色。欧、晏蕴藉,秦、黄生动,一唱三叹,总以不尽为佳。清真、乐章,以短调行长调,故滔滔莽莽处,如唐初四杰,作七古嫌其不能尽变。至姜、史、高、吴,而融篇炼句琢字之法,无一不备。①

词体参差错综的句式和丰容拓展的体制,顺应了语言和文学的表意功能渐次发展完备的趋势,是中国文体演进中的必然环节。只是在长调的体制规范定型以后,由于强大的诗学传统,尤其是中国诗歌的抒情传统和含蓄蕴藉的美学追求,使得词体的发展最终走向了士大夫文学那高雅的殿堂,重复着汉魏以来文人诗格律化、精约化的过程,背离了文学散文化、通俗化的发展趋势,再一次证明了"新的艺术形式的产生是由把向来不入流的形式升为正宗来实现的"②这一文体发展规律。

盛行于唐宋时期的词体,是在中国前期齐言诗歌尤其是近体诗将汉语的语言文字功能发挥至极致的前提下,伴随着隋唐时期流行的燕乐而产生的一种独特的诗歌体裁。它是在更高的层次上继承了诗歌与音乐结合的模式。词体的面貌,无论是外在的语言形态,还是内在的风神情韵,都深刻地体现了诗歌的音乐本质。同时词体又是中国诗体之一种,无论在句法上还是在体制上,都是以前诗歌的拓展和延伸,也是中国诗歌史乃至文学发展史的必然环节。从本质上说,中国诗歌这种在更高层次上的音乐属性和诗体属性再次结合而产生的词体,在唐宋时期社会转型的时代背景下,顺应了语言和文学通俗化的发展趋势,是中国文学由"诗歌时代"转向"散文时代"的先声。

---

① 〔清〕邹祗谟:《远志斋词衷》,载唐圭璋编《词话丛编》,中华书局,1986年版,第651页。
② 〔俄〕施克洛夫斯基:《情感旅行》,转引自张隆溪《二十世纪西方文论述评》,生活·读书·新知三联书店,1986年版,第77页。

第二编

词体散文化的表征

近体诗至盛唐体制完备,其成就与辉煌"后世莫及"。然世风日降,从中唐以后,诗歌的发展呈现出一种整体的通俗化、散文化的趋势,晚唐诗歌"切近""简便""近于鄙俚",宋诗"以文字为诗""以议论为诗""以才学为诗"都是这一趋势的体现。而词体以其汇集更多语法功能的字法,更贴近自然音节的句法,以及扩展的更利于叙事、抒情的章法,更集中地体现和代表了时代转型中文学的发展方向。清人袁箨庵曰:"词有三法,章法、句法、字法,有此三者,方可称词。"① 词体在这三个方面都有着明显的散文化的表征。本编无意于大而全地罗列语言现象,只是从上述三个方面选取最能代表词体特征的语言现象和形态加以研究,以期对词体的认识有新的拓展。

---

① [清]田同之:《西圃词说》引袁箨庵语,载唐圭璋编《词话丛编》,中华书局,1986年版,第1465页。

第四章　散文化的字法

对于词体的语言词汇研究,当代学者多从意象入手。意象类型的选择和好尚,往往决定了一种文体风格的基本趋向。杨海明先生及当代众多学者于此有着全面细致的研究。词体的意象词汇,其写人以女性意象为主,绘景以水的意象为主,状情以悲哀色彩的意象为主。"这三方面的密集型趋向,就对造成唐宋词那香艳、柔婉、伤感的主体美感,产生了十分深刻的影响。"① 当今词学界对于词体意象词汇的研究已取得了丰厚的成果,本章主要选取领字和虚字来加以研究和论述。领字和虚字的大量出现和运用,一方面是词体区别于诗体尤其是近体诗最鲜明的语言特征,另一方面也是词体散文化、通俗化抒写在语言形态上的根本表征。

第一节　概念的界定

在历代词论家的论述中,经常见到"虚字""领字"以及"衬字"的名称。由于古人感性模糊的思维模式,这些概念在运用的时候往往含义不清,有时相互混淆,以此代彼;又由于词学中的"虚字"概念与语言学中的"虚词"以及古汉语中的"虚字"概念不同,所以在论述之前有必要对这些概念进行适当的界定和说明。

最早在词论中使用"虚字"一词的是南宋的沈义父,其《乐府指迷》曰:

> 腔子多有句上合用虚字,如嗟字、奈字、况字、更字、又字、料字、想字、正字、甚字,用之不妨。如一词中两三次用之,便不好,谓之空头字。②

张炎《词源》专列"虚字"条曰:

---

① 杨海明:《唐宋词美学》,江苏教育出版社,1998年版,第202页。
② [宋]沈义父:《乐府指迷》,载唐圭璋编《词话丛编》,中华书局,1986年版,第281~282页。

> 词与诗不同,词之句语,有二字、三字、四字,至六字、七、八字者,若堆叠实字,读且不通,况付之雪儿乎。合用虚字呼唤,单字如正、但、任、甚之类,两字如莫是、还又、那堪之类,三字如更能消、最无端、又却是之类,此等虚字,却要用之得其所。若使尽用虚字,句语又俗,虽不质实,恐不无掩卷之诮。①

这两段话广为后人征引。沈义父说"句上合用虚字",从两家所列举的"虚字"可以清楚地看出,这里的"虚字"即是后来词论家所说的"领字"。它是词体尤其长调中出现的区别于以前诗体的独特的语言现象或创作手法。"领字"源于曲调,在乐曲之曲拍转换处起到发调振起的作用,而于语意结构上多领起一个或一组句群,起到提振贯通的作用。应该说,宋代词论家所讲的"虚字"不同于古汉语中所说的"虚字"概念,"从举的例子来看,其中有副词如更、正、甚,有连词如况,但也有动词如料、想、嗟,甚至还有词组如莫是、那堪、更能消、最无端。把这些都称作'虚字',大概因为它们在一首词里主要起着关合上下文的结构作用,而有别于句子里那些表达明确意象的'实字'"②。

在两位词论家之前,宋人在文法的认识中已有了"虚字"的概念,"虚字实字之分起于何时,还不好确定,但在宋代这两个名称就已广泛使用"③,如宋代大儒朱熹说:

> 《大学》中大抵虚字多。如所谓'欲''其''而后',皆虚字;'明明德、新民、止于至善','致知、格物、诚意、正心、修身、齐家、治国、平天下',是实字。④

同时陆九渊在写给朱熹的一封信里也说:

> 字之指归,又有虚实,虚字则但当论字义,实字则当论所指之实。⑤

所谓"字义"是字在句子里的意味,"所指之实"则是说字所指称的事物或现

---

① [宋]张炎:《词源》卷下,载唐圭璋编《词话丛编》,中华书局,1986年版,第259页。
② 蒋哲伦:《词别是一家》,上海社会科学院出版社,2005年版,第21页。
③ [清]袁仁林:《虚字说·前言》,中华书局,1989年版。
④ [宋]朱熹:《朱子语类》卷一五,载《朱子全书》,王星贤点校,上海古籍出版社、安徽教育出版社,2002年版,第493页。
⑤ [宋]陆九渊:《与朱元晦》,载《陆九渊集》卷二,钟哲点校,中华书局,1980年版,第28页。

象,古人对于"实字"和"虚字"的区分大抵如此。关于"虚字"的界定和范围,有学者说:

> 这里所说的虚字范围较广,不但是代词、介词、连词、语助词,还包括好些个副词;换句话说,除了名词、动词、形容词。①

可见,古汉语中的"虚字"是除名词、动词、形容词之外,本身并不具有独立意义、必须依附于其他词才能有意味的词。比较一下词论和文言语法中的两个"虚字"概念,我们会发现,两者既有相同之处,又有不同之处。相同之处在于两者大抵都是指除名词和形容词之外的"词"。不同之处在于,词论中的"虚字"尚包含有动词,还有大量的两字和三字的词组,范围要比文法中的"虚字"概念广得多;同时,词论中的"虚字"位置是一句或几句之首,而文法中的"虚字"则可以是句首、句中以及句末的任何位置。两个概念错综交杂,古人在运用之前并未加以限定和区分,这样,由于名称相同,加之它们在功能上有着很多的相近或相同之处,故给后之词论家造成了诸多混乱。

明代以后,由于受南北曲使用"衬字"的影响,"衬字"之说也开始进入词学研究领域,更增加了本已不明的"虚字"概念的混乱程度。清王又华《古今词论》引沈天羽语曰:

> 调有定名,即有定格,其字数、音韵较然,中有参差不同者,一曰衬字。因文义偶不联畅,用一二衬字。按其音节虚实间,正文自在,如南北剧这、那、正、个、却字之类,亦非增实落字面,藉口为衬也。②

这里所说的"衬字",包括一切在词的正格之外增添的字,范围较宽泛,用以"联畅""文义",与词调正格之内的句首"领字"和具有文法意义的"虚字"自有区别。清赖以邠云:

> 词中有衬字者,因此句限于字数不能达意,偶增一字,后人竟可不用。如《系裙腰》末句,"问"字之类。③

---

① 朱自清、叶圣陶、吕叔湘编《文言读本·导言·虚字》,生活·读书·新知三联书店,2010年版,第21页。
② [清]王又华:《古今词论》引沈天羽语,载唐圭璋编《词话丛编》,中华书局,1986年版,第597页。
③ [清]赖以邠:《填词图谱·凡例》,载[清]查继超辑《词学全书》,陈果青、房开江校订,贵州人民出版社,1990年版,第109页。

张先《系裙腰》(浓霜蟾照)一首,其结句为"问何日藕、几时莲",按正格应为"三三"句法,此处的"问"字,作用同"领字",在词之正格之外,故称为"衬字"。刘体仁亦云:

> 长调最难工,芜累与痴重同忌,衬字不可少,又忌浅熟。①

这里的"衬字",既可以指"领字",又可以指句中无实指意义的"虚字",语焉不详。而后清杜文澜《憩园词话》则云:

> 衬字即虚字,乃初度此调时用之。今依谱填词,自不容再有增益。万氏盖恐衬字之名一立,则于旧调妄增,致碍定格耳。玉田所云虚字,今谓之领调,所列皆去声。②

鉴于南北曲中附于曲调定格之外的"衬字",有"实字"亦有"虚字",在句首亦在句中,比照曲中"衬字"而论词中"虚字",无疑对词体定格造成了很大的冲击和影响。杜氏强调词体正格的稳定性,不容"衬字""再有增益",同时,他说"玉田所云虚字,今谓之领调",开始认识到张炎、沈义父所言之"虚字"与古文文法中所言"虚字"概念不同,并设"领调"一名与之相区别。

关于词中"衬字"的有无,一直是当时词学界争论不休的问题,沈天羽、毛先舒等确认其有;万树《词律》则辨其非,而杜文澜力挺之,后江顺诒《词学集成》、沈祥龙《论词随笔》又驳斥万氏,聚讼纷纭。需要指出的是,对词中"衬字"有无的辩难,使论者渐渐明白词中"虚字"一说的局限性,"虚字"不尽等同于"领调",尚有文法意义上的句中或句尾的"虚字"。这促使词论家对"虚字"这一含混模糊的概念作进一步的界定,以便论述的明晰化、准确化。

"虚字""衬字"皆不能准确达意,"领字"之称亦呼之欲出。周济云:

> 领句单字,一调数用,宜令变化浑成,勿相犯。一领四五六字句,上二下三,上三下二句,上三下四,上四下三句,四字平句,五七字浑成句,要合调无痕。③

---

① [清]刘体仁:《七颂堂词绎》,载唐圭璋编《词话丛编》,中华书局,1986年版,第621页。
② [清]杜文澜:《憩园词话》卷一,载唐圭璋编《词话丛编》,中华书局,1986年版,第2862页。
③ [清]周济:《宋四家词选目录序论》,载唐圭璋编《词话丛编》,中华书局,1986年版,第1645~1646页。

周济虽未明确提出"领字"之名,然已触及"领字"之实,即突出了其领起、提挈、贯通之意,较之"虚字""衬字"更切合其组织结构上的功能,且不致同文言语法上的"虚字"相混,故广为后来的词论家所接受,并沿用至今。

后来词论中"虚字"一词的概念也发生了变化。沈祥龙曰:

> 词中虚字,犹曲中衬字,前呼后应,仰承俯注,全赖虚字灵活,其词始妥溜而不板实。不特句首虚字宜讲,句中虚字亦当留意。①

沈祥龙言"虚字"已非单纯的句首"领字",已涉及"句中虚字"的内容,且具有"前呼后应,仰承俯注""灵活""妥溜而不板实"的特点,沈祥龙这里所说的"虚字"已基本等同于文言语法中的"虚字"概念。后又有蔡嵩云延续这一说法,其《乐府指迷笺释·句上虚字》按曰:

> 词中虚字用法,可分三种:或用于句首,或用于句中,或用于句尾。用于句尾者,多在协韵处,所谓虚字协韵是。此在词中,可有可无。用于句首或句中者,其始起于衬字,在句首用以领句,在句中用以呼应,于词之章法,关系至巨,无之则不能成文者也。②

这里虽也未明确提出"领字"一词,甚至仍纠结于"衬字"之说,并沿用"句首用以领句"的"虚字"概念,但在蔡氏的论述中已明确触及句首具有"领字"作用的"虚字"与句中、句尾具有文法功能的"虚字"的区别:句首"虚字""用以领句";而"用于句尾"的"虚字"在于"协韵","在句中用以呼应","无之则不能成文者也",则完全是在说具有文法功能的"虚字"概念。

关于"领字"和"虚字"的区别,前文已述,而在具体词作中还确有进一步区分的必要。这种区分主要集中在句首"虚字"(这里指文法概念上的"虚字")上,有的是"领字",有的则确为文法意义上的"虚字"。如姜夔《霓裳中序第一》"漫暗水、涓涓溜碧"和晏几道《南乡子》"漫道行人雁后归"中两个"漫"字,前者为"领字",后者为"虚字"。又如周邦彦《满庭芳》"且莫思身外,长近尊前"和寇准《阳关引》"且莫辞沉醉,听取阳关彻"中,前者"且"为"领字",后者"且莫"为"虚字"。要之,"领字"乃就词中句法组织结构而言,于句首起领起、提挈、贯通一句或几句的作用,后面的句子可以脱离"领字"

---

① [清]沈祥龙:《论词随笔》,载唐圭璋编《词话丛编》,中华书局,1986年版,第4052页。
② [宋]张炎著,夏承焘校注;沈义父著,蔡嵩云笺释:《词源注 乐府指迷笺释》,人民文学出版社,1963年版,第74页。

存在而意义不变。即洛地先生所言：

> "一字领"不入句式是"一字领"的根本性质；是理解"'一字领'句"即"句前带'一字领'"句式结构之基本概念："一字领"不入句式。①

而句首"虚字"乃就语法功能而言，于句中充当成分，辅助实字构成意义，如前举例句《南乡子》中的"漫道"，"漫"为副词，修饰动词"道"；《阳关引》中的"且莫"为联合副词，修饰动词"辞"。其实古人在填词时，可能并未如此细想或区分，无论句首的"领字"还是词中"虚字"，都有着合乐可歌、婉转灵动的音乐演唱和语意表达的作用效果；而且在具体的词作中，由于两者在语法和功能上有着很多的相似和相同之处，所以古人也未加详辨。然而，词中"领字"和词中文法意义上的"虚字"绝非一个概念，这就需要我们既有明辨的意识，又须持融通的态度。

第二节　领　　字

蒋哲伦先生谈到领字时说：

> 归结起来，大致有如下几点结论：一、它起源于词乐声腔的需要，是按谱填词的产物；二、它有单字领、双字领、三字领诸种形态，可以由副词、介词、连词、动词以及词组分别充当；三、它位置于一个或一组句子的开头，通常起着转接过渡、提挈下文的作用。②

朱承平先生认为：

> 领字，又称领字句，是词特有的一种句法。词的句法长短不一，如果都用实词，各句则无转折延宕之处，读起来就会觉得呆板生硬，也不便于歌唱。所以，有必要在长短参差的句子当中，夹杂一些承领上下句式的虚字，表示上下文语法关系，保证句意贯通，使不同的句式更为灵活，富有生气。……在乐曲中，领字多是一段音乐的开头，起着发调定音、跌宕转折的作用；在文辞上，领字或用在一韵之首，领起下文；或处于两韵

---

① 洛地：《词体构成》，中华书局，2009年版，第99页。
② 蒋哲伦：《词别是一家》，上海社会科学院出版社，2005年版，第23~24页。

之间的词意转折处,承上启下,使上下句语结合,起过渡或联系的作用。①

这两段文字就成为我们探讨领字的纲领。

领字有单字、双字、三字不等;可以领起单句、双句、三句以至于四句。如领一句:

> 方留恋处。(柳永《雨霖铃》)
>
> 对潇潇、暮雨洒江天。(柳永《八声甘州》)
>
> 但暗忆、江南江北。(姜夔《疏影》)
>
> 记当时、只有西窗月。(辛弃疾《贺新郎》)

领两句:

> 叹年来踪迹,何事苦淹留。(柳永《八声甘州》)
>
> 奈云和再鼓,曲终人远。(贺铸《望湘人》)
>
> 探风前津鼓,树杪参旗。(周邦彦《夜飞鹊》)
>
> 正思妇无眠,起寻机杼。(姜夔《齐天乐》)

领三句:

> 渐霜风凄惨,关河冷落,残照当楼。(柳永《八声甘州》)
>
> 算只有殷勤,画檐蛛网,尽日惹飞絮。(辛弃疾《摸鱼儿》)
>
> 奈华岳烧丹,青谿看鹤,尚负初心。(陆游《木兰花慢》)
>
> 怅水去云回,佳期杳渺,远梦参差。(张耒《木兰花慢》)

领四句:

> 渐月华收练,晨霜耿耿,云山摛锦,朝露漙漙。(苏轼《沁园春》)

---

① 朱承平:《诗词格律教程》,暨南大学出版社,1999年版,第376~377页。

> 望一川暝霭,雁声哀怨,半规凉月,人影参差。(周邦彦《风流子》)
> 念渚蒲汀柳,空归闲梦,风轮雨楫,终孤前约。(周邦彦《一寸金》)
> 正惊湍直下,跳珠倒溅,小桥横截,阙月初弓。(辛弃疾《沁园春》)

一字领二句的句法,在词中为最多,如果这二句都是四字句,一般为对句。一字领三句的,此三句中最好有二句是对句,如柳永的《八声甘州》用三个排句,前两为对,就显得句式错落有致,富于变化。一句领四句的,这四句必须是两个对句,或四个排句,不过这种句法词中不多,只有《沁园春》《风流子》和《一寸金》三调。

领字是为适应歌唱的需要而产生的,蒋哲伦先生通过对姜夔《白石道人歌曲》里存有的十七首工尺旁谱的考察说:

> 这意味着领字在乐谱中应该占据一个独立的音符,既非随意增益有字无声的衬字,亦非有声腔而无字的和声、泛声、过门、散序之类附属性的装饰音。这跟沈义父《乐府指迷》中的提示是完全一致的。今人杨荫浏、阴法鲁著《宋姜白石创作歌曲研究》,将十七首工尺旁谱破译成五线谱,其中四拍子的乐章里,领字通常位于一小节的后半部分,即第三、第四拍,或单落在第四拍上,构成一节中的弱拍,并引起后一节开首的强拍。如"过春风十里"句,在乐曲中"过"属于第四拍(弱拍),"春"属于后一节的第一拍(强拍)。《霓裳中序第一》中的"况""叹"和"漫"也都属于第四拍,"纵""杏""暗"分属后一节的强拍。这样以弱引强,重板轻起,与语句表达上领字起提挈作用、领起并突出下面的实字是同样原理。①

杜文澜言张炎《词源》"虚字"条"所列皆去声",这也正是音乐塑造的结果。清万树曰:"名词转折跌荡处,多用去声。……当用去者,非去则激不起。"②吴梅亦云去声字,"其声由低而高,最宜缓唱。凡牌名中应用高音者,皆宜用此"③。他又举《白石道人歌曲》中的一些词作为例证,曰:"其领头处,无一不用去声者。无他,以发调故也。"④龙榆生先生论及词从小令发展到长调时指出,必须"着重于领头字或转折处的字调安排",如此才能"在结构上具有

---

① 蒋哲伦:《词别是一家》,上海社会科学院出版社,2005年版,第24~25页。
② [清]万树:《词律·发凡》,上海古籍出版社,1984年版,第15页。
③ 吴梅:《词学通论》,复旦大学出版社,2005年版,第9~10页。
④ 同上书,第10页。

开阖变化,才能够把作者所要表达的起伏变化的感情紧密结合起来,做到恰如其量"。① 他举姜夔《眉妩》,然后说:"'看''信''听''便''爱''怅''又'等领头字,都是用的去声,便于声调的揭起,显出抑扬抗坠的美妙音节。"②

大致说来,小令是不用领字的,引、近诸体亦罕用领字,只是从柳永大量创作长调始,领字才被广泛使用起来。慢词所依慢曲,是一种节奏舒缓、旋律多变的曲调,如张炎所云:

> 慢曲不过百余字,中间抑扬高下,丁、抗、掣、拽,有大顿、小顿、大住、小住、打、掯等字。真所谓上如抗,下如坠,曲如折,止如槁木,倨中矩,句中钩,累累乎端如贯珠之语,斯为难矣。③

由于慢词曲拍众多,在曲拍之间或者说在词的音义单位之间,往往存在着音乐和曲辞的暂歇和停顿处。白居易《琵琶行》中有"冰泉冷涩弦凝绝,凝绝不通声暂歇"的名句,恐怕说的就是这种曲拍之间的"暂歇",诗人又着意渲染这种音乐"暂歇"所生出的情韵,"别有幽愁暗恨生,此时无声胜有声"。领字多为去声,所谓"去声分明哀远道",有着有力激起的作用,于词中暂歇的寂静之处,下一句的去声领字突然继起,其音调声音的强烈反差遂形成了慢词跌宕起伏、摇曳多姿之势,词人的情感也自然随之辗转起落,妙处皆于去声领字见出。

从文学发展史讲,领字也自有渊源。领字有着承上启下、领起下文的职能,这与古文中的发语词和关联词语如"盖""夫""大抵"等,有着一定的相似之处。辞赋或骈文的兴起,大大增多了作品中的铺排成分,整齐的句式、工巧的对仗、华美的辞藻,在给人以赏心悦目的阅读感受之余,也不免有着堆掇质实、呆板滞涩之病。为补救此见,辞赋家常常在首句关合处设置一两个虚字,以起到提挈领起之功而形成流动畅达之势,如江淹《别赋》中有"况秦吴兮绝国,复燕宋兮千里。或春苔兮始生,乍秋风兮暂起"语句,此处的"况""复""或""乍"皆为虚字,在文中为发语词,用于句首,引领全句,文气畅达。又如庾信的《小园赋》开篇:

> 若夫一枝之上,巢父得安巢之所;一壶之中,壶公有容身之地。况乎管宁藜床,虽穿而可坐;嵇康锻灶,既暖而堪眠。岂必连闼洞房,南阳

---

① 龙榆生:《词曲概论》,北京出版社,2004年版,第172页。
② 同上书,第179页。
③ [宋]张炎:《词源》卷下,载唐圭璋编《词话丛编》,中华书局,1986年版,第256页。

樊重之第;绿墀青琐,西汉王根之宅。

像"若夫""况乎""岂必"等虚字皆用于句首,在四六句式中,用上述发语词领起,消解了骈体文所固有的板滞凝重之弊,增加了灵动贯通的文气。应该说,这些散文、辞赋中的领起句法都为词中领字的出现和使用提供了有益的借鉴和启迪。

再从诗歌方面来看,由于词体以前的中国诗歌以齐言体制为主,两句一联的定格、双音节的"音步"节律不太可能形成领字句式,仅见于初唐陈子昂之《登幽州台歌》:

　　前不见古人,后不见来者。
　　念天地之悠悠,独怆然而涕下。

四句全为首字单音节节律,贯通全句,类似于词中"一字领"功能。此诗非规范的律句体式,于唐诗中故显得矫然不群。盛唐以后,诗歌又出现了散文化、通俗化的倾向,杜甫开风气之先,常有诗之一联或十字,或十四字,贯通直下,而以具有领字性质的词或词组置于句首,起到统领、提挈的作用,故有"十字句法"和"十四对句法"之说。如杜甫的诗句:

　　嗟汝未嫁女,秉心郁忡忡。(《牵牛织女》)
　　请嘱防关将,慎勿学哥舒。(《潼关吏》)
　　请看石上藤萝月,已映洲前芦荻花。(《秋兴八首》其二)
　　莫笑田家老瓦盆,自从盛酒长儿孙。(《少年行二首》其一)

我们看到这些诗句皆由句首动词领起,而形成一联之中语意贯通之势,后来的诗人也多有这样的句法,如李商隐名句"可怜夜半虚前席,不问苍生问鬼神"(《贾生》),"嗟余听鼓应官去,走马兰台类转蓬"(《无题》)等等。这些领字使得整齐的五七言诗句在一联之内联合表意,具有了流动前驱的态势,而且语意明白、情感显豁,有着明显的散文化的特征。词中领字的出现无疑受到这一诗歌语言发展趋势的影响。

据孙康宜先生的考察,在长调出现以前的小令,尤其是韦庄和李煜都偏好使用情绪动词,"其耽笃的程度,每使此类动词具有慢词里'领字'一般的

功能"①。她举韦庄和李煜的词句来说明这一点,如:

记得那年花下,深夜,初识谢娘时。(韦庄《荷叶杯》)

想得玉楼瑶殿影,空照秦淮。(李煜《浪淘沙》)

"记得"和"想得"两个动词都领起下面的一组词句,已大略具有了领字的功能。小令中这种句法的运用,体现出词体情感直抒、表意明白的散文化特征,故孙康宜先生总结说:"韦庄和李煜用到思绪动词,其实只有一个目的——要呈现直言无隐的修辞印象。"②

领字说到底,就是文学发展到一定阶段,语言通俗化、散文化的必然结果。由于慢词相较于小令篇幅增加了一倍有余,其结构也相对复杂了许多。"短调出于绝句,贵能含蓄;长调则非出于歌行,故不可使气,而贵婉转含蓄。"③小令源于近体,多变化五七言而出之,如《浣溪沙》《鹧鸪天》《生查子》等,虽有杂以二言、三言、四言、六言等句式,然多不出其范围,且篇幅短小,故词人尽可以诗法为之。而长调篇幅增长,已不限于五、七言,它将辞赋、骈文里常用的四六句式,同诗歌惯用的五七言搭配使用,形成了奇偶相生、长短错综的语言节奏。这样的体制不同于五七言诗,也不同于杂言乐府歌行,更像是篇幅短小的韵体散文,是介于诗和散文之间的文体形式。领字的出现无疑适应了慢词——这种篇幅拓展了的具有通俗化性质的诗体——明白表意的要求。故孙康宜说:

倘能仔细查验,则我们会发觉,上述的多字逗"领字"词汇,其实泰半为俚俗性的用语。因此,"领字"一方面固可作虚字,是句构流畅所需的韵律的基础;再方面,"领字"也代表某种口语风格及句法。④

终于,柳永由于特殊的市井经历,感受到这种语言通俗化、散文化的发展大势,并与其卓越的文学和音乐才能相遇合,遂将领字这一独特的表达技巧在慢词的创作中大量运用,大大丰富了词体表情达意的手段,为词体的发展开拓出广阔的空间。

领字对于词体有着全方位的意义,它使词体彻底地摆脱了诗体的束缚,

---

① 〔美〕孙康宜:《词与文类研究》,李奭学译,北京大学出版社,2004年版,第98页。
② 同上。
③ 刘永济:《宋词声律探源大纲 词论》,中华书局,2007年版,第165页。
④ 〔美〕孙康宜:《词与文类研究》,李奭学译,北京大学出版社,2004年版,第97页。

获得了更自由、更显豁、更具散文化的表达效果。蒋哲伦先生在论述了领字的领起、提挈的功能后说：

> 加上领字自身有多种用途：表时间如正、渐、乍，表方位如对、向、背，表程度如更、又、最，表范围如但、尽、总，表动作如望、问、叹，表意念如想、念、记，表心态如愁、恨、惜，表语气如怎、奈、况等等，能够适应从各个角度来组织语句、串合意象的需要，更增强了词的表现力。①

领字虽是由于曲调及歌唱的需要而产生，但对于词体的语言表达来说，更多地是散文化功能的显现。第一，领字具有承上启下、引领下文的作用，使得词体参差错综的句式语势流畅、意脉连贯；第二，散文中的一些因素，诸如主体、时间、地点等，都可以通过领字直接或间接地体现出来；第三，领字中的情感动词和意念动词适应了长调歌唱的需要，其表意明白，使当下的情感得以瞬间有效地传达；第四，词体介于诗和散文之间，通过领字句将诗歌意象呈现和散文直陈叙述两种表达方式糅合，得两种表达手法之优长，体现了语言及文体通俗下移的发展趋势。下面以柳永的名篇《八声甘州》加以具体说明：

> 对潇潇、暮雨洒江天，一番洗清秋。渐霜风凄惨，关河冷落，残照当楼。是处红衰翠减，苒苒物华休。惟有长江水，无语东流。　不忍登高临远，望故乡渺邈，归思难收。叹年来踪迹，何事苦淹留。想佳人、妆楼颙望，误几回、天际识归舟。争知我、倚阑干处，正恁凝愁。

这是柳永的代表作，也是运用领字的典范之作。词中如"对""渐""惟有""不忍""叹""想""争知"皆为领字，可以说句句皆"领"。开篇"对"字领起"潇潇、暮雨洒江天，一番洗清秋"两句，七言、五言搭配，流动跌宕，景物恢宏阔大，奠定了全篇的基调。应该注意的是，"对"字和其所领起的内容交代了时间、地点，时间是秋天，地点是开阔的高处。下句"渐"字领起整齐的三个四言意象句。苏东坡言其"不减唐人高处"，说的是这种唐诗中惯用的以形象点染来传情达意的意象手法，且具有涵浑高古的韵致。"渐"字意若贯珠，将三个略显凝滞的整齐意象语贯穿起来，消解了整齐句式带来的凝滞感。前两段"乂句"，一流动，一沉静，通过"渐"字承接过渡，相倚互恃，顿成起伏顿

---

① 蒋哲伦：《词别是一家》，上海社会科学院出版社，2005年版，第28页。

挫之势。上片歇拍,通过"惟有"双音领字收住两个短句,余味无穷,为下片抒情留下伏笔。下片前两段"义句",用两个情感动词"不忍"和"叹"领起,直抒胸臆,情感显豁,虽非柳永惯用的"偎红倚翠"的低俗语,然也是直陈无隐的散文笔法。且"不忍"和"叹"两句之间,一铺垫,一直抒,形成了递进回环的语意关系。然后"想"字领起两个长句,"想佳人、妆楼颙望,误几回、天际识归舟",长句的奔腾中有短句的顿挫,情感跌宕"发越"。最后,以"争知我"作缓冲旋转,以"倚阑干处,正恁凝愁"短语沉咽收束,余味悠扬。其领字运用之妙,几臻化境,故周济谓:"柳词总以平叙见长。或发端、或结尾、或换头,以一二语勾勒提掇,有千钧之力。"① 又如周邦彦《解连环》:

> 怨怀无托。嗟情人断绝,信音辽邈。纵妙手、能解连环,似风散雨收,雾轻云薄。燕子楼空,暗尘锁、一床弦索。想移根换叶。尽是旧时,手种红药。　汀洲渐生杜若。料舟依岸曲,人在天角。漫记得、当日音书,把闲语闲言,待总烧却。水驿春回,望寄我、江南梅萼。拚今生、对花对酒,为伊泪落。

关于领字的分类,有从其词性角度上分的,如上面提到的蒋哲伦先生的分法,也可以从领字所领起的后面句子形态来加以区分。在这首词中,领字运用得非常繁复、错综,然大体可以分为两类:一是领起情感诉说或行为动作的句子,如"嗟情人断绝,信音辽邈""纵妙手、能解连环""想移根换叶。尽是旧时,手种红药""漫记得、当日音书,把闲语闲言,待总烧却"等等;一是领起并列意象的句子,如"似风散雨收,雾轻云薄""料舟依岸曲,人在天角"等句子。之所以要这样划分,是为了能更充分地体现领字达意和修辞的效果。对此,孙康宜先生说:

> 我们也可以看到词人兼用到两种"领字":一种是直言情感的"领字",另一种则利用意象语描述感性经验。……第一型的"领字"通常放在数句意义连贯,字数呈不规则发展的词句里。至于第二型的领字则出现在数个"平行句"之前。这两种"领字"倘出现在同一首词中,那么连贯与断续的句构会同时并现,使达意性的修辞策略与意象语言形成互倚互恃之状:一面是句构的奔泻流畅和情感的肆无所羁匹配无间,另一面

---

① [清]周济:《宋四家词选目录序论》,载唐圭璋编《词话丛编》,中华书局,1986年版,第1651页。

则是平行互补的诸景制造出一些静态意象。①

词中的领字正有着将散文的直陈语和诗歌的意象语融于一体的功能,体现了词体融诗和散文于一体的文体特征。

领字是词体在篇幅拓展、内容增多的情况下,为表情达意的需要而产生的创作手法,具有承接、提挈和贯通作用。从根源上讲,领字是词体为获得最佳的音乐效果而运用的独特的表达技巧,一方面,在暂歇处突然揭起,起到抑扬抗坠的演唱效果;另一方面,通过领字将歌者和听者置于具体特定的情景状态之中,于瞬间完成歌者与听者之间的交融感染。词中领字,如"正""渐""望""叹""想""念""奈"等,无不将情景纳入当下的言说状态——或显或隐的言说主体,具体的时间、地点,事件的经过,情感的直接传达,等等。领字的出现和运用体现出词体具体叙事和直接言情的倾向,是词体散文化、通俗化的重要表征。

第三节 虚 字

这里所说的"虚字"沿袭古汉语中旧有的概念,与现代汉语中的"虚词"概念不尽相同。现代汉语中的"虚词"是指"没有词汇意义光有语法意义的、不能充当句子成分的词"②;而古汉语中的"虚字"概念是指除名词、动词、形容词之外,本身并不具有独立意义、必须依附于实词才能有其意味的词。按古人的观点,虚字可以分为好几类,如起语辞(盖、且、夫)、接语辞(则、而、乃)、转语辞(然、然则)、衬语辞(以、之、其)、束语辞(大抵、要之)、叹语辞(噫、吁、嗟夫)、歇语辞(也、哉、者)等等③。

最早于诗歌评论中提出"虚字"这一概念的是钟嵘,其《诗品序》云:"近任昉王元长等,词不贵奇,竞须新事,尔来作者,浸以成俗。遂乃句无虚语,语无虚字,拘挛补衲,蠹文已甚。"④对虚字尚无褒贬。唐宋以降,近体诗成为诗坛主流,在"严而寡恩"的近体格律规范之中,诗论家对这种似乎可有可无的虚字一般采取忽视和轻蔑的态度。黄庭坚评老杜《谢严武》诗句"雨映行宫

---

① 〔美〕孙康宜:《词与文类研究》,李奭学译,北京大学出版社,2004年版,第99页。
② 黄伯荣、廖旭东主编《现代汉语》(增订二版)下册,高等教育出版社,1997年版,第9页。
③ 参见〔清〕王鸣昌《辨字诀》,〔清〕课虚斋主人《虚字注释》,载郑奠、麦梅翘编《古汉语语法学资料汇编》,中华书局,1964年版,第98~99页。
④ 〔南朝梁〕钟嵘:《诗品》,载何文焕辑《历代诗话》,中华书局,1981年版,第4页。

辱赠诗"云"此句便雅健",范温亦谓"余然后晓句中当无虚字"。① 赵孟頫曰:"作诗用虚字殊不佳。"② 明谢榛亦云:"实字多则意简而句健,虚字多则意繁而句弱。"③ 也难怪如此,由于中国古典诗体尤其是近体诗,对字数、句数有着严格的限定,且有着追求言简意丰的一贯传统,在"细草微风岸,危樯独夜舟""鸡声茅店月,人迹板桥霜"这样意象直呈的近体诗句法中,如果羼入可有可无的虚字,无疑限制了诗意的拓展和想象的驰骋。叶维廉先生极力称赞"中国古典诗里,利用未定位、未定关系、或关系模棱的词法语法,使读者获致一种自由观、感、解读的空间,在物象与物象之间作若即若离的指义活动"④,"能以'不决定、不细分'保持物象之多面暗示性及多元关系,乃系依赖文言之超脱语法及词性的自由,而此自由可以让诗人加强物象的独立性、视觉性及空间的玩味"⑤。这种诗性的获得,其中重要一点就是摆脱虚字系联的"并置""平行"句法。

然而在中国诗歌走上格律化之前的古体诗中,虚字是大量存在的,如《古诗十九首》其六:

> 涉江采芙蓉,兰泽多芳草。
> 采之欲遗谁,所思在远道。
> 还顾望旧乡,长路漫浩浩。
> 同心而离居,忧伤以终老。

其中"之""欲""所""在""还""漫""而""以"等皆为虚字。

又如陶渊明著名的《饮酒》其一:

> 衰荣无定在,彼此更共之。
> 邵生瓜田中,宁似东陵时。
> 寒暑有代谢,人道每如兹。

---

① [宋]胡仔纂集《苕溪渔隐丛话》前集卷五〇,廖德明校点,人民文学出版社,1962年版,第339页。
② [元]陶宗仪:《南村辍耕录》卷九,李梦生校点,载《宋元笔记小说大观》,上海古籍出版社,2001年版,第6255页。
③ [明]谢榛:《四溟诗话》卷一,载丁福保辑《历代诗话续编》,中华书局,1983年版,第1147页。
④ [美]叶维廉:《中国古典诗中的传释活动》,载《中国诗学》(增订版),人民文学出版社,2006年版,第18页。
⑤ [美]叶维廉:《语法与表现:中国古典诗与英美现代诗美学的汇通》,载温儒敏、李细尧编《寻求跨中西文化的共同文学规律——叶维廉比较文学论文选》,北京大学出版社,1987年版,第66页。

> 达人解其会,逝将不复疑。
> 忽与一觞酒,日夕欢相持。

像"更""之""宁""兹""其""逝""忽""相"等皆为虚字。虚字在古诗中的大量存在,显出了当时诗歌自然的语感状态,和散文尚没有清晰的文体区分。随着文人诗的兴起以及相应的诗歌格律化,"以句法就声律"遂成为律诗的造句原则,这样,虚字就在律化的过程中渐渐隐退,虚字的不用或少用就成为近体诗的主要语言特征。盛唐以后,诗歌出现了散文化、通俗化的倾向,虚字又开始在诗句间慢慢地活跃起来。杜甫无疑是中国最伟大的诗人,在他的诗中,既集近体句法之大全,又开虚字运用之先河,且都取得了极高的艺术成就。如:

> 落日心犹壮,秋风病欲苏。(《江汉》)
>
> 名岂文章著,官应老病休。(《旅夜书怀》)
>
> 映阶碧草自春色,隔叶黄鹂空好音。(《蜀相》)
>
> 莫思身外无穷事,且尽生前有限杯。(《绝句漫兴九首》其四)

像这样的例子举不胜举。杜甫虚字运用的高超技巧也为后人交口称赞,如杜甫《上兜率寺》两句"江山有巴蜀,栋宇自齐梁",清赵翼把这一联说成是杜甫五律第一,评曰:"东西数千里,上下数百年,尽纳入两个虚字中,此何等神力。"①清管世铭说杜甫这两句"转从虚字出力"②。杜甫领风气之先,后来的诗人也都顺应了语言通俗化的潮流,于诗中广用虚字,这也成为晚唐诗歌散文化的重要语言特征。中国诗歌发展中的这一语言现象,自然引起了众多诗歌评论家的注意,虚字运用的方法和技巧以及虚字与实字关系的探讨,成为此后诗歌评论的一大主题。如清贺贻孙曰:"下虚字难在有力,下实字难在无迹。然力能透出纸背者,不论虚实,自然浑化。"③清冒春容曰:"虚字呼应,是诗中之线索也。线索在诗外者胜,在诗内者劣。今人多用虚字,线索毕露,

---

① [清]赵翼:《瓯北诗话》卷二,载郭绍虞编选《清诗话续编》,富寿荪校点,上海古籍出版社,1983年版,第1152页。
② [清]管世铭:《读雪山房唐诗序例》,载郭绍虞编选《清诗话续编》,富寿荪校点,上海古籍出版社,1983年版,第1551页。
③ [清]贺贻孙:《诗筏》,载郭绍虞编选《清诗话续编》,富寿荪校点,上海古籍出版社,1983年版,第140页。

使人一览略无余味,皆由不知古人诗法故耳。"①

词体由于婉转歌唱的文体需要,更是接续了这一趋势,词中虚字的运用较以前诗歌尤多。当近体诗以声诗的形式进入燕乐时,音乐中就出现了许多"泛声""和声"或"散声",后人遂将其谱为实字,于是就形成了我们现在看到的长短错落的词之体制。事物的性质往往由最初产生时的功能所决定,这些所谓的"泛声""和声"的产生,其作用是辅助歌词而就曲拍,其本身的实际意义往往是次要的。由于音乐文学要求合乐可歌,词体的语句要较近体诗更为灵动流畅、浅显明白,这样在词句中必然要有更多的虚字。对此,张炎在《词源》中总结虚字于歌唱的作用时说:"若堆叠实字,读且不通,况付之雪儿乎?"所以"合用虚字呼唤"。② 上文于"领字""虚字"的概念已作过区分,虽然张炎于《虚字》条下所举例证皆为"领字",但其所说的作用却实在也包含了语法意义上虚字的作用。对此作出较为准确分析的是刘熙载,其《艺概》曰:

> 玉田谓"词与诗不同,合用虚字呼唤"。余谓用虚字正乐家歌诗之法也。朱子云:"古乐府只是诗中间却添出许多泛声,后人怕失了那泛声,逐一声添个实字,遂成长短句。今曲子便是。"案:朱子所谓实字,谓实有个字,虽虚字亦是有也。③

虚字在诗作中广泛使用,也是社会发展、思维情感细致化的必然要求。诗人当然主要用实字在诗中再现景物和事件,传达思想和情感,但是当诗人想要把诗句写得更加流畅而富于变化,想要把情感和思想表现得更加细腻、丰富和婉曲的时候,就不得不借助虚字来完成。清人王筠曰:

> 古人造字,不为文词而起,必无所用虚字,如"之"者,出也,"焉"者,鸟也,"然"者,火也,"而"者,毛也,皆古人之实字,后人借为虚字耳。④

后人之所以要从实字中借用虚字,就是为了语言表达的需要。清人袁仁林曰:

---

① [清]冒春荣:《葚原诗说》卷,载郭绍虞编选《清诗话续编》,富寿荪校点,上海古籍出版社,1983年版,第1582页。
② [宋]张炎:《词源》卷下,载唐圭璋编《词话丛编》,中华书局,1986年版,第259页。
③ [清]刘熙载:《艺概·词曲概》,上海古籍出版社,1978年版,第115页。
④ [清]王筠:《说文释例》,中国书店,1983年版,第882~883页。

> 故虚字者,所以传其声,声传而情见焉。①
>
> 千言万语,止此数个虚字,出于参伍于其间,而运用无穷。此无他,语虽百出,而在我之声气,则止此数者可约而尽也。②

清人刘大櫆曰:

> 上古文字初开,实字多,虚字少。典谟训诰,何等简奥,然文法要是未备。至孔子之时,虚字详备,作者神态毕出。③

这些话都说明了一个道理,就是语言文字及其表意功能的发展是一个由简单到复杂、由含混到清晰的逐渐丰富完备的过程,虚字较实字后出且运用渐趋丰富完备,乃是语言发展的必然趋势。所谓"声传而情见焉""运用无穷""作者神态毕出",说的是在虚字的帮助下,语言的表达丰富灵动而富有变化,可以传递更为细腻、复杂的情感和意绪。

当我们以这样的认识来考察词体语句中的虚字时,我们会发现:词中虚字的铺垫和穿插,使得词体的语言婉转美听而富有音乐文学的特性;正是靠着虚字的运用,词体的语言才清晰而且传神,能传达更为细腻而曲折的情感。如下面的一些词篇:

> 谁道闲情抛掷久。每到春来,惆怅还依旧。日日花前常病酒。不辞镜里朱颜瘦。　河畔青芜堤上柳。为问新愁,何事年年有。独上小楼风满袖。平林新月人归后。(冯延巳《鹊踏枝》)
>
> 风住尘香花已尽,日晚倦梳头。物是人非事事休。欲语泪先流。闻说双溪春尚好,也拟泛轻舟。只恐双溪舴艋舟。载不动、许多愁。(李清照《武陵春》)
>
> 落花已作风前舞。又送黄昏雨。晓来庭院半残红。惟有游丝千丈、罥晴空。　殷勤花下同携手。更尽杯中酒。美人不用敛蛾眉。我亦多情无奈、酒阑时。(叶梦得《虞美人》)

---

① [清]袁仁林:《虚字说》,解惠全注,中华书局,2004年版,第128页。
② 同上书,第130页。
③ [清]刘大櫆、吴德旋、林纾:《论文偶记 初月楼古文绪论 春觉斋论文》,舒芜校点,人民文学出版社,1959年版,第8~9页。

冯延巳的《鹊踏枝》为千古名篇。陈廷焯评其词曰："冯正中词,极沉郁之致,穷顿错之妙,缠绵忠厚,与温、韦相伯仲也。"① 就这首词,陈廷焯评曰:"始终不渝其志,亦可谓自信而不疑,果毅而有守矣。"② 蔡嵩云《柯亭词论》亦云:"正中词,缠绵悱恻,在五代,别具一种风格。"③ 冯延巳这种"沉郁""顿错"且又"缠绵悱恻"词风的形成,与虚字的灵动呼应有着密不可分的关系。全词以深沉的口吻,反复倾诉着郁结于心中的闲愁,反复即"缠绵",深沉即"悱恻";同时以虚字"每到"和"还"相呼应,以"常"和"不辞"相转折,以"为问"与"何事"意脉连接,使得语句灵动痛快,语意层深。靠虚字的流动来盘活胸中的郁结之气,形成了冯延巳独特的"沉郁""顿错""缠绵悱恻"的风格。正如蔡嵩云所说:"正中词难学,在其轻描淡写不用力处。一着浓缛字面,即失却阳春本色。"④ 李清照的《武陵春》下片,连用"尚""也拟""只恐"等虚字,可谓绝妙之极,把自己内心的情感活动层次清晰地展露出来。"闻说双溪春尚好",一"尚"字,惜春之情已为不堪;"也拟泛轻舟","也拟"与上句形成了递进关系,欲借最后的机会一赏春色;"只恐双溪舴艋舟。载不动、许多愁","只恐"又与上面的内容形成了转折,在一种游春的心情层层推高之后,又突然跌衬,造成了巨大的情感落差,将李清照遭受兵事战乱、颠沛流离之悲苦情怀最大程度地展现出来。一衬一进、一进一转,虚字运用之妙,可见一斑。故宋王灼评其词曰:"作长短句,能曲折尽人意,轻巧尖新,姿态百出。"⑤ 叶梦得的《虞美人》句句都有虚字,上片"已""又""来""惟"这些虚字相互呼应,形成了流动婉转的语势,一韵的两句之间又形成了递进、转折关系,将词人恋春、惜春之情层层托写,意蕴深厚。下片用"同""更",两句间形成递进关系,可谓情意缠绵。最后两句,"不用""亦""无奈"等虚字相呼应,先是因果性的劝慰之辞,然后是转折性的酒阑人散的无奈之辞,情思婉丽,于旷达中见郁悒之情。

沈祥龙对于虚字的作用有过恰当的评论:

> 词中虚字,犹曲中衬字,前呼后应,仰承俯注,全赖虚字灵活,其词始妥溜而不板实。不特句首虚字宜讲,句中虚字亦当留意,如白石词云

---

① [清]陈廷焯:《白雨斋词话》卷一,载唐圭璋编《词话丛编》,中华书局,1986年版,第3780页。
② 同上。
③ 蔡嵩云:《柯亭词论》,载唐圭璋编《词话丛编》,中华书局,1986年版,第4910页。
④ 同上。
⑤ [宋]王灼:《碧鸡漫志》卷二,载唐圭璋编《词话丛编》,中华书局,1986年版,第88页。

"庾郎先自吟愁赋,凄凄更闻私语",先自、更闻,互相呼应,余可类推。①

词作中一些名句名篇多有虚字运用的成功范例,后人也对此有着精彩的阐述,如晏殊的名句"无可奈何花落去,似曾相识燕归来",清张宗橚评曰:

> 细玩"无可奈何"一联,情致缠绵,音调谐婉,的是倚声家语。若作七律,未免软弱矣。②

这一联工巧而浑成、流利而含蓄,用虚字构成工整的对仗,唱叹之间见词人的巧思深情。张宗橚之所以说这一联入七律要"软弱",因"花""燕"皆为精美之微物,于七律之涵浑阔大的体裁要求不宜;更主要的原因在于"无可奈何""似曾相识"两句皆以虚字相属,词情旖旎婉转,失之弱,自难入诗家语。贺铸《减字浣溪沙》:

> 记得西楼凝醉眼,昔年风物似如今。只无人与共登临。

陈廷焯评曰:

> 只用数虚字盘旋唱叹,而情事毕现,神乎技矣。③

晏几道更是虚字运用的高手,其《鹧鸪天》名句"今宵剩把银釭照,犹恐相逢是梦中"广为人所称道,一直是人们进行诗词之辨的例证。陈廷焯评曰:"曲折深婉,自有艳词,更不得不让伊独步。"④这一名句,人们多言小山化用技巧之高妙,其高妙处亦在于小山在化用中虚字的入神运用。这两句由杜甫《羌村三首》中"夜阑更秉烛,相对如梦寐"和司空曙《云阳馆与韩绅宿别》中"乍见翻疑梦,相悲各问年"两联化来,但小山在上下句动词前面各加了"剩""犹"两个表状态和程度的虚字,把相见时惊喜、疑惧的心理刻画入微,同时又形成前后呼应,顿时"变质直为宛转空灵矣"⑤。试比较一下"犹恐相逢是梦中"中的"犹"和"乍见翻疑梦"中的"翻"字,无疑"犹"字更妙,它将那

---

① [清]沈祥龙:《论词随笔》,载唐圭璋编《词话丛编》,中华书局,1986年版,第4052页。
② [清]张宗橚辑《词林纪事》卷三,成都古籍书店,1982年版,第74页。
③ [清]陈廷焯:《白雨斋词话》卷一,载唐圭璋编《词话丛编》,中华书局,1986年版,第3786页。
④ 同上书,第3782页。
⑤ 唐圭璋:《唐宋词简释》,上海古籍出版社,1981年版,第83页。

种将信将疑的惊喜、疑惧之情在心理上延长了一段时间,仿佛半天才平静下来,比起直接写相逢之惊喜的"翻"字,意思上要翻上一层甚至几层。其措辞之妙,境界之深,不能不让人叹服。又如晏几道的《蝶恋花》:

> 醉别西楼醒不记。春梦秋云,聚散真容易。斜月半窗还少睡。画屏闲展吴山翠。　　衣上酒痕诗里字。点点行行,总是凄凉意。红烛自怜无好计。夜寒空替人垂泪。

这首词虚字运用得非常成功,唐圭璋先生说:

> 此首写别情凄惋。一起写醒时景况,迷离惝恍,已撇去无限别时情事。"春梦"两句,叹人生聚散无常。一"真"字,见慨叹之深。"斜月"两句,自言怀人无眠,惟有空对画屏凝想。一"还"字,见无眠之久;一"闲"字,见独处之寂。下片,"衣上"两句,从"醉别西楼"来,酒痕墨痕,是别时情态,今人去痕留,感伤曷极。"总是"二字,亦见感伤之甚,觉无物不凄凉也。"红烛"两句,用杜牧之"蜡烛有心还惜别,替人垂泪到天明"诗。但"自怜""空替"等字,皆能于空际传神。二晏并称,小晏精力尤胜,于此可见。①

"皆能于空际传神",道出了虚字传神刻画、婉转抒情的妙用。《词洁》评姜夔《解连环》(玉鞍重倚)曰:

> 意转而句自转,虚字皆揉入字内。一词之中,如具问答,抑之沉,扬之浮,玉轸渐调,朱弦应指,不能形容其妙。②

较之近体诗,虚字在词体中有着更为广泛的运用,由此形成了词体独特的转折层深的文体特质。沈祥龙曰:

> 词之妙,在透过,在翻转,在折进,"自是春心撩乱,非关春梦无凭",透过也。"若说愁随春至,可怜冤煞东风",翻转也。"山映斜阳天接水,芳草无情、更在斜阳外",折进也。三者不外用意深,而用笔曲。③

考诸沈祥龙所举例证,不能不说这种"透过""翻转""折进"的笔法,基本上皆来自虚字的巧妙运用,王国维所说的"词之为体,要眇宜修"的文体特征也与

---

① 唐圭璋:《唐宋词简释》,上海古籍出版社,1981年版,第82页。
② [清]先著、程洪:《词洁》,载胡念贻辑《词洁辑评》卷六,唐圭璋编《词话丛编》,中华书局,1986年版,第1371页。
③ [清]沈祥龙:《论词随笔》,载唐圭璋编《词话丛编》,中华书局,1986年版,第4057页。

虚字的运用有着绝大的关系。

由于音乐文学的性质,词中"合用虚字呼唤"乃必然之选择,又由于虚字能够形成句内以及句间"添几层意思""多几分渲染"①的散文化的细腻曲折的言情效果,故虚字的有无与运用的恰当与否成为判定词作优劣的重要标准。虚字也为后来的词论家所重视,张炎于《词源》中专列"虚字"一条,然将虚字和领字混为一谈;但是正如上文所说,领字和虚字有着相近的语言功效。张炎论词主"清空"说,抛开词之意趣和境界不说,但就语言或字面而言,其"清空"说也与领字和虚字的运用有着绝大的关系,他说:

> 词要清空,不要质实。清空则古雅峭拔,质实则凝涩晦昧。姜白石词如野云孤飞,去留无迹。吴梦窗词如七宝楼台,眩人眼目,碎拆下来,不成片段。此清空质实之说。②

他对姜夔的词推崇备至,以为词中典范,如姜夔的名作《疏影》:

> 苔枝缀玉。有翠禽小小,枝上同宿。客里相逢,篱角黄昏,无言自倚修竹。昭君不惯胡沙远,但暗忆、江南江北。想佩环、月夜归来,化作此花幽独。　犹记深宫旧事,那人正睡里,飞近蛾绿。莫似春风,不管盈盈,早与安排金屋。还教一片随波去,又却怨、玉龙哀曲。等恁时、重觅幽香,已入小窗横幅。

词中尤其下片,几乎无处不见领字和虚字,如"犹""那""莫似""不管""早与""还教""又却""等恁时""重""已"等,这些领字和虚字将下片的词句连缀起来,灵动似珍珠,流走如弹丸,婉转相生,不着痕迹;再加上词中透出的难以指实的幽约怨悱之旨,诚如张炎"野云孤飞,去留无迹"之妙喻,亦"读之使人神观飞越"。③ 与姜夔"清空""骚雅"风格迥异的是以词风密丽著称的吴文英,相对而言,梦窗词中虚字运用得不多,故被张炎讥为"质实",如张炎指摘梦窗《声声慢》中"檀栾金碧,婀娜蓬莱,游云不蘸芳洲"句,"前八字恐亦太涩"。这几句词不用虚字转接,堆砌意象,确有"凝涩晦昧"之嫌。张炎欣赏的是吴梦窗《唐多令》(何处合成愁)这类有虚字、不"质实"的词作,只是集中

---

① [清]蒋敦复:《芬陀利室词话》,载唐圭璋编《词话丛编》,中华书局,1986年版,第3627页。
② [宋]张炎:《词源》卷下,载唐圭璋编《词话丛编》,中华书局,1986年版,第259页。
③ 同上。

"惜不多耳"。①

　　虚词是构成现代汉语的重要组成部分,"汉语的实词缺乏表示语法意义的形态变化,虚词(和语序)成了主要语法手段,显得特别重要"②,那么古汉语中的虚字无疑是实现古汉语语言功能的最重要的手段,是古汉语文法的主要构件。清人刘淇《助字辨略》自序曰:"构文之道,不过实字虚字两端,实字其体骨,而虚字其性情也。"③所谓的"性情",大体是指虚字在句中起到的文法功能和传达出来的细腻具体的抒情叙事效果。

　　同虚字对古汉语的重要性一样,其对中国诗歌的发展也有着同等重要的意义,甚至在某种程度上说,虚字的采用与否是中国诗歌形态转型的标志。葛兆光先生对此有着深刻的论述,他说:

> 我一直觉得,从语言上看,在中国诗史上,从古体诗到近体诗、从近体诗到白话诗这两次变化是真正的大变局,前一次变局使诗歌与散文彻底划清了界限,从谢灵运以来中国诗歌里越来越多地出现的繁密句法与铿锵音律使得近体诗逐渐成熟,它那种紧凑的句式也使得虚字在密集型的近体诗里日渐消退;后一次变局使诗歌与散文又重新彼此靠拢,诗歌与散文的重新靠近其实就是所谓的"以文为诗",而文以为诗的一个要害处恰恰是在用不用虚字或多用少用虚字。从杜甫以来的律诗中用散文句法的趋势正好给宋诗开了一个挣脱唐诗笼罩的路子,也给宋人表现他们较深较细的思索提供了一个合适的语言形式,让本已渐少的虚字再度成为诗歌"斡旋""递进""转向"的重要枢纽,使诗歌向日常语言进一步靠拢,形成一种既细腻又流畅,既自然又精致的诗歌语言风格,这一风格在后世还启迪了白话诗的开创者。④

　　葛兆光先生在论述虚字与中国诗歌的离合关系中虽未涉及词体,但词中的虚字与宋诗中的虚字,在中国诗歌的发展以及向散文的靠拢中有着殊途同归的性质。凭借着虚字,词体具有了像散文一样灵动婉转的语势;有着相较于近体诗更细腻、更婉转、更幽微的表达优势,并承担了中国文学由古典向近代、由抒情向叙事转型的枢纽重任。

---

① [宋]张炎:《词源》卷下,载唐圭璋编《词话丛编》,中华书局,1986年版,第259页。
② 黄伯荣、廖序东主编《现代汉语》(增订二版)下册,高等教育出版社,1997年版,第37页。
③ [清]刘淇:《助字辨略》自序,章锡琛校注,中华书局,2004年版,第1页。
④ 葛兆光:《汉字的魔方——中国古典诗歌语言学札记》,复旦大学出版社,2008年版,第170页。

第五章　散文化的句法

长短参差的句式乃是词体最鲜明的外部语言形态，词体的出现打破了诗歌一贯的齐言传统，也见出了向散文句式靠拢的迹象。"'散文'这个概念，不论在西方还是中国，最初都不是指称一种文体，而是指称语言运用的两种基本组织形式之一，即散行的语言，用以与严格讲究节奏、押韵的韵文，或是要求词句整齐对偶的骈文相对应和区别。"① "在中国古代，散文是一个与韵文、骈文相对的概念。……只要是散行无韵，不论是文学性的，还是应用性的，都统称散文。"② 词体乃有韵之"散行"，具有诗歌和散文的双重属性，体现了一种过渡文体的特征。同时，这种参差错综的句式组合暗合了中国语言句型依声气而定的"句读"原则，随物赋形，依势而定，相较于整齐刻板的近体诗，于言情体物上有着巨大的外在形态优势。

第一节　"句读"之法

凡世间事物的发展，都经历了一个从无到有、由简至繁的过程。一个朴素直观的事实是，中国语言文法系于文句之长短，文法的发展就是"句从古短，字以世增"的语句增繁加长的历程，语言的表意功能也随之日臻丰富完善。社会在发展，思维也在发展，语言心理中的"时间流"法则就以这种朴素而有深度的形态发展起来，蔚为流水潺潺、气韵生动之大观。

中国诗歌句式的演进也是一个由短到长的"字以世增"的过程，从最初《诗经》的四言，到汉乐府的五言，慢慢演进，直至近体的七言。在词体的长短句出现以前，中国古代的诗歌体制大抵是以齐言为主流。齐言诗不仅每句字数相同，句式节奏也大体相当，而且两句一联，再加上近体诗严格的格律要求，于是形成了整齐划一的诗歌体式。它给诗歌带来了声律美、结构美和外形美，但也由此造成了中国前期诗歌拘谨的体式和呆板的定格。整齐的诗行发展至七言已近于人类发音的极限，黄侃曰："凡人语言声度不得过长，过长

---

① 张杰、唐铁惠：《写作》，武汉大学出版社，2005年版，第232页。
② 姚建国主编《基础写作》，合肥工业大学出版社，2005年版，第214页。

则不便于喉吻,虽词义未完,而词气不妨稽止,验之恒习,固有然矣。文以载言,故文中句读,亦有时据词气之便而为节奏,不尽关于文义。"① 就惯常行文而言,"无韵之文,句中字数盖无一定,彦和言四字密而不促,六字格(引者按,格为裕之误)而非缓,或变之以三五,盖应机之权节也。此谓无韵之文,以四字六字为适中"②。故古人断句"若长于七字,则虽作一句究之,必有可读之处。是以唐人近体至七字而止,七字之声音克谐也。今遇八字以上句,并加读焉"③。前人诗歌虽偶有作八言、九言以至更多者,一则,于这样的长句中必作声气之停顿,也就是"并加读焉";二则,有违人的发音生理,故终属于试验之作,而未推广施行开来。那么,整齐呆板的七言诗体就是诗歌句式发展的极限了吗?答案自然是否定的,一方面,在整齐的诗行内有着"十字句法"和"十四字对句法"的救济之方;另一方面,以词体长短变化、参差错综的句式实现了对七言近体的突破。宋惠洪《天厨禁脔》就有着"十字句法"和"十四字对句法"之说,其文曰:

"如何青草里,亦有白头翁。"又:"夜来乘好月,信步上西楼。"前对李太白诗,后对司空曙诗。已言十字对矣,此又言十字句,何以异哉?曰:"青草里"不可对"白头翁","夜来"不可对"信步"。以其是一意,完全浑成,故谓之十字句。其法但可于颔联用之,如于颈联用,则当曰"可怜苍耳子,解伴白头翁"为工也。

"自携瓶去沽村酒,却着衫来作主人。"又:"却从城里携琴去,许到山中寄药来。"前对王操诗,后对清塞诗,皆傔然有出尘之姿,无险阻之态。以十四字叙一事,如人信手斫木,方圆一一中规矩。其法亦宜颔联用之也。④

"以十四字叙一事",再如上文在领字的内容中所论述的,以领字置于句首统领提挈、贯通直下的句式,一以意贯,一以字句贯,都是对突破整齐的五、七言诗体表意局限的有益探索,顺应了汉民族在思维和情感进一步发展和细腻化的趋势下表情达意的客观要求。然而这毕竟是权宜之方,要真正实现表情达意的更大解放,还要依赖参差错综的、有着更大容量的词体句法。

---

① 黄侃:《文心雕龙札记》,上海古籍出版社,2006年版,第118页。
② 同上书,第129页。
③ [清]周祥钰:《〈新定九宫大成南词宫谱〉凡例》,载蔡毅编著《中国古典戏曲序跋汇编》,齐鲁书社,1989年版,第132页。
④ [宋]释惠洪:《石门洪觉范天厨禁脔》卷上,中华书局,1958年版,第17~19页。

第二章在《声辞配合之理》一节中论述了歌词"依曲拍为句"的构成之理,词体长短参差之句式乃是曲调塑造的结果。此处则就词体句法本身,探讨其组织之法及其特征和意蕴。词体参差错综的句法突破了传统诗体整齐句式的书写,除去《浣溪沙》《玉楼春》《生查子》等少数词牌,每个词牌都是一种定型的有韵的散体句式组合,有着介于诗歌和散文之间的文体特征。用韵是诗歌体裁的本质要求,除却韵脚,基本等同于散文句型,在对词体参差错综句式展开探讨之前,有必要对汉语的句法特征及其精神加以适当的解释和说明。

申小龙先生通过对《左传》句法的考察,得出的结论是古汉语的"句法"乃"句读"之法。汉语结构的繁简长短及其所依托的声气节律,最终都是从"句读"上体现出来的。"句读"简单地说,就是声气的停顿,人之发音生理有其限度,当一个意思或主题尚未表达完成,而需要语气暂时停顿、休歇的时候,就形成了"句读",正如上文所言"今遇八字以上句,并加读焉"。"句读,本质上是文章音节运行中一种暂时的休止"①,由此形成了文气运行中一个音义共存的自然单位。这种自然单位就是语法学家所说的"音句","音句之读几乎流于一种纯音节之读"②,由两个或几个"音句"构成表意完整的句子,就是"义句之读"。譬如申小龙先生书中所举的例证,"大学之道,在明明德,在亲民,在止于至善",句中有一个要论述的主题,文意未尽,论说不止,直至意尽为句,是由四个"音句之读"铺排构成一个"义句之读"。又如"有朋自远方来,不亦悦乎?"一个主题句,一个论说句,两个"音句"构成一个"义句"。"由此可知所谓文意完整,不在于句读形式的完整,而在于句子表达功能完成与否。"③

刘勰曰:"夫人之立言,因字而生句,积句而成章,积章而成篇。"④杜牧亦云:"凡为文以意为主,气为辅,以辞彩章句为之兵卫。"⑤申小龙先生的"句读"之句法观正与传统句法观有着一脉相承的关系。"这种句法观体现在句子分析上,就是以句读为本体,以句读的循序铺排为局势,以意尽为句界。这种句子观是意(神)与气(形)的统一。"⑥据此,申小龙质疑了当下语文教学中盛行的以"主谓成句"为主干,以"主动宾定状补"为展开形式的叠床架屋

---

① 申小龙:《中国句型文化》,东北师范大学出版社,1988年版,第11页。
② 同上。
③ 同上书,第12页。
④ [南朝梁]刘勰:《文心雕龙·章句》,载周振甫注《文心雕龙注释》,人民文学出版社,1981年版,第375页。
⑤ [唐]杜牧:《答庄充书》,载《樊川文集》卷一三,《四部丛刊》本。
⑥ 申小龙:《中国句型文化》,东北师范大学出版社,1988年版,第15页。

式的欧化句法观。这种句法观完全脱离了"音句之读"的母体依托,否定了汉语的句读精神,放弃了汉民族的语感实践。并进一步指出了汉语"句读"之句法的实质在于:

> 句读的运行是一种时间流程,它不受任何"焦点"或"核心"的控制,以其声气顿进与时序铺陈之天籁展开组织,因而这是一种"散点"大容量的句子类型。①

当我们以这样的句法观反观词体的句法构成时,发现在中国的所有诗体中,词体那长短参差、几个"音句"合成一个"义句"的句法构成无疑最近于这种"'散点'大容量的句子类型"。当然,词体句法的形成不可能按照语言学家的理念设计实施,而是依燕乐曲拍的"乐节"而定,但是它所表现出来的语言形态特征和构造原则,却暗合了汉语"句读"之法的基本精神。

刘禹锡所谓"依《忆江南》曲拍为句"中"句"之概念及所指,引起了后之学者广泛的探讨,最早有"乐句"之说,如明胡震亨《唐音癸签》载:

> 曲之有拍,盖以为乐节也。牛僧孺尝字之为乐句,大为韩公所赏。②

任半塘先生则解释曰:"刘禹锡语中'句'谓句法,即句读,并非谓句数,非指《忆江南》五句为五拍也。'依某某曲拍为句'说内,并无一句一拍之含义。"③任氏训"句"为"句读",实探得词体句法之微妙处,也正与中国句法之精神暗合。施议对先生在《词与音乐关系研究》中也说:"就乐曲本身讲,当以均拍为主,乐谱标志,谱字以外,尤重节拍;就歌词与乐曲的关系讲,所谓'依曲拍为句',歌词的'句',即句法(句读),同样必须与曲调的均拍变化相应合。但是,这种应合并非以一句应一拍,而是以有规则的句式变化和句法组织与整个乐段(乐句)的曲度(即均拍)相应合。"④由于乐曲的繁复多样,曲中均拍的复杂多变,曲中乐节的长短抑扬,合乐歌词的句法就拥有了长短参差、句数不等的丰富多变的组织形式。在乐谱、歌法不传的情况下,我们只能通过各种"音句"和"义句"的不同组织形式,来回味燕乐那"繁音促节"的美听本色,感受古人那怨慕凄婉的柔情心曲,体悟和理解汉语那天籁神行的

---

① 申小龙:《中国句型文化》,东北师范大学出版社,1988年版,第15页。
② [明]胡震亨:《唐音癸签》卷一五,古典文学出版社,1957年版,第137页。
③ 任半塘:《唐声诗》上编,上海古籍出版社,1982年版,第285~286页。
④ 施议对:《词与音乐关系研究》,中国社会科学出版社,1985年版,第200~201页。

素朴的"句读"精神。

对于词体这种在音乐的规约下形成的、具有"音句"与"义句"性质的参差错综的句法组织形式,词论家也多有精辟的论述。清先著、程洪《词洁》序曰:"词则字数长短参错,比合而成之。"① 毛稚黄论词语曰:"词句参差,本便旖旎,然雄放磊落,亦属伟观。"② 刘熙载则更有发见,曰:

> 词家辨句兼辨读。读在句中,如《楚辞·九歌》每句中间皆有"兮"字,"兮"者无辞而有声,即其读也。更以古乐府观之,篇终有声,如《临高台》之"收中吾"是也;句下有声,如《有所思》之"妃呼狶"是也。何独于句中之声而疑之?③

中国的整齐诗行发展到盛唐时期,在经过燕乐或称清乐法曲和近体诗长期的融冶之后所产生的词体,是在更高的层次上向诗歌音乐本质的回归。在经过"歌诗之法"向"歌词之法"的转变之后,彻底完成了对齐言的改造和超越。我们看到,在词体的句法构成中,从一字句到七字句以及七字以上句("并加读焉")应有尽有,可谓集前代文学体裁句式之大全。关于词体句式的长短、句法的组织结构等内容,詹安泰先生之《论章句》、施议对先生《词与音乐关系研究》中卷第八章《词的乐曲形式》中皆有举例、归纳、总结④,可谓浩浩乎渊矣!然而这里更需要强调的是,词体句法以参差句式的不同组合,也就是以几个"音句"合成一个"义句"的形式,完成了诗体对七言言说局限的突破,以此推动了诗歌更深刻、更丰富、更细腻的表意功能的实现,这才是词体句法的精髓所在。词体的句法研究应更多地关注在一个"义句"之内的句式组合和言说效果,这样的句式组合方式正好符合了汉语"句读"之法的句法理论。申小龙先生说:

> 汉语句子的脉络与句子节律又是浑成一体的。音步是节律的基础。汉语利用语词单位"单音节""孤立"的纯一特点,以单音词构成单音步,以双音词构成二音步,于是只须把单音词与双音词巧为运用,使之

---

① [清]先著、程洪:《词洁》,载胡念贻辑《词洁辑评》,唐圭璋编《词话丛编》,中华书局,1986年版,第1327页。
② [清]王又华:《古今词论》引毛稚黄语,载唐圭璋编《词话丛编》,中华书局,1986年版,第610页。
③ [清]刘熙载:《艺概·词曲概》,上海古籍出版社,1978年版,第118页。
④ 参见詹安泰《论章句》,载吴承学、彭玉平编《詹安泰文集》,中山大学出版社,2004年版,第96~103页;施议对:《词与音乐关系研究》,中国社会科学出版社,1985年版,第202~208页。

错综变化,也就自然造成了汉语的节律。而句读形态正是这种音律变化的最佳节奏板块。汉语句子的生动之源就在于流块顿进之中显节律,于循序渐进之中显事理。流块的顿进将音乐性与顺序性有机地结合起来,由"音句"进入"义句",随事态变化的自然过程,"流"出千姿百态的句子来。①

词体以长短不齐的句式,相互组合搭配,变幻出众多的曲调、词牌来表情达意。而每一个词牌尤其长调,一韵之内一般由两个或两个以上的短句构成,换成语法的概念就是几个"音句"组成一个"义句",以此形成了词体的句法单位和意义空间。清李渔曰:

> 不用韵之句,还其不用韵,切勿过于骋才,反得求全之毁。盖不用韵为放,用韵为收,譬之养鹰纵犬,全于放处逞能。常有数句不用韵,却似散漫无归,而忽以一韵收住者,此当日造词人显手段处。彼则以为奇险莫测,在我视之,亦常技耳。不过以不用韵之数句,联其意为一句,一直赶下,赶到用韵处而止。其为气也贵乎长,其为势也利于捷。若不知其意之所在,东奔西驰,直待临崖勒马,韵虽收而意不收,难乎其为调矣。②

以几个"不用韵之句","一直赶下,赶到用韵处而止",深合汉语"句读"之法的组织原则,构成词调中散文化书写的一个意义片段,这就成为我们探讨词体句法表意策略和句式组织的原则和依据。

第二节 情意的深婉表达

短调出于近体绝句,其句法和意蕴尚与诗体有着密切的血缘关系。至柳永依据当时流行的"新声"大力创作长调,才使词体真正摆脱了诗体的束缚,呈现出不同于诗体的文体特征。最鲜明的特征是,随着篇幅的扩展加长,遂出现了"流块"式的、"'散点'大容量的句子类型"。这已经大大突破了七言的言说局限,具有了散文式的表达特征和文体属性。

我们看到,在柳永的一些长调中,一个"义句"的容量较七言增加了几倍,如:

---

① 申小龙:《中国句型文化》,东北师范大学出版社,1988年版,第478页。
② [清]李渔:《窥词管见》,载唐圭璋编《词话丛编》,中华书局,1986年版,第558~559页。

知何时、却拥秦云态,愿低帏昵枕,轻轻细说与,江乡夜夜,数寒更思忆。(《浪淘沙慢》)

共黯然消魂,重携纤手,话别临行,犹自再三、问道君须去。(《倾杯》)

帝城当日,兰堂夜烛,百万呼卢,画阁春风,十千沽酒。(《笛家弄》)

恋帝里,金谷园林,平康巷陌,触处繁华,连日疏狂,未尝轻负,寸心双眼。(《凤归云》)

芰荷浦溆,杨柳汀洲,映虹桥倒影,兰舟飞棹,游人聚散,一片湖光里。(《早梅芳》)

像《浪淘沙慢》的结句,乃是写柳永"江乡"孤寂的夜晚,对远方情人或是某一歌妓的思念之情,有着"知何时"这样的直接抒发,有着"秦云态""低帏昵枕"等女子体态、情爱欢好的色欲描写,有着"江乡夜夜,数寒更思忆"这样的呢喃表白,上述例句都具有这种在错落连缀的句子间进行散文抒写的语言表达特征。由于汉语"音句之读几乎流于一种纯音节之读"的句法特点,故可以将众多的"音句"通过声气的暂歇融贯在一个很长的"义句"之中而不显得冗赘,反而正有着"迟其声以媚之"的谐婉旖旎的韵致。在这样的句法构成中,自然包含了五、七言所不具有的丰富的大容量的信息和情感,自然也就形成了词体细腻幽微、婉曲层深的文体风格和特征。

李泽厚先生对词体这种句法结构所形成的"词境"的表达效果给予了恰当的分析,他说:

所谓"词境",也就是通过长短不齐的句型,更为具体、更为细致、更为集中地刻画抒写出某种心情意绪。诗常一句一意或一境,整首含义阔大,形象众多;词则常一首(或一阕)才一意或一境,形象细腻,含意微妙,它经常是通过对一般的、日常的、普通的自然景象(不是盛唐那种气象万千的景色事物)的白描来表现,从而也就使所描绘的对象、事物、情节更为具体、细致、新巧,并涂有更浓厚更细腻的主观感情色调,而不同于较为笼统、浑厚、宽大的"诗境"。①

如写荷的名句:

---

① 李泽厚:《美的历程》,中国社会科学出版社,1989年版,第148页。

秋暮。乱洒衰荷,颗颗真珠雨。(柳永《甘草子》)

叶上初阳干宿雨、水面清圆,一一风荷举。(周邦彦《苏幕遮》)

嫣然摇动,冷香飞上诗句。(姜夔《念奴娇》)

虹梁水陌。鱼浪吹香,红衣半狼藉。(姜夔《惜红衣》)

又如写燕的名句:

莺嘴啄花红溜。燕尾点波绿皱。(秦观《如梦令》)

燕子不知何世。向寻常、巷陌人家,相对如说兴亡,斜阳里。(周邦彦《西河》)

燕雁无心,太湖西畔随云去。(姜夔《点绛唇》)

差池欲住,试入旧巢相并。还相雕梁藻井。又软语、商量不定。(史达祖《双双燕》)

燕来晚、飞入西城,似说春事迟暮。(吴文英《莺啼序》)

又如写雨的名句:

断虹霁雨,净秋空,山染修眉新绿。(黄庭坚《念奴娇》)

墙头青玉旆,洗铅霜都尽,嫩梢相触。(周邦彦《大酺》)

梧桐更兼细雨,到黄昏、点点滴滴。(李清照《声声慢》)

做冷欺花,将烟困柳,千里偷催春暮。(史达祖《绮罗香》)

以上名句写景的共同特点正如李泽厚先生所说的那样,通过长短不齐的句型,几句才表一境,能够对一定物象集中描摹、刻写,故所写景物显得"具体、细致、新巧",而不同于整齐的五七言"一句""一境"、显得"笼统、浑厚、宽大"的"诗境"。对于这种由几个"音句"组合而成一个"义句"、细腻巧极的句构特点,前人也多有切身的体会和精彩的分析。清李佳曰:

张炎词:"写不成书,只寄得相思一点。"沈昆词:"奈一绳雁影斜飞,点点又成心字。"周星誉词:"无赖是秋鸿,但写人人,不写人何处。"三词咏雁字,各具巧思,皆不落恒蹊。①

这种"巧思",一方面在于词人的艺术创造,另一方面也与参差句式不同形式的组合有着密切的关系。又如秦少游《满庭芳》(山抹微云)写景名句"斜阳外,寒鸦万点,流水绕孤村"。晁无咎云:"虽不识字,亦知是天生好言语。"②这一写景名句历来广为人所称道,但究竟好在哪里,为什么好,一直没有人说明白,直至清人贺贻孙《诗筏》道出了其中真谛。他说:

  盖以隋炀帝有"寒鸦千万点,流水绕孤村"之句也。余谓此语在炀帝诗中,祇属平常,入少游词,特为妙绝。盖少游之妙,在"斜阳外"三字,见闻空幻。又"寒鸦""流水",炀帝以五言划为两景,少游词用长短句错落,与"斜阳外"三景合为一景,遂如一幅佳图。此乃点化之神,必如此乃可用古语耳。③

真是妙解!"三景合为一景",道出了词体以参差句式、几个"音句"合为一个"义句"写景状物工巧细致的优长。又如况周颐曰:

  东坡词《青玉案》,用贺方回韵,送伯固归吴中,歇拍云:"作个归期天应许。春衫犹是,小蛮针线,曾湿西湖雨。"上三句,未为甚艳。"曾湿西湖雨"是清语,非艳语。与上三句相连属,遂成奇艳、绝艳,令人爱不忍释。④

单言"曾湿西湖雨"则属平常,若与上面词句联言,"作个归期天应许。春衫犹是,小蛮针线,曾湿西湖雨",在句间形成顿挫、折进、呼应,"遂成奇艳、绝艳"。故宋尹觉在序赵师侠《题坦庵词》时,不仅称赏赵氏词作,也见出了词体参差句式写景状物言情的共同特点,他说:

  人见其模写风景、体状物态,俱极精巧,初不知得之之易,以至得趣

---

① [清]李佳:《左庵词话》,载唐圭璋编《词话丛编》,中华书局,1986年版,第3144页。
② [宋]胡仔纂集《苕溪渔隐丛话》后集卷三三引《复斋漫录》语,廖德明校点,人民文学出版社,1962年版,第253页。
③ [清]贺贻孙:《诗筏》,载郭绍虞编选《清诗话续编》,富寿荪校点,上海古籍出版社,1983年版,第177页。
④ 况周颐:《蕙风词话》卷二,载唐圭璋编《词话丛编》,中华书局,1986年版,第4426页。

忘忧,乐天知命,兹又情性之自然也。①

这样的长句状写人之情态动作,也极尽细腻生动。如:

> 绣床斜凭娇无那。烂嚼红茸,笑向檀郎唾。(李煜《一斛珠》)
> 唤起两眸清炯炯,泪花落枕红绵冷。(周邦彦《蝶恋花》)
> 杏花疏影里,吹笛到天明。(陈与义《临江仙》)
> 归来后、翠尊双饮,下了珠帘,玲珑闲看月。(姜夔《八归》)

首例李煜《一斛珠》虽是简短的词句,然笔墨生动细致,人物形象呼之欲出,直可看成对一女子撒娇放诞情态的散文式绝妙写真。王世贞评周邦彦《蝶恋花》句曰:"其形容睡起之妙,真能动人。"② 张炎评陈与义句曰:"真是自然而然。"③ 这些词句俱得刻写人物之妙,兼含无尽的情思。应该说,将这种参差句法的散文化书写运用到极致的要属辛弃疾,词体在辛弃疾手中几乎无所不施,无所不能。如:

> 带湖吾甚爱,千丈翠奁开。先生杖履无事,一日走千回。凡我同盟鸥鸟,今日既盟之后,来往莫相猜。白鹤在何处,尝试与偕来。(《水调歌头》)
>
> 茅檐低小。溪上青青草。醉里蛮音相媚好。白发谁家翁媪。大儿锄豆溪东。中儿正织鸡笼。最喜小儿亡赖,溪头卧剥莲蓬。(《清平乐》)
>
> 醉里且贪欢笑,要愁那得工夫。近来始觉古人书。信著全无是处。
> 昨夜松边醉倒,问松我醉何如。只疑松动要来扶。以手推松曰:去!(《西江月》)

写己写人,姿态百出,信笔之中见出灵动郁勃之气,尤其《西江月》下阕写词人之醉态,真是一段使人如临其境的纪实小品。清吴衡照曰:"辛稼轩别开天地,横绝古今。论、孟、诗小序、左氏春秋、南华、离骚、史、汉、世说、选学、李

---

① [宋]尹觉:《题坦庵词》,载张惠民编《宋代词学资料汇编》,汕头大学出版社,1993 年版,第 230 页。
② [明]王世贞:《艺苑卮言》,载唐圭璋编《词话丛编》,中华书局,1986 年版,第 389 页。
③ [宋]张炎:《词源》卷下,载唐圭璋编《词话丛编》,中华书局,1986 年版,第 265 页。

杜诗,拉杂运用,弥见其笔力之峭。"① 透露出了辛弃疾以散语入词、"以文为词"的创作倾向。

中国诗歌五七言之长期存在以及汉语单音表意的特征,说明一个基本语言事实,那就是五言表意已经足够,七言已属冗余。在词体一个韵句较之五七言多出数字的情况下,词体句法的表达必然生出更多的意思,翻出更多的变化,否则不足以与诗争胜,也不足以成为"一代之文学"。王世贞曰:"《花间》犹伤促碎,至南唐李王父子而妙矣。"② 以温庭筠为代表的《花间集》中多二言、三言以至四言句,其音节"促碎"也造成了表意的局促破碎,至南唐词之句法渐趋于五、七言诗体,较之《花间》固是从容而妙矣,然柳永将短令衍为长调,则将词体的表意功能提高到一个新的境界。清人蒋敦复在《芬陀利室词话》序中说:

> 余亦谓词之一道,易流于纤丽空滑,欲反其弊,往往变为质木,或过作谨严,味同嚼蜡矣。故炼意炼辞,断不可少,炼意所谓添几层意思也,炼辞所谓多几分渲染也。③

"添几层意思""多几分渲染",正是词体的表意手法较之于诗体的一个显著特点。我们看到,词体句法或是单句表意,增加了许多的附带成分而"多几分渲染";或是复句表意,形成"透过""翻转""折进""衬跌""点染""问答"等多种手法来"添几层意思"。句长则情长、意深,此为最朴素的道理。故陈廷焯曰:"后人之感,感于文不若感于诗,感于诗不若感于词。……故其情长,其味永,其为言也哀以思,其感人也深以婉。"④

辛稼轩《水龙吟》结拍名句"倩何人、唤取红巾翠袖,揾英雄泪",这是一句省略主辞的兼语句和连谓句⑤ 合用的结构复杂的单句,"倩"为使令性动词,统摄后面的兼语短语;后面的兼语部分是由"何人"作主辞,领起"唤取红巾翠袖"和"揾英雄泪"两个连续动作,又构成了连谓句式。这样曲折复杂的加长单句,将辛弃疾那种英雄失路、报国无门的郁抑之情表现得淋漓尽致。

---

① [清]吴衡照:《莲子居词话》卷一,载唐圭璋编《词话丛编》,中华书局,1986年版,第2408页。
② [明]王世贞:《艺苑卮言》,载唐圭璋编《词话丛编》,中华书局,1986年版,第387页。
③ [清]蒋敦复:《芬陀利室词话》序,载唐圭璋编《词话丛编》,中华书局,1986年版,第3627页。
④ [清]陈廷焯:《白雨斋词话》自叙,载唐圭璋编《词话丛编》,中华书局,1986年版,第3750页。
⑤ 有关兼语句与连谓句的内容可参见黄伯荣、廖序东主编《现代汉语》(增订二版)下册,高等教育出版社,1997年版,第119~121页。

考诸辛稼轩《水龙吟》诸调,其惯用长句贯注,中间曲折顿挫,翻腾作势,以表现胸中那股郁勃不平的英雄之气,如:

> 待他年、整顿乾坤事了,为先生寿。
>
> 待从公、痛饮八千余岁,伴庄椿寿。
>
> 算风流未减,年年醉里,把花枝问。
>
> 竟茫茫未晓,只应白发,是开山祖。
>
> 笑挂瓢风树,一鸣渠碎,问何如哑。
>
> 倩何人与问,雷鸣瓦釜,甚黄钟哑。
>
> 问何人又卸,片帆沙岸,系斜阳缆。
>
> 到如今巧处,依前又拙,把平生笑。
>
> 甚东山何事,当时也道,为苍生起。

"文似看山不喜平",无论作文写诗,句与句之间最忌平板无奇、一览无余。词体一韵之中"音句"相接,更讲究变化、跌宕、层深、转折之美,如此才能意曲、才能情深,这样也就构成了"音句"之间多重意义上的复句关系。词论家们对此有着精彩的论说,刘熙载曰:

> 一转一深,一深一妙,此骚人三昧。倚声家得之,便自超出常境。①

况周颐曰:

> 词贵意多。一句之中,意亦忌复。如七字一句,上四是形容月,下三勿再说月。或另作推宕,或旁面衬托,或转进一层,皆可。若带写它景,仅免犯复,尤为易易。②

沈祥龙曰:

> 词之妙,在透过,在翻转,在折进,"自是春心撩乱,非关春梦无凭",

---

① [清]刘熙载:《艺概·词曲概》,上海古籍出版社,1978年版,第114页。
② 况周颐:《蕙风词话》卷一,载唐圭璋编《词话丛编》,中华书局,1986年版,第4415页。

透过也。"若说愁随春至,可怜冤煞东风",翻转也。"山映斜阳天接水,芳草无情,更在斜阳外",折进也。三者不外用意深,而用笔曲。①

沈祥龙又曰:

> 词贵愈转愈深。稼轩云:"是他春带愁来,春归何处,却不解带将愁去。"玉田云:"东风且伴蔷薇住,到蔷薇春已堪怜。"下句即从上句转出,而意更深远。②

毛先舒曰:

> 词家意欲层深,语欲浑成。作词者大抵意层深者,语便刻画,语浑成者,意便肤浅,两难兼也。或欲举其似,偶拈永叔词云:"泪眼问花花不语。乱红飞过秋千去。"此可谓层深而浑成,何也,因花而有泪,此一层意也。因泪而问花,此一层意也。花竟不语,此一层意也。不但不语,且又乱落,飞过秋千,此一层意也。人愈伤心,花愈恼人,语愈浅,而意愈入,又绝无刻画费力之迹,谓非层深而浑成耶。然作者初非措意,直如化工生物,笋未出而苞节已具,非寸寸为之也。若先措意便刻画,愈深愈堕恶境矣。此等一经拈出后,便当扫去。③

清贺裳亦曰:

> 词家用意极浅,然愈翻则愈妙。如周清真《满路花》后半云:"愁如春后絮,来相接。知他那里,争信人心切。除共天公说。不成也,还似伊无个分别。"酷尽无聊赖之致。至陆放翁《一丛花》则云:"从今判了,十分憔悴,图要个人知。"其情加切矣。至孙夫人《风中柳》则更云:"别离情绪,待归来都告。怕伤郎,又还休道。"则又进一层。然总此一意也,正如剥蕉者,转入转深耳。④

刘熙载于词体句间组织、手法多有探微之见,体现出高超的艺术鉴赏眼

---

① [清]沈祥龙:《论词随笔》,载唐圭璋编《词话丛编》,中华书局,1986 年版,第 4057 页。
② 同上。
③ [清]王又华:《古今词论》引毛稚黄语,载唐圭璋编《词话丛编》,中华书局,1986 年版,第 608 页。
④ [清]贺裳:《皱水轩词筌》,载唐圭璋编《词话丛编》,中华书局,1986 年版,第 702 页。

光,他所总结出的艺术手法有"点染"法:

> 词有点,有染。柳耆卿《雨淋铃》云:"多情自古伤离别,更那堪冷落清秋节。今宵酒醒何处?杨柳岸晓风残月。"上二句点出离别冷落,"今宵"二句乃就上二句意染之。点染之间,不得有他语相隔,隔则警句亦成死灰矣。①

有"衬跌"法:

> 词之妙全在衬跌。如文文山《满江红·和王夫人》云:"世态便如翻覆雨,妾身元是分明月。"《酹江月·和友人驿中言别》云:"镜里朱颜都变尽,只有丹心难灭。"每二句若非上句,则下句之声情不出矣。②

有"空中荡漾"法:

> 空中荡漾,最是词家妙诀。上意本可接入下意,却偏不入,而于其间传神写照,乃愈使下意栩栩欲动,《楚辞》所谓"君不行兮夷犹,蹇谁留兮中洲"也。③

有"问答呼应"法:

> 贺方回《青玉案》词收四句云:"试问闲愁都几许?一川烟草,满城风絮,梅子黄时雨。"其末句好处,全在"试问"句呼起,及与上"一川"二句并用耳。或以方回有"贺梅子"之称,专赏此句,误矣。且此句原本寇莱公"梅子黄时雨如雾"诗句,然则何不目莱公为"寇梅子"耶?④

以上是词论家对于词作句法之精彩点评和分析,对我们欣赏和理解词体之美有着绝大的帮助。由此也看出由于句间的组合及句式的加长,词体相较于近体诗,在表情达意上有着细腻微妙、曲折层深的优长。

这种加长的具有散文化抒写倾向的参差错综的句式,不同的词人有着不

---

① [清]刘熙载:《艺概·词曲概》,上海古籍出版社,1978年版,第119页。
② 同上书,第116页。
③ 同上书,第114页。
④ 同上书,第115~116页。

同的运用策略,这也是词人形成自己独特风格的重要因素。从文体学的角度讲,作家风格的形成,其中一个层面即作家对于文学语言的独特运用。"风格是散文或诗歌的语言表达方式,即一个说话者或作家如何表达他要说的话。分析作品或作家的风格特点可以从以下几方面入手:作品的词藻,即词语的运用;句子结构和句法,修辞语言的频率和种类,韵律的格式,语音成分和其它形式的特征以及修辞的目的和手段。"① "经验丰富的作家,凭借他惯于选择语音、词语和句法模式的能力,来表达他的个性或基本观点。"② 对词人来说,这更多地是一种不自觉、无意识的状态,词人的学识修养、对词体的理解以及长期形成的创作习惯,都或多或少地在词体的句法运用中体现出来,并形成词人较为固定的语言风格。因此,句法分析成为理解和把握词人风格的重要手段。如晏几道的《少年游》:

离多最是,东西流水,终解两相逢。浅情终似,行云无定,犹到梦魂中。　可怜人意,薄于云水,佳会更难重。细想从来,断肠多处,不与者番同。

小山词一向以曲折深婉著称,这首词就非常典型地体现他的风格特点。起拍"离多最是,东西流水,终解两相逢",两次顿咽,语意阻隔,语流不畅,是情感的郁抑、蓄积,而情感的表达在这种郁结中层层折进。下一拍与首句手法一样而加倍跌宕、蓄积。词之过片,"薄于云水"合上片两意而进一步翻进,有知觉之人类反较无知觉的外物更薄情,其情已为深挚,而语气仍是层层顿咽。最后结拍又折进一层,前面的诉说皆为泛论,而此次更为不堪矣。要之,此词语意翻进多少层已难遍数,此为层深;而一拍之内,一意作两次顿,一顿一咽,一咽一郁,曲折在此,情深也在此。故陈延焯曰:"曲折深婉,自有艳词,更不得不让伊独步。"③ 虽是评"今宵剩把银釭照,尤恐相逢是梦中"几句,然自是小晏词作风格的传神写照。

两首《水龙吟》句法运用的不同,见出秦观和辛弃疾迥异的语言风格。两词如下:

---

① 〔美〕M. H. 阿伯拉姆:《简明外国文学词典》,曾忠禄、郑子红、邓建标译,湖南人民出版社,1987年版,第352页。
② 《简明不列颠百科全书》卷三,中国大百科全书出版社,1985年版,第127页。
③ 〔清〕陈廷焯:《白雨斋词话》卷一,载唐圭璋编《词话丛编》,中华书局,1986年版,第3782页。

小楼连远横空,下窥绣毂雕鞍骤。朱帘半卷,单衣初试,清明时候。破暖轻风,弄晴微雨,欲无还有。卖花声过尽,斜阳院落,红成阵、飞鸳甃。　　玉佩丁东别后。怅佳期、参差难又。名缰利锁,天还知道,和天也瘦。花下重门,柳边深巷,不堪回首。念多情但有,当时皓月,向人依旧。(秦观《水龙吟》)

举头西北浮云,倚天万里须长剑。人言此地,夜深长见,斗牛光焰。我觉山高,潭空水冷,月明星淡。待燃犀下看,凭栏却怕,风雷怒,鱼龙惨。　　峡束苍江对起,过危楼、欲飞还敛。元龙老矣,不妨高卧,冰壶凉簟。千古兴亡,百年悲笑,一时登览。问何人又卸,片帆沙岸,系斜阳缆。(辛弃疾《水龙吟》)

周济曰:"少游最和婉醇正,稍逊清真者,辣耳。少游意在含蓄,如花初胎,故少重笔。"①秦观词得《花间》正宗本色,其题材、意旨此处不议,但就句法言,少游词中基本没有晏小山那样语断的顿咽,句句一意,如"朱帘半卷,单衣初试,清明时候。破暖轻风,弄晴微雨,欲无还有",虽都为简短的四字句,却各自意完,语脉连贯,流走如弹丸,灵动飘逸。甚至如"红成阵,飞鸳甃"这样的三字句也是如此。又皆以意象语连属,通畅和顺,周济评其"和婉醇正""故少重笔"确是中的之言。而辛稼轩之《水龙吟》则处处顿、处处咽,一意表达却作多次顿咽,语势沉重,情志郁结。如:"人言此地,夜深长见,斗牛光焰。我觉山高,潭空水冷,月明星淡。待燃犀下看,凭栏却怕,风雷怒,鱼龙惨。"几无处不郁。叶嘉莹先生论词主"弱德之美",其例证正是辛稼轩这首《水龙吟》,这种拗折的句法也是词体"弱德之美"的体现。她说:

岂止是《花间》男女爱恋的小词,英雄豪杰的词、真正好的词,都是表现弱德之美的。这还不在它的内容的感情、志意,还在它的句法、形式。你看"举头西北浮云,倚天万里须长剑"。这不是一个完成的句法,"人言此地,夜深长见",句法也还没有完成,"斗牛光焰",才完成。"我觉山高",没有完,"潭空水冷",还没有完,"月明星淡。待燃犀下看,凭栏却怕,风雷怒,鱼龙惨",才完成。一唱三叹,一步有几个转折,一步有几个低回,所以是幽约怨悱不能自言之情。②

---

① [清]周济:《宋四家词选目录序论》,载唐圭璋编《词话丛编》,中华书局,1986年版,第1643页。
② 叶嘉莹:《从文学体式与性别文化谈词体的弱德之美》,《人文杂志》2007第5期,第106页。

词体之语意表达变化万端,不可穷尽,此正见出词体语言的魅力,也符合汉语句型"以其声气顿进与时序铺陈之天籁展开"的组织原则。若要总结出一些规律、法则,将词体之句间组织结构"绳之以法",则词体语言艺术之研究恐怕会"七窍凿而混沌死"。

第三节　长短抑扬,各极其致

由于诗体"言之不足故长言之"的发展要求,词体遂变整齐的近体句式为长短参差的近于散体句式的书写,句与句之间的组合以及各种句式特点的充分发挥,就成为词体研究需要特别注意的问题。

词体的句法乃是音乐塑造的结果,音乐的变化以及词人对于这种规矩的态度及遵守程度,在某种程度上影响着句法的表现。小令的初期,词调涣漫无准,一调多体、一体多调的情况广泛存在。后在北宋欧晏等词人雅化的改造下,词体的句法渐趋于近体的形式。柳永创制长调,句式随曲而定,又形成了一调多体的状况。后经众多词人的努力,尤其是周邦彦入大晟府,"讨论古音,审定古调",词之句法始趋于稳定统一。此正如沈曾植所言:

> 宴乐饮曲,文谱相承,而犹有篇无定句、句无定字之弊,于花间小令,字句多参差可征之。词家不为音家束缚类然。景祐以后,乃渐齐一矣。①

即便如此,词人在创作时或是为了表达的需要,或是出于对音乐曲调的不同理解,于句法多有变化损益之处。如苏东坡著名的《念奴娇》过拍换头,"遥想公瑾当年,小乔初嫁了,雄姿英发"句,按律当为"六四五"句法,苏轼则以"六五四"句法通融用之。苏轼《水调歌头》一调,于下片第二拍有"不应有恨,何事长向别时圆"和"跻攀寸步千险,一落百寻轻"即"四七"和"六五"两体。秦观《满庭芳》过拍换头,有"销魂。当此际,香囊暗解,罗带轻分"和"时时横短笛,清风皓月,相与忘形",即"二三四四"和"五四四"以及句中用韵和不用韵两体之分。就连对格律谨守不逾的张炎也在所难免,他的《琐窗寒》歇拍,"最怜他、树底莺红,不语背人吹尽",《词洁》曰:

> 此春雨也,熨贴流转乃尔。前结十三字,皆单字领下十二字。作五

---

① [清]沈曾植:《菌阁琐谈》,载唐圭璋编《词话丛编》,中华书局,1986年版,第3617页。

四四句法,此破作七六句,未尝不可讽咏,恐执谱者必废是词矣。①

对于这种词体句法定格的损益,清冯金伯《词苑萃编》引《词衷》语曰:

词有二句合作一句,一句分作二句者,字数不差,妙在歌者上下纵横所协,此是确论。②

其实,"妙在歌者上下纵横"还在其次,真正的性质是词人为了表意的需要,摆脱音律或格律束缚,合于散文语势自由畅达的抒写,或是在自由表达和合乐可歌之间达成某种平衡和妥协。虽然词人在创作时,对于句式有着如上所说的具体的损益变化,但是这不能成为我们否定对于特定句格特点探讨和分析的理由,毕竟不同的词调有着不同的格律和句式安排,而不同的格律和句式蕴涵着不同的情感特征。

张炎《词源》"句法"条曰:

词中句法,要平妥精粹。一曲之中,安能句句高妙,只要拍搭衬副得去,于好发挥笔力处,极要用功,不可轻易放过,读之使人击节可也。如东坡杨花词云:"似花还似非花,也无人惜从教坠。"又云:"春色三分,二分尘土,一分流水。"如美成《风流子》云:"凤阁绣帏深几许,听得理丝簧。"如史邦卿《春雨》云:"临断岸、新绿生时,是落红、带愁流处。"《灯夜》云:"自怜诗酒瘦,难应接许多春色。"如吴梦窗《登灵岩》云:"连呼酒,上琴台去,秋与云平。"《闰重九》云:"帘半卷,带黄花、人在小楼。"姜白石《扬州慢》云:"二十四桥仍在,波心荡,冷月无声。"此皆平易中有句法。③

在张炎所举的例证中,有长短句式的搭配,如"似花还似非花,也无人惜从教坠""凤阁绣帏深几许,听得理丝簧",是"六七"和"七五"句式的长短错综搭配;有整句的用法,如"春色三分,二分尘土,一分流水",皆为整齐的四字句;有句中"句读"的安排,如"临断岸、新绿生时,是落红、带愁流处""二十四桥仍在,波心荡,冷月无声",皆有一句之中语气的停顿;有拗句的运用,如"连

---

① [清]先著、程洪:《词洁》,载胡念贻辑《词洁辑评》卷四,唐圭璋编《词话丛编》,中华书局,1986年版,第1361页。
② [清]冯金伯:《词苑萃编》卷二引《词衷》,载唐圭璋编《词话丛编》,中华书局,1986年版,第1799页。
③ [宋]张炎:《词源》卷下,载唐圭璋编《词话丛编》,中华书局,1986年版,第258页。

呼酒,上琴台去,秋与云平","上琴台去"为"一二一"句法的拗句;等等。

不同的句式具有不同的表达特性。各种句式"要拍搭衬副得去",才能将词体善达幽曲之情的特点表现出来。各种句式就其本身而言,并无好坏之分、高低之别。用之要达其性、得其所,方为文章之道。故王世贞曰:"抑扬顿挫,长短节奏,各极其致,句法也。"① 清江顺诒《词学集成》引《词综序》曰:"非句有长短,无以宣其气,而达其音。"②

归纳起来,词体句式大体有着长句、短句、奇句、偶句、律句、拗句之分。

词又称"长短句",源于唐人称七言为长句、五言为短句,五七言错综搭配的句式便称为"长短句",后来这一名称专指句式参差的"曲子词"。短句和长句各有其特点和作用,短句简洁明快、活泼有力,适宜表现急促激越的思想情感;长句结构紧凑严密、复杂细致,适合表达复杂多变、绵长深细的思想情感。刘熙载曰:"七言为五言之慢声,而长短句互用者,则以长句为慢声,以短句为急节。"③ 虽是就五、七言诗体而言,然句式之长短与情感之抑扬缓急确有着大体对应的关系。我们知道,词体是最宜于抒情的诗体,有很大一部分原因在于其长短参差的句式组合,故沈际飞曰:"以参差不齐之句,写郁勃难状之情,则尤至也。"④ 词中参差句式的组合虽是合曲中"乐句"而成的结果,但却暗合了语法上句式之选择搭配与相应的情感对应的原则。清谭献曰:

> 夫音有抗队,故句有长短。声有抑扬,故韵有缓促。生今日而求乐之似,不得不有取于词矣。⑤

蔡松云亦曰:

> 短句如一字句,为用绝鲜,可置勿论。二字、三字句无论合用分用,及用于词中何处,均极转折顿错之能事,故必须翦裁齐整,方见逋峭。长句最易流于生硬,欲求婉曲,端赖行气。不论用于词中何处,皆须留意及此。其用于小令末句者,更须有悠扬不尽之致乃佳。如李后主之"故国

---

① [明]王世贞:《艺苑卮言》,《弇州山人四部稿》卷一四四,明万历五年王氏世经堂刻本。
② [清]江顺诒:《词学集成》卷一引《词综序》,载唐圭璋编《词话丛编》,中华书局,1986年版,第3218页。
③ [清]刘熙载:《艺概·诗概》,上海古籍出版社,1978年版,第71页。
④ [明]沈际飞:《诗余四集序》,载金启华、张惠民、王恒展等编《唐宋词集序跋汇编》,江苏教育出版社,1990年版,第399页。
⑤ [清]谭献:《复堂词录序》,载《复堂词话》,唐圭璋编《词话丛编》,中华书局,1986年版,第3987页。

不堪回首月明中""恰似一江春水向东流",即极婉曲之能事者。①

可见句之短长与情感之抗促低沉、激越绵长有着一定的对应关系。过多短句的运用如温庭筠《诉衷情》上片:

> 莺语。花舞。春昼午。雨霏微。金带枕。宫锦。凤皇帷。

又如贺铸《六州歌头》下阕片段:

> 似黄粱梦。辞丹凤。明月共。漾孤篷。官冗从。怀倥偬。落尘笼。簿书丛。

终是激越抗促有余而悠扬婉转不足。过多长句的运用,如辛弃疾的《粉蝶儿》下片:

> 而今春似,轻薄荡子难久。记前时、送春归后。把春波,都酿作,一江春酎。约清愁、杨柳岸边相候。

也显得婉转妩媚有余而激越跳宕不足。

词之体制,贵在长句、短句两者的有机组合。"短句主劲拔""长句以气胜"②,于长句的流行中置一短句,则显峭拔劲健之旨;于短句的铺排中接一长句,则得绵长深厚之趣。李煜两首《乌夜啼》情挚真切,感人肺腑,广为后人所称道。这首先得益于李煜那颗敏锐善感的"赤子之心"和"高奇无匹"的文学才能,然而表达效果的获得与这个词牌句式之短长搭配也有着密切的关系。试看其中的一首:

> 林花谢了春红。太匆匆。无奈朝来寒雨晚来风。　胭脂泪,留人醉,几时重。自是人生长恨水长东。

上片写对春逝花谢的哀婉之情,短句"太匆匆"置于两个长句之间,劲拔峭

---

① [宋]张炎著,夏承焘校注;沈义父著,蔡嵩云笺释:《词源注 乐府指迷笺释》,人民文学出版社,1963年版,第65页。
② 来裕恂:《汉文典注释·文章典·文法卷·句法篇》,高维国、张格注释,南开大学出版社,1993年版,第167、168页。

戾,一"太"字状哀情之深,同时一极短句"太匆匆"与其下一超长句"无奈朝来寒雨晚来风"相接,形成了巨大的句式落差,更从形式上照应了"太"字,凸显了哀情之深。下片连着三个三字句,气促情急,到"几时重"已将这种深哀剧痛推向了顶峰,然后接一个超长句"自是人生长恨水长东",归入低沉绵长的倾诉。词情大开大合,落差之大,感痛之深,直令人不忍卒读。如果进一步引申的话,李后主之所以爱用《乌夜啼》词牌,正因其落差巨大的句式组合与李后主的人生经历有着异质同构之处,适合抒写其由帝王身到阶下囚的命运落差之深哀巨痛。短句峭拔有力,长句婉转回旋,互以为用、妙以配合,方显灵动自如之姿。辛弃疾《摸鱼儿》被公推为辛词之首,这与它开篇将长句与短句的妙用发挥到极致不无关系。陈廷焯评曰:

> 稼轩"更能消几番风雨"一章,词意殊怨。然姿态飞动,极沉郁顿挫之致。起处"更能消"三字,是从千回万转后倒折出来,真是有力如虎。①

辛弃疾《摸鱼儿》起拍为"更能消、几番风雨。匆匆春又归去","更能消"三字句,起即突兀劲健,情感激越,然后是四六句式迂徐曲折地展开,情感也转入低回婉转的倾诉。短句劲峭,长句缠绵,长短错综为用,幽约怨悱、深隐难状之情,于句法的安排上即可见之。我们看到词中的一些长调,上下阕一般由四组意脉完整的"乂句"组成,歌词的演唱亦如文章之起、承、转、合,也如小说情节的开端、发展、高潮、结尾。经过起、承的铺垫,直至转折处达到高潮。词中上下片的第三段"乂句",也正是全词情感脉络发展的最高处,呈跌宕翻腾之势,而词之句法至此也极尽长短错综之妙,如:

> 此去何时见也,襟袖上、空惹啼痕。(秦观《满庭芳》)
>
> 今宵正对初弦月,傍水驿、深舣蒹葭。(周邦彦《渡江云》)
>
> 啼鸟还知如许恨,料不啼清泪长啼血。(辛弃疾《贺新郎》)
>
> 还教一片随波去,又却怨、玉龙哀曲。(姜夔《疏影》)
>
> 飞红若到西湖底,搅翠澜、总是愁鱼。(吴文英《高阳台》)
>
> 应是梨花梦好,未肯放、东风来人世。(王沂孙《无闷》)

---

① [清]陈廷焯:《白雨斋词话》卷一,载唐圭璋编《词话丛编》,中华书局,1986年版,第3793页。

这种句式或是"句读"安排总是"长—短—稍长"的句构，形成跌宕起伏之势，情感也在这种动荡错落的句式中达到高潮。

词体参差句式的另一个表现是奇字句与偶字句、散句与整句的联结。古代诗歌句式自《诗经》以下，一直以五七言为正宗。五言上二下三，七言上四下三，它们自身都体现出奇字与偶字词组的结合，较之四六言纯以偶句组合要来得流走灵动，适合抒情和叙事，所以成为古典诗歌的标准句式。与此同时，四言和六言以对仗和排偶的形式在骈文骈赋中得到了运用和发展。由于四六言双音成句，本身有着自足稳定的语势特点，易于形成排偶的形式，就更显出凝整绵密的语言特征。这种句式适合描写静止的物象，故陆机云："赋体物而浏亮。"朱光潜先生也说："赋侧重横断面的描写，要把空间中纷陈对峙的事物情态都和盘托出，所以最容易走上排偶的路。"① 奇字句与散句有着天然的一致性，单音节和三音节是相对不稳定的，具有运动变化感；散句以参差不齐的句式组合，也体现着变化流动感。而偶字句与整句性质相通，其音节和句式都相对自足，故都具有均衡的稳定感。奇句与偶句、散句与整句各有优长，又各有缺陷，句式之间参互错综而用之，方能将各种句式的优长发挥出来。前人于此深有体悟，所谓"偶语易安，奇字难适"，"偶句之妙在凝重，奇句之长在流利。然叠用偶句，其失也单调而板滞；叠用奇句，其失也流转而无骨"，② 说的都是这个道理。

于诗赋等诸多文体成熟之后形成发展起来的词体，实集各种句式于一身，表现出博兼众体的句式特征。词之小令以五七言居多，接续了近体诗的传统，在当时词人的观念中也是如此，晏小山曰："试续南部诸贤绪余，作五七字语，期以自娱。"③ 而后柳永大量创制慢词，大胆革新，将四六言骈赋铺叙的手法引入词的创作中。此风一开，使人明了诸格兼用之妙处。

五七言是诗的语言，比较流走疏宕；四六言是文赋的语言，更为细密严整。相比之下，前者较适于叙，后者较适于写；前者多用于点，后者多用于染；前者易于传达起伏激越的声气，后者宜于表现委婉和谐的情趣；前者靠后者铺排渲染，后者靠前者提挈疏通。这种相辅相成、互以为用的关系，虽不可一概而论，但大体是如此。如晏几道的名篇《临江仙》：

---

① 朱光潜：《诗论》，上海古籍出版社，2005 年版，第 158 页。
② 金兆梓：《实用国文修辞学》，《民国丛书》第二编第五十七册，上海书店出版社，1990 年版，第 119 页。
③ [宋]晏几道：《小山词自序》，载金启华、张惠民、王恒展等编《唐宋词集序跋汇编》，江苏教育出版社，1990 年版，第 25 页。

> 梦后楼台高锁,酒醒帘幕低垂。去年春恨却来时。落花人独立,微雨燕双飞。　记得小蘋初见,两重心字罗衣。琵琶弦上说相思。当时明月在,曾照彩云归。

此词上片"去年春恨却来时"一句七言夹于两联对句之间,疏宕流走,化解了由两联对句形成的凝重低抑的哀怨氛围。又如李清照的《一剪梅》:

> 红藕香残玉簟秋。轻解罗裳,独上兰舟。云中谁寄锦书来,雁字回时,月满西楼。　花自飘零水自流。一种相思,两处闲愁。此情无计可消除,才下眉头,却上心头。

这首词的句式,全是由一句七言领起两句四言的长短句组合。除开头三句基本上属于叙述语外,后面三组语句都是由起头的七言作提示点出,再用两句四言对偶的形式进行形容渲染。李清照很好地运用了句式结构的特点,兼具流走与沉着,既有叙述语,又有意象语,将离情写得极哀婉顿挫,为婉约词的代表之作,这与词中奇句偶句妙于配合不无关系。

词中存在着大量的四言以至七言的对句,其运用的好坏关乎词作的成败,故为历来词论家和当今学者所重视。由于对句具有凝重沉稳的特点,而词作又需婉转歌唱,所以常以领字贯通领起,前文已述。由于歌唱的原因,词中对句较之于诗,更需流动婉转,不能太拙、太涩。故沈祥龙曰:

> 词中对句,贵整炼工巧,流动脱化,而不类于诗赋。史梅溪之"做冷欺花,将烟困柳",非赋句也。晏叔原之"落花人独立,微雨燕双飞",晏元献之"无可奈何花落去,似曾相识燕归来",非诗句也。然不工诗赋,亦不能为绝妙好词。①

沈雄曰:

> 对句易于言景,难于言情。且开放则中多迂滥,收整则结无意绪,对句要非死句也。牛峤之《望江南》,"不是鸟中偏爱尔,为缘交颈睡南塘",其下可直接"全胜薄情郎",此即救尾对也。②

---

① [清]沈祥龙:《论词随笔》,载唐圭璋编《词话丛编》,中华书局,1986年版,第4051页。
② [清]沈雄:《古今词话》词品上卷,载唐圭璋编《词话丛编》,中华书局,1986年版,第840~841页。

沈雄又引周雪客语曰：

> 稼轩对句,如"对郑子真岩石卧,赴陶元亮菊花期",生硬不可按歌。固不若丁飞涛之"懒对虱嫌嵇叔拙,贪来鬼笑伯龙痴",用事用意为有情致。①

清李佳对词中对句宽严适度的原则有着精辟的论述：

> 词中语句太宽则率易,太工则苦涩。如起头八字相对,中间八字相对,却须用工夫着一字眼。如诗眼亦同。若八字既工,下句便合稍宽,庶不窒塞。约莫宽易,又著一句工致者,便精粹。此词中之关键,不可不讲。②

词中还有一种句式的分法为律句、拗句。所谓律句,大体是以近体诗平仄相间的格律为准而构成的句子;反之,不合常规平仄格律的句子叫拗句。自杜甫破体为拗始,诗歌就有着突破格律的束缚而近于散文自由抒写的倾向。词体句法本源于近体,以律句为多。拗句的出现乃是文字之声调与乐曲之声调相应和的结果。明俞彦曰：

> 词全以调为主,调全以字之音为主。音有平仄,多必不可移者,间有可移者。仄有上、去、入,多可移者,间有必不可移者。倘必不可移者,任意出入,则歌时有棘喉涩舌之病。故宋时一调,作者多至数十人,如出一吻。今人既不解歌,而词家染指,不过小令、中调,尚多以律诗手为之,不知孰为音,孰为调,何怪乎词之亡已。③

依龙榆生先生的观点,唐、宋词仄韵小令,"由于句脚字的多用仄声,往往构成一种拗怒的情调,吟唱起来,就要发生一种激越凄壮的感觉"④。律句和拗句于词中有着不同的情感表征,"要想构成每个句子中的和谐音节,必得两平两仄交互使用,这是一个原则性的问题。但在整体中,又常是应用'奇偶相生'的法则,每一个曲调,总得用上一些对称的句子。在这一类构成

---

① ［清］沈雄:《古今词话》词品上卷,载唐圭璋编《词话丛编》,中华书局,1986年版,第841页。
② ［清］李佳:《左庵词话》卷下,载唐圭璋编《词话丛编》,中华书局,1986年版,第3177～3178页。
③ ［明］俞彦:《爰园词话》,载唐圭璋编《词话丛编》,中华书局,1986年版,第400页。
④ 龙榆生:《词曲概论》,北京出版社,2004年版,第156页。

对称的形式中,如果它的相当地位不是平仄交互使用,就会构成拗怒的音节。这对表达起伏变化的不同情感,有着非常重大的关系"①。其实,律句、拗句的本质就是要在字声、节奏等形式上直接见出情感之悲喜哀乐来,在一定程度上,人之主观情感与句格声律有着一一对应的关系。恰如古人之论书:

> 喜即气和而字舒,怒则气粗而字险,哀即气郁而字敛,乐则气平而字丽。情有重轻,则字之敛舒险丽亦有浅深变化无穷。②

大凡词调平仄搭配和谐,转换自然,且多以平声为句脚者,往往适合表现缠绵哀婉的思想情感,如《满庭芳》《高阳台》《风流子》等;而平仄搭配多有违拗之处,多成拗句者,则适合表现激昂豪壮的思想情感,像《满江红》《水调歌头》《水龙吟》《贺新郎》等。如岳飞的《满江红》:

> 怒发冲冠,凭栏处、潇潇雨歇。抬望眼、仰天长啸,壮怀激烈。三十功名尘与土,八千里路云和月。莫等闲、白了少年头,空悲切。　靖康耻,犹未雪。臣子恨,何时灭。驾长车踏破,贺兰山缺。壮志饥餐胡虏肉,笑谈渴饮匈奴血。待从头、收拾旧山河,朝天阙。

这个词调押的是入声韵,最能够表现那种激昂抗烈之情。全词只有"冠""头""河"三字是安排在句尾的平声,其他的句脚全是仄声;尤其中间两联七言长句,句脚皆用仄声收,没有调和的余地,激昂无比。换头处连用四个三字句,句脚皆为仄声且连押"雪"和"灭"两韵,语急气促,激越之情发露无遗。又有一种词调是词中平声过多,构成一种凄绝之调,以史达祖的《寿楼春》最为突出:

> 裁春衫寻芳。记金刀素手,同在晴窗。几度因风残絮,照花斜阳。谁念我,今无裳。自少年、消磨疏狂。但听雨挑灯,敲床病酒,多梦睡时妆。
> 飞花去,良宵长。有丝阑旧曲,金谱新腔。最恨湘云人散,楚兰魂伤。身是客,愁为乡。算玉箫、犹逢韦郎。近寒食人家,相思未忘蘋藻香。

像词中"裁春衫寻芳""今无裳""消磨疏狂""良宵长""愁为乡""犹逢韦郎"等句,一句之内皆为平声,又词中绝大部分为平声字,构成了十分压抑低沉的

---

① 龙榆生:《词曲概论》,北京出版社,2004年版,第157页。
② [元]陈绎曾:《翰林要诀》,载慈波辑校《陈绎曾集辑校》,人民文学出版社,2017年版,第243页。

情调,此调只适合表现生离死别或奠祭悼亡的主题。

其他词调中也多有以拗句表现拗怒激越之情的例子。如《八声甘州》之结拍第二句,《水龙吟》结拍最后一句,皆为"一二一"或"一三"句法,如此方能使词情顿挫摇曳、激昂荡漾。最典型的例子是苏轼的《水龙吟》的结拍:

> 细看来不是杨花点点是离人泪

古人不加标点,为后人之阅读和理解带来了很大的困难。此十三字,按定格,原当标点为"细看来不是,杨花点点,是离人泪。"也就是"五四四"的断顿,最后一句应该是"一三"的读法。但一般选本注苏词者,大都将此句标点为"细看来不是杨花,点点是离人泪",也就是"七六"的停顿。这样就存在着以声律为准的读法和依文法为准的读法两种。依叶嘉莹先生的观点,讲解时可依文法为准,而吟诵时则必须以格律为准,如此才能"由于音节之顿挫,乃更可见其情意的曲折深婉之致"①。

周邦彦《兰陵王》全词拗处绝多,尤以结拍"沉思前事,似梦里,泪暗滴"为甚,后六字皆为仄声,声情激越难抑。毛开云:"周词凡三换头,至末段声尤激越。惟教坊老笛师,能倚之以节歌者。"②周邦彦精通音乐,又妙于辞章,他的许多词作正善于以拗怒之调传激越之情。故王国维曰:

> 故先生之词,文字之外,须兼味其音律。……今其声虽亡,读其词者,犹觉拗怒之中,自饶和婉。曼声促节,繁会相宣,清浊抑扬,辘轳交往。两宋之间,一人而已。③

拗句的运用是词体音乐文学性质的体现,律句、拗句于词中句法上的绝妙配合,更能传达出词中"要眇幽微"之情。故有张砥中语:

> 一调中通首皆拗者,遇顺句必须精警。通首皆顺者,遇拗句必须纯熟。此为句法之要。④

---

① 叶嘉莹:《论苏轼词》,载《迦陵文集》第五卷《唐宋词名家论稿》,河北教育出版社,1997年版,第145页。
② [清]冯金伯辑《词苑萃编》卷二四引《樵隐笔录》语,载唐圭璋编《词话丛编》,中华书局,1986年版,第2270页。
③ 王国维:《人间词话》附录一,载唐圭璋编《词话丛编》,中华书局,1986年版,第4272页。
④ [清]江顺诒:《词学集成》卷六引张砥中语,载唐圭璋编《词话丛编》,中华书局,1986年版,第3276页。

词体乃音乐文学，一方面在于其外在纯粹的音乐形式，另一方面，歌词的文字必然以其语音属性和句法形式融入基本的音乐规范，这样就有着四声的特殊运用和句式多重的变化组合。通过对词体中句法的研究，既能够体会到汉语句型组合中，由几个"音句"构成一个"义句"的汉语"句读"精神；又可以感受到词体作为音乐文学，其句式和音律的不同组合产生的无穷妙味和不尽情韵。

第六章　散文化的章法

近体诗体制探索的完成,使中国诗歌的抒情传统以及汉民族天人合一的感知模式以便捷的形式得以巩固和强化,形成了高友工先生所说的"抒情瞬间"的言说模式。然而,当汉民族的思维渐趋客观、心灵渐趋细腻的时候,就需要一种更通俗、更自由的形式,以更详尽的描写、叙事和抒情,来表现更具体、更真实的个体经验和情感,而律诗体制的局限也就显现了出来。章法上"比律诗更长、更充分、结构更松散"的词体的出现,大体满足了时代对于文体表情达意的需求。在词体拓展的篇幅中,详绘其景、具述其事、直抒其情的赋笔手法的运用就成为必然,这也使得词体在承继传统诗意的书写上融进了更多散文化的因素。

第一节　律诗的局限

自谢灵运始,中国诗歌走上了整齐的讲究声律和对偶的律化道路,经过不断的摸索、试验,最后将句数不定的排律以四联八句的体制规定下来。一种经过反复试验而最终确定下来的文学体式,必然是一个民族集体无意识深层审美心理的结晶,也是社会发展到特定阶段文学使命的要求。

高友工先生对律诗这种文体的特征有着精辟的论述。在律诗规范形成之前面临的问题往往是:"当一种形式扩展至无限的长度时,抒情主体会逐渐失去对内容的整体控制;抒情的瞬间被无限拓展,无法使人继续保持那种攫人心魄的幻觉。抒情诗这种拓展,像谢灵运的山水诗一样,助长了为描写而描写的倾向。"① 而当律诗规范确立之后,诗歌相应地也就形成了一套诗人可以控制的创作模式,"在一个只有四联的紧凑的诗歌形式中……描写与表现之间的二元区分更经常地暗示着一种二元结构:前者用于前三联,后者用于最后一联。简明的形式和精密的结构使客观外物的内在化和内在情感的

---

① 〔美〕高友工:《律诗美学》,载乐黛云、陈珏编选《北美中国古典文学研究名家十年文选》,江苏人民出版社,1996年版,第87页。

形式化二者在新的美学之中得以和谐相处,使这两个传统概念得到了新的应用"①。"当形式压缩至四联,只有三联描写诗人的感觉印象时,'抒情的声音'重新取得对全诗的控制力,诗歌行为因而被赋予了其特有的功能;在这种情况下,诗人的职责就是观察外部世界,通过将外部情景内在化以表达他的内心状态,包括内在化了的外部印象。与'抒情自我'(the lyrical self)的复活一起,'抒情瞬间'(the lyrical moment)同样有力地得以重新回归。"②律诗规则的集约化和精致化确实对抒情诗"抒情自我"和"抒情瞬间"的凝聚与凸现起到了重要作用,使中国诗歌达到了情感与形式的完美统一。但是,它的局限性也由此显现出来:

> 这种短形式适于对诗人内心做短暂的一瞥;在"抒情自我"内在世界这个新的语境中,物理时间和空间,无论是诗中的还是它所指涉的外部世界的,都完全无关紧要。前三联中作为心灵状态之内容的每一要素,都没有时空的维度,它属于传统的"抒情瞬间"。任何更复杂的东西可能都无法为此形式所接纳。漫长的细致描述,情节的复杂展开,或痛苦的内心自省——所有这些都需要比律诗更长、更充分、结构更松散的形式才能实现。只有在突发的思绪或意象一下子抓住了一个人的注意力而产生的突发的感应或敏锐的洞见中,这种形式才显得自然。③

近体诗缺乏时空的具体感和流动性,而以绝对时空的客体境界直接过渡到主体深切体味的当下情感中来。这在句法上表现为由颔联和颈联组成的对偶句式所形成的立定回环而非线型流动的结构,中间两联非连续性的客观图景再现与最后一联的主体情思之间形成了直接的情景合一。所以律诗这种诗歌体制最适合于立定一点的瞬间抒情。"这种新形式将一个拉长的时刻界定为'抒情瞬间'。但它实际上将这一抒情瞬间区分为两个阶段,或抒情行为中两个相互分离的时刻。第一个时刻是'外向'的时刻,产生自发印象的时刻,第二个时刻是伴随最后一联的'内向'的时刻,一个反思内省的时刻。这两个时刻的分离是此模式设计的关键部分。通过这一分离,自我可以从暂时被遗忘重新回到正常的现实时间流中去。"④

同时,律诗的言说方式往往采用一种"非个人的视角","在这种视角中,

---

① 〔美〕高友工:《律诗美学》,载乐黛云、陈珏编选《北美中国古典文学研究名家十年文选》,江苏人民出版社,1996年版,第87页。
② 同上。
③ 同上书,第87~88页。
④ 同上书,第89页。

诗歌行为变得更加内向。其结果是——最亲密的朋友之间情感交流的送别诗除外——一种'独白'的视角取得主导地位;结尾更多地成为诗人与现实而不是与朋友之间的相互交流。……这种表白基本上面对的是整个听众,而不是某个个人"①。律诗里这种"独白",其实也并不一定是诗人要面向"整个听众",而是这种艺术形式使个人化的声音和情感失去了个体经验的细致性与深刻性,显得似乎是面对整个听众的普遍言说,而律诗所追求的涵浑高古、圆融阔大的境界也正与这种言说方式相一致。这里可以看出个体经验和情感的真实呈现在特定艺术形式面前的困境。

律诗那一句之内平仄相间、一联之内平仄相对、两联之间平仄相粘、首尾之间平仄相接的格律安排,构成了一个封闭、循环的精致系统,与天道自然的运行规则合一,承载的是虚静观物、神与物游的古典艺术精神,是相对静止的农耕社会的生活方式和认知模式的反映。而当中国社会渐渐走进商业城市文明,汉民族的思维和情感渐趋细腻复杂的时候,律诗这种涵浑高古的"抒情瞬间"模式显然已经不适宜承载新时期的情感和精神。"漫长的细致描述,情节的复杂展开,或痛苦的内心自省——所有这些都需要比律诗更长、更充分,结构更松散的形式才能实现"②,而这正好像是词体发生以及渐次走进文学殿堂中心的"宣言书"。缪钺先生在谈到诗词文体代兴之内在必然性时也说:"诗之所言,固人生情思之精者矣,然精之中复有更细美幽约者焉,诗体又不足以达,或勉强达之,而不能曲尽其妙,于是不得不别创新体,词遂肇兴。兹所谓别创新体者,非必一二人有意为之,乃出于自然试验演变之结果。"③

词体经历了一个漫长的文体功能实现的自我探索过程。初期的小令是律诗的延续,借助燕乐从平仄的夹缝处流淌出世俗的情感,展开略显单薄的叙事。待柳永长调的出现以及铺叙手法的运用,已将"漫长的细致描述,情节的复杂展开,或痛苦的内心自省"等元素纳于其中,有着"抒情自我"的真情表白、时间空间的具体交代、叙事情节的完整显现等等散文化的内容。词体遂在拓展的体制上开始了汉语诗歌言说方式和创作模式由古典向近代的初步转型。

第二节 词之章法与赋之手法

中国古典诗歌一贯以意象呈现为其基本的表达方式,以含蓄蕴藉为其最

---

① 〔美〕高友工:《律诗美学》,载乐黛云、陈珏编选《北美中国古典文学研究名家十年文选》,江苏人民出版社,1996年版,第86~87页。
② 同上书,第87~88页。
③ 缪钺:《诗词散论》,上海古籍出版社,1982年版,第54页。

高的美学追求,律诗遂成为这种言说方式的最佳载体,到了词中,这一模式发生了转变。词之小令篇幅短小,多源于近体,由于温庭筠大量创制,变单片为上下片体制,又由于诗之内容大体为情景两端,上下片的体制与内容的对应关系天然地造就了"上片布景、下片说情"的章法。这种体制至宋初基本固定了下来。刘熙载曰:"宋子京词是宋初体,张子野始创瘦硬之体,虽以佳句互相称美,其实趣尚不同。"① 施议对先生在《宋词正体》中对此解释说:"所谓'宋初体',从体制上看,就是上片布景、下片说情这一体式。"② 如宋祁的《玉楼春》:

> 东城渐觉风光好。縠皱波纹迎客棹。绿杨烟外晓寒轻,红杏枝头春意闹。　浮生长恨欢娱少。肯爱千金轻一笑。为君持酒劝斜阳,且向花间留晚照。

此词上片写景,层次井然。首句总写,交代了地点、时间;次句写湖面上荡舟波纹涟漪的情景;三、四句集中笔墨写岸上景致,遂有了为人称美的"红杏枝头春意闹"的千古名句。下片四句集中抒情,表达了人生无常、及时行乐的思想。此词显出了"上片布景、下片说情"的宋初体制,虽是小令,然较之近体,直接抒情的成分多出一联,同时也显出了一种铺排的层次感。

应该说,小令"上片布景、下片说情"的体制,以及中间两联对仗的解消,已确立了小令与律诗不同的言说方式,朝着具有文法特征的散文创作模式迈出了一大步。但是终归由于小令体制源于近体的缘故,篇幅短小,无法将更多的散文元素诸如细致的景物、复杂的情节以及"痛苦的内心自省"等内容纳入其中。一个简单的事实是"长袂善舞,多资善贾",小令的格局决定了其"虽小却好,虽好却小"③的缺憾。

长调的出现顺应了文学的发展趋势,弥补了小令的缺憾,在加长的篇幅中,可以将诸多散文元素容纳其中。我们知道,在中国诗歌发展的早期形成的"赋""比""兴"传统,一直是诗歌的主要创作手法。近体诗体制的确立,遂将意象呈现这种具有比兴性质的创作手法发展到了极致。这种手法适合写景,适合创造鲜明生动的形象,最能体现含蓄蕴藉的古典美学精神。但当文学发展至需要更具体细腻地叙事抒情的时候,这种以少总多的意象呈现手法就有点派不上用场。长调较之于小令篇幅多出一倍有余,这种体制可能而且

---

① [清]刘熙载:《艺概·词曲概》,上海古籍出版社,1978年版,第107页。
② 施议对:《宋词正体》,载《施议对词学论集》第一卷,澳门大学出版社,1996年版,第148页。
③ [清]刘熙载:《艺概·词曲概》,上海古籍出版社,1978年版,第123页。

也必须要用更多的笔墨、更具体的手法来写景、叙事和抒情。这样,传统中"赋"的手法就担当起了这个历史使命,所谓"赋"者,即"敷陈其事而直言之",《文心雕龙·诠赋》亦云:"赋者,铺也,铺采摛文,体物写志也。"① 赋最大的特点就是形容曲尽,具写直书。例如李太白赞美杨贵妃的名句"云想衣裳花想容",为脱去色相的意象之笔,引人生出无穷的高远遐想;而同样的主题,柳永在《玉女摇仙佩》中却道:"拟把名花比。恐旁人笑我,谈何容易。细思算、奇葩艳卉,惟是深红浅白而已。"则流为市井味浓重的直白散语。温庭筠的名句"鸡声茅店月,人迹板桥霜",境界冷寂,语言雅致,乃是羁旅愁思见于言外的意象呈现手法,由于深合含蓄蕴藉的古典美学精神,备受后人推赏;而同样的主题在柳永《轮台子》中却是:"一枕清宵好梦,可惜被、邻鸡唤觉。匆匆策马登途,满目淡烟衰草。"二十五个字所道出的意境与温诗十字所写的意境相同。前者高雅,后者通俗;前者是意象呈现的手法,后者就是"赋"的手法。故宋人项平斋云:"杜诗柳词皆无表德,只是实说。"② 吴梅亦云:"柳词皆是直写,无比兴,亦无寄托。见眼中景色,即说意中人物,便觉直率无味。"③ 皆是中的之言。这些"实说""直写",即"赋"之笔法。在长调所提供的丰富各异的句式组织安排之中,词人可以用铺叙的手法对景物进行多角度、多层面、立体的全方位描写,尽其所能地呈现事物清晰细致的图景;也可以用铺叙的手法叙事、抒情,既可以按照事件和情感的顺序,"一笔到底,始终不懈",平铺直叙,尽吐胸怀;也可以时空跳宕,层层脱换,顺逆兼用,妙化无端。总之,长调为赋笔的细腻化、散文化的抒写提供了充分的施展空间,也为"上片布景、下片说情"的言说模式增添丰富的内容。而这一切表现功能的获得,不得不把首功记在柳永的名下。如柳永的《安公子》:

　　远岸收残雨。雨残稍觉江天暮。拾翠汀洲人寂静,立双双鸥鹭。望几点、渔灯隐映蒹葭浦。停画桡、两两舟人语。道去程今夜,遥指前村烟树。　　游宦成羁旅。短樯吟倚闲凝伫。万水千山迷远近,想乡关何处。自别后、风亭月榭孤欢聚。刚断肠、惹得离情苦。听杜宇声声,劝人不如归去。

这是一首柳永典型的"羁旅行役"之词,体现了长调最常见的"上片布景、下

---

① [南朝梁]刘勰:《文心雕龙·诠赋》,载周振甫注《文心雕龙注释》,人民文学出版社,1981年版,第80页。
② 施蛰存、陈如江辑录《宋元词话》,上海书店出版社,1999年版,第479页。
③ 吴梅:《词学通论》,复旦大学出版社,2005年版,第53页。

片说情"的结构和章法。柳永词善于铺叙,"其铺叙委宛,言近意远,森秀幽淡之趣在骨"①,于此词可见。上片写江天景色,为柳永"羁旅行役"词的典型环境背景,写景按照由远及近、由上而下的顺序有条不紊地展开。词人登舟远眺,"远岸收残雨。雨残稍觉江天暮",一"暮"字交代了时间,"远岸""江天"从远处、高处落笔,境界凄清阔大。随后的景象转到近处的岸边,"拾翠汀洲人寂静,立双双鸥鹭。望几点、渔灯隐映蒹葭浦",用词典雅,造境清幽。所谓柳词俗,专指那些付与青楼歌妓所唱的"闺门淫媒之语",而其"羁旅穷愁之词"则多有"不减唐人高处"之作。像这两句写景之语,真如周济所云,其"森秀幽淡之趣在骨",句中如"拾翠""鸥鹭""蒹葭"等词语,典雅异常,使人于传统的语境中生出无尽的联想。上片结句"停画桡、两两舟人语。道去程今夜,遥指前村烟树",写舟人停船对话,道旅途之艰辛。在写景中夹杂着叙事的内容,用笔洗练,变幻多姿。下片抒情,极尽赋笔直言之能事。"游宦成羁旅"句,逆笔直入,总写羁旅之苦,领起下文无尽的天涯思归之情。"短樯吟倚闲凝伫"一句,写词人倚樯凝望的神态,益将这种愁怀写得生动可感。"万水千山迷远近,想乡关何处"抒思家怀乡之情;"自别后、风亭月榭孤欢聚。刚断肠、惹得离情苦",旅途的况味,使词人更加追念那令人魂销的"偎红倚翠"的风流往事。最后以声声"不如归去"的杜宇哀鸣作结,余音袅袅,凄怀不尽。像这类"上片布景、下片说情"的结构体制,在柳永羁旅行役词中几为定式,如为大家所熟悉的《八声甘州》(对潇潇、暮雨洒江天)、《玉蝴蝶》(望处雨收云断)、《倾杯》(鹜落霜洲)等名篇皆是如此,即如传播众口的《雨霖铃》(寒蝉凄切)也是上片写景叙事、下片抒情的模式。

叶嘉莹先生说:"说到柳永的羁旅行役之词,无论就形式而言,或者就内容而言,在中国词之发展演进的历史中,可以说都具有一种开拓的作用,而且影响了后世不少的作者。"②仅就章法和创作手法而言,柳永延续和丰富了词体"上片布景、下片说情"创作模式;变近体意象呈现为多角度的层层叙写;变含蓄蕴藉、托物言志的"抒情瞬间"为步步推进、纵笔直言的"抒情流程"。这种由虚到实、由点到面、层层拓展的铺叙手法,广为后来之词人所借鉴,确立了长调创作的基本范式。柳永确为词中铺叙高手,他不仅将宋初以来词体形成的"上片布景、下片说情"的体制以铺叙的手法加以改造和丰富,还能突破这种体制的限制,或全篇写景,或全篇叙事,极尽铺叙之能事,显出了高人一等的才华和魄力。如他的名篇《望海潮》:

---

① [清]周济:《介存斋论词杂著》,载唐圭璋编《词话丛编》,中华书局,1986年版,第1631页。
② 叶嘉莹:《论柳永词》,载《迦陵文集》第五卷《唐宋词名家论稿》,河北教育出版社,1997年版,第93页。

东南形胜,三吴都会,钱塘自古繁华。烟柳画桥,风帘翠幕,参差十万人家。云树绕堤沙。怒涛卷霜雪,天堑无涯。市列珠玑,户盈罗绮竞豪奢。　　重湖叠巘清嘉。有三秋桂子,十里荷花。羌管弄晴,菱歌泛夜,嬉嬉钓叟莲娃。千骑拥高牙,乘醉听箫鼓,吟赏烟霞。异日图将好景,归去凤池夸。

夏敬观云:"耆卿词当分雅、俚二类。雅词用六朝小品文赋作法,层层铺叙,情景兼融,一笔到底,始终不懈。"①这首词就是夏敬观所说的柳永雅词中"六朝小品文赋"写法的典范之作,他以散文的笔法,依据事理逻辑的顺序,层层铺叙,全景式地再现了当时杭州富丽繁华的盛况。词人起笔从大处着眼,虚处落笔,由"东南"而"三吴",由"三吴"而"钱塘",由大到小,由虚入实,宛如纪实片中的摄影镜头,由"东南""三吴"的总体风貌,渐渐逼近杭州城外、城内的自然美景和都市风情。"烟柳"三句为自然与都市之景的合写,用"烟""画""风""翠"等优美词汇修饰"柳""桥""帘""幕"等景物,显出了江南风物秀丽旖旎的特点,也使景物充满了灵气。"参差"句于自然景物中又扣住了都市生活的内容,为下面都市商业繁华的描写作一铺垫过渡。"云树"三句写城外的自然景物,照应了开头的"形胜",既有江边的"云树",又有江中的"怒涛",以"天堑无涯"的感慨作为收束,则钱塘之神貌全出。"市列"三句写城内的繁华富庶,照应前文的"都会"和"十万人家",词人信手拈来"珠玑""罗绮"等富艳词汇点缀,又以"竞豪奢"的慨叹收住。下片以西湖为中心,再对杭州作深一层的描写。换头"重湖叠巘清嘉"总括西湖之美景,"清嘉"既包括西湖之水,又包括绕湖之山峰。"有三秋桂子,十里荷花"句更是令人叹服之笔,将秋天飘香的桂花和夏日盛开的荷花并写,想见杭州景色之美、风物之胜,难怪"金主亮闻歌,欣然有慕于'三秋桂子,十里荷花',遂起投鞭渡江之志"②。此三句写西湖之景,以下内容写西湖人事。在水光潋滟的晴波里,飘扬着雅士悠扬的笛音;在灯影摇动的夜色中,荡漾着歌女柔靡的歌声;兼有钓鱼的老翁与采莲的女子。接着"千骑"三句,写达官贵人于西湖游乐的场景,既有俗的一面,成群的马队簇拥着高高的牙旗,出游揽胜,声势煊赫;又有雅的一面,饮酒赏乐,啸傲于山水之间,逸兴十足。此三句不免有谀官之嫌,据《古今词话》载:"柳耆卿与孙相何为布衣交。孙知杭州,门禁甚严,耆卿欲

---

① 夏敬观:《映庵词评》,载张璋、职承让、张骅等编《历代词话续编》,大象出版社,2005年版,第419页。
② [宋]罗大经:《鹤林玉露》丙编卷一,穆公校点,载《宋元笔记小说大观》,上海古籍出版社,2001年版,第5316页。

见之不得,作《望海潮》词,往谒名妓楚楚曰:'欲见孙相,恨无门路。若因府会,愿借朱唇歌于孙相公之前。若问谁为此词,但说柳七。'中秋府会,楚楚宛转歌之,孙即日迎耆卿预坐。"①这样,我们更容易理解最后一句"异日图将好景,归去凤池夸"那种着意奉承的内容,然从章法上看,其荡开一笔,留有悠然不尽的意味,也为成功之收束。纵观全词,写景层次井然、错落有致,显出了极高的铺叙技巧。同时,全词基本采取客观写实的态度和事理逻辑的顺序来组织安排,绝似一篇短小精致的韵文小赋。

由上可见,柳永的铺叙手法已达到了极高的艺术水平,刘熙载曰:"耆卿词,细密而妥溜,明白而家常,善于叙事,有过前人。"②确为中肯之评。柳永这种通俗化、写实性的章法和笔法,使得柳词不仅在词之发展史上,以至于在整个中国文学史上,都具有开拓性的意义,代表了诗歌散文化和文学通俗化的发展方向,后之元曲以及明清小说莫不是沿着这条道路前进。

赵仁珪先生将柳永这种力求详尽周密、平叙展衍的铺叙手法和章法命名曰"直线结构",之所以如此命名,"也为和后来周邦彦、姜夔、吴文英等人加以区别,我们不妨把柳词的这种结构称之为以直线为主的线型结构,可概言之为直线结构"③。对柳永这种铺叙手法,近人周曾锦也曾指出:"柳耆卿词,大率前遍铺叙景物,或写羁旅行役,后遍则追忆旧欢,伤离惜别,几于千篇一律,绝少变换,不能自脱窠臼。"④由于词的铺叙手法在柳永手中尚属初创阶段,不免有着平庸呆板、繁复粗糙、拘于细节、不讲变化的缺点。但是词中铺叙手法的运用乃是必然之势,否则不足以为词,柳永开风气之先,这样才有后来词人在柳永开拓的道路上的雅化和精致化。而将这种铺叙手法精致化、细腻化又推进一层,且达到了极高艺术境界的,自然当属集大成的周邦彦。

周邦彦以赋笔言情,特其专长,如他的《风流子》:

> 新绿小池塘。风帘动、碎影舞斜阳。羡金屋去来,旧时巢燕,土花缭绕,前度莓墙。绣阁凤帏深几许,曾听得理丝簧。欲说又休,虑乖芳信,未歌先咽,愁近清觞。　　遥知新妆了,开朱户,应自待月西厢。最苦梦魂,今宵不到伊行。问甚时说与,佳音密耗,寄将秦镜,偷换韩香。天便教人,霎时厮见何妨。

---

① [宋]杨湜:《古今词话》,载唐圭璋编《词话丛编》,中华书局,1986年版,第26页。
② [清]刘熙载:《艺概·词曲概》,上海古籍出版社,1978年版,第108页。
③ 赵仁珪:《论宋六家词》,北京师范大学出版社,1999年版,第36页。
④ 周曾锦:《卧庐词话》,载唐圭璋编《词话丛编》,中华书局,1986年版,第4648页。

这是一首怨抑相思之词,语言典雅,用笔浑厚,已摆脱了柳永长调粗率质陋的语言面貌,呈现出鲜明的文人化特征。对其章法结构,唐圭璋先生有着精当的分析:

> 此首写怀人,层次极清。"新绿"三句,先写外景,图画难足。帘影映水,风来摇动,故成碎影,而斜日反照,更成奇丽之景,一"舞"字尤能传神。"羡金屋"四句,写人立池外之所见。燕入金屋,花过莓墙,而人独不得去,一"羡"字贯下四句,且见人不得去之恨,徒羡燕与花耳。"绣阁里"三句,写人立池外之所闻。"欲说"四句,则写丝簧之深情。换头三句,写人立池外之所想,故曰"遥知"。"最苦"两句,更深一层,言不独人不得去,即梦魂亦不得去。"问甚时"四句,则因人不得去,故问可有得去之时。通篇皆是欲见不得之词。至末句乃点破"见"字。叹天何妨教人厮见霎时,亦是思极恨极,故不禁呼天而问之。①

"层次极清"正是此词的章法特点,上片写景由外景向"金屋"层层推进,歇拍以"欲说又休""未歌先咽"作提顿,为下片抒情蓄势。下片极尽情感铺张之能事,多方勾勒,愈勾勒愈厚,将痴想已极而不得相见之情层层加倍,愈积愈厚,直至结拍已无暇含蓄,以"天便教人,霎时厮见何妨"这种"呼天而问之"的直白语喷薄出之。赋笔写情,于此可见。这种直言发露式的抒情笔法,有违诗歌含蓄蕴藉的传统,一时还难以为士大夫所适应和接受,故被沈义父讥为"便无意思,亦是词家病,却不可学也"②。而这种情感挚诚沉厚的笔法却为况周颐大加称赏,深合其"重、拙、大"的词学理论主张,他说:"此等语愈朴愈厚,愈厚愈雅,至真之情,由性灵肺腑中流出,不妨说尽而愈无尽。"③

至此我们可以看出铺叙手法于词中转递层深的运用过程,先是运用于宋初确立的词体"上片布景、下片说情"体式中,然后推广到全篇写景,后又于言情中层层加倍勾勒,手法日趋精进,至周邦彦总其大成。

周邦彦在词坛享有极高的声誉,"二百年来,以乐府独步",以其"富艳精工"的长调将词的艺术性推向了一个新的高峰。在词之结构方面,周邦彦于柳永之后又开无数法门,对此前人和时贤多有论述。赵仁珪先生将周词结构总括为"曲线型结构",其中又细分为"獭祭堆垛、缺乏新意者""平铺直叙、直

---

① 唐圭璋:《唐宋词简释》,上海古籍出版社,1981年版,第125页。
② [宋]沈义父:《乐府指迷》,载唐圭璋编《词话丛编》,中华书局,1986年版,第279页。
③ 况周颐:《蕙风词话》卷二,载唐圭璋编《词话丛编》,中华书局,1986年版,第4428页。

线展开者""顿挫变化、曲线结构者"和"痕迹消融、暗线结构者"四类。①上举《风流子》一例,虽是铺叙言情的典范,但也仅属于周邦彦继承柳永所惯用的"平铺直叙、直线展开者"一类,其更高妙者尚未论及,由此可见周邦彦铺叙手法造诣之一斑。本节关于铺叙手法的论述至此告一段落。铺叙手法的本质就是散文化、通俗化,长调变近体诗的意象呈现为"敷陈其事而直言之",就是要像散文一样在增长的篇幅内作清晰明白的描写、叙事、抒情,而"平铺直叙"型的手法最能代表铺叙的本质精神。众所周知,周邦彦是词体雅化的关键人物,正是由于周词"无美不具"的典范作用,遂开启了南宋词向诗体雅化回归的先声。而于周词之结构中最为词论家所称道的顿挫变化、曲线暗线衔接、穿插离合跳宕等诸多手法,都是词体雅化于结构上的体现,这将在探讨词体演进的第四编中加以论述。

第三节 叙事的要件

中国诗歌一直以抒情为传统,至律诗体制确立,则更将这一抒情传统以体制化的优势加以强化和固定。诚如高友工先生所言,"这种短形式适于对诗人内心做短暂的一瞥",将外在的景物与内心的情感作直接的印合,以形成"抒情瞬间"的创作模式。这样,融合物我、神与物游就成为诗人们在这种体制之下追求和向往的最高审美境界。而作为叙事的诸多要素,如"漫长的细致描述""情节的复杂展开""个人的视角"以及时间、地点等,都不可能被律诗那短小而刻板的形式所容纳。一种文学体裁有着适合这种体式承载的文化和精神,而当社会需要一种更通俗的形式,以较为客观的叙事来表现更具体、更真实的个体经验的时候,律诗就显得捉襟见肘了,一种"比律诗更长、更充分、结构更松散的形式"才能满足这些叙事的要求。从这个角度讲,词体的发生及其体制的拓展是顺应了时代风气影响下文学叙事要求的必然选择。

所谓叙事性特征,是指"叙事的兴趣不在于静止的人或物,而在于动态的事件,即人的行为及其造成的后果,它的认识价值就在于显示了社会生活的发展变化过程及其意义"②。文学的叙事性是以人的活动为中心,以人物、时间、地点、动作、场景为构成要素的文学表现特征。叙事文学从源头和本质上来说,始终具有通俗的民间文学的色彩,"感于哀乐,缘事而发"是民间文学的一贯传统。"赋者,敷陈其事而直言之者也","赋"与"比""兴"并列,是

---

① 赵仁珪:《论宋六家词》,北京师范大学出版社,2000年版,第88~100页。
② 童庆炳主编《文艺理论教程》(修订二版),高等教育出版社,2004年版,第240页。

《诗经》中最为重要的表现手法,谢榛《四溟诗话》曰:"予尝考之《三百篇》,赋七百二十;兴三百七十;比一百一十。"①可见具有叙事因素的"赋"在《诗经》中所占比重远远超过了"比""兴"的成分。汉乐府继承了《诗经》的叙事传统并加以创新和发展,将叙事艺术提高到一个新的水平,如《东门行》《孤儿行》《战城南》《陌上桑》《孔雀东南飞》等,篇幅虽有短长之别,但都取得了极高的艺术成就。

在盛唐清乐法曲催生下,在以李白为代表的宫廷词产生发展之际,被朱孝臧称为"泂倚声中椎轮大辂"②的敦煌民间曲辞,也沿着自己的轨迹演进发展,铺叙手法的广泛运用是其区别于宫廷词以及文人词的最鲜明特征,如两首《菩萨蛮》:

> 昨朝为送行人早,五更未罢金鸡叫。相送过鸿梁,水声堪断肠。唯愁离别苦,努力登长路。住马处再摇鞭,为传千万言。
>
> 清明节近千山绿,轻盈士女腰如束。九陌正花芳,少年骑马郎。罗衫香袖薄,伴醉抛鞭落。何用更回头,漫添春夜愁。

第一首语言粗朴、格律不定,如"住马处再摇鞭"句多出一字,体现了民间诗歌"鄙俚"的语言面貌。第二首则语言清丽、格律严整,显出了很高的艺术水平,很可能是当时文人仿制民间的作品。但两首都有着突出的叙事特征,时间、地点、人物、动作和场景等叙事因素一应俱全。尤其第二首,写一骑马少年于乡间遇一美丽女子而顿生情愫,像"罗衫香袖薄,伴醉抛鞭落"两句,摇曳生情,将少年对女子的悦慕之情,通过一"伴醉抛鞭"的动作表现得惟妙惟肖、生动异常。总体看起来,敦煌曲辞的整体面貌正如龙榆生先生所言:"词俱朴拙,务铺叙,少含蓄之趣,亦足为初期作品。"③"务铺叙"一语道出了敦煌曲辞的民间文学的叙事性特征,这一点,对后来词体之发展尤其叙事性的拓展产生了深远的影响。

从词体发生发展的角度讲,词是一种与清乐法曲相结合而产生的新体歌词,文人词则是在隋唐宴饮之风盛行下,通过歌舞佐酒与填词听歌的娱乐途径实现的。其中,文人在筵席之间进行的一种酒令游戏,对词体叙事性内容的展开起到了巨大的推动作用。夏承焘先生《令词出于酒令考》主词出于酒

---

① [明]谢榛:《四溟诗话》卷二,载丁福保辑《历代诗话续编》,中华书局,1983年版,第1169页。
② 朱孝臧:《云谣集杂曲子》跋,载《彊村丛书》,上海古籍出版社,1989年版,第15页。
③ 龙榆生:《词体之演进》,载《龙榆生词学论文集》,上海古籍出版社,1997年版,第32页。

令说,他说:"此等倚声曲,而兼可充饮筵打令,足知二者之关系。尊前歌唱,为词之所由起,得此殆益可了然矣。"后王昆吾先生对此提出疑问①。词是否脱胎于酒令,非本文探讨的内容,但令词与唐代酒令艺术有着密切的关系,则是确定无疑。这样,词就继承了酒令艺术鲜明的叙事性特征。酒令是筵席间的一种娱乐活动,无论是作为创作主体的诗人,还是作为表演主体的歌妓,其表达内容大都是眼前景、席间事与此时情,或者由此生发出的联想、情志,因此,酒令就具有了强烈的感事叙事的性质。如刘禹锡的两首《抛球乐》:

五色绣团圆,登君玳瑁筵。最宜红烛下,偏称落花前。上客如先起,应须赠一船。

春早见花枝,朝朝恨发迟。及看花落后,却忆未开时。幸有《抛球乐》,一杯君莫违。

描写筵席间人们抛球取乐的场景,人物、地点、动作、场景等因素一应俱全,具有明显的感事性特征。需要注意的是,这种于席间传唱的酒令或是"歌令""令舞"等形式,"无论就曲调看还是就歌辞看,著辞曲的特征都是短小"②,后来词之短章称"小令"也是此意。由于这种体制短小、容量有限的酒令形式无法承载其所要表现的丰富的叙事内容,而酒间行令又有着"令征前事为"的规定,是指按照统一的令格依次行令,后令须在前令所规定的事物、句式下进行,故诗人们在席间娱乐的过程中形成和发展起了酒令联章体的艺术形式。任半塘先生在谈到联章体产生的原因时说:"歌诗意长,多章方能尽,遂须分章与联章。""故声诗除只曲外,乃就同一曲调,反覆歌不同之辞,构成联章,以畅抒心志而已。"③联章体的酒令形式为叙事内容的展开提供了丰裕的体制条件,也以这种特殊的形式体现了文学叙事性因素逐步展开的必然趋势。中唐以后,于席间流行的酒令,如《三台令》《抛球乐》《调笑令》《荷叶杯》《上行杯》《南歌子》《天仙子》等曲调,基本上都构成了联章体的形式,而且其中的大部分是成熟的小令。温庭筠的《南歌子》七首就充分体现了酒令联章体的叙事性特征:

手里金鹦鹉,胸前绣凤凰。偷眼暗形相。不如从嫁与,作鸳鸯。

---

① 夏承焘先生持"令词出于酒令"观点之依据,以及王昆吾先生质疑其说之理由,均见王昆吾《隋唐五代燕乐杂言歌辞研究》,中华书局,1996年版,第228~229页。
② 王昆吾:《隋唐五代燕乐杂言歌辞研究》,中华书局,1996年版,第228页。
③ 任半塘:《唐声诗》上编,上海古籍出版社,1982年版,第143、103页。

似带如丝柳,团酥握雪花。帘卷玉钩斜。九衢尘欲暮,逐香车。

鬓堕低梳髻,连娟细扫眉。终日两相思。为君憔悴尽,百花时。

脸上金霞细,眉间翠钿深。欹枕覆鸳衾。隔帘莺百啭,感君心。

扑蕊添黄子,呵花满翠鬟。鸳枕映屏山。月明三五夜,对芳颜。

转盼如波眼,娉婷似柳腰。花里暗相招。忆君肠欲断,恨春宵。

懒拂鸳鸯枕,休缝翡翠裙。罗帐罢炉熏。近来心更切,为思君。

七首词连贯而下,构成了完整的叙事内容和情节,叙述了一位女性从偷眼相君、顿生爱慕之情转为思恋不已,到双方终于在鸳衾内欢会,以及别后思君之苦、思君心切的哀婉故事。故事发展线索清晰,层层推进,有条不紊,具备相当程度上的完整情节,可作一组叙事词观。因此可以说,酒令所产生的特殊环境使其具备了感事性的特征;酒令中联章体的出现,在篇幅加长、容量扩展的体制下,使得词体在发展的早期就具备了叙事性的因素。

我们注意到,花间派的"诗客曲子词"多是以意象呈现的手法来结构词篇,这在温庭筠的词里表现得最为明显。这就构成了一种奇妙的现象,温庭筠集中有较多联章体,如上所举的七首《南乡子》,就联章整体而言,构成了完整的叙事情节,具有较强的叙事性特征,其情节的推进转移是在章与章之间完成的。但就独立的单章而言,又是以物象的错综排列、情意的暗示烘托的近体诗法来创作,思绪不断地在景物间跳动,画面也常常因景物的跳跃性而割裂,叙事情节不具有完整性、确定性。温词的这一创作特点正体现了中国诗歌发展至诗词文体转移之际,创作内容和手法渐次转移变更的过渡性特征。

民间的敦煌曲辞和诗人的联章酒令共同体现了文学发展的叙事性趋势,被誉为"花间词派之祖"的温庭筠,虽已开始适应这种风气,但由于长期的近体诗创作的习惯,使他在词作中还是更多地采用近体诗法"抒情瞬间"的创作模式。而与温庭筠齐名的韦庄,值得我们深加注意,较之温庭筠,韦庄将文人词在叙事性方面大大推进了一步。温庭筠是以近体诗法入词,而韦庄则更多地是向民间叙事传统和古体诗借鉴学习。韦庄更擅长古体诗,他的《秦妇吟》是唐代最长的叙事诗,即为明证。这样,韦庄就将其擅长的叙事手法大量地运用到词体的创作中。如:

四月十七。正是去年今日。别君时。忍泪佯低面,含羞半敛眉。不知魂已断,空有梦相随。除却天边月,没人知。(《女冠子》)

记得那年花下。深夜。初识谢娘时。水堂西面画帘垂。携手暗相期。　　惆怅晓莺残月。相别。从此隔音尘。如今俱是异乡人,相见更无因。(《荷叶杯》)

词中的语句完全不同于温词那"镂金错彩"的意象呈现手法,韦词文意疏朗流畅,深合散体文法的造句原则。更为显著的特点是,他将诸多叙事因素——清晰地呈现出来,出现了具体的时间、地点,如"四月十七。正是去年今日。别君时""记得那年花下。深夜",这样的时间、地点的交代,有时比民间曲辞更为显豁。同时他的词中又有着真切可感的叙事情节,如"忍泪佯低面,含羞半敛眉""携手暗相期"等。短短的两首词,直可当精致的爱情故事来读。

南唐后主李煜在词作中延续了这种叙事性的笔法,且表现出更细腻、更具体的叙事内容。如他的两首《菩萨蛮》:

　　花明月暗笼轻雾,今朝好向郎边去。刬袜步香阶,手提金缕鞋。画堂南畔见,一向偎人颤。奴为出来难,教君恣意怜。

　　蓬莱院闭天台女,画堂昼寝人无语。抛枕翠云光,绣衣闻异香。潜来珠锁动,惊觉银屏梦。脸慢笑盈盈,相看无限情。

第一首是描写恋爱少女勇敢地去冒险。这首词用叙事手法贯穿,写了女子与情人幽会的过程和心理,形象生动。詹安泰先生评价这首词说:"这简直是冲破了抒情小词的界域而兼有戏剧、小说的情节和趣味了。"①第二首不仅人物、地点、时间、情节场景等叙事要素一应俱全,而且词中男女的情绪完全是由"惊"的行为所造成,叙写中男女心心相印之情景呼之欲出,浪漫欣赏之情态跃然纸上。像这样具有很强叙事性的词,李煜集中还有《一斛珠》(晓妆初过)、《玉楼春》(晚妆初了)等。这种叙事内容在以后小令的发展演进中被连续地保持,如欧阳修的《生查子》(去年元夜时)、周邦彦的《少年游》(并刀如水)、李清照的《点绛唇》(蹴罢秋千)等等,其中写得最精彩的要属周邦彦的《少年游》:

　　并刀如水,吴盐胜雪,纤指破新橙。锦幄初温,兽香不断,相对坐吹笙。　　低声问:向谁行宿?城上已三更。马滑霜浓,不如休去,直是

---

①　詹安泰:《李煜和他的词》,载吴承学、彭玉平编《詹安泰文集》,中山大学出版社,2004年版,第224页。

少人行。

"这简直是一出绝妙的折子戏!舞台上有布景——锦幄初温、兽香不断;有道具——并刀、吴盐、新橙、玉笙;有灯光,有效果——三更鼓声,至于人物的动作、表情、声音、语气、心理状态更是活灵活现。"①周邦彦在这首小令中表现出了高超的叙事才能,他善于以氛围的渲染、细节的刻画推动情节的发展,且通过动作细节、对话含蓄不露地表达女主人公的情意,当为小令中叙事手法之冠。

由于体制短小的缘故,小令中的叙事难免情节相对简单,时间和场景转换不多,多是事件的瞬间过程,但这毕竟是一种新的章法构建、新的言说方式,它需要一个漫长的探索过程,以及词人们观念的转变。随着社会生活渐趋丰富,词需要一种能够容纳更为细致的描述、更为复杂的情节和更为丰富的情感的体制,词中叙事也需要更长的时间流程和更多的场景转换。所有的这些,都意味着长调的产生乃社会和文学发展的必然结果。如柳永的《昼夜乐》:

> 秀香家住桃花径。算神仙、才堪并。层波细剪明眸,腻玉圆搓素颈。爱把歌喉当筵逞。遏天边、乱云愁凝。言语似娇莺,一声声堪听。
> 洞房饮散帘帏静。拥香衾、欢心称。金炉麝袅青烟,凤帐烛摇红影。无限狂心乘酒兴。这欢娱、渐入嘉景。犹自怨邻鸡,道秋宵不永。

这首词是词人与一位女子生活片段的写真,属于柳永词中那种"绮罗香泽之态,所在多有"一类的艳词。上片写女子的住处、容貌和才艺,下片写两人的欢爱,从中可以看出一个明显的事件过程,有白天的歌舞表演、晚间的欢娱以及次日天明的憾恨。较之小令,这首词可谓真正作到了细致的描述,写女子的外貌是"层波细剪明眸,腻玉圆搓素颈",写欢爱的情景是"拥香衾、欢心称""无限狂心乘酒兴"等等,实在是写女子则近于色相、写情意则直逼床帏。这类俗词表现了市井阶层的欣赏口味,然就其叙事手法而言,不能不说是一种进步和拓展。又如他的《锦堂春》:

> 坠髻慵梳,愁蛾懒画,心绪是事阑珊。觉新来憔悴,金缕衣宽。认得这疏狂意下,向人诮譬如闲。把芳容整顿,恁地轻孤,争忍心安。

---

① 蒋哲伦:《词别是一家》,上海社会科学院出版社,2005年版,第120~121页。

> 依前过了旧约,甚当初赚我,偷翦云鬟。几时得归来,香阁深关。待伊要、尤云殢雨,缠绣衾、不与同欢。尽更深、款款问伊,今后敢更无端。

在柳永的词集中,有着多篇对妇女内心世界细腻刻画入木三分的词作,这首《锦堂春》就是代表。起头三句,写这位市井妇女懒于梳妆打扮,颇有一点温庭筠《菩萨蛮》"懒起画蛾眉,弄妆梳洗迟"的味道。所不同的是,柳永又于下两句加倍渲染,心绪懒散以至于憔悴而"金缕衣宽"。所有这一切都是由于薄情人一去而长久未来,致使自己感伤憔悴。但她绝非一个恪守妇道逆来顺受的女子,她要振作精神,精心打扮,以惩罚、教训这个薄情人,否则怎能"心安"。下片先抒发了自己对薄情人负约、"赚我"的怨愤之情,下面三拍道出了她心里设计的惩罚、教训他的三个步骤。第一步是待他来时"香阁深关",闭门不纳,以泄心头之积怨;第二步是放他进来,但"缠绣衾、不与同欢",冷落他,以促其反省;第三步是等到更深夜阑,对方在被冷淡中已经反悔,再从容不迫地责备、警告他,让他在惭愧、惶恐中就范,以至以后再不敢怠慢她。像这样细致而真实、层层拓进展开的心理描写,非深知市井生活者不能写出。词较之于诗,更长于细腻的心曲刻画,于此可见一斑,词人也只有借助长调这样拓展的篇幅,才能完成如此深细复杂的心灵叙事。

柳永词"序事闲暇,有首有尾",对词体的发展,尤其是对词的叙事功能的拓展无疑作出了巨大贡献。但它的缺陷也是明显的,正如刘扬忠先生所指出的那样:"柳氏词法究属草创,尚多不足。赋若不参以比兴,则少寄托而欠含蓄;铺陈时若不在章法上求变化,则少曲折回环之趣而易致一泻无余。这也正是柳氏词法美中不足之处。这些不足,有待于秦少游、周清真之辈来圆满解决了。"①

周邦彦于柳永之后在铺陈手法上力求章法的变化离合,卓然一代大家,此在后文叙述。同时他继承了柳永"序事闲暇,有首有尾"的一面,并且他能以典雅之笔写艳冶之情,表现出更细致化、形象化的叙事特点。如他的《拜星月慢》:

> 夜色催更,清尘收露,小曲幽坊月暗。竹槛灯窗,识秋娘庭院。笑相遇,似觉琼枝玉树,暖日明霞光烂。水眄兰情,总平生稀见。　画图中、旧识春风面。谁知道、自到瑶台畔。眷恋雨润云温,苦惊风吹散。念荒寒、寄宿无人馆。重门闭、败壁秋虫叹。怎奈向、一缕相思,隔溪山

---

① 刘扬忠:《唐宋词流派史》,福建人民出版社,1999年版,第224页。

不断。

此词为羁旅愁思、追忆旧日游冶之作,线索清晰,辞采艳丽。开篇至"苦惊风吹散",回忆初识秋娘的销魂情景。其中"夜色"三句写昔日坊曲之夜色;"竹槛"两句写秋娘之居所。以下数句写两情欢悦,意态缠绵。"念荒寒"数句辞意顿转,返归现实,写词人独宿荒馆、相思无限。词笔虽是追忆,颇有波澜,全词有头有尾,有高潮,有突变,是一个完整的故事,周邦彦词作中多有这种叙事波澜起伏的典丽篇章。

词体之雅化和诗化的演进,就是词体在经过叙事手法的实验和拓展之后,在强大的文化传统和文学习惯的作用下,又重新向中国诗歌一贯的抒情传统回归,并成为词体创作的主流。无论是用世之志或儿女情意,叙事因素的介入都会被打上俚俗的烙印,难以进入士大夫的阅读视野,苏轼责备秦观《水龙吟》词"小楼连苑横空,下窥绣毂雕鞍骤"句,"十三个字,只说得一个人骑马楼前过",即是一例。尤其南宋以后,词人务雅为尚,叙事的因素也就渐渐地从词中消退。然而文学史上总有一个有趣的现象,那就是当一种文体行将没落的时候,总能将这种文体蓄积起来的言说技巧作一次辉煌的谢幕演出。陶渊明之于古体,李商隐之于近体,晏几道之于小令,皆是如此,词中叙事因素的总结,则非吴文英莫属。吴文英之《莺啼序》为词体作了一次"宏大叙事"的演出,可谓空前绝后。其词为:

残寒正欺病酒,掩沉香绣户。燕来晚、飞入西城,似说春事迟暮。画船载、清明过却,晴烟冉冉吴宫树。念羁情游荡,随风化为轻絮。　十载西湖,傍柳系马,趁娇尘软雾。溯红渐、招入仙溪,锦儿偷寄幽素。倚银屏、春宽梦窄,断红湿、歌纨金缕。暝堤空,轻把斜阳,总还鸥鹭。　幽兰旋老,杜若还生,水乡尚寄旅。别后访、六桥无信,事往花委,瘗玉埋香,几番风雨。长波妒盼,遥山羞黛,渔灯分影春江宿,记当时、短楫桃根渡。青楼仿佛,临分败壁题诗,泪墨惨澹尘土。　危亭望极,草色天涯,叹鬓侵半苎。暗点检、离痕欢唾,尚染鲛绡,亸凤迷归,破鸾慵舞。殷勤待写,书中长恨,蓝霞辽海沉过雁,漫相思、弹入哀筝柱。伤心千里江南,怨曲重招,断魂在否。

此为唐宋词中的最长调,共二百四十字。全词以大开大合之笔,追忆与亡姬的悲欢离合之情事。共四片,第一片以暮春景色兴起悼亡之情;第二片追叙西湖一段艳遇欢会的情事;第三片写别后重访旧地,唯余物是人非之感;第四片写此时的相思哀怨。结构恢宏,组织细密,几是一部采用倒叙手法、叙事抒情相结合、哀婉凄艳的爱情小说。陈洵评价此词曰:"通体离合变幻,一片凄迷,细绎之,正字字有脉络。"①陈廷焯亦云:"全章精粹,空绝古今。"②由于中国诗歌强大的抒情传统以及自身体制短小之特征,词体中那已露端倪然尚未展开的"宏大叙事",至吴文英之《莺啼序》而成绝响。

词体经历了一个由绝句形式到双片的小令体制,再到展衍的慢词体制的演进过程,诸多散文因素,如细致的写景、直接的抒情、具体的叙事等,在篇幅拓展的过程中一一呈现且慢慢成熟,这一过程本身就是一个摆脱诗体、渐次走向散文化抒写的过程。但是当文人全面介入词体创作之后,词体走上了雅化的道路,体制的定型化、格律化以及诗歌抒情传统的回归,使得词体慢慢展开的散文质素渐渐隐退,最终成为中国抒情诗之一种。而词体所拓展的散文化抒写元素,其绪业由后来体制较之词体"更长、更充分、结构更松散"的元曲(这里主要指"套数")接续。

词体是中国文体由诗向散文演变发展过程中的一种过渡文体,兼具诗和散文的文体特征。其字法中领字、虚字的大量运用,句法中长短参差的句式组合,章法中铺叙手法的运用、叙事内容的书写等方面,都是散文化特征的具体体现。词以近于散文的形式承载着诗歌意象的内容,证明了其新旧质素杂陈的过渡文体的特征。在具体的创作手法上,词于加长的篇幅中,还以散文的笔法弥纶全篇。沈祥龙曰:

> 词于古文诗赋,体制各异。然不明古文法度,体格不大,不具诗人旨趣,吐属不雅,不备赋家才华,文采不富。王元美《艺苑卮言》云:"填词虽小技,尤为谨严。"贺黄公《词筌》云:"填词亦兼辞令议论叙事之妙。"然则词家于古文诗赋,亦贵兼通矣。③

蒋兆兰亦曰:

> 词之为文,气局较小,篇不过百许字,然论用笔,直与古文一例。大抵有顺笔,有逆笔,有正笔,有侧笔,有垫笔,有补笔,有说而不说,有不说而说。起笔要挺拔,要新警;过片要不即不离。收笔要悠然不尽,余味盎

---

① 陈洵:《海绡说词》,载唐圭璋编《词话丛编》,中华书局,1986年版,第4848页。
② [清]陈廷焯:《云韶集辑评》卷八,张若兰辑录,载葛渭君编《词话丛编补编》,中华书局,2013年版,第1580页。
③ [清]沈祥龙:《论词随笔》,载唐圭璋编《词话丛编》,中华书局,1986年版,第4059页。

然。中间转接叠用虚字,须一气贯注。无虚字处,或用潜气内转法。蒙常谓作一词能布置完密,骨节灵通,无纤毫语病,斯真可谓通得虚字也。①

叶嘉莹先生将词体之发展概括为"歌辞之词""诗化之词"和"赋化之词"三个阶段,叶先生虽于创作手法未尝专论,但这一词史的发展历程本身就暗含了一个由诗法向文法的创作方式的转移,所谓"赋化之词",要以"思力安排"的文法为之,就有着明显的散文构思、创作的倾向。为词之道,兼通诗赋与古文,正见出了词体兼融众长的过渡文体之特征。

---

① 蒋兆兰:《词说》,载唐圭璋编《词话丛编》,中华书局,1986年版,第4634页。

第三编
语言转型中的词体特质

词体的特质,历来是词学家们感兴趣的话题,且总是伴随着诗词之辨而展开,的确,借助文体之间的比较,一种文体的特性才能更具体、更清晰地显现出来。对此,前人及当代学者皆有着精辟的论述,如王国维先生"词之为体,要眇宜修""诗之境阔,词之言长"之说;缪钺先生言词体"为人生情思意境之尤细美者",且有"四端"之说;叶嘉莹先生主词体"要眇幽微"之说,且有着"双重语境""双性人格""弱德之美"的具体阐释;等等。

诸家之说,烛微洞隐,皆深有发明之见。然稍有不足之处在于,这些论述多从词作文本的表层出发,进行词汇、意象、句式的梳理归纳,有着描述多于分析、现象多于本质之憾,对于词体特质的形成,也多从社会、文化、美学等外部角度来论述。本部分主要从语言的演进、言说方式的转移的角度,参酌文化学和美学等相关知识,结合具体的诗作与词作,对"要眇幽微"的词体特质作一些尝试性的论述。

第七章 语言的俗化和意象的本质

文学是语言的艺术,包括文学在内的语言是人类精神活动最直接、最本质的载体和反映。德国语言学家洪堡特说:"语言与人类的精神发展深深地交织在一起,它伴随着人类精神走过每一个发展阶段,每一次局部的前进或倒退,我们从语言中可以识辨出每一种文化状态。"[①] 从文体演进的角度来看,由先秦的《诗经》《楚辞》,而汉赋、乐府,而魏晋六朝的诗和骈文,而唐诗,而宋词,而元曲,而明清小说,这是一个众所周知的演进发展序列。这一序列不仅仅是文学发展的历史,其背后更是汉语演进的历史,以及由这种演进和文学发展所反映出的中华民族思维及情感的发展历程。

第一节 文言与白话之间

汉语有着悠久的历史,在不同的发展阶段有着不同的面貌特征。关于汉语的分期,学界的观点不尽相同。最先是海外学者,以现代语言学理论来考查汉语史的发展,比如瑞典汉学家高本汉(B. Karlgren)认为《诗经》以前是太古汉语,《诗经》以后到东汉是上古汉语,六朝到唐是中古汉语,宋代是近古汉语,元明是老官话。"日本汉学家一般把汉以前称为'上古',把六朝至唐末称为'中古'或'中世',把宋元明称为'近世',把清代称为'近代'。"[②] 后来经过赵元任、王力、朱德熙等老一辈语言学家的不懈耕耘探索,大致梳理出了汉语发展的面貌。现代著名语言学家吕叔湘先生在此基础上说:

> 秦以前的书面语和口语的距离估计不至于太大,但汉魏以后逐渐形成一种相当固定的书面语,即后来所说的"文言"。虽然在某些类型的文章中会出现少量口语成分,但是以口语为主体的"白话"篇章,如敦煌文献和禅宗语录,却要到晚唐五代才开始出现,并且一直要到不久之前才取代"文言"的书面汉语的地位。根据这个情况,以晚唐五代为界,

---

① 〔德〕威廉·冯·洪堡特:《论人类语言结构的差异及其对人类精神发展的影响》,姚小平译,商务印书馆,1999年版,第21页。
② 蒋绍愚:《近代汉语研究概要》,北京大学出版社,2005年版,第1页。

把汉语的历史分成古代汉语和近代汉语两个大的阶段是比较合适的。①

这句话对我们下面的论述很有意义,它告诉我们两个重要的语言事实:一是以汉魏为界,这以前的汉语基本上还是文、言一致时期,这以后书面语和口语逐渐分离,沿着各自的轨迹发展,至唐代书面语达到鼎盛;二是以晚唐五代为界,把汉语的历史分为古代汉语和近代汉语两个阶段。那么近代汉语又是什么样的状态?其与现代汉语又有什么关系呢?吕叔湘先生又说:

> 我们的看法是,现代汉语只是近代汉语的一个阶段,它的语法是近代汉语的语法,它的常用词汇是近代汉语的常用词汇,只是在这个基础上加以发展而已。②

汉语大致可分为文言和白话两大系统,而白话的来源可以追溯到晚唐五代时期。从唐五代时起,现代汉语的语法和基本词汇就开始逐步形成,我们现在所使用的现代汉语的面貌"只是在这个基础上加以发展而已"。之所以使用"近代汉语"一词,蒋绍愚先生认为:"从消极方面来看,不这样做,那'中间一段'汉语史就缺乏一个专有名称;从积极方面看,单把那'中间一段'汉语史称为'近代汉语',就使'近代汉语'的研究范围更加集中,研究目标更加明确。"③所谓的"近代汉语",就是人们常说的"白话",大致从晚唐五代时期开始,在文言臻于顶峰之后,汉语在更高层次上的言、文一致的语言状态。

一个简单的事实是"在古代汉民族圈内,文字的社会功能,不是口头语言而是书面语言,在这种情形之下文字与语言是游离的"④。从汉魏开始,汉语就处于文字和语言的脱离状态,虽然从唐宋又开始了新的文、言一致的语言运动,即近代汉语阶段,且发展出中国封建社会后期汉民族所普遍使用的具有生命力的语言,元曲、明清白话小说都是这种语言面貌的真实记录。但是作为一种文化现象,文言由特定的文字材料构成而自成系统,具有一种抗侵入的超稳定结构,它是官方、仕宦贵族以及文人之间通用的书面语言形式,既代表着社会的中心话语,又是上层身份的象征。这种僵化语言的存在和使用,既与市井俚俗的口语也就是"白话"划清界限,又与黎众黔首的阶层拉开距离。中国古代语言这种独特的言、文分离的现象及其发展历程,对中国文

---

① 吕叔湘:《近代汉语指代词》,学林出版社,1985年版,序第1页。
② 吕叔湘:《序》,载刘坚编著《近代汉语读本》,上海教育出版社,1985年版,第2页。
③ 蒋绍愚:《近代汉语研究概要》,北京大学出版社,2005年版,第3页。
④ 饶宗颐:《符号·初文与字母——汉字树》,上海书店出版社,2000年版,第183页。

学的发展尤其是唐宋语言转型时期的文学面貌有着深远的、具有决定意义的影响。就诗歌而言,每一次语言的言文关系变革,带来的不仅仅是诗歌外在语言形态的变迁,而且是一次诗歌内在质素的重新整合和规定。诗歌的面貌与语言的演进有着异质同构的一致进程。

从先秦时期的《诗经》、楚辞到汉乐府,这时期的诗歌都是合于音乐的口头歌词,语言通俗、浅白,诗中有大量的口语词汇,如"兮""其""之""思""维"等语助词和大量的叠音词,诗之语序合于口语,见出言、文一致的诗歌语言面貌。音乐消亡之后,古诗兴起,至陶渊明致其极,乃是"民歌的模仿期",陶诗那浑朴自然的语言风格正是民间口头歌唱艺术的自然延伸。这时期的语言,正如吕叔湘先生所言,"书面语和口语的距离估计不至于太大",从汉魏时期开始,汉语已经走上了书面语和口语逐渐分离的道路,当然这是书面语和口语错杂交织的语言状态,也是一个漫长的演进过程,这从以陶渊明为代表的浑朴的古诗创作和以谢灵运为代表初兴的精妍的律诗创作基本同时可以见出。这以后的诗歌发展顺应了汉语文言的发展趋势,开始脱离口头歌唱而走向文人的案头创作,进入文人诗也就是律诗的兴起阶段。朱光潜先生《诗论》说:

> 这两个大转变之中,尤以律诗的兴起为最重要;它是由"自然艺术"转变到"人为艺术",由不假雕琢到有意刻划。如果《国风》是民歌的鼎盛期;汉魏是古风的鼎盛期,或者说,民歌的模仿期;晋宋齐梁时代就可以说是"文人诗"正式成立期。由"自然艺术"到"人为艺术";由民间诗到文人诗,由浑厚纯朴至精妍新巧,都是进化的自然趋势,不易以人力促进,也不易以人力阻止。①

朱光潜先生认为由古诗向律诗转变,仅就诗歌和音乐的离合关系而言,乃是确定不移的趋势。其实,从语言的书面语与口语的离合关系来说,从古诗向律诗转变何尝不是一个确定不移的趋势,文人们摆脱口语歌唱形式,而走向书面案头创作,经历了漫长的音律、对偶等诗歌形式的探索过程,终于将律诗这一"人为艺术"在有唐一代发展至顶峰。至此,文人可以尽情地在近体诗构建的严格、整饬、精巧的形式中,借着书面语所提供的典雅的汉字材料,锤炼精美的诗句、创造完美的意象,以此来抒发诗人远大的经世抱负和高雅的山林意趣。"虚词退出""语序之倒错""成分之阙略""结构之紧缩""限定之

---

① 朱光潜:《诗论》,上海古籍出版社,2005年版,第155页。

松散"等，这些近体诗的句法使得文人的书面创作与当时的口语保持着应有的距离，也将汉语书面语的审美功能发挥到淋漓尽致的地步。近体诗充分发挥了汉语语音和文字的特点，具有节奏美、音律美、整齐美、对称美等诸多美感特质，据此成就了中国古典诗歌的美学典范，体现了华夏民族的审美趣味。以近体诗为代表的唐诗成就如此辉煌，以致使后来的批评家坚信，这就是诗歌的基本样式、本质特征和审美标准。盛极而衰、物极必反，在近体诗发展到顶点之际，诗歌本身就已存在着破除束缚、自由言说的内在要求。杜诗集近体诗之大成，也首创拗体，破体为文，口语入诗，开通俗细腻言说之风气。言、文一致，以新鲜活泼、充满生机的口语替代或融入书面语的书写，成为文学创作新兴之必然趋势。

　　从汉魏开始的言、文分离，以文言的充分发展为主线，至唐代近体诗至其辉煌。而在这一主流之下，文、言一致也以一种潜流的状态慢慢地演进着。有一机缘对中国文化的发展影响巨大，那就是东汉以后佛教的传入及其大规模的译经活动。佛教由此渐渐成为中国文化的主流思想之一，以后沈约等人对汉语四声的发现也得益于梵音的传译。与本论题有关的是，佛教出于对广大俗众传教的需要，一部分以佛教故事为主要内容的佛经是用文白参半的文词翻译的，如吴月支优婆塞支谦翻译的《撰集百缘经》、吴康僧会翻译的《六度集经》、北魏觉慧翻译的《贤愚经》、南齐求那毗地翻译的《百喻经》等。真正标志着言、文一致成型的是通俗文体变文的出现。变文最早产生于六朝①，是以口语和当时方言的形式讲述佛教故事和佛教经典以及一些历史故事。至隋唐时期，一些以口语、俗话形式为语体特征的文体大倡，如愿文、俗赋、禅宗语录等，还有我们所研究的词体的早期形态——敦煌曲子词。

　　唐代是中国封建社会发展的顶峰，包括唐诗在内的古典文学艺术至此也达到了其最高的成就，这是中国历史发展多种机缘汇流而成的一段辉煌乐章。辉煌之后即意味着转机，灿烂之极即归于平淡。唐代经济的高度发达，使得城市经济生活繁荣发展起来，随之而来是市井阶层的迅速壮大。一个不可逆转的事实是，中国社会从中唐以后开始了封建社会后期的发展历程，封建社会后期的文化特点就是世俗化、市井化。汉语从晚唐五代开始，书面语逐渐向当时的口语靠拢，趋于言、文一致，进入近代汉语也就是白话阶段；文学品格也由高雅走向通俗、由庙堂走向市井。语言的状况、文学的趋势与社会的发展阶段有着如此惊人的异质同构的一致性。

---

① 姜伯勤首次指出：隋吉藏的《中观论疏》就提到南朝的法朗"变文易体，方言为多"。参见姜伯勤《敦煌艺术宗教与礼乐文明——敦煌心史散论》，中国社会科学出版社，1996年版，第398页。

就文学语言的面貌而言,以当时的"活语言"——白话——为载体的通俗文学,如宋词、元曲、明清小说等渐次成为文学发展的主流,这是人所共知的事实,而词体正是这一语言和文学通俗化趋势的先声。清宋翔凤曰:"中原息兵,汴京繁庶,歌台舞席,竞赌新声。耆卿失意无俚,流连坊曲,遂尽收俚俗语言,编入词中,以便伎人传习。一时动听,散播四方。……山谷词尤俚绝,不类其诗,亦欲便歌也。柳词曲折委婉,而中具浑沦之气。虽多俚语,而高处足冠群流,倚声家当尸而祝之。"①柳永和黄庭坚以及当时大部分词人词集中那些"便歌"的"俚俗语言",正是当时流行于民间的口头白话。日本学者铃木虎雄说:"然而诗还是貌为古雅的东西,和俗语有很大的悬隔。待到'词'出,俗语与文学的关系,便逐渐深起来了。"②著名语言学家黎锦熙先生也说:"五代北宋之词,金元之北曲,明清之白话小说,均系运用当时当地之活语言而创制之新文学作品。"③从晚唐五代至清朝的近代汉语的演变发展,为现代汉语面貌的形成奠定了坚实的基础。

以上是关于汉语演变历程的概括描述,对我们把握中国文学史中词体演进的历史及其规律有着许多深刻的启示:第一,语言是人类表达思想、传递情感的工具,这种功能的最大化无疑是其发展的方向,语言的通俗化和言、文一致正代表这一方向,也就成为语言发展之大势。从汉魏开始的言、文分离,至有唐一代文言的功能被发展到极致,也成就了中国文学史上唐诗那辉煌的篇章。从语言学上来看,这种由言、文分离的状态造就的辉煌必然是短暂的。美丽总是一瞬,当我们恋恋不舍地看着辉煌远去的背影,我们不得不接受语言通俗化和言、文合一,以实用为第一原则的发展趋势。一部中国文学史(确切地说是文体演进的历史)无论从题材上还是从语言形态上,大体是一个从高雅走向通俗、由贵族走向市井甚至由审美走向实用的过程,唐宋以后,这一趋势尤为明显。王世贞曰:

《三百篇》亡而后有骚、赋,骚、赋难入乐而后有古乐府,古乐府不入俗而后以唐绝句为乐府,绝句少宛转而后有词,词不快北耳而后有北曲,北曲不谐南耳而后有南曲。④

---

① [清]宋翔凤:《乐府余论》,载唐圭璋编《词话丛编》,中华书局,1986年版,第2499页。
② [日]铃木虎雄:《运用口语的填词》,鲁迅译,载张璋、职承让、张骅等编《历代词话续编》,大象出版社,2005年版,第707页。
③ 见黎锦熙《辞海》序,中华书局,1936年版;又载《国语周刊》1936年第268期,第2页。
④ [明]王世贞:《曲藻》,载郭绍虞主编《中国历代文论选》第三册,上海古籍出版社,1980年版,第99页。

王国维亦云:

> 即同一形式也,其表之也各不同……"夜阑更炳烛,相对如梦寐"之于"今宵剩把银釭照,犹恐相逢是梦中","愿言思伯,甘心首疾"之于"衣带渐宽终不悔,为伊消得人憔悴"其第一形式同。而前者温厚,后者刻露者,其第二形式异也。一切艺术无不皆然,于是有所谓雅俗之区别起。①

同样的内容,所谓"前者温厚""后者刻露",就是一个诗歌语言的表达逐渐通俗明白的过程。也是这两句诗词,刘体仁已作过比较:

> "夜阑更秉烛,相对如梦寐",叔原则云:"今宵剩把银釭照,犹恐相逢是梦中。"此诗与词之分疆也。②

孙克强先生对此有过较为详细的分析,他说:"二句意境相似,但韵味却不同,相比较而言,诗句凝重,词句曲婉。如'夜阑'与'今宵','秉烛'与'把银釭照','梦寐'与'梦中',语言的质古与轻倩皆可成为鲜明的对比,代表了诗词的不同特色。"③这种"质古"与"轻倩"的差别正是语言通俗化和言、文一致的发展趋势所致。

第二,就文学史的发展大势来看,不同文体的演进是一个语言通俗化、细腻化的过程;然就某一种文体而言,其演进又是一个语言不断雅化、文人化的过程。民间是文学变迁的原动力,大多数文学体裁是从民间萌生,然后步入庙堂。就中国古代文体而言,当一种新兴的从民间产生的文学样式进一步发展的时候,就面临着两种言说方式的冲突,一种是代表着语言发展方向的新鲜活泼的民间口语形式,一种是早已成型的古雅的为士大夫所钟爱的文言体式。表面是一种雅俗之争,实质是语言所代表的身份、阶层及价值取向之争。正如洪堡特在探讨如何研究一个阶段的语言状况时所指出的那样:

> 在这个历史的领域中,研究者由是可以一个阶段接着一个阶段地进行探索。然而,同样是在这个领域内,新兴的、无法估测的内在力量也

---

① 王国维:《古雅之在美学上之位置》,载《王国维遗书》,上海书店出版社,1983年版,第617~618页。
② [清]刘体仁:《七颂堂词绎》,载唐圭璋编《词话丛编》,中华书局,1986年版,第619页。
③ 孙克强:《清初词坛的诗词之辨》,载陈洪、张洪明主编《文学与语言的界面研究》,南开大学出版社,2008年版,第61页。

在起着作用。所以,一方面存在着维持稳定的力量,另一方面又存在着进行创造的力量,而一种力量有可能强大到抑制或战胜另一种力量。我们必须正确地区分和评估这两个方面的因素,否则,就不可能对一切时代的历史所共有的菁华作出实实在在的评价。①

由于文人的创作不断增多和其拥有的话语权威,以及文化传统固有的强大的惯性,这种冲突的结果必然是文言渐渐替代了口语,脱去了初生时的质陋和粗率,同时将文人的情志抒写渗入其中,成为一种渐渐雅化的庙堂文体。由此这种雅化了的文体也就失去了文体发展的语言势能。王国维云:

> 四言敝而有楚辞,楚辞敝而有五言,五言敝而有七言,古诗敝而有律绝,律绝敝而有词。盖文体通行既久,染指遂多,自成习套。豪杰之士,亦难于其中自出新意,故遁而作他体,以自解脱。一切文体所以始盛终衰者,皆由于此。②

所谓"染指遂多,自成习套",就是文人雅化文言的抒写。那么,另一种新兴的言、文一致的民间文体的出现、发展,并最终替代这种业已雅化的文体,就成为文学发展之必然。

第三,也是与本文词体语言论述最密切者,即唐宋转型时期的语言特点。一种语言模式的兴起,必然是个渐次成熟的过程;而旧有的言说方式退出历史舞台,也是一个慢慢消隐的过程,甚至在这个消退的过程中,由于其所积累丰富的言说技巧,遂能放射出无比灿烂的光芒。陶渊明的古诗、李商隐的律诗都是在一种言说方式行将退出历史舞台时的最后辉煌。文言的衰落和白话的渐兴汇集于唐五代时期,两种言说方式以音乐为媒介,彼此融合、借鉴,遂造就了词体一种文言、白话共生的具有过渡性特征的语言面貌。词体在渡过了率朴粗陋的初创阶段之后,当众多文人开始歌词创作的时候,剔除了过于俚俗的时下词汇和过于色欲的细节描写,而将他们所烂熟于胸的近体诗的意象词汇和表现手法,以清浅明白近于散文的语式表现出来。于是形成了一种介于书面语和民间俚语之间的口语形式,它是一种在娴雅的情调下由意象连缀而成的明白雅洁的口语,摆脱了近体诗那沉重拘谨的形式,而以轻松的意象演绎着细腻的情感。宋陆游隐约地道出了其中的消息:

---

① 〔德〕威廉·冯·洪堡特:《论人类语言结构的差异及其对人类精神发展的影响》,姚小平译,商务印书馆,1999年版,第20页。
② 王国维:《人间词话》,载唐圭璋编《词话丛编》,中华书局,1986年版,第4252页。

> 唐自大中后,诗家日趣浅薄,其间杰出者,亦不复有前辈闳妙浑厚之作,久而自厌,然梏于俗尚,不能拔出。会有倚声作词者,本欲酒间易晓,颇摆落故态,适与六朝跌宕意气差近,此集所载是也。故历唐季五代,诗愈卑而倚声者辄简古可爱。盖天宝以后,诗人常恨文不迫;大中以后,诗衰而倚声作,诸人以其所长格力施于所短,后世孰得而议?笔墨驰骋则一,能此不能彼,未易以理推也。①

所谓"酒间易晓""摆落故态",是指词体那种轻松明白近于口语的语言特征,也只有如此,才能在歌酒传唱之瞬间,不至于产生理解上的障碍和歧义;而"简古可爱""以其所长格力施于所短",皆言近体诗那种意象呈现的表现手法,适值如此,也可于文人的高雅氛围之中,使清浅的歌词有一份意蕴的升华。将清浅的语言和意象的手法嫁接融合,"以沉至之思而出之必浅近",于是就形成了词体那独特的"要眇幽微"的语言风格。明陈子龙对此有着精辟的论述:

> 故凡其欢愉愁怨之致,动于中而不能抑者,类发于诗余,故其所造独工,非后世可及。盖以沉至之思而出之必浅近,使读之者骤遇如在耳目之表,久诵而得沉永之趣,则用意难也。以孅利之词,而制之实工炼,使篇无累句,句无累字,圆润明密,言如贯珠,则铸调难也。其为体也纤弱,所谓明珠翠羽,尚嫌其重,何况龙鸾。必有鲜妍之姿,而不借粉泽,则设色难也。其为境也婉媚,虽以警露取妍,实贵含蓄,有余不尽,时在低回唱叹之际,则命篇难也。惟宋人专力事之,篇什既多,触景皆会,天机所启,若出自然。虽高谈大雅,而亦觉其不可废。何则?物有独至,小道可观也。②

以当时的燕乐为媒介,伴随着唐宋之际语言的俗化转型,在文化、文学传统和语言新变共同作用下,造就了词体这种介于雅俗之间的雅化口语,这种语言所独有的魅力,是成就词体"要眇宜修"的美学特质的重要原因。

---

① [宋]陆游:《花间集跋》,载金启华、张惠民、王恒展等编《唐宋词集序跋汇编》,江苏教育出版社,1990年版,第340页。
② [明]陈子龙:《王介人诗余序》,载施蛰存主编《词籍序跋萃编》,中国社会科学出版社,1994年版,第506页。

第二节　意象语言的本质

语言是思维的载体,也是思维最直接的体现,它必然遵循着思维的发展脚步,以其特定的形态记录和承载着思想和文化的面貌。随着社会的进步和人类思维的发展,一种语言言说方式的演进,大致经历了一个由诗性的或称艺术性的"情感语言"向现实的"日常言语"和具有逻辑性的"科学语言"发展的历程。恩斯特·卡西尔说:

> 人类文化初期,语言的诗和隐喻特征确乎压倒过其逻辑特征和推理特征。但是,如果从发生学的观点来看,我们就必定把人类言语的想象和直觉倾向视为最基本的和最原初的特点之一。另一方面,我们发现在语言的进一步发展中,这一倾向逐渐减弱。语言变得越抽象,它就越扩大和演变其本来的能力。语言从日常生活和社会交际的必要工具的言语形式,发展为新的形式。为了构想世界,为了把自己的经验统一和系统化,人类不得不从日常言语进入科学语言,进入逻辑语言、数学语言、自然科学语言。①

语言的这种发展历程造就了两种言说方式,骆小所先生将人类的语言按表达方式和作用大致分成两大类型:"从语言的表达作用来看,人类语言本来就存在着两种语言:一种是重在表情的情感语言,一种是重在认识的科学语言。情感语言更多地凭借言语个体的情绪、想象、直觉、心理意象,这就是艺术化的语言,就是我们所要研究的艺术语言。科学语言更多地借助言语自身的关系、结构、法则、逻辑,被看作是理性化的语言。"②他进一步指出,艺术语言从本质上来讲是一种原始性的思维模式,"在艺术语言的深层结构中能够找到人类童年心理结构的沉淀。艺术语言的起源、艺术思维的形成,除了社会交际需要的客观原因和提高美感效果的主观因素外,另一个重要的原因便是人的原初经验,即原始性的思维"③。中国诗歌传统中那焕发着无穷魅力的意象手法就是艺术思维或称原始性思维的典型体现。

何为意象? 当代学者有着大致相同的解释,袁行霈先生认为:

---

① 〔德〕恩斯特·卡西尔:《语言与艺术》,载《语言与神话》,于晓等译,生活·读书·新知三联书店,1988 年版,第 134 页。
② 骆小所:《艺术语言学》(修订版),云南人民出版社,1992 年版,第 6 页。
③ 同上书,第 102 页。

> 意象是融入了主观情意的客观物象,或者是借助客观物象表现出来的主观情意。①

童庆炳先生认为:

> 意象,这里主要指审美意象,是文学形象的高级形态之一,是指以表达哲理观念为目的,以象征性、荒诞性为其基本特征的达到人类审美理想境界的表意之象。②

二位学者在定义中都抓住了意象思维的一个根本原则,那就是意象遵循的是主观情感逻辑,通过诗人情感的融入使外在的物象变形,以这种含有特定情感的物象来寄托和传达诗人的情感、志意。以这种意象表达为特征的语言即是骆小所先生说的具有原始性思维模式的"情感语言"。

从《诗经》时代开始,我国的诗歌就走上了一条重视意象运用的道路。《诗经》、楚辞所确立的比兴手法,是意象手法运用的最初形态,它有着"称名也小,取类也大"③委婉曲折、含蓄深微的艺术特点。比兴这种手法"为历代注家注为'引譬连类',可以理解为由微见著、由此及彼具有引申、联想、譬喻、类比性质的思维表现形式"④。所谓"关关雎鸠,在河之洲。窈窕淑女,君子好逑",雎鸠的嬉戏场景和男女的耳鬓厮磨之间本没有逻辑上的必然联系,而只是在人类的情感经验上具有某种相似性,由此,诗意在比附、联想的基础上建立起了审美感受。汉王逸《离骚序》云:

> 《离骚》之文,依《诗》取兴,引类譬谕,故善鸟香草,以配忠贞;恶禽臭物,以比谗佞;灵修美人,以媲于君;宓妃佚女,以譬贤臣;虬龙鸾凤,以托君子;飘风云霓,以为小人。⑤

屈原这种渗透着主观情感的偶然联想、比附的艺术创造,遂成为汉语诗歌语言中的原型意象,得以延续下来,并有着不可动摇的话语权威。

---

① 袁行霈:《中国诗歌艺术研究》(第三版),北京大学出版社,2009年版,第54页。
② 童庆炳主编《文学理论教程(修订版)教学参考书》,高等教育出版社,1999年版,第189页。
③ [南朝梁]刘勰:《文心雕龙・比兴》,载周振甫注《文心雕龙注释》,人民文学出版社,1981年版,第394页。
④ 李东宾:《试论叶嘉莹诗词学中的"比兴"观》,《内蒙古大学学报》2008第3期,第54页。
⑤ [汉]王逸:《离骚序》,载[宋]洪兴祖:《楚辞补注》,白化文、许德楠、李如鸾等点校,中华书局,1983年版,第2~3页。

对于比兴手法的作用和特点,叶嘉莹先生有着深刻的论述,她说,这种写作手法"透过了心与物之间的交感或结合,在作品中提供了足以使读者触发感动的鲜明生动的形象"①。"诗歌中的'比''兴'之体,其主要的作用便都在于能以形象作为传达和触发诗歌中这种感发之生命的媒介,如此才可以避免单调而死板的概念式的说明,而造成一种诗歌的感动的效果。"②这样诗歌通过鲜明生动的形象描写或意象塑造,含蓄婉曲地表达情感,而不是直接地宣露怨愤之情,就成为中国文人诗歌的一贯传统。

古人诗歌中的意象塑造,是一种直觉、联想、比附、隐喻等原始思维的体现,诗人以自己的情感为中心,他们不仅仅把万物看成是有生命的,而且把自己的纯真丰富的主观感情也灌注其中,以实现情感委婉曲折的呈现。关于这一点,明王廷相有过一段精彩的论述:

> 夫诗贵意象透莹,不喜事实粘着。古谓水中之月,镜中之影,可以目睹,难以实求是也。三百篇比兴杂出,意在辞表;《离骚》引喻借论,不露本情。……斯皆色韫本根,标显色相,鸿才之妙拟,哲匠之冥造也。……言征实则寡余味也,情直致而难动物也。故示以意象,使人思而咀之,感而契之,邈哉深矣,此诗之大致也。③

所谓"意在辞表""不露本情",正揭示了古典诗歌以"象"现"意",而不是直接宣露情感的含蓄蕴藉的美学精神。

古人在古典诗歌的创作中形成了意象的言说方式,是由特定阶段的原始思维方式所决定的。魏晋时期的玄学代表王弼在《周易略例·明象》中云:

> 夫象者,出意者也。言者,明象者也。尽意莫若象,尽象莫若言。言生于象,故可寻言以观象;象生于意,故可寻象以观意。意以象尽,象以言著。故言者所以明象,得象而忘言;象者,所以存意,得意而忘象。④

这里的意、象、言已由卜筮领域转换到哲学范畴,从这个角度讲,更能反映这种思维的本质。从创作流程看,是意→象→言;从接受流程看,言→象→意。

---

① 叶嘉莹:《迦陵文集》第十卷《我的诗词道路》,河北教育出版社,1997年版,第29页。
② 同上书,第30~31页。
③ [明]王廷相:《与郭价夫学士论诗书》,载陈良运主编《中国历代诗学论著选》,百花洲文艺出版社,1995年版,第652~653页。
④ [魏]王弼:《周易略例·明象》,载楼宇烈校释《王弼集校释》,中华书局,1980年版,第609页。

由上可见,无论从创作流程还是从接受流程上看,象都是一个中介,起着联结意和言的桥梁作用,而作为主观情感或思想的意和作为表达手段和工具的言无法直接对应,换句话说,就是言辞无法直接、具体、真实地表现思想情感,必须借助直观的物象来表现情感和思想。同样的思想在更早的《周易·系辞》中表达得更为清楚:

> 子曰:"书不尽言,言不尽意。"然则圣人之意,其不可见乎?子曰:"圣人立象以尽意,设卦以尽情伪,系辞焉以尽其言。"①

"书不尽言,言不尽意""立象以尽意"说明了在人类的原始阶段,在认识能力较为低下的状况下,人类对世间万物及其现象的认识,处于极其蒙昧的状态,还不可能形成概念、判断、推理等认知形式,对事物的认识也只能停留在直接呈物或者与万物浑然一体的状态。意象的表达方式,剥去后人对古代圣贤经典"微言大义"的绘饰之辞,反映的是古人在原始思维状态下,因语言无法准确、清晰地表达思想情感而作出的必然且无奈的选择。

这种出于理性原则对文学语言的过度解剖,无疑丧失了文学研究的美学意味,然而意象这种原始的呈象观物的思维方式和手法,却在情感融入、物象变形的情况下具有了无穷的美感和意蕴。恩斯特·卡西尔将人类初期这种依于心灵和情感性质的原始思维模式称为"隐喻式思维"②,认为它与神话有着密不可分的关系,而诗歌语言正是这一思维模式的产物。"其(引者按,诗歌)中语词不仅保存下了它的原初创造力,而且还在不断地更新这一能力;在这个国度中,语词经历着往返不已的灵魂轮回,经历着既是感觉的亦是精神的再生。语言变成艺术表现的康庄大道之际,便是这一再生的完成之时。这时,语言复活了全部的生命;但这已不再是被神话束缚着的生命,而是审美地解放了的生命了。"③黑格尔在论述艺术的产生时也说:"在艺术里,这些感性的形状和声音之所以呈现出来,并不只是为着它们本身或是它们直接现于感官的那种模样、形状,而是为着要用那种模样去满足更高的心灵的旨趣,因为它们有力量从人的心灵深处唤起反应和回响。这样,在艺术里,感性的东西是经过心灵化了,而心灵的东西也借感性化而显现出来了。"④诗人在自己

---

① [魏]王弼、[晋]韩康伯注,[唐]孔颖达等正义:《周易正义》,载《十三经注疏》,中华书局,1980年版,第82页。
② [德]恩斯特·卡西尔:《语言与神话》,于晓等译,生活·读书·新知三联书店,1988年版,第102页。
③ 同上书,第114页。
④ [德]黑格尔:《美学》第一卷,朱光潜译,商务印书馆,1979年版,第49页。

"经过心灵化""感性化"所创造的意象中既得到了情感的发抒,又获得了审美的愉悦,同时,由于诗人是用所创造的丰满的意象来传达情感,避免了直接言说的局限,使其拥有了多重意蕴和情感张力,所谓"人同此心,心同此理",读者也在意象涵泳之际,获得了更广泛、更多重的审美享受和情感认同。

由于特定历史阶段所产生的诗歌意象的表现手法,具有含蓄朦胧、蕴藉模糊的美学特征,深合人类早期对事物的认识水平和心理接受模式;又由于《诗经》、楚辞等经典所拥有的崇高的不容置疑的话语权威,故这种手法一经确认,就对后世的诗歌创作产生了巨大的潜移默化的示范作用,以至于形成了中国诗歌千年不变的意象传统。旧题王昌龄《诗格》云:

久用精思,未契意象,力疲智竭,放安神思,心偶照境,率然而生。[①]

诗人们为了寻找或创造一个能与自己的精神志意契合的意象,殚精竭虑,费尽心力,"二句三年得,一吟双泪流"可谓穷形写照。一些原有的意象不断在诗人的笔下重复运用,而一些新的意象又不断从诗人的苦吟中产生,在这个过程中,虽然一些意象的内涵和外延随着历史的发展有过大小不同的变迁和转移,但是在中国文化特质以及汉语构成形态长期保持超稳定状态的背景之下,诗歌的意象词汇经反复使用形成了巨大的文化隐喻场。诸如"香草""美人""杨柳""蒹葭""芳草""流水"等意象词语,由于包含着深厚的文化内涵,已超越了词语本身的所指范围,而成为一种象征性符号,每一次的碰触,都能唤起人们丰富的历史联想和情感意蕴。语言是民族精神的载体,中华民族之所以有着强大的情感召唤力,与这些词语穿越时空的情感沟通有着密切的关系。意象的词汇和手法能够为诗歌提供无穷的美感和丰富的联想,中国诗歌语言的特美也尽在于此,由于长期的运用,意象语言成为中国古典诗歌语言的本质特征。

近体诗达到了中国古典诗歌的最高峰,同时意象手法的运用也更为纯熟、高妙,并形成了一定的模式和特点。第一,形成了中国诗歌呈现性的抒情模式,而回避了直接的诉说。从魏晋诗歌文人化、格律化开始,诗歌就自觉走上了山水题材、景物描写的道路,直至"气象浑厚"的盛唐诗歌,使意象手法的呈物现情的抒写模式达到成熟。诗人不去直接地宣泄情感,而是在意象的塑造和景物的描写之际,"我的情趣与物的意态往复交流,不知不觉之中人

[①] [唐]王昌龄:《诗格》,载郭绍虞主编《中国历代文论选》第二册,上海古籍出版社,1979年版,第89页。

情与物理互相渗透"①,意趣情感唯在情景或心物交感之际,才能获得"言有尽而意无穷"的含蓄蕴藉的效果。故宋严羽曰:

> 所谓不涉理路不落言筌者上也。诗者,吟咏情性也,盛唐诸人,惟在兴趣;羚羊挂角,无迹可求。故其妙处,透彻玲珑,不可凑泊。如空中之音,相中之色,水中之月,镜中之象,言有尽而意无穷。②

> 唐人尚意兴而理在其中。汉魏之诗,词理意兴,无迹可求。③

王国维曰:

> 昔人论诗词,有景语、情语之别。不知一切景语皆情语也。④

情景交融、比兴寄托、托物言志等都是意象表现手法的不同表现形式,意象手法所追求的委婉曲折、含蓄蕴藉的美学精神,在盛唐诗歌那透彻玲珑的"意兴"中得到了完美的体现。

第二,近体诗的意象手法追求一种浑厚阔大的美学风格,同时造成了一种涵浑模糊的言说效果。唐司空图于《二十四诗品》中首推"雄浑"之境,曰:

> 大用外腓,真体内充。反虚入浑,积健为雄。具备万物,横绝太空。荒荒油云,寥寥长风。超以象外,得其环中。持之非强,来之无穷。⑤

同时,《二十四诗品》的说诗方式本身就是典型的以物喻理的意象手法。姜夔亦云:"气象欲其浑厚。"⑥叶嘉莹先生在谈到盛唐诗歌特点时也说:

> 盛唐之诗则颇重景物之点染,其感发之力量往往得之于情景相生之一种触引。而且盛唐之时代又具有一种恢宏博大之气象,故唐人所写之景物,亦往往多有开阔高远之意境与沉雄矫健之音节。⑦

---

① 朱光潜:《诗论》,上海古籍出版社,2005年版,第40~41页。
② [宋]严羽:《沧浪诗话》,载何文焕辑《历代诗话》,中华书局,1981年版,第688页。
③ 同上书,第696页。
④ 王国维:《人间词话删稿》,载唐圭璋编《词话丛编》,中华书局,1986年版,第4257页。
⑤ [唐]司空图:《二十四诗品》,载何文焕辑《历代诗话》,中华书局,1981年版,第38页。
⑥ [宋]姜夔:《白石道人诗说》,载何文焕辑《历代诗话》,中华书局,1981年版,第680页。
⑦ 叶嘉莹:《论柳永词》,载《迦陵文集》第五卷《唐宋词名家论稿》,河北教育出版社,1997年版,第78页。

应该说意象手法从诞生之日起,遵循的就是情感逻辑,而不是要清晰地描写和再现景物,过于清晰、细致的景物描写反而会冲淡情感的意蕴。近体诗的意象手法多是一种略其细节的全景式的、轮廓型的写意勾勒,或是物象精神意趣的人格赋予。意象的创造强调"遗貌取神",就是消解物象的清晰性、指向性和单纯性,造成模糊性、不确定性和多义性,使景物的意态与诗人的情感志趣形成某种相通之处。由于近体诗体裁所限及其涵浑高古的美学追求,造成了难免的缺陷,即如李泽厚比较"诗境"和"词境"不同后所说的那样,"诗境"显得"笼统、浑厚、宽大"①。

第三,意象语言与近体诗句法的结合,成就完美的诗意,同时与日常语言保持着一种审美的距离。由于日常语言反映的是具有社会集体性的公共体验,而在表现诗人那种敏感、朦胧而复杂的精神体验的时候,往往显得捉襟见肘,力不从心。意象语言与近体诗句法的结合,对于表现诗人那难以言说的、旨微意远的情怀和精神世界,有着天然的相得益彰的优势。前文谈到的近体诗句法,有诸如"语序之倒错""成分之阙略""结构之紧缩""限定之松散"等结构形式,这些结构形式与日常语言保持着天然的距离,而意象词汇和近体诗句法的结合,遂使意象词汇在摆脱了语法束缚的诗句中更加彰显了呈物现情的功能,在近体诗中创造了真切的境界和丰富的联想空间。诗歌那原初直观的原始思维性质,也在近体诗中得到了充分的体现。欧阳修曰:

> 圣俞尝语余曰:"诗家虽率意,而造语亦难。若意新语工,得前人所未道者,斯为善也。必能状难写之景,如在目前,含不尽之意,见于言外,然后为至矣。贾岛云:'竹笼拾山果,瓦瓶担石泉。'姚合云:'马随山鹿放,鸡逐野禽栖。'等是山邑荒僻,官况萧条,不如'县古槐根出,官清马骨高'为工也。"余曰:"语之工者固如是。状难写之景,含不尽之意,何诗为然?"圣俞曰:"作者得于心,览者会以意,殆难指陈以言也。虽然,亦可略道其仿佛:若严维'柳塘春水漫,花坞夕阳迟',则天容时态,融和骀荡,岂不如在目前乎?又若温庭筠'鸡声茅店月,人迹板桥霜',贾岛'怪禽啼旷野,落日恐行人',则道路辛苦,羁愁旅思,岂不见于言外乎?"②

李东阳评温庭筠诗"鸡声茅店月,人迹板桥霜":

---

① 李泽厚:《美的历程》,中国社会科学出版社,1989年版,第148页。
② [宋]欧阳修:《六一诗话》,载何文焕辑《历代诗话》,中华书局,1981年版,第267页。

人但知其能道羁愁野况于言意之表,不知二句中不用一二闲字,止提掇出紧关物色字样,而音韵铿锵,意象具足,始为难得。①

洪堡特有一段话正可以说明近体诗这种直接呈现的表达优势:

古典语体的汉语具有独到的长处,那就是把重要的概念相互直接系接起来;这种语言在简朴之中包含着伟大,因为它仿佛摈弃了所有多余的次要关系,力图直接反映纯粹的思想。②

意象语言的广泛使用、"以句法就声律"的语序结构以及近体诗所承载的经世抱负和山林意趣,使得近体诗达到了中国古典诗歌的最高成就,同时也使得这种具有纯诗性质的近体诗,从内容到形式都与日常语言保持着应有的距离。

如果我们把这种意象语言和日常语言的差别放在特定的历史阶段考察的话,唐宋时期是古代社会与近代社会、古代汉语和近代汉语的分水岭,近体诗及其意象语言无疑代表着以文言为标志的古典文化的最高峰。而当近代世俗社会开始的时候,近体诗的意象语言自然与代表世俗情调的日常白话语体相冲突,言说模式的磨合、转化就成为必然。

第三节　意象语言向散文语言的转移过渡

根据以上两节的论述,我们会发现这样一个历史事实,那就是从汉魏发展起来的书面语,至唐代完全定型和成熟,汉语的语音和文字功能在近体诗中得到了充分的展示;同时中国诗歌早期所形成的具有"情感语言"性质的意象手法,经过历代诗人长期创作实践的积累,至唐代诗人手中,已能将其纯熟而高妙地运用到近体诗的创作中,其含蓄蕴藉的美学功能在近体诗中得到了淋漓尽致的体现。可以说,有唐一代近体诗的辉煌和成就,从语言学的角度来讲,是建立在将书面语的功能充分发挥和意象语言的成熟运用的基础上的。

这种达到了中国古典诗歌最高成就的近体诗,依朱光潜先生的观点,成为从谢灵运以来的文人诗或称"人为艺术"的典范;依木斋先生将中国诗歌

---

① [明]李东阳:《麓堂诗话》,载丁福保辑《历代诗话续编》,中华书局,1983年版,第1372页。
② [德]威廉·冯·洪堡特:《论人类语言结构的差异及其对人类精神发展的影响》,姚小平译,商务印书馆,1999年版,第195页。

发展分为"前古典——古典——近代三大时期"①的观点,近体诗歌成就了古典时期诗歌的辉煌。对于古典时期诗歌的特征,木斋先生作了如下的概括:

> 总体性质:纯诗。诗歌与音乐、散文脱离,虽然到了盛唐,仍有"旗亭传唱"的轶事,已非主流,诗歌成为整齐划一的书面阅读物。表达方式:意象。虽然也有"前不见古人"一类的直接抒发,但已非主流,主流乃是通过山水田园边塞等外物来表达主体情感,并形成委婉含蓄"一唱三叹"的古典审美特质;诗歌语言形式:形成奇言为主体的近体诗,虚词退出,语序省略错综,共时性取代直线排列的历时性,形成脱离散文与日常生活用语的纯诗语法,语言表达效果为"表现";诗歌内容:经历了由六朝宫体诗对于汉魏文人诗的反拨和对于前古典初期的男女情爱的回归,于初唐时期实现宫体诗的自赎而重新走向以山水、田园、边塞为主体的文人诗;诗歌风格:由六朝的华彩人为艺术而实现了唐诗的两种艺术的整合,从而达到了古典诗歌的成熟。并同时开始由纯诗向着非纯诗的方向演进。②

以近体诗为代表的古典诗歌,从实质上来说,无论是内容上的山水、田园、边塞、宫体题材,形式上的整齐诗行和书面语言,还是表达方式上的意象手法和含蓄蕴藉的美学追求,都是脱离市井日常生活用语而存在的流行于文人和贵族间的高雅艺术。当这种以意象表达方式为主要特征的艺术形式达到成熟的时候,就预示着诗歌"开始由纯诗向着非纯诗的方向演进",也就是如木斋先生所说的那样,中国诗歌由此进入"近代诗歌"的发展阶段。

如前所述,汉语的形态在唐宋时期发生了转型,由古代汉语转入近代汉语发展阶段,也就是文言逐渐为白话所代替的阶段。语言作为思维的载体和表征,它的变迁并不单单是一种表述工具的变迁,它的任何变更都是整个社会存在形态发生变化的反映。中国封建社会发展到唐宋时期,已经达到了发展的顶峰,在其内部孕育着社会转型的消息。唐宋时期农业、手工业的高度发展推动了城市商品经济的繁荣,而城市经济的繁荣又反过来刺激了农业、手工业的进一步发展。这些从张择端的《清明上河图》以及众多的历史文献中可以得到明证③。"物质生活的生产方式制约着整个社会生活、政治生活

---

① 木斋:《走出古典——唐宋词体与宋诗的演进》,中国社会科学出版社,2002年版,前言第4页。
② 同上书,第168页。
③ 参见王晓骊《唐宋词与商业文化关系研究》,中国社会科学出版社,2004年版。

和精神生活的过程"①,这是确定不移的历史规律,"商品流通是资本的起点。商品生产和发达的商品流通,即贸易,是资本产生的历史前提"②。唐宋时期城市商品经济和手工业的高度发展,已经形成了对传统农耕自然经济的解构作用,在旧有的封建社会的母体中,已经开始孕育具有初级阶段性质的资本主义生产方式的萌芽③。随着社会生产方式的变革,整个社会系统的构成部分诸如政治、文化、学术、文学艺术以至语言,都在发生深刻的变迁和转移。历史学家在探讨"中古"与"近古"的分期④;文学评论家在考察"唐音"和"宋调"的异同;语言学家则开始转入近代汉语的研究。对于这一社会历史文化转型的发展趋势,学者多有论述。严复曰:

> 若研究人心政俗之变,则赵宋一代历史,最宜究心。中国所以成于今日现象者,为善为恶,姑不具论,而为宋人之所造就什八九,可断言也。⑤

胡适说:

> 从广泛的历史意义来说,我叫这个现代阶段为"中国文艺复兴阶段"。大体说来这一阶段从公元1000年(北宋初年)开始,一直到现在。⑥

陈寅恪说:

> 综括言之,唐代之史可分前后两期,前期结束南北朝相承之旧局面,后期开启赵宋以降之新局面,关于政治社会经济者如此,关于文化学

---

① 〔德〕马克思:《〈政治经济学批判〉序言》,载《马克思恩格斯选集》第二卷,人民出版社,1995年版,第32页。
② 〔德〕马克思:《资本论》第一卷,人民出版社,1975年版,第167页。
③ 关于中国历史发展中"资本主义萌芽"这一论题,学界争论极大,出现了从战国说到清代说的多种提法,对这一问题本文无意多加涉及,只是采取较为折中的王水照先生的观点,他说:"一般来说,中国封建制的动摇或逐渐解体,是明中叶以后才发生的社会经济现象,宋代城市发展,手工业、商业繁荣,虽给上层建筑带来某些深刻而有意义的变化,但毕竟还处于初级阶段。"(王水照主编《宋代文学通论》绪论,河南大学出版社,1997年版,第5页)
④ 参见〔美〕包弼德《斯文:唐宋思想的转型》,刘宁译,江苏人民出版社,2001年版;《唐宋转型的反思:以思想的变化为主》,载《中国学术》第三辑,商务印书馆,2000年版。
⑤ 严复:《与熊纯如书》五十二,载《严复集》,中华书局,1986年版,第668页。
⑥ 胡适:《胡适口述自传》,唐德刚译注,广西师范大学出版社,2005年版,第257页。

术者亦莫不如此。①

众多的学者在中国社会前后发展阶段的具体分期上虽然略有不同②,毕竟社会的转型本身就是一个缓慢演进的过程,不可能有飞跃突变的瞬间,所以这种分歧也是自然的,但是他们都看到了中国封建社会后期有着迥异于前代的文化面貌特征。

弗雷泽将人类历史分为三个阶段,即"巫术——宗教——科学"③,与此对应的是法国哲学家现代实证主义哲学奠基人奥古斯特·孔德将人类思维的发展分为三个阶段,即"神学阶段、形而上学阶段和实证阶段"④。不难看出,两者从不同角度对社会和思维发展的划分有着一一对应的相似性,这说明社会形态的发展与人类思维的进步基本上处于同步共进的状态,应该说人类社会和思维共同经历了原始社会、古典社会和现代社会三种基本模式或形态。虽然中国的历史和文化有着独特的面貌和发展轨迹,但考诸中国的历史和文化,不能不说也大致经历了这样的发展历程。我们知道,当人类社会进入以商品流通为起点的资本主义阶段,由于生产力的极大提高和人们对于利益的普遍追求,促成了科学时代或称"实证阶段"的到来。唐宋时期由于商品经济的发展和城市的高度繁荣,新型的具有资本主义因素的生产方式已经露出了一线曙光。从传统的农耕文明渐趋城市的商业文明,中国历史在晚唐至两宋时期,正处于具有中国特殊性质的宗教时代到科学时代或者说"形而上学阶段"到"实证阶段"的历史转折点上,形成了社会转型和思维变迁时期的独特历史画卷。虽然由于诸多的原因,中国封建社会后期资本主义发展一度延缓、停滞,社会形态没有发生本质的变化,但作为一种社会模式的最初图景毕竟映照在唐宋时期这一段历史的画卷中。

黑格尔在谈到艺术的发展历程时说:

> 到了诗,艺术本身就开始解体。从哲学观点来看,这是艺术的转折

---

① 陈寅恪:《论韩愈》,载《金明馆丛稿初编》,《陈寅恪集》,生活·读书·新知三联书店,2009年版,第332页。

② 关于中国封建社会历史及文化前后发展阶段的分期,学界尚有分歧,大致有两种典型观点:一是陈寅恪先生以"安史之乱"为分界点的中唐说;一是海外学者刘子健的南宋说。这里及后文的论述采用学界普遍接受的陈寅恪先生的中唐说。参见刘方《宋型文化与宋代美学精神》,巴蜀书社,2004年版,第19~23页。

③ 刘魁立:《中译本序》,载〔英〕弗雷泽:《金枝》,徐育新、张泽石、汪培基译,新世界出版社,2006年版,第12页。

④ 〔法〕奥古斯特·孔德:《论实证精神》,黄建华译,商务印书馆,1996年版,第1页。

点:一方面转到纯然宗教性的表象,另一方面转到科学思维的散文。①

黑格尔这里所说的"散文",不是我们所通常所理解的文体划分意义上的散文体裁,他这里用的"散文"概念指的是一种思维模式,或者说一种言说方式,意思是说,当社会发展到近代,按奥古斯特·孔德的说法是"实证阶段"的时候,诗歌所赖以存在的具有原始思维色彩的情感意象感知方式,已经不能适应社会发展的要求,诗歌只是作为一种纯粹的文学体裁而存在。"实证阶段"需要的是符合现实的逻辑思维,与之相应,也就需要一种反映现实内容和实际关系的文体,黑格尔则称之为"日常意识的散文"②。周宪先生对黑格尔所说的"散文时代"有着如下的解释:"诗意性质,是审美文化的一个传统标志。诗意是一个内涵极其丰富的概念,它不只是一个描述文学艺术作品特性的范畴,而且是一个说明整个审美文化的范畴,甚至可以用来说明一种文化氛围,一种人生态度。席勒发现,随着工业化的来临,素朴的诗逐渐让位于感伤的诗,文学的风格形态发生了巨大的变化;黑格尔认为,社会的进一步发展,理性的抽象在人类活动中的扩张,必然以枯燥的'散文时代'取代过去那种和谐的'诗意时代',以至于他最终得出惊人之论:艺术终将消亡。"③ 这种社会发展所带来的新的语言表达方式,也正是前文骆小所先生说的"更多地借助言语自身的关系、结构、法则、逻辑,被看作是理性化的语言"的"科学语言"。诗歌语言的表达,更多地依从人类的情感逻辑;而散文语言的书写,更多地依据客观事理逻辑。同样的,关于诗歌和散文本质区别的内容,洪堡特有着更为具体、清晰的论述,他说:

> 诗歌从感性现象的角度把握现实,知觉到了现实世界的外在和内在的表现,但它非但不关心现实的本质特性,反而故意无视这种特性;于是,诗歌通过想象力把感性的现象联系起来,并使之成为一个艺术—观念整体的直观形象。散文则恰恰要在现实中寻找实际存在(Daseyn)的源流,以及现实与实际存在的联系。④

中国晚唐至南宋时期的封建社会在中国的历史进程上正是这样一个社会构成系统渐次转型时期,社会由宗教时代(对中国来说应为古典时代)转

---

① 〔德〕黑格尔:《美学》第三卷下,朱光潜译,商务印书馆,1981年版,第15页。
② 同上。
③ 周宪:《文化表征与文化研究》(修订本),上海人民出版社,2015年版,第313页。
④ 〔德〕威廉·冯·洪堡特:《论人类语言结构的差异及其对人类精神发展的影响》,姚小平译,商务印书馆,1999年版,第227~228页。

向科学时代(对中国来说应是具有近代特征的后封建社会);思维由"形而上学阶段"转向"实证阶段";语言由高雅而凝固的古代汉语转向世俗而活泼的近代汉语,诗歌的表现手法由依据情感逻辑的意象表现转向客观写实的散文化叙述。当然这种转型是一个漫长的历史过程,其中也必然包含有中国特色的内涵和表征。汉语由文言到白话的演进,就包含着由"情感语言"向"日常语言"或称"科学语言"过渡的必然趋势。"中国语言文字(尤其文言)无冠词、无格位变化、无动词时态、可少用甚或不用连接媒介(系词、连词等),确实都使它比逻辑性较强的印—欧系语言更易于打破、摆脱逻辑和语法的束缚,从而也就更易于张大语词的多义性、表达的隐喻性、意义的增生性,以及理解和阐释的多重可能性。"① 文言更多地带有原始性质的"情感语言"的浓重色彩,而白话流播以及最终取代文言则更多地顺应了语言实用、科学的发展趋势。所以甘阳说:"文言之改造为白话,主要即是加强了汉语的逻辑功能。"②

承载着一定言说方式的特定文体或者说语言形态,是人类社会和思维发展到一定阶段的必然产物,诗歌是最先产生的一种文体,它与人类童年阶段的"情感语言"和具有原始诗性特征的"隐喻式思维"相表里。而随着人类社会和思维的发展,尤其是科学时代或称"实证阶段"的到来,诗歌这种承载原始思维形式且具有无穷美质的文学体裁,已经风光不再,毕竟世俗社会的文学需要的是依于客观实际的表述形态和精神内涵。这样,中国诗歌开始在唐宋时期社会转型的世俗大潮中渐趋没落,它不再是一统文坛的盟主,文学的发展方向开始转型。众多的学者都已经看到了这一文学发展趋势,章炳麟曰:

中国废兴之际,枢于中唐,诗赋亦由是不竞。③

闻一多也说:

从西周到宋,我们这大半部文学史,实际上只是一部诗史,但是诗的发展到北宋实际也就完了。南宋的词已经是强弩之末。就诗本身说,连尤、杨、范、陆和稍后的元遗山似乎都是多余的,重复的,以后的更不必

---

① 甘阳:《从"理性的批判"到"文化的批判"(代序)》,载〔德〕恩斯特·卡西尔:《语言与神话》,于晓等译,生活·读书·新知三联书店,1988年版,第24~25页。
② 同上书,第25页。
③ 章太炎:《国故论衡·辨诗》,上海古籍出版社,2003年版,第88页。

提了。我们只觉得明清两代关于诗的那许多运动和争论,都是无味的挣扎。每一度挣扎的失败,无非重新证实一遍那挣扎的徒劳无益而已。本来从西周唱到北宋,足足两千年的工夫也够长的了,可能的调子都已唱完了。到此,中国文学史可能不必再写,假如不是两种外来的文艺形式——小说与戏剧,早在旁边静候着,准备届时上前来"接力"。是的,中国文学史的路线南宋起便转向了,从此以后是小说戏剧的时代。①

刘扬忠先生在谈到柳永词产生的社会背景时说:

> 宋代是我国古代文学史上文体、文风与文学特质开始发生大变革的时代。由唐入宋,中国的文学艺术之神,大踏步地从贵族的殿堂、儒生的书斋和高人雅士的山林跨向世俗的社会。前此,主要是文人士大夫清高典雅的吟唱;自宋以来,则更多地走向世俗化、市井化。相应地,文学体裁也不再是正统诗文的一统天下,而出现了更适宜于市井说唱和欣赏的多种文学样式,如曲词、杂剧、话本、讲史等等。就连正统诗文,也发生了顺应潮流的某种变革。与世俗化、通俗化的大趋势相一致,各种文体大都由凝趋散,由深奥藻饰演变为浅近明白。比如,文章由奇险艰涩演变为平易流畅,由晚唐五代尚艳冶的骈体演变为以欧阳修、苏轼为代表的朴实自然的散体;五七言诗歌由专写精约的五七言律绝的晚唐体、西昆体演变为以文为诗大放厥词的欧、梅、苏体;小说由唐以来文言体的简约古雅的传奇志怪演变为白话体的叙事详赡通俗易懂的话本。词的发展趋势,也大致与其他文体的解放同步。②

韩国学者金学主也说:

> 如果悠久的中国文学史分为前后两个时期,应称前时期为"古代",后时期为"近代","古代"为中国文学发生以后不断的发展,形成中国的传统文学,而使其传统文学发展到其顶点的时期,就是中国文学最光荣的时期。"近代"为中国的传统文学受某种势力的压力,失去自己的传统,不能再向上发展,由其顶点日趋下坡的时期。这是中国文学史上非常分明而极重要的事实,但到现在似是很少人在文学史研究上,提出这

---

① 闻一多:《文学的历史动向》,载《闻一多全集》第十册,湖北人民出版社,1993年版,第18页。
② 刘扬忠:《唐宋词流派史》,福建人民出版社,1999年版,第214页。

一个问题讨论。①

木斋先生则说：

> 宋代诗词的出现,标志着古典的终结和近代的开端。②

综上所论,宋代之前的"古代文学"是以诗为中心的传统文学不断发展的时期,至有唐一代臻于顶峰;南宋以后的"近代文学",是诗歌逐渐退出历史的舞台中心,代之而兴的是通俗的戏剧和小说。黑格尔和洪堡特所说的依据客观事理逻辑而存在的"散文"形态,就中国文学史而言,其实更多地是指宋元以后兴起的具有世俗写实色彩的元曲和明清小说。一个简单的事实是,这种由诗歌向"散文"的文体或者说言说方式的转移,绝非一刻之间所能完成的。由于太多复杂的历史因素,这是一个缓慢的渐进过程,其中还有历史的回潮和后退。甚至这种转移也非由诗歌形态直接过渡到"散文"形态,它中间还应存在一个新旧质素共存的过渡文体加以衔接。这种过渡文体兼具诗歌和"散文"两种文体的特征,包括内在的和外在的诸多层面。至此,本文论述的主体——词体——才迟声婉转地登场。词体,无论从形态上还是从内蕴上,都是一种由诗向"散文"过渡的具有散文特征的诗体。从语言上讲,既有典雅的如近体诗中的书面语,又有俚俗的柳永式的市井口语;从形式上讲,既有小令整齐如近体的诗行,又有长调无法遍举的长短不齐的散文化句式;从言说方式上讲,既有近体诗意象手法的传承,又有散文化笔法的细致的描写、叙事和情感的直接发抒;从内容上讲,既有近体诗那高雅的志意抒发和山林意趣,而更多地则是具有散文写实精神的市井里巷的情爱写真和日常生活的闲适情趣。应该说,这种过渡性文体特征,正与唐宋转型时期的社会形态相表里。

本文在第二编已经从字法、句法、章法等方面论述了词体所具有的散文化表征,散文化归结为一点,就是客观的写实精神,它必然是一种近于口语的散文式的语言形态,只有这种语言形态才更适合承载贴近生活原貌的细致的描写、具体的叙事和直接的抒情。由此看来,文学的散文化是社会发展到近代社会——也可称为市民社会——文学通俗化的必然表征,而词体是诗体发展到这一历史时期这种散文化趋势的具体体现。本文着重从语言的发展

---

① 〔韩〕金学主:《中国文学史上的"古代"与"近代"》,《复旦学报》2002 年第 3 期,第 22 页。
② 木斋:《走出古典——唐宋词体与宋诗的演讲》,中国社会科学出版社,2002 年版,前言第 3 页。

历程和文学艺术的演进规律方面论述了词体于文学转型时期的过渡文体特征,杨海明先生则从文学的雅俗转移的角度具体地论述了词体所具有的过渡文体特征:"这便有力地证明了文学重心的已由雅文学向俗文学转移。而在这种转移过程中,唐宋词正好占据着一个转折与过渡的位置:在它以前,诗文据有着灿烂辉煌的'昨天';而在它以后,戏曲和小说却又拥有着它们璀璨耀目的'明天'。所以,唐宋词可谓是连接着雅文学和俗文学的一个'中介',它理所当然地具有着雅俗相济和雅俗共赏的特色。"[①] 在唐宋社会转型之际产生和发展起来的词体,即是对传统美学的继承和总结,同时更体现了文学散文化、通俗化的发展趋势。

[①] 杨海明:《唐宋词美学》,江苏教育出版社,1998年版,第194~195页。

第八章 表达方式的转移

　　一种文体由于体制和传统的原因,有着它所擅长的表达方式。近体诗尤其律诗的体制与文言的特征、意象呈现的表达手法之间有着天然的相得益彰之势,将文言的特质与意象呈现的手法发挥到极致,遂成就了近体诗的辉煌。但是当社会的发展逐渐走向或贴近通俗市井的时候,这种脱离日常语言的近体形式以及远离市井情调的意象手法,就显得落落寡合了。社会发展所带来的审美好尚和趣味,需要的是一种贴近生活原貌的、具有细致写实性质的散文笔法。学界一般认为,杜甫破体为文,开通俗写实手法之先河。诗歌发展至晚唐,散文化已成普遍风气。巧合的是,晚唐时期三个最具代表性的诗人李商隐、温庭筠和韦庄,其诗作和词作中体现出来的语言特征和创作手法,正彰显了诗歌创作模式由意象呈现向散文化手法过渡的时代特征。

第一节　诗歌语言的散文化趋势

　　意象手法乃是一种具有原始性思维性质的"情感语言"表达方式,它将诗人的主观情感和外在物象交合,以一种生动可感的形象来传达和寄托诗人的思想情感,而避免了直接的言说,故深合古典诗歌的含蓄原则。这种意象手法与近体诗体制的结合更将其所具有的含蓄蕴藉的美学效果发挥到了极致。

　　下面以具体的诗作试分析之,如杜甫的《江汉》:

　　　　江汉思归客,乾坤一腐儒。
　　　　片云天共远,永夜月同孤。
　　　　落日心犹壮,秋风病欲苏。
　　　　古来存老马,不必取长途。

　　这是一首表现杜甫晚年叹老嗟病,然又欲有所作为的诗作。诗人孤处江汉,天地茫茫,孑然一身,顿生无限凄凉落寞之感。颔联"片云天共远,永夜月同孤",由"片云""天""永夜""月"等意象构成,"片云"和"天"、"永夜"和"月"

直接连缀,破坏了散文式流畅的句法形式。如理解时将其词序变为正常的散文语序,就应该是"片云共天远,永夜同月孤",而这样既不合诗人的初衷,又消解了诗中丰盈的意蕴。"永夜月同孤"表现的内容是在凄清而无垠的长夜,只有一轮孤月陪伴诗人,如果变成散文的语言,则此一韵味全无。造成这一原因的是诗中并置句法的运用,"片云"和"永夜"两个意象,与下文没有语法上的连接,故构成了独立性的名词意象。这种独立性名词意象,一方面将意象所包含的情感内涵最大限度地呈现出来;另一方面,由于语意的不联属,又创造了丰盈的诗意空间。同样的情况,在颈联"落日心犹壮,秋风病欲苏"中也是如此,"落日""秋风"两个名词也构成了独立意象,可以理解成诗人境况的喻托之辞,与全句贯通起来解释的话,就存在着歧义的空间,如"落日心犹壮",大致包含了相似和相反的两种情况,正如高友工、梅祖麟先生阐释的:"虽然我的心已如落日,但它仍然强壮";"我的心不象落日,它仍然强壮"。第二句也是如此:"虽然我的病已如秋风,但它会很快痊愈的";"我的病不象秋风,它会很快痊愈的"。[①] 尾联以"老马"意象自喻,仍有"老骥伏枥,志在千里"之意。全诗皆用意象传达情感志意,而没有直接抒发情感的诗句;同时由于意象并置手法的运用,歧义纷起而意蕴无穷。

又如李商隐那首著名而难解的《锦瑟》:

> 锦瑟无端五十弦,一弦一柱思华年。
> 庄生晓梦迷蝴蝶,望帝春心托杜鹃。
> 沧海月明珠有泪,蓝田日暖玉生烟。
> 此情可待成追忆,只是当时已惘然。

诗中华美的意象密集纷呈,美轮美奂。尽管人们至今仍在苦苦探寻李商隐这首《锦瑟》诗的内涵确旨,却往往徒劳无功。何焯在《义门读书记·李义山诗集》中认为这首诗是为悼念亡妻王氏之作;而程湘衡则认为《锦瑟》是一个诗集的序诗,是义山讲解自己诗歌理念的诗歌。"一篇《锦瑟》解人难",至今仍是一桩公案。义山这一类作品,多名之《无题》,或以首句中词语随意为题,而围绕这类诗的实际内涵一直争论不休。今人强作男女情事解,未为不可,不过也只是一种无据的他者阐释。义山诸多诗作,其魅力也正在于这种朦胧的诗意召唤,谜底的破解也就意味着魅力的丧失。究其原因,这是一种诗歌典型的意象呈现、隐喻象征式的言说方式,只有意象的呈现,而在语言的表达

---

① 〔美〕高友工、梅祖麟:《唐诗的魅力——诗语的结构主义批评》,李世耀译,上海古籍出版社,1989年版,第46页。

上隐藏了事关意义确证的信息和任何阐释性语言。没有这些,诗中的典故和意象就成了一个相对独立的意义原点,失去了准确的理解方向;加之诗歌所具有的"作者之用心未必然,而读者之用心何必不然"①的多重阐释空间,其意义众说纷纭也就再自然不过了。

宋张戒曰:"李义山诗只知有金玉龙凤,杜牧之诗只知有绮罗脂粉,李长吉诗只知有花草蜂蝶。"②特定的意象选择,不仅决定了诗歌语言面貌,而且规定了诗歌的精神旨归,李商隐诗中像"金玉""龙凤"这类象征性词汇,抑或如《锦瑟》中的"锦瑟""庄生""望帝""沧海""蓝田"等意象,在中国诗歌语言中早已包含了丰富的历史意蕴和情感信息,李商隐精通四六骈文,有着"獭祭鱼"之称,对于各类辞书、事典非常熟悉,运用起来得心应手,由此构建了一个远离市井的朦胧渺远的神话世界。李商隐以其超绝的才情将近体诗尤其是律诗的创作,在杜甫之后又一次推向了高峰,也将意象呈现、比兴象征等这类典型的具有原始"情感语言"的诗歌表达方式或者称古典创作手法作了一次辉煌的谢幕演出。在中国所有的诗歌作品中,李商隐的诗最具卡西尔所说的原始性"隐喻式思维"的特点,其诗中大量的神话事典的运用就是这一模式的最好证明,这种意象手法的艺术语言无疑有着无穷的古典美质,其基本精神就是远离世俗。但随着市井风气的逐渐弥漫,意象手法就显得有点不合时宜了。

一般认为,以安史之乱为标志,中国封建社会转入后期的发展阶段,中国传统文化也随之发生了重大转折,其新变主要体现在儒学之复振和俗文化的兴起。由于唐代经济高度发展,新兴的市井阶层不断壮大;同时大批的庶族士人通过科举跻身上层统治集团。他们必然要将他们的生活方式、处世原则以及审美情趣等体现出来,这种文化的精神就是市井化、通俗化。在文学上的表现就是通俗文学体裁的广泛兴起和渐趋繁盛,如曲词、杂剧、话本、讲史等等。这一趋势经中唐、晚唐、五代至宋而定型,形成了代表中国封建社会后期的文化范式,也就是学界通常说的"宋型文化"。在诗歌创作上的表现就是,诗风由盛唐那气象雄浑阔大转为中唐以后的沉静、细腻,诗之题材也开始了对身边日常景物和生活的真切关注和细腻描写,从中可以感觉到一种由"诗境"向"词境"渐渐转移的消息。

一种诗风的形成,是一个渐次展开的过程,在安史之乱以前的诗歌中,偶有一些细腻描写和叙事的、具有"词境"特征的诗篇。如崔颢的《长干曲》

---

① [清]谭献:《复堂词话》,载唐圭璋编《词话丛编》,中华书局,1986年版,第3987页。
② [宋]张戒:《岁寒堂诗话》卷上,载丁福保辑《历代诗话续编》,中华书局,1983年版,第464页。

二首：

> 君家何处住？妾住在横塘，停船暂借问，或恐是同乡。
>
> 家临九江水，来去九江侧，同是长干人，自小不相识。

写一位远在他乡的女子与行客问答的场面，细腻而富有情趣。最具典型性的诗作是孟浩然的《春情》：

> 青楼晓日珠帘映，红粉春妆宝镜催。
> 已厌交欢怜枕席，相将游戏绕池台。
> 坐时衣带萦纤草，行即裙裾扫落梅。
> 更道明朝不当作，相期共斗管弦来。

笔调细腻，风情旖旎，又"入闺房之意"①，已具词的味道，难怪王士源评价此诗说："论者以为有诗词之别。"②

杜甫无疑是中国最伟大的诗人，其凝重深典的文辞、沉郁顿挫的风格实集律体、古风诸体之大成，晚年律体诸作正如他自己所言，"晚节渐于诗律细""老去诗篇浑漫与"，已到达一种无所不施、出神入化的境界。同时，生活年代跨越盛唐、中唐的杜甫，濡染于转型期的文化精神，又对诗歌的内容和风格作了多方面探索，使其达到了无事不可言、无意不可入、无语不可用的地步。他勇于开拓，破体为文，遂为"宋调"先声。杜甫集成、开新之功益见出其在中国诗歌史上卓绝的地位。

杜诗风格多样，在沉雄郁勃、严整壮美之外，还有细腻精巧、婉约柔美的一面，而后者正与"词境"暗通。如《风雨看舟前落花戏为新句》：

> 江上人家桃树枝，春寒细雨出疏篱。
> 影遭碧水潜勾引，风妒红花却倒吹。
> 吹花困癫傍舟楫，水光风力俱相怯。
> 赤憎轻薄遮入怀，珍重分明不来接。
> 湿久飞迟半日高，萦沙惹草细于毛。
> 蜜蜂蝴蝶生情性，偷眼蜻蜓避伯劳。

---

① [宋]沈义父：《乐府指迷》，载唐圭璋编《词话丛编》，中华书局，1986年版，第281页。
② [清]王弈清等：《历代词话》卷一引王士源《襄阳集序》，载唐圭璋编《词话丛编》，中华书局，1986年版，第1094页。

清代仇兆鳌引王嗣奭评此诗曰:"纤浓绮丽,遂为后来词曲之祖。"①刘体仁亦云:"诗之不得不为词也,非独《寒夜怨》之类,以句之长短拟也。老杜《风雨见舟前落花》一首,词之神理备具,盖气运所至,杜老亦忍俊不禁耳。观其标题曰新句,曰戏,为其不敢偭背大雅如是。古人真自喜。"②又如《曲江二首》其一:

> 一片花飞减却春,风飘万点正愁人。
> 且看欲尽花经眼,莫厌伤多酒入唇。
> 江上小堂巢翡翠,苑边高冢卧麒麟。
> 细推物理须行乐,何用浮名绊此身。

所谓"细推物理",正是细腻词笔的夫子自道。杜甫集中与"词境"相通、描写入微的作品并非一二,诸如《夜宴左氏庄》:"林风纤月落,衣露静琴张。暗水流花径,春星带草堂。"《水槛遣心二首》其一:"澄江平少岸,幽树晚多花。细雨鱼儿出,微风燕子斜。"《琴台》中"野花留宝靥,蔓草见罗裙"句,《狂夫》中"风含翠筱娟娟静,雨裛红蕖冉冉香"句,等等。其写景体物之清幽细腻,情感抒发之蕴藉深致,语言表现之自然流美,皆与"词境"暗合。

元稹《酬李甫见赠十首》其二云:

> 杜甫天材颇绝伦,每寻诗卷似情亲。
> 怜渠直道当时语,不着心源傍古人。

元稹在当时就已经注意到了杜诗中有着大量的"当时语",也就是口语词汇,这些词语多来自民间口头,一经运用生动无比,其中有些词语首见于杜诗。如"有底"一词,张相释曰:"有底,犹云有如许或有甚也;亦犹云为甚也。"③杜诗中运用该词有两处,分别是《可惜》中"花飞有底急,老去愿春迟",《寄邛州崔录事》中"久待无消息,终朝有底忙"。又如"无赖"一词,王锳解释说:"无赖,等于说可喜,可爱,与通常放刁撒泼义或指品行不端者不同,往往含有亲昵意味。"④杜诗中共有该词六例,如《奉陪郑驸马韦曲二首》其一中"韦曲花无赖,家家恼杀人",《绝句漫兴九首》中"眼见客愁愁不醒,无赖春色到江

---

① [清]仇兆鳌:《杜诗详注》,中华书局,1979年版,第2051页。
② [清]刘体仁:《七颂堂词绎》,载唐圭璋编《词话丛编》,中华书局,1986年版,第619页。
③ 张相:《诗词曲语辞汇释》,中华书局,1997年版,第99页。
④ 王锳:《诗词曲语辞例释》,中华书局,1980年版,第121页。

亭"等。像这样的词语还有"料理""商量""特地"等等,检索《全唐诗》,皆为杜甫首创。

杜甫"直道当时语",明白浅显的诗很多,聊举其二:

> 一夜水高二尺强,数日不可更禁当。
> 南市津头有船卖,无钱即买系篱旁。(《春水生二绝》其二)

> 熟知茅斋绝低小,江上燕子故来频。
> 衔泥点污琴书内,更接飞虫打着人。(《绝句漫兴九首》其三)

这些诗融裁俗语、口语成章,刻画细致,别有情调。杜诗语言的通俗化和细腻化开风气于先,后人广为效法,遂于"气运"之下,成诗歌发展不可遏止之趋势。去杜甫不远并深处此通俗风气之中的欧阳修,对此有着公允的评价:"它人不足,甫乃厌余。残膏剩馥,沾丐后人多矣。"① 胡适也评论说:"后来北宋诗人多走这条路,用说话的口气来作诗,遂成一大宗派。其实所谓'宋诗',只是作诗如说话而已,其来源无论在律诗与非律诗方面,都出于学杜甫。"②

应该说,一种文学趋势的发展并不排除文学创作多元共存的面貌,多元共存乃是文学繁荣发展的必然表征。中唐以降,这种通俗化、细腻化的语言趋势与多种语言风格交叉渗透、相互为用,诗歌的创作也呈现出色彩斑斓的状态。有白居易、元稹、刘禹锡等人向民歌学习的通俗作风,至有"依曲拍为句"词体规范的确立,有韩愈、孟郊、贾岛等人的险怪瘦硬的诗风追求,有李贺瑰奇幽艳的乐府歌行,等等。

直至晚唐,世风日靡,时人追逐声色享乐已成时代风气。诗风与词风渐趋合一,"闺情与花柳"成了诗词共同的主题。诗歌香艳绮靡的作风与纤巧通俗的语言风格,由于本质的相通而互为表里,遂成就了晚唐诗歌亦诗亦词的风貌特征。由于篇幅的原因,这里略举几首大家熟知的杜牧诗作,即可见之。如:

> 银烛秋光冷画屏,轻罗小扇扑流萤。
> 天街夜色凉如水,卧看牵牛织女星。(《秋夕》)

> 青山隐隐水迢迢,秋尽江南草木凋。

---

① [宋]欧阳修、宋祁:《新唐书·杜甫传赞》,中华书局,1975年版,第5738页。
② 胡适:《白话文学史》,中国和平出版社,2014年版,第284~285页。

二十四桥明月夜,玉人何处教吹箫。(《寄扬州韩绰判官》)

落魄江湖载酒行,楚腰纤细掌中轻。
十年一觉扬州梦,赢得青楼薄幸名。(《遣怀》)

娉娉袅袅十三余,豆蔻梢头二月初。
春风十里扬州路,卷上珠帘总不如。(《赠别二首》其一)

去晚唐不远的宋人,对这种诗风多有体会:"晚唐人诗多小巧,无风骚气味"①;"唐末之诗近于鄙俚"②;"唐末人诗,虽格不高而有衰陋之气,然造语成就。今人诗多造语不成"③;"郑谷诗名盛于唐末……其诗极有意思,亦多佳句,但其格不甚高。以其易晓,人家多以教小儿,余为儿时犹诵之"④;等等。后人遂将这种纤巧流丽的诗风称为"晚唐体",南宋刘克庄多次提到"晚唐体",且论述详切,其《韩隐君诗序》曰:

> 古诗出于情性,发必善;今诗出于记问,博而已,自杜子美未免此病。于是张籍、王建辈稍束起书袋,划去繁缛,趋于切近。世喜其简便,竞起效颦,遂为晚唐体,益下,去古益远。岂非资书以为诗失之腐,捐书以为诗失之野欤?⑤

沈际飞论温庭筠《玉楼春》(家临长信)一词云:"实是唐诗,而柔艳近情,词而非诗矣。晚唐之所以为晚唐也。"⑥由上可见,晚唐诗歌呈现出浅近细致的总体风格,彰显了语言通俗化、细腻化、散文化的时代风气,这种语言和文学的"气运"及其发展大势也就孕育了词体产生的时代氛围。宋吴可曰:"晚唐诗失之太巧,只务外华,而气弱格卑,流为词体耳。"⑦汤显祖亦云:

> 词至西蜀南唐,作者日盛,往往情至文生,缠绵流露,不独为苏黄、秦柳之开山,即宣和、绍兴之盛,皆兆于此矣。论者乃有世代升降之感,不

---

① [宋]魏庆之编《诗人玉屑》卷一六引《诗史》,王仲闻点校,中华书局,2007年版,第516页。
② [宋]惠洪:《冷斋夜话》卷一,李保民校点,载《宋元笔记小说大观》,上海古籍出版社,2001年版,第2172页。
③ [宋]吴可:《藏海诗话》,载丁福保辑《历代诗话续编》,中华书局,1983年版,第329页。
④ [宋]欧阳修:《六一诗话》,载何文焕辑《历代诗话》,中华书局,1981年版,第265页。
⑤ [宋]刘克庄:《韩隐君诗序》,载《后村先生大全集》卷九六,《四部丛刊》本。
⑥ [明]沈际飞:《草堂诗余正集》卷一,聚瑰堂藏本。
⑦ [宋]吴可:《藏海诗话》,载丁福保辑《历代诗话续编》,中华书局,1983年版,第331页。

知天地之运日开,山川之秀不尽,有不知其然而然者,非可胶柱而鼓瑟也。①

清张祥龄《词论》亦云:"诗至唐末,风气尽矣,词家起而争之。"②况周颐《蕙风词话》谈到晚唐诗人段柯古之《折杨柳》一诗颇具"词境"时说:

> 余喜其《折杨柳》诗"公子骅骝往何处,绿阴堪系紫游缰"。此等意境,入词绝佳。晚唐人诗集中往往而有。盖词学浸昌,其机郁勃,弗可遏矣。③

所谓"其机郁勃,弗可遏矣",正见出了诗体向词体转移、"诗境"向"词境"递变的文学必然趋势。

还有一个现象也可看出文体转移、语言递变之迹,那就是有宋一代词人都喜爱化用晚唐诗句入词。南宋张侃云:

> (韩)偓之诗淫靡,类词家语。前辈或取其句,或剪其字,杂于词中。欧阳文忠尝转其语而用之,意尤新。④

张炎亦云:

> 句法中有字面,盖词中一个生硬字用不得,须是深加锻炼,字字敲打得响,歌诵妥溜,方为本色语。如贺方回、吴梦窗皆善于炼字面,多于温庭筠、李长吉诗中来。⑤

徐渭道出了其中缘由:"晚唐、五代,填词最高,宋人不及,何也?词须浅近,晚唐诗文最浅,邻于词调,故臻上品。"⑥可以看出诗词之间相互借鉴、承接嬗变的消息。

盛唐以后开启的中国社会世俗化的转型,涉及社会构成系统的方方面

---

① 转引自《历代诗余》,载金启华、张惠民、王恒展等编《唐宋词集序跋汇编》,江苏教育出版社,1990年版,第499页。
② [清]张祥龄:《词论》,载唐圭璋编《词话丛编》,中华书局,1986年版,第4211页。
③ 况周颐:《蕙风词话》卷二,载唐圭璋编《词话丛编》,中华书局,1986年版,第4424页。
④ [宋]张侃:《拙轩词话》,载唐圭璋编《词话丛编》,中华书局,1986年版,第194页。
⑤ [宋]张炎:《词源》卷下,载唐圭璋编《词话丛编》,中华书局,1986年版,第259页。
⑥ [明]徐渭:《南词叙录·叙文》,载李复波、熊澄宇注释《南词叙录注释》,中国戏剧出版社,1989年版,第60页。

面,从诗歌的发展历程上讲,代表原始性思维模式的意象语言向细腻写实的散文语言转型,乃是社会系统转型的组成部分和真实表征。

第二节 诗词创作手法的转移

至晚唐五代,由于特定的社会文化环境以及诗词创作的交融借鉴,"闺情与花柳"成为诗词创作的共同主题,并呈现出一致的香艳绮靡、纤艳精巧的风格特征。刘扬忠先生对此评论道:"李贺之后,晚唐诸人的诗风更趋艳丽婉约,乃至成为时风时尚,而其中之翘楚,无疑是李商隐。"[①]在人们都在研究这种绮艳的诗风是如何向词体转移渗透的时候,却忽略了另一个问题的探讨,刘扬忠先生虽提出了这个问题,但却未作解释:"令人难解的是他本人(引者按,指李商隐)不曾倚声填词。个中原因不必去妄加推断,足以让我们为词体文学的成熟感到庆幸的是:这个将晚唐诗格诗风横向转移渗透到新兴词体之中,从而促成词体的独立和繁盛的历史任务,却由李商隐的朋友和诗坛齐名者温庭筠来出色地完成了!"[②]在诗词文体递变之际,为什么李商隐固守诗苑,而温庭筠却诗词兼善,且于词体的创制上别开生面,俨然一代巨擘。尝试着回答这一问题,可以使我们更深层次地理解在诗词文体递变之际,语言和创作模式随之转移和新变的消息。

无疑李商隐那绵密渺远的诗风最具词体的内在气质,然却未曾"倚声填词",开创之功由温庭筠完成。对于这一文学现象,王士禛从"同能不如独胜"的角度来看待,他说:

> 温、李齐名,然温实不及李。李不作词,而温为花间鼻祖,岂亦同能不如独胜之意耶。古人学书不胜,去而学画,学画不胜,去而学塑,其善于用长如此。[③]

"同能"与"独胜"的话题,清人邹祗谟也曾有过论述:

> 词者,诗之余也。乃诗人与词人,有不相兼者,如李、杜皆诗人也,然太白《菩萨蛮》《忆秦娥》为词开山,而子美无之也;温、李皆诗人也,然飞卿《玉楼春》《更漏子》为词擅场,而义山无之也。欧、苏以文章大手,降

[①] 刘扬忠:《唐宋词流派史》,福建人民出版社,1999年版,第57页。
[②] 同上书,第58页。
[③] [清]王士禛:《花草蒙拾》,载唐圭璋编《词话丛编》,中华书局,1986年版,第674页。

体为词,东坡"大江东去"卓绝千古,而六一婉丽,实妙于苏。介甫偶然涉笔,而子固无之。眉山一家,老泉、子由无之也。以辛幼安之豪气,而人谓其不当以诗名而以词名。岂诗与词若有分量,不可得而逾者乎?①

对作家于文体长于此而拙于彼这一文学现象,孙克强先生指出:"不同的作者对诗词有不同的适应特性,长于此体又拙于彼体者不乏其人。其原因,一方面是不同的作者有不同的秉性;另一方面,'诗与词若有分量,不可得而逾者',诗和词又具有不同的文体特性。从擅诗拙词或擅词拙诗的现象可以窥得诗词的文体差异的某些因素。"②

中国诗歌(主要指文人创作)长期发展,至近体诗已形成了比较成熟固定的创作手法,如意象呈现、隐喻象征、情景交融等手法。词体是在世风衰靡、语言俗变之下产生的"倚声小道",自有着一套清浅易晓的语言表达模式。除去主观上对词体的轻视态度,确有着作家长于此体而拙于彼体的情况,这是文学史上的自然现象。这一问题的提出,体现了作家的禀赋与诗词体性和创作手法不同之间的矛盾。在晚唐五代诗词相互影响、递相演变之际,我们可以依稀地看到由诗到词创作方式转变的轨迹。这里,仅以最著名的三位作家李商隐、温庭筠和韦庄的作品为例,试加分析说明。

李商隐与温庭筠齐名,并称"温李"。在传统体裁尤其近体诗方面,李商隐的成就远在温庭筠之上,而于当时新兴的词体创作方面,温庭筠为"花间鼻祖",而义山终身创作不及歌词,然其诗歌却尤能体现词体那种凄婉纤弱的内在特质。如义山的代表作两首《无题》:

飒飒东风细雨来,芙蓉塘外有轻雷。
金蟾啮锁烧香入,玉虎牵丝汲井回。
贾氏窥帘韩掾少,宓妃留枕魏王才。
春心莫共花争发,一寸相思一寸灰。

重帏深下莫愁堂,卧后清宵细细长。
神女生涯原是梦,小姑居处本无郎。
风波不信菱枝弱,月露谁教桂叶香。
直道相思了无益,未妨惆怅是清狂。

---

① [清]邹祗谟:《梅村诗余序》,载吴伟业《梅村诗余》,陈乃乾辑《清名家词》第一卷,上海书店出版社,1982年版,序第1~2页。
② 孙克强:《清初词坛的诗词之辨》,载陈洪、张洪明主编《文学与语言的界面研究》,南开大学出版社,2008年版,第58页。

又如我们所熟悉的名句"庄生晓梦迷蝴蝶,望帝春心托杜鹃""一春梦雨常飘瓦,尽日灵风不满旗""身无彩凤双飞翼,心有灵犀一点通""春蚕到死丝方尽,蜡炬成灰泪始干"等。李商隐为了表现他内心那份幽约怨悱的情感,所选取的题材多为神话传说和历史典故,如"贾氏""宓妃""神女""小姑""金蟾""玉虎""庄生""望帝"等,以及一些精美意象如"芙蓉""月露""桂叶""梦雨""彩凤""灵犀""春蚕""蜡炬"等。这些意象为其诗作平添一份瑰丽奇幻、迷离邈远的色彩和意蕴,使诗作散发出神秘迷离、虚幻渺远的特质,与现实生活始终保持着一段不可逾越的距离。义山诗的主题最难索解,"独恨无人作郑笺""一篇《锦瑟》解人难",其原因正在于李商隐采用的是中国古典诗歌典型的意象呈现、象征喻托的创作模式,深合原始性"隐喻式思维"特征。其诗歌意象语言中广泛采用神话传说和历史事典,却不作任何具体叙述和说明,使诗歌失去了被准确阐释的方向。义山诗可以说是纯粹的古典诗歌的代表,其魅力也正在于其多义性的张力所保持的诗性空间。这样,义山的诗与温庭筠、韦庄的词比起来,虽都是绮靡艳情之作,但义山诗只适合文人案头阅读,"李义山如百宝流苏,千丝铁网,绮密妍,要非适用"①,所谓"要非适用",道出了他的诗与歌词所要求的可供传唱、易于理解的泛普性的情感抒写有着很大的距离。

温庭筠词中选取的题材和描写的对象多为精美的楼台池阁、香艳的闺房陈设以及妇人华丽的服饰装束等。如他那一组著名的《菩萨蛮》中的词句,"小山重叠金明灭,鬓云欲度香腮雪""新帖绣罗襦,双双金鹧鸪""水精帘里颇黎枕,暖香惹梦鸳鸯锦""宝函钿雀金䴔䴖,沉香阁上吴山碧""池上海棠梨,雨晴红满枝""玉钩褰翠幕,妆浅旧眉薄"等等。这样的描写,正如叶嘉莹先生所言:"飞卿词多为客观之作。"②"温词之另一特色则为不作明白之叙述而但以物象之错综排比与音声之抑扬长短增加直觉之美感。"③孙康宜先生也说:"温词肌理严密,他又善于堆叠与并呈名词,组织益发细致,予人的印象更加深刻。"④"作者镂刻出一幅客观的图景,收拾起自己的真面目,所以在阅读感觉中,言外意更胜过字面义。情景也是自然的裸现,而非直接叙述出来。"⑤温词中情感的表达,往往是通过景物特征的烘托和渲染暗示出来,而

---

① [宋]敖陶孙:《臞翁诗评》,载[宋]魏庆之编《诗人玉屑》卷二,王仲闻点校,中华书局,2007年版,第25页。
② 叶嘉莹:《温庭筠词概说》,载《迦陵文集》第四卷《迦陵论词丛稿》,河北教育出版社,1997年版,第17页。
③ 叶嘉莹:《论温庭筠词》,载《迦陵文集》第五卷《唐宋词名家论稿》,河北教育出版社,1997年版,第27页。
④ 〔美〕孙康宜:《词与文类研究》,李奭学译,北京大学出版社,2004年版,第30~31页。
⑤ 同上书,第29页。

非直接畅达地诉说。温庭筠是晚唐著名诗人,他的诗中名句如"鸡声茅店月,人迹板桥霜""屏上楼台陈后主,镜中金翠李夫人"等,成为人们解说近体诗意象呈现手法的典型例句。这样,我们在温词中就可以感觉到,他那近体诗意象呈现手法对其歌词创作的影响。"无论其所写者为室内之景物、室外之景物,或者为人之动作、人之装饰,甚至为人之感情,读之皆但觉如一幅画图,极冷静、极精美,而无丝毫个人主观之悲喜爱恶流露于其间。"①飞卿词作多为贵妇人一己之孤寂生活以及静态景物的描写,对此,叶嘉莹先生说:"夫彼'金鹧鸪'与'仕女图'之特色,即在能以冷静之客观、精美之技巧,将实物作抽象化之描绘,而不表现特性及个别之生命,故其与现实之距离较远,虽乏生动真切之感,而别饶安恬静穆之美。"②

温李皆为晚唐著名诗人,无论在李商隐诗中还是在温庭筠词中,都采用了近体诗典型的意象呈物、以物现情的手法,而不作具体的叙述和直接的抒情。由于不同的身世经历、禀赋观念等诸多因素,温李在诗词体裁的选择上分道扬镳。有"獭祭鱼"之称的李商隐,身上那独有的浓重的古典气质,使他不可能抛弃他引以自负的神话事典的储备和驾轻就熟的意象手法,迎合词体那现实浅俗的情调和日常语言。背离现实而远眺古典,恪守古典的意象原则,在绚烂迷离的神话兴象和历史事典中构建与现实相应的缠绵凄美的情感空间,也是义山必然和成功的选择。又由于义山在唐末党争中的尴尬境遇,以及他那不便言说的幽隐情事,使其诗中始终保持了一种迷离恍惚、欲言又止的风调,正是这种一空依傍、归意难求的笔法,反而"写尽了宇宙间所长存的某一种长怀憾恨的心灵境界。这种境界该是只可以相类似的心灵去感触探寻,而并不可也不必以某一人或某一事加以拘限之解说的"③,这不能不说是对中国古典诗歌的极大贡献,也由此成就了杜甫之后近体诗的又一次辉煌。

词体初兴时属于为士人鄙薄的俚俗艳曲,其兴盛则待有才华而又不得志的士人加以光大,前之温庭筠、后之柳永相为呼应。史载温庭筠"士行尘杂,不修边幅,能逐弦吹之音,为侧艳之词"④。倨傲的个性、坎坷的仕途,加之卓绝的诗歌和音乐才华,遂成就了其"花间鼻祖"的地位。温庭筠也将诗歌的创作手法横向转移至歌词的创作中,那种名词的并列,意象的呈现,是典型的

---

① 叶嘉莹:《温庭筠词概说》,载《迦陵文集》第四卷《迦陵论词丛稿》,河北教育出版社,1997年版,第18页。
② 同上。
③ 叶嘉莹:《旧诗新演》,载《迦陵文集》第三卷《迦陵论诗丛稿》,河北教育出版社,1997年版,第279页。
④ [后晋]刘昫等:《旧唐书·文苑下·温庭筠传》,中华书局,1975年版,第5079页。

近体诗笔法。王国维评温词云:"'画屏金鹧鸪',飞卿语也,其词品似之。"①孙康宜先生也说:"温词少假连接词,也不用任何指涉性的代名词或指示词(demonstratives)。中国诗词善用简便的意象来结构字句,温氏的构词原则用的也正是这种组织方式。"②所不同的是,在温氏的律诗中呈现的是隐士、渔夫、山僧和山水、田园、漠野、云烟;而在词中呈现的是贵妇、仕女、宫妃和发髻、服饰、闺房、亭榭,严守着"诗庄词媚"的界域。李诗和温词共同使用的意象呈现的手法可以说都获得了模糊朦胧、扑朔迷离的言说效果。即以温词而言,其境界旨趣的蕴藉、意象语码的丰盈,使得后来的词评家大为折服,总要于其中探寻所谓的"言外之旨",如清张惠言有"感士不遇""《离骚》初服之意"之说③;陈廷焯亦云:"飞卿《菩萨蛮》十四章,全是变化楚骚,古今之极轨也。徒赏其芊丽,误矣。"④

这种近体诗意象呈现的笔法之所以由温庭筠而非李商隐来完成向词体创作的转移,经历、身世是一方面,更主要的乃是在艳情题材的选择上,温氏之闺房仕女的描写较李氏之神话事典的缀集,无疑更适应词体现实的题材以及语言通俗化、市井化的趋势和要求。

在温庭筠的影响下,词人数量大增,且形成了较为固定的创作模式,即所谓"诗客曲子词",这些作家也被一概归入"花间派"的藩篱之中,"花间"之称虽有笼统之嫌,然从他们的词作中大抵可以看出以诗法入词的痕迹。于这些作家中,真正对词体创作模式有大开拓者,当属韦庄。韦庄于词体接近日常语言形态的运用,使得词体向着通俗化、散文化的抒写模式迈出了一大步,正是韦庄词这种接近日常的散文化抒写,形成了与温词大异其趣的清疏俊朗的词风。韦庄于词作艺术风格和创作手法上的创新,使得他与温庭筠被尊为花间派的两大领袖。历史选择了温、韦并尊,见出了词体语言发展的必然趋势。以韦庄的三首词为例:

四月十七,正是去年今日,别君时。忍泪佯低面,含羞半敛眉。不知魂已断,空有梦相随。除却天边月,没人知。(《女冠子》)

记得那年花下,深夜,初识谢娘时,水堂西面画帘垂,携手暗相期。惆怅晓莺残月,相别,从此隔音尘。如今俱是异乡人,相见更无因。

---

① 王国维:《人间词话》,载唐圭璋编《词话丛编》,中华书局,1986年版,第4241页。
② [美]孙康宜:《词与文类研究》,李奭学译,北京大学出版社,2004年版,第29页。
③ [清]张惠言:《张惠言论词》,载唐圭璋编《词话丛编》,中华书局,1986年版,第1609页。
④ [清]陈廷焯:《白雨斋词话》卷一,载唐圭璋编《词话丛编》,中华书局,1986年版,第3778页。

(《荷叶杯》)

> 人人尽说江南好。游人只合江南老。春水碧于天。画船听雨眠。炉边人似月。皓腕凝双雪。未老莫还乡。还乡须断肠。(《菩萨蛮》)

与温词意象呈现的笔法大异其趣,在上举韦庄的词作中,一些散文因素得以一一展开。首先,出现了具体的时间、地点,如"四月十七,正是去年今日,别君时""记得那年花下,深夜",这样的时间、地点的交代,无疑是一种新颖的创制。对此,孙康宜先生曾指出:"从温庭筠的欲语还休到韦庄的直接陈述,几乎全都由这首词的时间副词和指示形容词'那'字作为区隔点。"① 其次,改变了物象显情的古典原则,而代之以直接畅达的倾诉,如"除却天边月,没人知""如今俱是异乡人,相见更无因",这反映了语言散文化直接、清晰表意的发展趋势。再次,像第三首《菩萨蛮》中,第一联上下句重复出现了两次"江南",末联也出现了两次"还乡"且形成了一种首尾相接的顶真修辞格。这一笔法于韦庄其他词中多有,如其《菩萨蛮》联章第五首,首联为"洛阳城里春光好,洛阳才子他乡老",亦重复了"洛阳"一词。按高友工先生的说法,这种句式乃是一种"同心结构",更多地是在民歌中使用,在律诗中是要极力避免②。而韦庄在词中有意地使用这一形式,一方面见出韦庄向民歌借鉴学习的精神,另一方面也反映了从近体诗到词体,文体向通俗演进的趋势。最后,三首词皆是以日常语言的形态,叙事一气到底,模糊了上下片的界限,同时在直切的叙述口吻中,词人自己的形象呼之欲出。这种主观叙述于词史的意义,叶嘉莹先生说:"始自歌筵酒席间不具个性之艳歌变而为抒写一己真情实感之诗篇。此不仅为韦词之一大特色,亦为词之内容之一大转变。"③ 从以上的论述中可以印证前文所述,在词脱离诗而逐渐独立的过程中,融入了较多的"散文"因素,词体大抵是在音乐媒介的撮合下所形成的介于诗和"散文"之间的一种文体。而韦庄正是在文体转换处的一个关键人物。然而奇妙的是,在韦庄词近于散文化的浅白直切的叙述中,不乏蕴藉幽微的诗意空间。陈廷焯称韦庄词"似直而纡,似达而郁,最为词中胜境"④。叶嘉莹先生也举其《菩萨蛮》五首评价说:"韦庄词清简劲直而不流于浅露者,即在其笔直而情曲,辞达而感郁。……用笔皆极为直率,而细味之,则其中正有无限

---

① 〔美〕孙康宜:《词与文类研究》,李奭学译,北京大学出版社,2004年版,第35页。
② 参见〔美〕高友工《小令在诗传统中的地位》,载《美典:中国文学研究论集》,生活·读书·新知三联书店,2008年版,第279页。
③ 叶嘉莹:《论韦庄词》,载《迦陵文集》第五卷《唐宋词名家论稿》,河北教育出版社,1997年版,第29页。
④ 〔清〕陈廷焯:《白雨斋词话》卷一,载唐圭璋编《词话丛编》,中华书局,1986年版,第3779页。

转折之深意。"①叶嘉莹先生所说的早期"歌者之词",多富含这种"要眇幽微"的词体特质,这一点于韦词中体现得尤为明显。在浅近的语词中缘何有此深意,则是下一章要探讨的内容。

关于温庭筠和韦庄这两位花间派巨擘风格的差异,自清代以至晚近多有辨析。周济以"严妆""淡妆"作比而区别之;王国维以"画屏金鹧鸪"与"弦上黄莺语"比喻之,又用"句秀"与"骨秀"形容之;后之学者或谓温密韦疏、温隐韦显,或曰温客观韦主观、温冷静韦热烈等等,可谓愈辨愈细,于两家风格之体认也大致不差。刘扬忠先生更进一步指出这种差别背后的原因:"然而温、韦词风格体貌之异还有一点是最根本的,这就是温词多为应歌而作,多为代言体,故多客观叙写女性香艳形象与愁苦相思,而基本上没有作者个人情志之抒写;而韦词虽亦有应歌之迹象,却颇重作者个人情志之表现,多'自言'而少'代言',故率真明朗,艺术个性更鲜明。"②温、韦词风之所以存在迥异的差别,其实更反映了词体艺术功能、意境的演进。叶嘉莹先生对此有过精辟的论述:

> 这种风格之异固由于二家性格之不同,然而自词之意境的演进方面来看,我认为也仍然是具有可注意的价值的。因为词在初起时,原来只不过是供人在歌筵酒席之间演唱的乐曲而已,用一些华美的词藻,写成香艳的歌曲,交给娇娆的歌妓酒女们去吟唱,根本谈不上个人一己的情志之抒写。飞卿的词尽管被后世的常州诸老奉为与屈子同尊,但是他们的解说也只能从联想及比附的猜测上去下功夫,至于就飞卿词本身而言,则其外表所予人的直觉印象却依然只不过是逐弦吹之音所写的一些侧艳的曲词而已,既无明显的怀抱志意可见,甚至连个人一己之感情也使读者难于感受得到。而端己的词则在这一方面已有了一大转变,端己词从外表看来,虽然仍不脱花间的风格,可是他却把在花间中被写得极淫滥了的闺阁园亭相思离别的情景,注入了新鲜的生命和个性,词在端己手中已不仅是徒供歌唱的艳曲而已,而是确实可以抒情写意的个人创作了。飞卿词所予人的多半仅是一片华美的意象,虽可引人联想,而其中之人物情事则不可确指,而端己之词则使人读之大有其中有人呼之欲出之感……这种鲜明真实极具个性的风格,不仅为端己词的一大特色,而且也当是晚唐五代词在意境方面的一大演进,使词从徒供歌唱的不具

---

① 叶嘉莹:《论韦庄词》,载《迦陵文集》第五卷《唐宋词名家论稿》,河北教育出版社,1997年版,第30~31页。
② 刘扬忠:《唐宋词流派史》,福建人民出版社,1999年版,第92页。

个性的艳曲,转而为可供作者抒写情意的极具个性的文学创作了。①

词体的艺术功能由原先单纯应歌而注入了个人的情志和生活内容,意境也由狭小的贵族的酒宴歌席、闺房愁怨而转入更近于社会人情的男女情爱和个人际遇情志的抒写。与这种转变相应的是,词体的语言也由近体诗那种涵浑呈意、远离社会市井的意象并列的手法,转为更贴近于世情生活、更清晰表意的散文化抒写形式,毕竟在一种更近于感观刺激带来的新异的感觉中,需要一种更切于这一感受的表达方式与之相适应。韦庄词那真切劲直的散文化抒写模式无疑代表着词体语言的发展方向。我们看到后来的诸如李煜、张先、柳永、周邦彦、李清照等词人,无不是沿着韦庄开创的道路,把这种散文化的抒写模式有意无意间带入自己的词作中,且渐成光大之势。

在晚唐五代中国诗歌史上的三个关键人物——李商隐、温庭筠和韦庄,温、李基本同年,而韦庄比温、李晚出二十几年。在大致相同的时代中,三人以各自的经典形式,完成了中国诗歌发展赋予他们的历史使命。李商隐在世俗的大潮中,恪守着纯粹的古典意象原则和创作模式,且以其天才的创作,在杜甫之后又形成了一座近体诗高峰,是在近体诗行将退出历史舞台的时候作了一次辉煌的谢幕演出,具有守成和总结的性质。而温庭筠在诗词文体过渡转移之际起到了桥梁的作用,他将近体诗创作中惯熟的意象呈现的笔法横向移植至词体的创作中,对提高词体的品格起到了重大的作用。同时这种于近体诗中发展成熟起来的意象呈现手法所具有的表达特征,如含蓄蕴藉的美学追求、遗貌取神的诗意境界等,也转移到词的创作中。由于文学和文化传统强大的惯性力量,这种手法和表达效果就成为高雅词人自觉模仿和追求的词体典范,也为词体最终向诗体的回归埋下了伏笔。韦庄于温庭筠之后,在意象手法已经烂熟而缺乏发展空间的情况下,转而向民歌语言学习,开清新俊朗的词风。韦庄于词史的意义在于,在语言和文体转型之际,顺应了语言和文体通俗化、细腻化的发展趋势,在大体雅致的格调下,以简劲明朗的散文化抒写模式,为词体的发展开拓出一片广阔的言情空间。历史总有深层的意味,温庭筠和韦庄于花间派的双峰并峙,从某种意义上也预示着词体以后的发展道路,在向诗体的雅化回归和语言俗化中交织前进。

李商隐、温庭筠和韦庄三人对语言和创作手法的选择好尚,体现了中国诗歌发展(主要指文人创作)在诗词文体递变转移之际,由传统的意象手法向语言通俗化、散文化抒写合乎逻辑地渐次转变的轨迹。

---

① 叶嘉莹:《从〈人间词话〉看温韦冯李四家词的风格》,载《迦陵文集》第二卷《王国维及其文学批评》,河北教育出版社,1997年版,第353~354页。

第九章　意象的传承和词体的特质

李渔云:"作词之难,难于上不似诗,下不类曲,不淄不磷,立于二者之中。"① 词体,无论是产生的顺序还是外在的形态,都介乎诗、曲两种文体之间。就文体语言的一般形态而言,诗属于具有隐喻色彩的意象语言,曲则更近于黑格尔所说的,世态人情的客观写实类的"散文"语言。词体正介于两者之间,既有诗体意象语言的无穷美质,又有"散文"写实语言细腻言说的特征,这样,在词体的演进中就有着"诗人之词"与"词人之词"之别。杂糅了意象语言和"散文"语言的词体,在浅近的语词表层中包含着浓郁的古典意蕴,其言说方式正如陈廷焯所说的"有含蓄处,亦有发越处"的相依并存,词体"要眇幽微"的特质与转型时期语言特征有着密不可分的关系。

第一节　"诗人之词"与"词人之词"

时代的审美风尚,诗歌语言的通俗化、细腻化、散文化的趋势,温韦所开拓出的广阔的言情体物空间,再加上欧阳炯《花间集序》对词体香艳本质的规范,这些共同促进了词体特质的形成。先是令词配合着燕乐的旋律对情感和心绪进行精微细致的刻画;后有柳永长调的大力创制,慢词遂得以盛行。篇幅和句式的加长,使得铺叙手法的使用成为必然,这样词体状物细致、叙情深曲的特点得以充分地展示出来,我们在长调中随处可见那种尽态极妍的描写、具体详尽的叙事、婉转深曲的抒情。如柳永《望海潮》对杭州都市繁华细致的描写,《雨霖铃》对离情别绪尽情的渲染;周邦彦《兰陵王》对离情反复细致的倾诉,《六丑》对人惜花、花恋人缠绵悱恻的唱叹;史达祖《双双燕》对飞燕尽态极妍的刻画;吴文英《莺啼序》对往日情事哀婉绝艳的叙述;等等。语言细腻巧极的书写借着词体参差错综的句式和加长的篇幅充分地展现了出来。

对词作中所体现出的这种"小语致巧"的风格、笔法,前人在词集的序跋中多有论说,如宋毛晋《跋小山词》曰:

---

① [清]李渔:《窥词管见》,载唐圭璋编《词话丛编》,中华书局,1986年版,第549页。

> 字字娉娉袅袅,如揽嫱、施之袂,恨不能起莲、鸿、蘋、云按红牙板,唱和一过。①

宋强焕序周邦彦《片玉词》曰:

> 抑又思公之词,其摹写物态,曲尽其妙。②

毛晋《竹山词跋》云:

> 今读《竹山词》一卷,语语纤巧,真世说靡也;字字妍倩,真六朝谕也。③

宋李慈铭在《南宋四名臣词集序》中评南宋四名臣词云:

> 间为长短句,皆曲折如志,务尽其所欲言。即至尊俎,从容流连光景,若恐其思之不永,而叹之不极。④

宋尹觉序赵师侠《坦庵词》云:

> 人见其模写风景、体状物态,俱极精巧。初不知得之之易,以至得趣忘忧,乐天知命,兹又情性之自然也。⑤

在前人的词话中有着大量的对于这种状物言情"入神""巧极"词句的记载和评述。如王世贞曰:

> "枕痕一线红生玉",又"唤起两眸清炯炯,泪花落枕红绵冷",其形

---

① [宋]毛晋:《跋小山词》,载金启华、张惠民、王恒展等编《唐宋词集序跋汇编》,江苏教育出版社,1990年版,第26页。
② [宋]强焕:《片玉词序》,载金启华、张惠民、王恒展等编《唐宋词集序跋汇编》,江苏教育出版社,1990年版,第68页。
③ [宋]毛晋:《竹山词跋》,载金启华、张惠民、王恒展等编《唐宋词集序跋汇编》,江苏教育出版社,1990年版,第304页。
④ [宋]李慈铭:《南宋四名臣词集序》,载金启华、张惠民、王恒展等编《唐宋词集序跋汇编》,江苏教育出版社,1990年版,第443页。
⑤ [宋]尹觉:《题坦庵词》,载张惠民编《宋代词学资料汇编》,汕头大学出版社,1993年版,第230页。

容睡起之妙,真能动人。①

清彭孙遹曰：

　　词以艳丽为本色,要是体制使然。如韩魏公、寇莱公、赵忠简,非不冰心铁骨,勋德才望,照映千古。而所作小词,有"人远波空翠"、"柔情不断如春水"、"梦回鸳帐余香嫩"等语,皆极有情致,尽态穷妍。②

清黄氏论周美成《六丑》曰：

　　自叹年老远宦,意境落漠,借花起兴。以下是花是自己,比兴无端。指与物化,奇情四溢,不可方物。人巧极而天工生矣。结处意致尤缠绵无已,耐人寻绎。③

清吴衡照曰：

　　咏物虽小题,然极难作,贵有不粘不脱之妙,此体南宋诸老尤擅长。姜白石蟋蟀云："候馆迎秋,离宫吊月,别有伤心无数。"高竹屋梅云："云隔溪桥人不度,的皪春心未纵。又开遍西湖春意烂,算群花正做江山梦。"史梅溪春燕云："还相雕梁藻井,又软语商量不定。飘然快拂花梢,翠尾分开红影。"王碧山春水云："别君南浦,翠眉曾照波痕浅。再来涨绿迷旧处,添却残红几片。"蝉云："病翼惊秋,枯形阅世,消得斜阳几度。"樱桃云："荐笋同时,叹故园春事,已无多了。贮满筠笼,偏暗触、天涯怀抱。漫想青儿初见,花阴梦好。"张玉田春水云："和云流出空山,甚年年净洗,花香不了。"孤雁云："写不成书,只寄得相思一点。"数语刻画精巧,运用生动,所谓空前绝后矣。④

吴衡照又曰：

　　易安"眼波才动被人猜",矜持得妙。淑真"娇痴不怕人猜",放诞得

---

① [明]王世贞:《艺苑卮言》,载唐圭璋编《词话丛编》,中华书局,1986年版,第389页。
② [清]彭孙遹:《金粟词话》,载唐圭璋编《词话丛编》,中华书局,1986年版,第723页。
③ [清]黄氏:《蓼园词评》,载唐圭璋编《词话丛编》,中华书局,1986年版,第3095页。
④ [清]吴衡照:《莲子居词话》卷一,载唐圭璋编《词话丛编》,中华书局,1986年版,第2417页。

妙,均善于言情。①

况周颐曰:

> 宋严仁词《醉桃源》云:"拍堤春水蘸垂杨。水流花片香。弄花嚼柳小鸳鸯。一双随一双。"描写芳春景物,极娟妍鲜翠之致,微特如画而已。政恐刺绣妙手,未必能到。②

沈谦曰:

> "唤起两眸清炯炯""闲里觑人毒""眼波才动被人猜""更无言语空相觑",传神阿堵,已无剩美。彭金粟"小语怯听闻,娇波横觑人",王阮亭"目成难去且徐行",又别开一生面。予之"定睛斜睨,寂寂帘垂地",瞠乎后矣。③

王又华引贺黄公词论曰:

> 写景之工者,如尹鹗"尽日醉寻春,归来月满身",李重光"酒恶时拈花蕊嗅",李易安"独抱浓愁无好梦,夜阑犹剪灯花弄",刘潜夫"贪与萧郎眉语,不知舞错伊州",皆入神之句。④

贺裳曰:

> 词家须使读者如身履其地,亲见其人,方为蓬山顶上。如和鲁公"几度试香纤手暖,一回尝酒绛唇光",贺方回"约略整鬟钗影动,迟回顾步佩声微",欧阳公"弄笔偎人久,描花试手初",无名氏"照人无奈月华明,潜身却恨花阴浅",孙光宪"翠袂半将遮粉臆,宝钗长欲坠香房",晏几道"溅酒滴残罗扇字,弄花薰得舞衣香",真觉俨然如在目前,疑于化

---

① [清]吴衡照:《莲子居词话》卷二,载唐圭璋编《词话丛编》,中华书局,1986年版,第2423页。
② 况周颐:《蕙风词话》卷二,载唐圭璋编《词话丛编》,中华书局,1986年版,第4439页。
③ [清]沈谦:《填词杂说》,载唐圭璋编《词话丛编》,中华书局,1986年版,第634页。
④ [清]王又华:《古今词论》引贺黄公语,载唐圭璋编《词话丛编》,中华书局,1986年版,第600页。

工之笔。①

所谓"传神阿堵""入神之句""化工之笔",像上面所举的这些词句"唤起两眸清炯炯""眼波才动被人猜""贪与萧郎眉语,不知舞错伊州""几度试香纤手暖,一回尝酒绛唇光"等,大抵是自然灵动、心思细腻的生花妙笔,其刻画摹写物态人情入木三分,细致传神,包含着无尽的情思和韵味。《古今词话》载:"淳熙间,宗师赵彦端字德庄者,赋西湖词,有'波底夕阳红湿'句,为孝宗所赏曰:'我家里人,也会作此等语。'"② 所谓"此等语",恐怕就是指这类刻画细致、生动传神的词句吧。

相比以前的诗歌作品,这不能不说是语言写景、体物、传情、达意功能的一大进步。对于这种在艳情的书写中体现出来的迥异于诗体高古涵浑抒写风格的纤巧细腻的写实笔法,古人也多有论述,且以"当行本色"语名之。李之仪曰:

长短句于遣词中最为难工,自有一种风格,稍不如格,便觉龃龉。③

明孟称舜曰:

作者极情尽态而听者洞心耸耳,如是者皆为当行,皆为本色。④

王世贞亦曰:

词者,乐府之变也。昔人谓李太白《菩萨蛮》《忆秦娥》,杨用修又传其《清平乐》二首,以为词祖。不知隋炀帝已有《望江南》词。盖六朝诸君臣,颂酒赓色,务裁艳语,默启词端,实为滥觞之始。故词须宛转绵丽,浅至儇俏,挟春月烟花于闺幨内奏之,一语之艳,令人魂绝,一字之工,令人色飞,乃为贵耳。⑤

---

① [清]贺裳:《皱水轩词筌》,载唐圭璋编《词话丛编》,中华书局,1986年版,第700页。
② 转引自《历代诗余》,载金启华、张惠民、王恒展等编《唐宋词集序跋汇编》,江苏教育出版社,1990年版,第548~549页。
③ [宋]李之仪:《跋吴思道小词》,载金启华、张惠民、王恒展等编《唐宋词集序跋汇编》,江苏教育出版社,1990年版,第36页。
④ [明]孟称舜:《古今词统序》,载金启华、张惠民、王恒展等编《唐宋词集序跋汇编》,江苏教育出版社,1990年版,第403页。
⑤ [明]王世贞:《艺苑卮言》,载唐圭璋编《词话丛编》,中华书局,1986年版,第385页。

王岱语云：

> 诗至于余而诗亡,余至于极妙而诗复存。是薄诗之气者余也,救诗之腐者亦余也。诗以温厚含蓄,怨不怒,哀不伤,乐不淫为旨。词则欲其极怒、极伤、极淫而后已,元气于此尽矣。观唐以后诗之芜涩,反不如词之清新,使人怡然适性,不惟不欲少留元气,若以不留元气为妙者。是时代升降,学力短长各殊,气运至此,不容不变动,人心之巧,不容不剖露,即作者当亦不自知其何故。是诗之不至于尽亡,则实余有以存之也。①

所谓"默启词端""时代升降""人心之巧,不容不剖露",都说明了文学的发展随时代的变迁,词体表现出语言细腻、写实而富有情致的风格。前人对于词体这种细致以至"绮琢"的语言风格有着朦胧的体认。如邹祗谟云：

> 余常与文友论词,谓小调不学花间,则当学欧、晏、秦、黄。花间绮琢处,于诗为靡。而于词则如古锦纹理,自有黯然异色。欧、晏蕴藉,秦、黄生动,一唱三叹,总以不尽为佳。清真、乐章,以短调行长调,故滔滔莽莽处,如唐初四杰,作七古嫌其不能尽变。至姜、史、高、吴,而融篇炼句琢字之法,无一不备。②

清贺贻孙云：

> 诗语可入填词,如诗中"枫落吴江冷""思发在花前""天若有情天亦老"等句,填词屡用之,愈觉其新。独填词语无一字可入诗料,虽用意稍同,而造语迥异。如梁邵陵王纶《见姬人》诗"却扇承枝影,舒衫受落花",与秦少游词"照水有情聊整鬓,倚栏无绪更兜鞋",同一意致。然邵陵语可入填词,少游语绝不可入诗。赏鉴家自知之。③

"诗语可入填词"而"少游语绝不可入诗",说明语言的表意功能有着一个渐次演进的过程,发展了的"词语"可以涵盖包容前一发展阶段的"诗语",而具有更高表意功能的"词语"不可能退回到此前"诗语"状态。正如前文论"句

---

① [清]沈雄:《古今词话》词品上卷引王岱语,载唐圭璋编《词话丛编》,中华书局,1986年版,第826页。
② [清]邹祗谟:《远志斋词衷》,载唐圭璋编《词话丛编》,中华书局,1986年版,第651页。
③ [清]贺贻孙:《诗筏》,载郭绍虞编选《清诗话续编》,富寿荪校点,上海古籍出版社,1983年版,第163页。

读之法"中所说的"使缩长句为短句,难;展短句为长句,易"的道理,汉语以及文学的发展就是这样一个朴素的"字以世增"的过程。邹祗谟言花间词于诗为"绮琢",而对于后来的词作来说又显得"黯然异色",其道理正在于此。

在通俗化大势之下产生的词体,其语言风格较涵浑古雅的诗体来说,无疑体现了语言细腻写实、务尽其言的发展趋势。对此,当时士大夫有的抱着通达的态度欣赏,如北宋吴处厚云:

> 文章纯古,不害其为邪。文章艳丽,亦不害其为正。然世或见人文章铺陈仁义道德,便谓之正人君子,若言及花草月露,便谓之邪人,兹亦不尽也。①

南宋晁谦之云:

> 情真而调逸,思深而言婉。嗟夫!虽文之靡无补于世,亦可谓工矣。②

然而历史的发展中,新兴的事物往往先在民间产生、流行,而士大夫阶层由于旧有的学养和传承的文化,早已形成了一套固定观念、审美趣味以及诗歌创作习惯,对某一新兴的文体或新变的文学走向可能大加否定和讨伐;但也有人亲身实践,乐此不疲,为其精彩、新颖的艺术魅力所折服。刘勰以先入为主的"宗经"观念批评楚辞"《雅》《颂》之博徒"③,认为杂言是四言的退化。但在具体分析评价楚辞时又说它"笼罩《雅》《颂》"④"惊采绝艳,难与并能"⑤。严羽看到了"大历以前,分明别是一副言语;晚唐分明别是一副言语;本朝诸公分明别是一副言语"⑥的诗歌语言递变的发展趋势,却对以苏轼为代表的"近代诸公""以文字为诗,以才学为诗,以议论为诗"的语言新变大加讨伐,认为其"终非古人之诗也",⑦这就是士大夫保守的观念与语言、文学进

---

① [宋]吴处厚:《青箱杂记》卷八,李裕民点校,中华书局,1985年版,第81页。
② [宋]晁谦之:《花间集跋》,载金启华、张惠民、王恒展等编《唐宋词集序跋汇编》,江苏教育出版社,1990年版,第339页。
③ [南朝梁]刘勰:《文心雕龙·时序》,载周振甫注《文心雕龙注释》,人民文学出版社,1981年版,第36页。
④ [南朝梁]刘勰:《文心雕龙·辨骚》,载周振甫注《文心雕龙注释》,人民文学出版社,1981年版,第476页。
⑤ [南朝梁]刘勰:《文心雕龙·时序》,载周振甫注《文心雕龙注释》,人民文学出版社,1981年版,第36页。
⑥ [宋]严羽:《沧浪诗话》,载[清]何文焕辑《历代诗话》,中华书局,1981年版,第695页。
⑦ 同上书,第688页。

化之间的矛盾。

词体这种细致写实的具有市井通俗倾向的语言作风,难以符合士大夫早已形成的意象呈现、含蓄蕴藉的美学趣味,再加上其所承载的有悖于诗教的"闺情与花柳"的主题,自然遭到了绝大多数士大夫的否定和讨伐。如陆游《花间集跋》曰:

> 《花间集》皆唐末五代时人作,方斯时,天下岌岌,生民救死不暇,士大夫乃流宕如此,可叹也哉!或者出于无聊故邪?①

王灼以儒家正统诗教的眼光审视词坛,严雅郑之辨,对柳永的市井俗词深恶痛绝,曰:"深劲乏韵,此遭柳氏野狐涎吐不出者也。"②又评李清照词曰:

> 作长短句,能曲折尽人意,轻巧尖新,姿态百出,闾巷荒淫之语,肆意落笔,自古搢绅之家能文妇女,未见如此无顾忌也。③

更为重要的是,当词体这一为士人鄙薄的不登大雅之堂的歌唱文学形式进入文人创作领域之后,表现为两种创作模式的发展方向:一方面,秉承细致写实的语言发展趋势,充分地典雅化、艺术化,形成了流畅细腻、纤巧精微、极尽铺陈之能事的"词人之词"的创作模式;另一方面,士大夫将其所烂熟于胸的诗歌传统的情志抒写和意象呈现的创作手法,自觉或不自觉地引入词体的创作中,形成了所谓的"诗人之词"的创作模式。于是就有了词论家所说的"词人之词"与"诗人之词"之别,王士禛曰:

> 阮亭尝云:有诗人之词,有词人之词。诗人之词,自然胜引,托寄高旷,如虞山、曲周、吉水、兰阳、新建、益都诸公是也。词人之词,缠绵荡往,穷纤极隐,则凝父、遐周、莼僧、去矜诸君而外,此理正难简会。④

清李佳亦云:

---

① [宋]陆游:《花间集跋》,载金启华、张惠民、王恒展等编《唐宋词集序跋汇编》,江苏教育出版社,1990年版,第340页。
② [宋]王灼:《碧鸡漫志》卷二,载唐圭璋编《词话丛编》,中华书局,1986年版,第84页。
③ 同上书,第88页。
④ [清]邹祗谟:《远志斋词衷》引王士禛语,载唐圭璋编《词话丛编》,中华书局,1986年版,第656页。

> 诗词之界,迥乎不同。意有词所应有而不宜用之诗。字有词所应用而亦不可用之诗。渔洋山人诗,用"雨丝风片",为人所疵,即是此义。故有能诗而不能词者,且有能词犹是诗人之词,非词人之词,其间固自有辨。①

所谓"诗人之词",乃"自然胜引,托寄高旷",诗词一脉相承,使词体向传统诗体回归,与苏轼"以诗为词"的创作模式相近;所谓"词人之词",则是"缠绵荡往,穷纤极隐",即穷形写照、细腻写实的散文化创作笔法。

中国诗歌一贯以抒情写意为主,重主观的抒发而轻客观的描摹,并因此形成了含蓄蕴藉、浑成古雅的古典美学传统。这样词体在沿着语言通俗化、细腻化道路发展的过程中,就产生了一对微妙的矛盾运动,词欲纤巧细腻、穷形写照,与诗之浑厚含蓄、情志寄托之旨相龃龉——细腻刻露则俗,涵浑蕴藉即雅。这种审美观念在士大夫意识中早已根深蒂固,所谓"入词为本色,入诗即失古雅"②,这源于两种创作手法背后的思维或审美模式的对立冲突,一种是遵循了诗歌传统意象思维的主观情感原则,体现的是含蓄蕴藉的美学追求;一种是顺应了语言发展趋势的"散文"笔法,追求的是细腻真切的表达效果。陆时雍曰:"人情物态不可言者最多,必尽言之,则俚矣。"③又云:"叙事议论,绝非诗家所需,以叙事则伤体,议论则费词也。"④毛先舒亦云:

> 词家意欲层深,语欲浑成。作词者大抵意层深者,语便刻画,语浑成者,意便肤浅,两难兼也。⑤

所谓"两难兼也",体现了文学发展过程中,语言通俗细腻的抒写趋势与诗歌传统中含蓄蕴藉的美学追求之间的矛盾,这一对矛盾是唐宋时期文学转型于语言形态和言说方式上的具体体现,并形成了词体在发展演进过程中"词人之词"与"诗人之词"两种基本创作模式此消彼长、衍生共进的态势。此一内容第四编将详述。

两首著名的《水龙吟》,一是章质夫咏杨花(一说柳花)的原作,一是苏东坡被贬黄州期间的和作,常被用来比较"词人之词"与"诗人之词"两种笔法

---

① [清]李佳:《左庵词话》卷上,载唐圭璋编《词话丛编》,中华书局,1986年版,第3104页。
② [清]王士禛:《花草蒙拾》,载唐圭璋编《词话丛编》,中华书局,1986年版,第679页。
③ [明]陆时雍:《诗境总论》,载丁福保辑《历代诗话续编》,中华书局,1983年版,第1421页。
④ 同上书,第1419页。
⑤ [清]王又华:《古今词论》引毛稚黄语,载唐圭璋编《词话丛编》,中华书局,1986年版,第608页。

的不同。章质夫《水龙吟》云：

> 燕忙莺懒花残,正堤上、柳花飘坠。轻飞点画青林,谁道全无才思。闲趁游丝,静临深院,日长门闭。傍珠帘散漫,垂垂欲下,依前被、风扶起。　　兰帐玉人睡觉,怪春衣、雪沾琼缀。绣床旋满,香球无数,才圆却碎。时见蜂儿,仰粘轻粉,鱼吹池水。望章台路杳,金鞍游荡,有盈盈泪。

苏东坡《水龙吟》为：

> 似花还似非花,也无人惜从教坠。抛家傍路,思量却是,无情有思。萦损柔肠,困酣娇眼,欲开还闭。梦随风万里,寻郎去处,又还被、莺呼起。　　不恨此花飞尽,恨西园、落红难缀。晓来雨过,遗踪何在,一池萍碎。春色三分,二分尘土,一分流水。细看来不是杨花,点点是离人泪。

历代词评家比较二词优劣者甚多,多数认为苏轼的和词更胜一筹。宋朱弁《曲洧旧闻》曰:"章质夫作《水龙吟》咏杨花,其命意用事,清丽可喜,东坡和之,若豪放不入律吕。徐而视之,声韵谐婉,便觉质夫词有织绣工夫。"① 王国维《人间词话》亦云:"东坡水龙吟咏杨花,和韵而似原唱。章质夫词,原唱而似和韵。才之不可强也如是。"② 魏庆之则为章质夫鸣不平:"章质夫咏杨花词,东坡和之。晁叔用以为东坡如毛嫱西施,净洗脚面,与天下妇人斗好,质夫岂可比,是则然矣。余以为质夫词中,所谓'傍珠帘散漫,垂垂欲下,依前被,风扶起',亦可谓曲尽杨花妙处。东坡所和虽高,恐未能及。诗人议论不公如此耳。"③ 平心而论,章质夫的原作对杨花的刻画极尽细致微妙,传神写照,栩栩如生,朱弁所谓"织绣工夫",正所谓词笔描摹之功,魏庆之也是从这个角度来为章质夫鸣不平的。众多评家之所以交口称赞苏词,原因大致有三:第一,在于其为和作,在原唱的约束和限制下,想要达到原作的水平已属不易,若要超过则更难,苏东坡举重若轻,肆意挥洒,即成绝调;第二,东坡在这首词中贯注了自己真挚的情感,全篇化咏物为传情,表面写杨花,实是以杨花

---

① [宋]朱弁:《曲洧旧闻》卷五,王根林校点,载《宋元笔记小说大观》,上海古籍出版社,2001年版,第2993页。
② 王国维:《人间词话》,载唐圭璋编《词话丛编》,中华书局,1986年版,第4247页。
③ [宋]魏庆之编《诗人玉屑》卷二一,王仲闻点校,中华书局,2007年版,第685页。

托喻思妇的愁思,把杨花飘落迷离之态与思妇幽怨念远之情打并成一片,从而产生了强烈的艺术感染力;第三,也是最重要的一点,东坡词未如章质夫词一样对杨花作工笔描摹,而是以诗笔入词,"遗貌取神",抓住了杨花飘忽不定、游丝婉转的情态特征,以此比附思妇哀怨无端的情思,以杨花托写思妇,妙合无垠,得含蓄蕴藉之旨。还应注意的是,当时东坡被贬黄州,寄词与章质夫时嘱其"不以示人"①,且全词感情充溢,隐然有身世之喻,杨花那飘忽不定、随风起落的命运,不就是苏东坡自己乌台诗案之后际遇的写照吗?其手法之高,托想之奇,由此可见。由于苏东坡在这首词中主要运用的是情志寄托的诗笔手法,深契历代词论家的审美心理定式,故王国维有"和韵而似原唱"之说。此中缘由,刘熙载可谓慧眼独具:"东坡《水龙吟》起云:'似花还似非花。'此句可作全词评语,盖不离不即也。"②"似花还似非花"乃词中诗笔绝妙之喻。张炎在总结咏物词的作法时说:"体认稍真,则拘而不畅;摹写差远,则晦而不明。"③主张咏物之妙在似与不似之间,以张炎之词体雅化理论,未尝不可作词中诗笔之论。

从盛唐之宫廷词和民间敦煌曲辞开始,词体基本上是在合乐的曲调中沿着通俗化、细腻化的方向发展,体现了语言演进的自然面貌,至柳永遂将词体通俗性的一面铺叙展衍至极致,遂有"凡有井水饮处,即能歌柳词"之说,获得了广大的市井群众市场和巨大的声誉。初期词人涉笔于词,在声色歌舞场中,在香艳题材下,是词笔细腻通俗的描写,词笔的香艳性、通俗化、细腻化在本质上趋于同一。而当士大夫广泛地介入词体的创作之后,文人歌筵酒席的高雅氛围,以及根植于士大夫意识深处早已定型了的诗歌意象呈现、蕴藉涵浑的创作传统,必然要对词体无论在意蕴旨趣上还是创作手法上都进行诗化的改造,遂有晏殊、欧阳修以及晏几道等词人对小令的雅化。慢词有以苏东坡、秦观、辛弃疾、姜夔等人为代表的"诗人之词"的渐次发展。然而大体说来,"诗人之词"与"词人之词"只是两种语言运用模式,并不是划分派别的标准,在传统和新变之间,词人兼具两种手法也是再正常不过的事。即如柳永,既有为晏殊斥责的"针线闲拈伴伊坐"的词笔,又有为东坡称道的"霜风凄紧,关河冷落,残照当楼"这种"不减唐人高处"的诗笔。秦观的《满庭芳》,既有为东坡所欣赏的"山抹微云"这样脱去凡俗的诗语,又有被东坡斥责的"销魂。当此际"这样学柳永艳情叙事的词笔。

---

① 苏轼《与章质夫书》云:"又思公正柳花飞时出巡按,坐想四子,闭门愁断,故写其意,次韵一首寄去,亦告不以示人也。"(《苏轼文集》卷五五,[明]茅维编,孔凡礼点校,中华书局,1986年版,第1638页)
② [清]刘熙载:《艺概·词曲概》,上海古籍出版社,1978年版,第119页。
③ [宋]张炎:《词源》卷下,载唐圭璋编《词话丛编》,中华书局,1986年版,第261页。

纵观两种创作手法的发展,大体呈现两种不同的发展趋势和命运。"词人之词"的细腻写实手法在经历了柳永、李清照、周邦彦的辉煌发展之后,至南宋渐次转化为文人的案头创作,由于背离了其产生和存在所依赖的民间语言的本质基础,只能走向雕镂细碎的末路,如史邦卿、刘过、吴文英辈,故先著、程洪《词洁》评刘过《行香子》(佛寺云边)曰:

> 贪于取巧,便是小家伎俩。然亦可知南渡以来,此道穷态极变,不可以一律论也。①

又评贺铸《临江仙》(巧剪合欢罗胜子)曰:

> 南宋小词,仅能细碎,不能浑化融洽。即工到极处,只是用笔轻耳,于前人一种耀艳深华,失之远矣。②

而"诗人之词"则渐成为后期发展的主流,一种文体在世俗化的大潮中尝试着语言言说模式新变的时候,强大的传统力量使其最终回归传统,乃是文体演变从民间到庙堂发展规律的体现。如姜夔以江西诗法入词,且秉承诗法"遗貌取神"的创作原则;王沂孙"碧山思笔,可谓双绝"③,"在怨悱中寓忠厚"④等。词至姜夔、吴文英、张炎等格律派词人手中,在"词欲雅而正"⑤的理论自觉中,融词笔入诗笔,于刻画摹写之中蕴寄托,完成了词体向诗体的回归。

第二节 散文的形式和诗意的特质

古典诗歌的长河流淌至唐宋交替之际,产生了一个有趣的现象,即一分为二:一是沿袭了诗歌的诞生模式,与音乐结合,为词、为曲;一是继承了诗歌的外在形式,将近体诗与古风的形式延续下来,为宋诗、为元诗。两种发展趋势都表现出了对近体诗既继承又新变的特点,只不过留与变之间正好是一种

---

① [清]先著、程洪:《词洁》,载胡念贻辑《词洁辑评》卷二,唐圭璋编《词话丛编》,中华书局,1986年版,第1350页。
② 同上书,第1348页。
③ [清]周济:《宋四家词选目录序论》,载唐圭璋编《词话丛编》,中华书局,1986年版,第1644页。
④ [清]陈廷焯:《白雨斋词话》卷八,载唐圭璋编《词话丛编》,中华书局,1986年版,第3968页。
⑤ [宋]张炎:《词源》卷下,载唐圭璋编《词话丛编》,中华书局,1986年版,第266页。

错位的反向发展。词曲与近体诗之间,就外在形式而言,是由整齐美向参差美的飞跃,但就艺术内蕴而言,诗歌的古典美,即意象寄托、情景交融的妙趣更多地是通过词体得以延续,当然,这种继承必然有所新变,那就是更长于抒写细微的景物和复杂微妙的内心世界,词体之于近体,可称是异中有同。而宋诗与近体诗则恰好相反,在外形上保留了唐近体诗和古风的艺术形式,似乎是古典诗歌的延续,但在诗歌的表现方式和内蕴上,却是唐近体诗的背反,那就是严羽所说的"以文字为诗,以才学为诗,以议论为诗",当然也不乏以诗为诗、以意象为诗等对传统的继承和发扬,然就总体而言,与词体相反,宋诗之于唐近体,可谓是同中有异。

无论社会还是文学现象,新变往往代表着事物的发展趋势。抛开词体和宋诗从唐诗继承的相同之处,可以看到词体是以形式的散文化突破了近体诗的整齐句式,而宋诗则是以内容的散文化突破了唐诗意象呈现、隐喻象征的表达方式。由此可以看出,无论内容还是形式,突破整齐的、古典意象式的束缚而趋于自由的、散文化的抒写,体现了当时文学发展的方向。

长短参差的句式无疑是词体最鲜明的外部特征,虽然它是音乐塑造的结果,但是偶然中往往蕴含着必然的因素。白话的兴盛以及词体这种参差错综句式的出现,反映的是一种新兴的文化特征。沈家庄先生在《宋词的文化定位》中谈到宋型文化时指出,宋型文化"具有平民和世俗文化内涵","宋词,在文体意义上则属通俗文学,带有鲜明的平民文化特征"。[1] 词体那种更近于散文的句式、更合于口语的表达,以及在这种句式和表达中所承载的更近于人性的情爱主题,体现的是一种平凡无拘、随心适意的生活态度,正与市井社会的世俗精神相一致。

文学作为社会系统构成的一部分,其面貌和表征是社会各种力量合力塑造的结果。周宪先生在谈到文化的面貌时指出:"文化不是一个被动凝固的事实,而是一个发展变动的过程,在这个过程中,人们不是机械地接受传统或历史的遗产,而是积极地创造着和改变着文化自身。而在这个过程中,文化最终形成的面貌往往是与各种力量原来的主张或努力所不同的,因为文化是各种力量妥协、交易而实现的合力的结果。"[2] 诗歌的外在面貌和内在特质自然也是社会各种力量合力塑造、妥协的结果,它是一个民族在一定的发展阶段所创造的感知世界和自身的一种智性形式,与社会形态的构成系统有着异质同构的对应关系。因为人们"感到有必要用语言这种形式与人交流他们所见所感,想用不同的方法选择、组合、赋型、显现他们经验的框架,使这些经

---

[1] 沈家庄:《宋词的文化定位》,湖南人民出版社,2005年版,第31,32页。
[2] 周宪:《文化表征与文化研究》,北京大学出版社,2007年版,第4页。

验充分转变为意识,并且使用语言介质,赋予这些经验以形式,从而分离出这些经验特殊的内在本质"①。

《诗经》那"典重甚至板滞"的四言句式以及重章叠唱的章法,反映的是先民纯真质朴的生活状态和情感世界。律诗是在中国古典社会充分发展之后产生的一种成熟的诗歌形式,它那恢宏而严整的形式是"把盛唐那种雄豪壮伟的气势情绪纳入规范,即严格地收纳凝练在一定形式、规格、律令中"②。更深一层讲,律诗那平仄转换的节律安排,一联之中平仄相对、两联之间平仄相粘的既对立又和谐的四联八句的体制建构,已经构成了一个自足的系统,其本身就是一个可以和律化的大宇宙同构的小宇宙。它深刻地体现了古人天人合一的思维模式以及"与天地精神往来""神与物游"的审美境界,可以说律诗这种诗体构建,反映的是古人观照和把握世界的一种方式。故肖驰先生说:"我甚至认为,律诗的形式体现着中古以来中国文人一种对宇宙人生的至深的、潜意识的信念。"③

诗歌的形式和内容随着社会的发展、思维的进步以及审美情趣的转变而不断发展变化着。"自三百篇降而骚、赋,骚、赋不便入乐;降而古乐府,乐府不入俗;降而以绝句为乐府,绝句少宛转;则又降而为词。故宋人遂以为词者诗之余也。"④在古典社会高峰过后,进入近代社会的时候,社会文化最明显、最本质的表现就是世俗化,经济的高度发展、物质的极大丰富,为社会成员追求物欲享乐提供了丰厚的物质基础,同时,市民阶层的壮大,闲暇娱乐时间的增多,使得文学艺术不得不全面地走向世俗化。这种世俗化使诗歌摆脱刻严的形式而趋于自由的书写,抛弃古典的情趣而贴近市井的人情,淡化政教的功能而变为娱乐的工具,词体正是当时这种世俗化趋势的产物和诸如杂剧、话本、讲史等通俗文艺形式的代表。从大量的词集序跋中可以看到词体"娱宾""遣兴"、适意书写的论述,宋陈世修《阳春集序》曰:

> 公以金陵盛时,内外无事,朋僚亲旧,或当燕集,多运藻思,为乐府新词,俾歌者倚丝竹而歌之,所以娱宾而遣兴也。⑤

---

① 〔英〕伊丽莎白·朱:《当代英美诗歌鉴赏指南》,李力、余石屹译,四川人民出版社,1987年版,第3页。
② 李泽厚:《美的历程》,中国社会科学出版社,1989年版,第133页。
③ 肖驰:《论中国古典诗歌律化过程的概念背景》,《中国文哲研究集刊》第9期,第136页。
④ 〔明〕汤显祖:《玉茗堂评花间集序》,载金启华、张惠民、王恒展等编《唐宋词集序跋汇编》,江苏教育出版社,1990年版,第341页。
⑤ 〔宋〕陈世修:《阳春集序》,载金启华、张惠民、王恒展等编《唐宋词集序跋汇编》,江苏教育出版社,1990年版,第8页。

李之仪《跋吴思道小词》曰：

> 晏元献、欧阳文忠、宋景文，则以其余力游戏，而风流闲雅，超出意表，又非其类也。①

宋张耒《东山词序》曰：

> 文章之于人，有满心而发，肆口而成，不待思虑而工，不待雕琢而丽者，皆天理之自然，而性情之至道也。②

这样，词体就在词人轻松游戏的心态下，在参差错综的句式中，融入了较多的世俗情调和写实的散文因素。首先，由于近体诗森严的格律限制和字少意丰的客观要求，又由于古人天人合一的宇宙观念，近体诗中基本没有叙事或抒情的主体，也忽略了具体时间的存在。高友工先生对此总结道："一方面诗人成为抒情诗的整个间架，一个抒情的自我既是整个活动的发源，又是这个活动的内容；另一方面，由于自我之无所不在，在诗的本身，诗人反而逐渐退隐到诗外，只剩下诗人内在的心境出现诗中。这是一种主观的客观化。"③古典诗歌更多地强调将内在情感和外在景物融为一体，以此来体现那周体流行的天道，这也是中国叙事诗不发达的原因之一。而词体依清乐法曲而生，"现在文人为歌者表演而写词，这种抒情心态就不能相沿不变。时间和人物的因素都不能不扩充"④。伴随着啴缓的曲调，清浅的歌词要表达的是一种普泛性的情感，而不是玄远的哲思，这样在词体中就融入了诸如人称、时间、地点以及事件的过程等散文因素。高友工先生列举了如晏几道的《临江仙》（梦后楼台高锁）、李清照的《如梦令》（昨夜雨疏风骤）、欧阳修的《浪淘沙》（把酒祝东风）诸作，说明了在这些词作中都存在着时间、地点的转移和事件的过程，然后指出：

> 具体的影像在时空的框架中一一呈现，但是整个心理活动的真正

---

① [宋]李之仪：《跋吴思道小词》，载金启华、张惠民、王恒展等编《唐宋词集序跋汇编》，江苏教育出版社，1990年版，第36页。
② [宋]张耒：《东山词序》，载金启华、张惠民、王恒展等编《唐宋词集序跋汇编》，江苏教育出版社，1990年版，第59页。
③ [美]高友工：《小令在诗传统中的地位》，载《美典：中国文学研究论集》，生活·读书·新知三联书店，2008年版，第279~280页。
④ 同上书，第280页。

对象反而置身景外了。这是文人词把"韵"的原则运用新形式更推进了一步。真正的"情"只能由具体的"事"折射出来。①

其次,音乐是最具情感化的艺术,音乐那变动不居、婉转起伏的节奏和旋律,指向的是人类最隐秘、最幽微难言的心灵深处的情感世界。借着音乐的旋律,词人一改意象呈现的言说模式,而变为情感的直接倾诉。如冯延巳之《鹊踏枝》(谁道闲情抛掷久)吐属婉转,悱恻缠绵,纯是心灵的絮语。又如周邦彦的词句,"天便教人,霎时厮见何妨"(《风流子》)、"拚今生,对花对酒,为伊泪落"(《解连环》)、"梦魂凝想鸳侣"(《尉迟杯》)等,皆为纯粹的情感直抒。最后,词体发展到柳永时,柳永对慢词进行了大刀阔斧的改造。领起字的创制、虚字的增多和铺叙手法的运用,将词体的叙事和抒情功能进一步加强,使得词体基本涤清了近体诗的痕迹,同时,大量市井里巷俗语的运用以及市井情调的抒写,奏响了封建社会后期通俗文艺的先声。以上是词体于语言形态和言说方式上新变的表征。概而言之,就是在世俗化的大潮中,诗歌语言表现出明显的通俗化、散文化的趋势,体现了具有平民文化特征的宋型文化的本质精神。散文语言是一种追求客观写实、拒绝歧义的语言形态,是一种符号意义相对单一的现实实用语言。的确,歌词随着音乐的响起,传递着瞬间的情感信息,为了意义能被瞬间理解,需要浅显明白、意单一的语言表达,这样才能实现歌词当下价值的最大化。

然而,诗歌天然地要表现诗人的情感和精神,是一种审美的人生态度和境界;诗歌的语言天然地属于意象、象征和譬喻,且必须与日常语言保持一定的距离才能存在诗性空间。而散文则是现实生活的反映,带有强烈的感观追求和物质主义特征的人生态度;散文的语言是一种客观写实、表意明确的语言状态,它遵守着语言社会公约性的原则。在唐宋社会转型的过程中,社会构成系统中的文学开始了由诗歌向"散文"的文体转型,这种转型也相应地带来了语言形态和言说方式的转移。从外在形态上讲,由古雅僵化的文言转向生动活泼的白话,由整齐刻板的体制转向参差错综的句式;从言说方式上讲,由审美转向实用,由具有原始隐喻象征色彩的意象语言转向近代具有客观写实性质的日常语言。然而这种转型毕竟是一个缓慢的过程,其中也必然存在着一个新旧质素交杂共存的语言状态,而这一语言状态在词体发展的初期充分地展现了出来。其最典型的表现就是,当初在文人诗歌创作中,一些惯常的具有喻托象征性质的文言语汇,诸如"香草""美人""鬓云""蛾眉"

---

① 〔美〕高友工:《小令在诗传统中的地位》,载《美典:中国文学研究论集》,生活·读书·新知三联书店,2008年版,第281页。

"杨柳""残晖"等进入歌词的创作中,由当初的隐喻词汇变成了歌词中日常语言的叙述主题。这种词人不自知的新旧质素交杂的语言状态,遂成就了词体——尤其在其发展的早期——所具有的"要眇幽微"的特质。

词体的诗化,是在对词体俚俗语言的改造中进行的,或者说,是在"散文"的写实和诗意的隐喻之间"妥协交易"而形成的。其在语言上的表现大致有以下几点:一是剔除了词中过于俚俗的市井口语而保留了浅近流丽的"散文"句式;二是诗歌传统中积淀下来的包含着丰富情感意蕴的意象词语,大量进入文人的词作中;三是将含蓄的笔法用于艳情抒写,摆脱了香艳场面的叙写和渲染;四是将传统比兴寄托的手法不经意间渗透到细微的景物描写和事件叙述中。这样,我们看到较为成熟的文人词是将传统的意象语言融入"散文"的叙述语调中,在外在语言形态上表现为"散文"的形式,而在内涵旨趣上蕴含着丰盈的诗意空间,这些都是在词人的不自知之间产生和实现的。正如叶嘉莹先生所指出的那样:

> 词当初只是在歌筵酒席之间写给歌女们去演唱的歌词,本无深意,在作者的显意识(consciousness)之中并没有"言志"的用心。可是就在这些男女相思相恋的内容之中,作者却于无意间把自己隐藏在内心深处的 subconsciousness(潜意识)流露出来了。那才真正是一个人心灵的品质和感情,而不是在大庭广众之前的门面话。……而中国小词的微妙就在于表现了作者在游戏之间无意中流露出来的品质和感情。①

词人以浅近明白的语言和参差的句法,借助"香草""美人"等传统意象语汇,在表层叙写中是"闺情与花柳"的情思主题,而这些有着深厚隐喻底蕴的语汇又营造了丰富和多层次的联想空间,在表面的"闺情与花柳"主题的叙写中无意间流露出词人的品质和情感,正好与传统的"美人""香草"的比兴手法暗合,其词愈浅近,其比兴之用意就愈隐微,后人在吟咏之间偶然遇之,就愈见其妙。其美学原理就是,在词面与词旨间的张力愈大,则其产生的诗歌美感想象的空间就愈大,感染力就愈强。故周济推北宋词为高境,以为在浑成浅近的词语中包含着无穷的意味和寄托,他说:"既成格调,求无寄托,无寄托,则指事类情,仁者见仁,知者见知。"②"无寄托"乃是寄托说的最高境界,这样,在无意中就形成了语言表面与题旨之间的辩证矛盾。它以外表

---

① 叶嘉莹:《兴于微言与知人论世:看温庭筠、韦庄词》,载《迦陵文集》第七卷《古典诗词讲演集》,河北教育出版社,1997年版,第91页。
② [清]周济:《介存斋论词杂著》,载唐圭璋编《词话丛编》,中华书局,1986年版,第1630页。

写实的"散文"形式演绎着独特的诗意内涵,在更细致的思绪和更自由的形式中抒写着更悠邈、更委曲、更细腻的情感世界。故陈子龙曰:

> 故凡其欢愉愁怨之致,动于中而不能抑者,类发于诗余,故其所造独工,非后世可及。盖以沉至之思而出之必浅近,使读之者骤遇如在耳目之表,久诵而得沉永之趣,则用意难也。①

张惠言曰:

> 其缘情造端,兴于微言,以相感动。极命风谣里巷男女哀乐,以道贤人君子幽约怨悱不能自言之情。低徊要眇以喻其致。盖诗之比兴,变风之义,骚人之歌,则近之矣。②

叶嘉莹先生看到了词体这种表面艳情、散文化的叙写和内在的无穷诗意间的微妙关系,遂提出了著名的"双性人格""双层意蕴"以及词体"要眇幽微"的美学特质的理论。叶嘉莹先生说:

> 早期的艳歌小词为"词"这种新兴的文类所树立起的一种特殊的美学品质,乃是特别易于引起读者的言外之联想,且以富于此种言外之意蕴为美的。而此种特殊之品质,与评量之标准的形成,则与早期艳歌中之女性叙写,如温词中之"梳髻""扫眉"的形象和语码,以及韦词中之许身无悔的口吻和情思,结合有极为密切的关系。因为正是这些女性的叙写,造成了一种潜隐的双性之性质,也才造成了这类小词的双层意蕴之潜能。③

从修辞学"修辞以适应题旨情境为第一义"④的理论上讲,词体表面较为浅露的艳情叙写,确是特定场合、特定体裁、特定创作心态的真实的情爱写真,由此构成了词体表层的内涵表达。但是词中特定的包含着丰富文化意蕴

---

① [明]陈子龙:《王介人诗余序》,载施蛰存主编《词籍序跋萃编》,中国社会科学出版社,1994年版,第506页。
② [清]张惠言《词选序》,载《张惠言论词》,唐圭璋编《词话丛编》,中华书局,1986年版,第1617页。
③ 叶嘉莹:《论词学中之困惑与〈花间〉词之女性叙写及其影响》,载《多面折射的光影:叶嘉莹自选集》,南开大学出版社,2004年版,第197页。
④ 陈望道:《修辞学发凡》,上海教育出版社,1979年版,第11页。

的意象语码,以及词中所透露出的词人的情感和品质,又使得读者在脱离特定的语境下产生文本的"误读",并在这种"误读"中引起丰富的联想,由此又构成了词体深层的诗意空间。这样,词体就存在着两个意义空间,一个是依词语或语法轴而构成的表面的写实空间,一个是依语码或意蕴轴而构成的虚幻的联想空间,这或许就是叶嘉莹先生言词体"要眇幽微""双性人格""双层意蕴"的语言学理据吧。即如温庭筠的闺怨词,其表面多为女子居所环境和服饰等"精美之物象"的呈现比合,而这些"精美之物象则极易引人生托喻之联想",同时"温词所叙写之闺阁妇女之情思,往往与中国古典诗歌中以女子为托喻之传统有暗合之处",① 故温词中蕴涵着丰富的"双层意蕴",而这正是以张惠言为代表的、以推尊词体为务的常州词派推崇温词的根本原因。又如王国维有名的三种境界说:

> 古今之成大事业、大学问者,必经过三种之境界:"昨夜西风凋碧树。独上高楼,望尽天涯路",此第一境也。"衣带渐宽终不悔,为伊消得人憔悴",此第二境也。"众里寻他千百度,回头蓦见,那人正在,灯火阑珊处",此第三境也。此等语皆非大词人不能道。然遽以此意解释诸词,恐为晏欧诸公所不许也。②

三句词,依词面意皆为男女情事的抒写;而王国维之所以能将其与"成大事业、大学问者,必经过三种之境界"相提并论,乃源于词中通过感发联想所隐含的那种前路无涯、执着无悔以及妙手偶得的人生哲理。又如以"众芳芜秽,美人迟暮""诗人之忧生"及"诗人之忧世"来评说李璟、冯延巳和晏殊的相思怨别的词句,等等,这些透过字面意义而具有丰富联想空间的词句于温庭筠、韦庄、冯延巳、欧阳修、晏殊等唐五代北宋大词人词作中多有。而王国维说"遽以此意解释诸词,恐为晏欧诸公所不许也",说明王国维自己也明白自己的阐释只是一种文本的"误读"和联想引申,而词人于词中所要表达的却是特定语境中的表层情爱抒写。"我们当然更可证明《花间集》中之艳歌小词,其美学特质乃是以具含一种双重的言外深微之意蕴者为美,而花间词之女性叙写及其所蕴含的双性之人格,则实为形成此种美学特质之两项最基本且最重要之因素。"③ 词体所具有的这种"双层意蕴"能将语言的浅俗性和

---

① 缪钺、叶嘉莹:《论温庭筠词》,载《灵谿词说》,上海古籍出版社,1987 年版,第 39、40 页。
② 王国维:《人间词话》,唐圭璋编《词话丛编》,中华书局,1986 年版,第 4245 页。
③ 叶嘉莹:《论词学中之困惑与〈花间〉词之女性叙写及其影响》,载《多面折射的光影:叶嘉莹自选集》,南开大学出版社,2004 年版,第 201 页。

内涵的深蕴性融为一体,形成了词体独具魅力的"要眇幽微"的美学特质。词体之所以在中国诸多的诗体中独有这一"要眇幽微"的美学特质,从语言学上讲,在语言的表达方式上有着一个由原始诗性特征的隐喻式言说向近代日常语言形态转移演进的过程,这是一个"去魅"的、还语言本来面貌的过程,而词体正处于两种言说方式转移过渡的交杂共处的语言状态之中,既有着内在丰盈的意象美质,又有着外在新变的散文化质素,体现着古典意蕴和近代白话相结合的独特的过渡性质的文体特征。

当宋人"以文字为诗,以才学为诗,以议论为诗"完成着诗歌内在本质散文化抒写的时候,词体则更多地接续了唐诗意象表达的传统,且将这种原初直观的意象寄托和情景交融等最具诗歌本质的表现手法,在新的文化背景下、新的语言形式系统中继承了下来,且演绎到了极高的境界。在以沉潜、细腻为特征的宋型文化背景下,人们对于外物和内心感知方式的微妙变化,带来了文学艺术形式的重新构建。宋人将诗付与了伦常教化、志意抱负等社会生活内容,践履着"诗言志"的崇高传统;而将词付与了心灵情感的"幽约怨悱"的个性空间,延续了"诗缘情"的诗歌本质。这种文体职能上的分工,本身就体现了宋人细致的思维模式,也成就了词体在中国文学史上独有的言情空间。故陈子龙曰:

> 宋人不知诗而强作诗。其为诗也,言理而不言情,故终宋之世无诗焉。然宋人亦不免于有情也。故凡其欢愉愁怨之致,动于中而不能抑者,类发于诗余,故其所造独工,非后世可及。①

词体于情"所造独工",一方面是时代风尚使然,另一方面,则在于唐人为其留下的丰厚的文学遗产。没有对唐诗取得的卓绝成就和成熟技巧的学习借鉴,词体不可能与唐诗比肩而成为"一代之文学",也不可能具有如上所说的"要眇幽微"的特质。早期的词作者如白居易、刘禹锡,以及后来全力从事词体创作的温庭筠、韦庄等人,都是晚唐时期重要的诗人,他们将诗歌创作中的种种技巧和手法带入词的创作中。在当时,亦诗亦词,合歌则为词,离曲则为诗,已为普遍的文学现象。这样,词体在意象的营造、写景抒情的手法乃至语言的锤炼、典故的运用等方面,无不与唐诗有着深厚的联系。流风所及,在宋人"冲口出常言""做诗如说话"地完成诗体语言新变的时候,词体则独得唐诗"兴象"、意象之神韵,以清浅参差的散体语言诉说着那一份悠邈、旷

---

① [明]陈子龙:《王介人诗余序》,载施蛰存主编《词籍序跋萃编》,中国社会科学出版社,1994年版,第506页。

远的古典情怀。如秦观的《八六子》：

> 倚危亭。恨如芳草，萋萋刬尽还生。念柳外青骢别后，水边红袂分时，怆然暗惊。　　无端天与娉婷。夜月一帘幽梦，春风十里柔情。怎奈向、欢娱渐随流水，素弦声断，翠绡香减，那堪片片飞花弄晚，蒙蒙残雨笼晴。正销凝。黄鹂又啼数声。

少游词"体制淡雅,气骨不衰。清丽中不断意脉,咀嚼无滓,久而知味"①,被公推为"本色当行"语。这首《八六子》最能代表词体的风格特点,其情韵、意趣、境界以及用字设色都有地道的词味。但我们发现这首词与唐诗有着千丝万缕的联系：首句"倚危亭",并非词人独创,登高怀远、寄兴抒怀乃是唐人常见的题材,如杜甫"花近高楼伤客心,万方多难此登临"（《登楼》）、李商隐"迢递高城百尺楼,绿杨枝外尽汀洲"（《安定城楼》）,许浑"一上高楼万里愁,蒹葭杨柳似汀洲"（《咸阳城东楼》）；"危"字的用法,唐诗中亦多有,如杜甫"细草微风岸,危樯独夜舟"（《旅夜书怀》）、李商隐"江风扬浪动云根,重碇危樯白日昏"（《赠刘司户蕡》）；至于以"芳草"比"恨",以"萋萋"形容"芳草",皆是唐人常用的意象和词汇；下面以"柳外""水边"的意象暗喻离愁别怨,更是唐人惯用的笔法,如储光羲"日暮待情人,维舟绿杨岸"（《钓鱼湾》）、李商隐"斑骓只系垂杨岸,何处西南待好风"（《无题》）等；又如以"青骢"代车马、以"红袂"代女性,也是唐人常用的意象词汇,从中可以看到太多唐诗的印记。

借鉴唐诗的意象和意境已是宋词中的普遍现象,唐诗一经改造入词,即为"妙句"。王世贞云："'寒鸦千万点,流水绕孤村',隋炀诗也。'寒鸦数点,流水绕孤村',少游词也。语虽蹈袭,然入词尤是当家。"②晏几道《临江仙》名句"落花人独立,微雨燕双飞"乃从五代诗人翁宏《春残》诗中完整化用,谭献评曰"名句,千古不能有二"③。诗中无闻,入词即为绝唱。有时甚至到了不借鉴化用唐诗不足以为词、不足以称雅的地步。张炎曰："如贺方回、吴梦窗,皆善于炼字面,多于温庭筠、李长吉诗中来。字面亦词中之起眼处,不可不留意也。"④陈廷焯对此总结道："诗词一理。然不工词者可以工诗,不工诗者断不能工词。故学词贵在能诗之后。若于诗未有立足处,遽欲学词,吾未

---

① [宋]张炎：《词源》卷下,载唐圭璋编《词话丛编》,中华书局,1986年版,第267页。
② [明]王世贞：《艺苑卮言》,载唐圭璋编《词话丛编》,中华书局,1986年版,第387页。
③ [清]谭献：《复堂词话》,载唐圭璋编《词话丛编》,中华书局,1986年版,第3990页。
④ [宋]张炎：《词源》卷下,载唐圭璋编《词话丛编》,中华书局,1986年版,第259页。

见有合者。"① 当宋人面对唐诗这座高峰,于诗只能求新变,"以文字为诗,以才学为诗,以议论为诗",以求得文学史上独立的价值和地位;于词则不然,唐诗为词提供了取之不尽的创作源泉,诗语一经化用,以新的改造过的语言面貌进入一个新的散体韵文系统之中,就是一种借鉴中的创新,是诗歌意象传统在文学散文化趋势下的自然延续。

  诗歌语言是一种隐喻性的语言,中国诗歌传统的比兴、意象等表达方式是人类早期"隐喻式思维"的体现,它所特有的美质和魅力都是这种具有原始性的艺术语言言说方式的反映。随着社会和思维发展,汉语经历了一个由文言向白话转移的过程;其言说方式也经历了一个由"情感语言"向"日常语言"和"科学语言"发展的过程,这其实就是一个语言通俗化、散文化以及语言由此获得实用性和逻辑性的过程,这一点于唐宋社会转型时期体现得尤为明显。而对诗歌来讲,这不能不说是一个魅力和诗意逐渐隐去、消退的过程。产生并兴盛于唐宋转型时期的词体,见证了汉语由文言向白话、言说方式由意象向日常散文化抒写的转变,既具有日常语言的外在特征,又包含着诗歌意象传统的深厚底蕴。词借助着音乐的载体,在通俗、清浅、细致的语体中对意象美质作总结和升华,以此来延续意象的生命,努力维护诗歌那行将远去的诗性特征。在中国所有的诗体中,词体之所以独享那一份"要眇幽微"的美质,原因也正在于此。

---

① [清]陈廷焯:《白雨斋词话》卷七,载唐圭璋编《词话丛编》,中华书局,1986年版,第3936页。

第四编
雅俗整合中的词体演进

一部词史,尤其是从词体之发生至周邦彦集其大成,大致可以说是在语言形态上的"发越"趋势和诗歌"含蓄"的美学传统之间矛盾交织、冲突、整合前行的历史。而南宋词史的发展,则是在雅俗或者说是"发越""含蓄"整合之后,向传统雅化诗体的回归,逻辑性地走完了其作为格律诗体的发展历程。

陈廷焯说:"子野适得其中,有含蓄处,亦有发越处。"① 可谓慧眼独具,道出了张先词在词体演进中无论是体制还是言说方式上承接转换的关键地位。"含蓄"与"发越"这一对矛盾,下文多有论述,近于人们常说的词史上的雅俗之争,其与雅俗的关系有必要加以辨正。赵晓兰女士说:"所谓雅俗,当兼指其内容及形式而言。雅者,指内容雅正或高雅,语言典丽含蓄,长于比兴等等,反之则为俗。"② 雅俗兼指内容和形式,而"含蓄""发越"则多指写法和语言形式。含蓄自然是雅的,然"发越"则不见得必俗,从杜甫破体为文始,诗歌的创作就开启了直绘其景、直叙其事、直抒其情的通俗化的"发越"笔端且渐成潮流,但我们不能称杜甫诗、韦庄词、李煜词以及陈廷焯提到的张先词为俗。又如柳永"发越"的铺叙手法,其"闺门淫媟"之词是俗,而"羁旅穷愁"之词则倾向于雅。要之,雅俗兼指内容和形式,然更倾向于内容;而"含蓄""发越"则专指诗歌创作的手法和语言的特质。只是由于柳永以"发越"之笔写艳冶之情,给当时文坛带来了强烈的冲击,唤醒了士大夫内心深处根深蒂固的崇雅黜俗的观念,遂将这种"发越"之笔与俗画上了等号。

文学作为社会系统构成的一部分,其面貌、表征及其发展演进,是社会各种力量合力塑造的结果,在"含蓄"的美学趣味与"发越"的语言趋势的对立中,各种力量各取所需、优长互补,在雅俗之间、传统与新变之间达成了妥协,共同塑造了词史的面貌。

---

① [清]陈廷焯:《白雨斋词话》卷一,载唐圭璋编《词话丛编》,中华书局,1986年版,第3782页。
② 赵晓兰:《宋人雅词原论》,巴蜀书社,1999年版,第190页。

第十章 "含蓄"与"发越"两种态势的形成和对立

词体发生于盛唐宫廷,安史之乱后,渐次下移至士大夫阶层,直至市井之青楼北里,在沐浴熏染了晚唐香艳绮靡的时风之后,终以温庭筠、韦庄为代表的"诗客曲子词"的创作划定了"诗庄词媚"的文体界域,这是词体发生发展的明线、主流。由于倚声歌唱的性质与形式,词体顺应了时代文艺世俗化、通俗化的大势,以敦煌曲辞为代表,词体在民间亦以潜流的状态渐成蓬勃发展之势。大量的民间词作虽"语多鄙俚""不重文理",且体制、句式涣漫杂驳,但自由活泼的白话形式、"缘事而发"的民间叙事传统,为词体的发展注入了勃勃生机。

两条线索、两种创作原则开始并行发展,有时文人还有意识地向民间学习,从民歌中汲取养料,以丰富自己的创作手法,如刘禹锡、韦庄等人。诗歌之"含蓄"美学追求与语言之"发越"发展趋势,这对矛盾在初期还处于一种潜隐的状态,直至北宋中期柳永创作长调,词之体制开始由小令向长调更迭转移,体制的转移带来了创作模式的变更,其矛盾冲突才终于显现出来。两种手法发展、渗透、冲突以至融合,基本构成了词体语言形态演进的一条红线。

第一节 小令的诗体回归

在诗词文体代兴之际,温庭筠将其在近体诗中惯熟的意象呈现和情景交融的手法横向移植到词体的创作中,大大提高了词体的品格,成为文人词的典范,为后来词人树立了可资学习的雅词的榜样。温庭筠之后的韦庄,其词在雅洁的字面下,更多地继承了敦煌曲辞的民间叙事传统,顺应了语言通俗化、散文化的"发越"趋势。温韦共为花间派巨擘,其典范而迥异的作风,已经预示着唐五代至北宋时期的词体发展是两种语言形态以不同的面目交互演进渗透、交织前行。

温韦之后,以冯延巳和李煜为代表的南唐词人,在唐五代至北宋的词史中起着重要的承上启下的作用。其中尤以冯延巳影响最大,"上翼二主,下启欧晏,实正变之枢贯,短长之流别"①。王国维亦云:"冯正中词虽不失五代风格,而堂庑特大,开北宋一代风气。"②同时,王国维又评价李煜曰:"词至李后主而眼界始大,感慨遂深,遂变伶工之词而为士大夫之词。"③冯延巳词和李煜词就总体风格而言,在温韦之间,更倾向于韦庄那近于民歌的"发越"笔法,而摆脱了温庭筠那繁缛的意象堆砌。在这种总体倾向之下,冯李两人又各具面目。

冯延巳更多地是折中于温韦之间。相较于温词那繁密而鲜艳的字面,冯词则显得朴素而淡雅,同时变温词静态的意象显情为动态的叙事传情;相较于韦庄那直接具体的叙事和抒情,冯词则婉曲化、心绪化,剔除了具体的事与情,而更专注于内心情感的开掘与抒发,使这种情事具有了多重的意蕴空间,加上层层诉说,其情别具深厚缠绵的韵味。故陈廷焯评曰:"冯正中词,极沉郁之致,穷顿错之妙,缠绵忠厚,与温、韦相伯仲也。"④如他那著名的一组《鹊踏枝》其中三首:

  谁道闲情抛掷久。每到春来,惆怅还依旧。日日花前常病酒。不辞镜里朱颜瘦。 河畔青芜堤上柳。为问新愁,何事年年有。独上小楼风满袖。平林新月人归后。

  几日行云何处去。忘却归来,不道春将暮。百草千花寒食路。香车系在谁家树。 泪眼倚楼频独语。双燕飞来,陌上相逢否。撩乱春愁如柳絮。悠悠梦里无寻处。

  六曲阑干偎碧树。杨柳风轻,展尽黄金缕。谁把钿筝移玉柱。穿帘海燕双飞去。 满眼游丝兼落絮。红杏开时,一霎清明雨。浓睡觉来莺乱语。惊残好梦无寻处。

真是"金碧山水,一片空蒙"。更重要的是,在这种情感层层顿挫的叙写之中,其郁勃深厚之情已非单纯的思妇之情所能范围,而是融入了士大夫的情感志意,使之具有了多重的意蕴空间。故后来的词评家多于其中发现忧生念乱之情、比兴寄托之意。张惠言曰:"忠爱缠绵,宛然《骚》《辨》之义。"⑤清冯

---

① [清]冯煦:《唐五代词选序》,载金启华、张惠民、王恒展等编《唐宋词集序跋汇编》,江苏教育出版社,1990年版,第437页。
② 王国维:《人间词话》,载唐圭璋编《词话丛编》,中华书局,1986年版,第4243页。
③ 同上书,第4242页。
④ [清]陈廷焯:《白雨斋词话》卷一,载唐圭璋编《词话丛编》,中华书局,1986年版,第3780页。
⑤ [清]张惠言:《张惠言论词》,载唐圭璋编《词话丛编》,中华书局,1986年版,第1612页。

煦曰:"翁俯仰身世,所怀万端,缪悠其词,若显若晦,揆之六义,比兴为多。"①蔡嵩云亦曰:"正中词,缠绵悱恻,在五代,别具一种风格。"②

冯词这种风格的形成,正在于将"发越"与"含蓄"的笔法完美结合,在细腻的笔触之间层层透出思妇婉曲的心声。冯词相较于温词以情胜,相较于韦词以韵胜。这种情韵兼胜的笔法以及词中散发出来的深厚的士大夫忧患情怀,对后世尤其北宋欧晏词产生了深远的影响。刘熙载曰:"冯延巳词,晏同叔得其俊,欧阳永叔得其深。"③从唐五代到北宋词史的发展,冯延巳以其缠绵悱恻之词笔为令词的雅化起到了枢纽的作用。

南唐后主李煜由于一生前后际遇的巨大落差,词的内容明显地呈现出前后两期的分野。然有一点是不变的,正如叶嘉莹先生指出的那样:"李煜之所以为李煜与李煜词之所以为李煜词,在基本上却原有一点不变的特色,此即为其敢于以全心倾注的一份纯真深挚之感情。"④李煜在情感的表达上极为坦率真纯,不作任何曲笔,无论叙事、写景、抒情,皆以直切发露之笔,直叙其事、直绘其景、直吐其情。他采取了最自然最通俗的表现形式,却获得了最佳的、最感人至深的艺术效果。可以说他继承了韦庄以来民间文学直言无隐的"发越"精神,且将之演绎到了极高的境界。吴梅先生将李煜这种笔法称为"赋体",他说:"后主词用赋体……皆直抒胸臆,而复宛转缠绵者也。""其用赋体,不用比兴。"⑤脱除藻饰,纵笔直书乃是李煜词的本色特征。

李煜词最擅长的就是白描的写景和直感的抒情。一空依傍、一片神行。其写景极为洗练,只寥寥几笔,直摄物之神理,秀韵天成;其抒情直抒胸臆,直吐心声。他无须任何像温词那样的深文曲笔,雕饰斧琢,却取得了"沁人心脾""豁人耳目"⑥的艺术效果,具有巨大的感发力量。比如他那两首著名的《相见欢》:

无言独上西楼,月如钩。寂寞梧桐深院锁清秋。　剪不断,理还乱,是离愁。别是一般滋味在心头。

林花谢了春红,太匆匆。无奈朝来寒雨晚来风。　胭脂泪,相留

---

① [清]冯煦:《阳春集序》,载施蛰存主编《词籍序跋萃编》,中国社会科学出版社,1994年版,第17页。
② 蔡嵩云:《柯亭词论》,载唐圭璋编《词话丛编》,中华书局,1986年版,第4910页。
③ [清]刘熙载:《艺概·词曲概》,上海古籍出版社,1978年版,第107页。
④ 叶嘉莹:《论李煜词》,载《迦陵文集》第五卷《唐宋词名家论稿》,河北教育出版社,1997年版,第51页。
⑤ 吴梅:《词学通论》,复旦大学出版社,2005年版,第42页。
⑥ 王国维:《人间词话》,载唐圭璋编《词话丛编》,中华书局,1986年版,第4252页。

醉,几时重。自是人生长恨水长东。

第一首上片写登楼所见所感,纯用白描,朴素自然,一"锁"字用得工巧但不失自然之韵,塑造出肃冷凄清的氛围,正衬托出词人此时"无言""独""寂寞"的愁苦无边的心境,白描手法的运用成熟之极。下片直抒胸臆,"剪不断,理还乱,是离愁"是一种化抽象为具体的手法,形象生动,接着是这种情绪的进一步漫延,"别是一般滋味在心头",直透读者的心灵,让人能真切地感受到李煜那百感交集、痛楚无涯的感情世界。语言直露,表意真切。像这样的词作很多,如为人所熟知的《虞美人》(春花秋月)、《清平乐》(别来春半)、《浪淘沙》(帘外雨潺潺)等等。

李煜词"发越"直露的笔法还体现在叙事性上,相较于韦庄的叙事,李词更具体、更细致生动。如他的两首《菩萨蛮》:

花明月暗笼轻雾,今宵好向郎边去。刬袜步香阶,手提金缕鞋。
画堂南畔见,一向偎人颤。奴为出来难,教君恣意怜。

蓬莱院闭天台女,画堂昼寝人无语。抛枕翠云光,绣衣闻异香。
潜来朱锁动,惊觉银屏梦。脸慢笑盈盈,相看无限情。

两首词皆用赋之叙事手法写男女之情事,形象生动、细腻真切。第一首写男女主人公幽会,直如读言情小说一般;第二首也是人物、地点、时间、情节场景等叙事要素一应俱全。李煜的《一斛珠》(晓妆初过)、《玉楼春》(晚妆初了)、《浣溪沙》(红日已高)等词作都显现出明确清晰的叙事内容。

前人对李煜词的通俗化创作倾向多有评论,如清陈锐曰:"李后主词,'帘外雨潺潺',寻常白话耳,金、元人词亦说白话,能有此缠绵否?"[1] 王闿运评《虞美人》(春花秋月)一词曰:"常语耳,以初见故佳,再学便滥矣。"[2] 周济亦云:"李后主词,如生马驹,不受控捉。毛嫱、西施,天下美妇人也,严妆佳,淡妆亦佳,粗服乱头,不掩国色。飞卿,严妆也。端己,淡妆也。后主,则粗服乱头矣。"[3] 可谓精妙之喻。李煜词在题材、手法、境界方面的开拓,确立了他在词史上的卓绝地位,然就笔法而言,由于后来令词雅化的发展轨迹,李煜词中那通俗化的"发越"笔端也就凌厉百代,成为绝响。

以冯延巳、李煜为代表的南唐词,在词史上有着卓绝的成就和地位,以冯

---

[1] [清]陈锐:《裛碧斋词话》,载唐圭璋编《词话丛编》,中华书局,1986年版,第4201页。
[2] 王闿运:《湘绮楼评词》,载唐圭璋编《词话丛编》,中华书局,1986年版,第4285页。
[3] [清]周济:《介存斋论词杂著》,载唐圭璋编《词话丛编》,中华书局,1986年版,第1633页。

延巳而言，在令词的雅化历程上起着承前启后的重要作用，后来的晏殊、欧阳修无不以其词为学习的典范，灯传一脉。李煜则将韦庄发展起来的语言通俗"发越"的作风发扬光大，后来的通俗作风亦可于此追溯。一冯一李，又体现了"含蓄"与"发越"两种笔法衍生共进的轨迹。

小令从唐五代以来，经温、韦、冯、李的发展，到北宋晏欧时期已达到相当成熟的境地。欧阳修、晏殊等词人摆脱了小令初期的直率粗陋，以诗的意象手法来表现士大夫的忧患意识和闲雅情思，他们所喜用的词调，如《浣溪沙》《鹧鸪天》《玉楼春》《渔家傲》《踏莎行》等，本身就近于近体诗。这样，无论从形式到内容，都已经有着诗词一体的倾向，天然地要向诗歌含蓄蕴藉的手法回归，更不用说晏殊、欧阳修等人深重的士大夫情怀。顾璟芳曰：

> 词之小令，犹诗之绝句，字句虽少，音节虽短，而风情神韵，正自悠长。作者须有一唱三叹之致，淡而艳，浅而深，近而远，方是胜场。①

沈祥龙曰：

> 小令须突然而来，悠然而去，数语曲折含蓄，有言外不尽之致，着一直语、粗语、铺排语、说尽语，便索然矣。②

词的作风又回到了诗歌含蓄蕴藉的轨道上来。龙榆生先生在《中国韵文史》中说："北宋令词，发扬于晏殊、欧阳修，而极其致于晏几道。"③ 在令词雅化的过程中，晏几道的成就最高，其以"诗人之句法""推动了词体由代言体向个性抒情的转化，也使得词这种'娱宾遣兴'的卑微文体具有与诗一样感物赋情的品格"④。

小令雅化的集大成者乃晏殊之子晏几道，他在欧晏之后，能将诗歌的创作手法和技巧运用到极致，大大丰富和深化了令词的抒情手法和功能。小山词有着迥异于前代词人的独特风貌，他的挚友黄庭坚这样评价小山词："乃独嬉弄于乐府之余，而寓以诗人之句法，清壮顿挫，能动摇人心。"⑤ 黄庭坚以

---

① [清]田同之：《西圃词说》引顾璟芳语，载唐圭璋编《词话丛编》，中华书局，1986年版，第1467页。
② [清]沈祥龙：《论词随笔》，载唐圭璋编《词话丛编》，中华书局，1986年版，第4050页。
③ 龙榆生：《中国韵文史》，上海古籍出版社，2002年版，第86页。
④ 叶嘉莹、李东宾：《试论小山词朦胧深美的意境追求》，《山西大学学报》2008第3期，第13页。
⑤ [宋]黄庭坚：《小山词序》，载金启华、张惠民、王恒展等编《唐宋词集序跋汇编》，江苏教育出版社，1990年版，第25页。

其诗人兼文艺批评家敏锐而独到的眼光,察觉到小山词中所独有的成就其词史地位的因素,那就是他所说的"诗人之句法"。小山词作中的"诗人之句法"大致可以概括为:比兴寄托的抒怀手法、跌宕顿挫的结构布置、化用诗句的造句技巧。

首先是比兴寄托的抒怀手法。小山在自序中说:"尝思感物之情,古今不易,窃以谓篇中之意,昔人所不遗,第于今无传尔。故今所制,通以补亡名之。"① 小山于此阐发了自己的创作原则,就是要接续已经"无传"的古人"情动于中而形于言"有感而发的创作传统,将自己的情感志意通过鲜明生动的形象曲折含蓄地表达出来。如他的《蝶恋花》:

笑艳秋莲生绿浦。红脸青腰,旧识凌波女。照影弄妆娇欲语。西风岂是繁华主! 可恨良辰天不与。才过斜阳,又是黄昏雨。朝落暮开空自许。竟无人解知心苦。

这首词表面上写秋莲,实以秋莲喻歌女小莲,亦花亦人,一笔双写,妙合无垠,写花的衰落凋零就是写小莲身世的不幸和凄苦,字里行间寄寓了词人对小莲深切的同情。然而词中一些词语如"岂是""可恨""空自许""竟"等都透露出一股难以消解的郁抑不平之气。联系小山的一生,我们何尝不可以说这里的秋莲也寄托着词人自己的情志之悲和身世之痛呢?又如《玉楼春》:

清歌学得秦娥似。金屋瑶台知姓字。可怜春恨一生心,长带粉痕双袖泪。 从来懒话低眉事。今日新声谁会意?坐中应有赏音人,试问回肠曾断未?

词中的歌妓技艺超群,却无"赏音人",只能"春恨一生"。词中语气沉痛,情感真挚,歌女的形象直可看作小山自己人生境遇的写照。小山词为我们塑造了众多美丽的歌妓舞女形象,她们都有不幸的身世遭遇,词人对她们表现出了深深的理解和同情,所谓借他人酒杯浇自己之块磊,其中都寄托了词人自己的"微痛纤悲"②。叶嘉莹先生说:"晏几道的艳词,却颇有一点有托而逃的

---

① [宋]晏几道:《小山词自序》,载金启华、张惠民、王恒展等编《唐宋词集序跋汇编》,江苏教育出版社,1990年版,第25页。
② 夏敬观:《映庵词评》,载张璋、职承让、张骅等编《历代词话续编》,大象出版社,2005年版,第421页。

寄情于诗酒风流的意味。"① 小山就是在花草歌女的叙写中寄托了自己的身世之感、情志之悲,深得中国诗歌含蓄传统之精髓。

其次是跌宕顿挫的结构布置。小山一改以往令词自然感发、浑然天成的创作模式,而讲究篇章结构的起接承转、跌宕顿挫,力图在短小的篇幅之内融入更丰富的情思和更深重的感慨。如我们所熟悉的名篇《临江仙》:

> 梦后楼台高锁,酒醒帘幕低垂。去年春恨却来时。落花人独立,微雨燕双飞。　记得小蘋初见,两重心字罗衣。琵琶弦上说相思。当时明月在,曾照彩云归。

开篇起即突兀,用逆入法,创造了一种孤寂、迷惘、空幻的氛围,康有为评其"纯是华严境界"②,确是知言。然后用一散句点出主题缘由。接着是"千古不能有二"的名句,宕开笔墨,不写"春恨",而是通过景物的描写极力渲染此时词人的孤寂、落寞之情。上片五句,两次跌宕,中间夹一叙语照应,形成了波澜起伏之势。下片才接续上片的"春恨"主题,三句一气贯注,作深情缠绵的叙写。歇拍突然顿住,以离别之景作结,迷蒙深眇,又形成欢会与离别的情感跌宕,令人惆怅无端。其结构之妙,叙情之深,不愧为千古名篇。又如他的《鹧鸪天》:

> 彩袖殷勤捧玉钟,当年拚却醉颜红。舞低杨柳楼心月,歌尽桃花扇底风。　从别后,忆相逢。几回魂梦与君同。今宵剩把银釭照,犹恐相逢是梦中。

上片四句,极写当时欢会的场面:"彩袖"殷勤劝酒,词人"拚却"一醉,歌舞又是那样纵情尽兴。过片稍作过渡,引出"几回魂梦",写别后词人深长的孤寂之情。结拍再次写相会,可这是在长久分别之后的相见,其惊喜、疑惑、百感交集之情被刻画得入木三分,以致陈廷焯评价说:"曲折深婉,自有艳词,更不得不让伊独步。"③ 单就这一句讲,已然深致曲折,而全篇三次时空转换,其情也经历了由极喜到极悲再到悲喜交加的跌宕起伏,一篇之内"曲折三致意",写情至此,能事尽矣。

---

① 叶嘉莹:《论晏几道词在词史中之地位》,载《迦陵文集》第五卷《唐宋词名家论稿》,河北教育出版社,1997 年版,第 104 页。
② 梁启超:《饮冰室评词》引康南海语,载唐圭璋编《词话丛编》,中华书局,1986 年版,第 4305 页。
③ [清]陈廷焯:《白雨斋词话》卷一,载唐圭璋编《词话丛编》,中华书局,1986 年版,第 3782 页。

最后是化用诗句的造句技巧。化用前人诗歌成句,乃是词体诗化、雅化的重要标志,是诗词创作一体化的表现。小山相较于其他词人,其化用的技巧尤为人所称道,古人的诗句一经其点化,顿时放射出异样的光彩。如上面所举的名篇《临江仙》中名句"落花人独立,微雨燕双飞",既创造出朦胧柔美的艺术境界,又烘托出词人孤寂惆怅的伤感心境,美轮美奂,达到了古典诗歌创作情景交融的最高境界。故谭献给予其"名句,千古不能有二"的极高评价。殊不知,这一千古名句竟非小山原创,而是出自五代时期一位不大出名的诗人翁宏的手笔,题作《春残》,全诗如下:

> 又是春残也,如何出翠帷?
> 落花人独立,微雨燕双飞。
> 寓目魂将断,经年梦亦非。
> 那堪向愁夕,萧飒暮蝉辉。

整首诗算不得精彩,但"落花"一联却相当出色,惜乎淹没其中。而小山不易一字,完整化来,焕发出异样的灵光炫彩,顿成全词"词眼"。究其原因,就是此联所创造的孤寂凄迷的氛围与起句"梦后楼台高锁"相合;其所抒发的惆怅伤感的意绪又与上句"春恨"相应,与全篇的意境浑然一体,成为全词的精神所在。另外,像"去年春恨却来时"的立意和句法与郑谷的《杏花》诗中"小桃新谢后,双燕却来时"相近;"当时明月在,曾照彩云归"化自李白《宫中行乐词》"只愁歌舞散,化作彩云飞"句。这首词之所以成为千古名篇,与小山的点化之功有着密不可分的关系。

小山词中化用之笔所在多有,一经点化,妙味无穷。如《蝶恋花》(醉别西楼)结句"红烛自怜无好计,夜寒空替人垂泪",化用杜牧《赠别》诗句"蜡烛有心还惜别,替人垂泪到天明",托物寄情,又以"夜寒""空"衬托、渲染,见出蓝之妙。又如:"翠袖不胜寒,欲向荷花语"(《生查子》)化自杜甫《佳人》"天寒翠袖薄,日暮倚修竹"和李白《渌水曲》"荷花娇欲语,愁杀荡舟人"两联;"无处说相思,背面秋千下"(《生查子》)化用李商隐《无题》诗"十五泣春风,背面秋千下";"暗香浮动,疏影横斜,几处溪桥"(《诉衷情》)化自林逋《山园小梅》中的名句"疏影横斜水清浅,暗香浮动月黄昏";等等。故薛砺若评小山词,"最善融化诗句,与后期的周美成正复遥遥相映"[①]。他在令词中所体现出的高超的化用技巧成为后来词人借鉴的范本。

---

① 薛砺若:《宋词通论》,上海书店出版社,1985年版,第83页。

小山以其"诗人之句法",成就了小令创作的最高成就,故龙榆生先生说:"令词之发展,至此遂达最高峰,后有作者,不复能出其范围矣。"① 从这一点上说,小山对词体的发展作出了突出的贡献,也成为小令雅化的代表。令词在经历了俗化与雅化抑或"发越"与"含蓄"两种创作手法并行、冲突、融合的发展之后,终以欧晏的含蓄蕴藉的审美追求完成了向传统诗体的回归。

第二节 雅俗的对立并存

小令的雅化,或者说含蓄蕴藉的审美情调的回归,意味着小令只能在士大夫这一高雅而狭小的圈子里流行。在民间,为满足广大市井阶层娱乐之需,以柳永为代表的描写市井情调的慢词遂大行其道。南宋吴曾云:"慢词盖起宋仁宗朝,中原息兵,汴京繁庶,歌台舞席,竞赌新声。耆卿失意无俚,流连坊曲;遂尽收俚俗语言,编入词中,以便伎人传习。一时动听,散播四方。"② 一方面是在士大夫间流行的、以欧晏为代表的感物赋情的雅化令词,另一方面是"尽收俚俗语言""散播四方"的描写市井低俗情调的柳永长调俗词。雅俗在体制的短长上也可见出区别,含蓄则短,"发越"则长,其原因正如孙克强先生所说的那样:"含蓄而概括,读者在读词时可以借助自己的文学修养和生活经验,调动自己的欣赏能力去感发和补充。这正是文人雅词的特征。……俗文学的特点……迎合下层市民俗众的接受习惯,叙述描写直观浅露,不求含蓄蕴藉,不为比喻联想。"③ 小令"含蓄"故典雅,长调"发越"故俚俗,这样,随着柳永长调的创制,天然地形成了两种表现手法及其审美趣味的冲突。

两种风格趣味、表现手法在当时词坛呈现出水火不容的状态,终宋之世,凡论词者无不主雅而斥俗,一边倒地尊欧晏而抑柳永,显出了传统观念的强大惯性。张舜民《画墁录》里的一则故事,让我们看到两种风格趣味的对立:

> 柳三变既以词忤仁庙,吏部不放改官,三变不能堪,诣政府。晏公(引者按,晏殊)曰:"贤俊作曲子么?"三变曰:"只如相公亦作曲子。"公曰:"殊虽作曲子,不曾道'彩线慵拈伴伊坐'。"柳遂退。④

---

① 龙榆生:《中国韵文史》,上海古籍出版社,2002年版,第87页。
② [清]宋翔凤:《乐府余论》引《能改斋漫录》,载唐圭璋编《词话丛编》,中华书局,1986年版,第2499页。
③ 孙克强:《雅俗之辨》,华文出版社,1997年版,第113~114页。
④ [宋]张舜民:《画墁录》,丁如明校点,载《宋元笔记小说大观》,上海古籍出版社,2001年版,第1553页。

在这则故事中,晏殊摆出了誓与柳永划清界限的坚决态度,这种态度来自价值取向和艺术趣味的天壤之别。仅就艺术趣味而言,同样的情爱主题在词中有着不同的表现手法。下面举晏殊和柳永各一首词试加比较,首先看晏殊的《木兰花》:

> 池塘水绿风微暖。记得玉真初见面。重头歌韵响铮琮,入破舞腰红乱旋。　玉钩阑下香阶畔。醉后不知斜日晚。当时共我赏花人,点检如今无一半。

这首词是触景怀人、感叹人生无常之作,很能代表晏殊雅词那种雍容含蓄的语言风格。首句写池水微波,乃情景交融之法,与冯延巳名句"风乍起,吹皱一池春水"(《谒金门》)同一机杼。涟漪轻漾,蕴含的是词人心绪的一丝波动,源于对"玉真"的一份怀想。然后以烘托、映衬之笔,写"玉真"琴技之高、舞姿之美,而不作"玉真"容颜的正面描写。同样的内容、同样的笔法,让人想起了其"暮子"晏几道"舞低杨柳楼心月,歌尽桃花扇底风"(《鹧鸪天》)的名句。"玉钩"两句含蓄蕴藉,既可以是歌舞散后与"玉真"相会之美好时光的回忆,亦可以理解为此时词人一片怅惘之情。这种提空虚写而不着色相的笔法,引人生无限遐想。大致相同的内容,一样的含蓄用笔,也令人想起欧阳修的名句"燕子飞来窥画栋,玉钩垂下帘旌"(《临江仙》)。最后两句以人生无常、好景不再的理性圆融的叹惋、反省作结。这首词将诸多雅词的笔法融于一体,有情景交融、"玉真"作为意象借代、映衬烘托以及提空虚写等等,使此词极具温润秀洁、含蓄圆融之旨,不见任何直露、"发越"之笔。对于晏殊词这些特点,叶嘉莹先生总结说:"对于所叙写之情事,又并不喜作直言确指的说明,故尔易于使读者产生多方面之联想。""晏殊却独能将理性之思致,融入抒情之叙写中,在伤春怨别之情绪内,表现出一种理性之反省及操持,在柔情锐感之中,透露出一种圆融旷达之理性的观照。"① 由上可见,晏殊已将那种意象含蓄的手法运用到了极其精熟的地步,文中征引如冯延巳、欧阳修和晏几道等人的词句,也在于以点带面,说明欧晏等雅化词人共同的笔法和旨趣追求。叶嘉莹先生说欧晏小词有着"要眇幽微"的特美,其原因恐怕正在于他们对意象手法纯熟以至挥洒自如的运用,也因此广为士大夫阶层所推崇和赏爱。

与之趣味迥然相异的是柳永的市井俗词,如《定风波》:

---

① 叶嘉莹:《论晏殊词》,载《迦陵文集》第五卷《唐宋词名家论稿》,河北教育出版社,1997年版,第56页。

自春来、惨绿愁红,芳心是事可可。日上花梢,莺穿柳带,犹压香衾卧。暖酥消,腻云嚲,终日厌厌倦梳裹。无那! 恨薄情一去,音书无个。

早知恁么、悔当初、不把雕鞍锁。向鸡窗、只与蛮笺象管,拘束教吟课。镇相随,莫抛躲。针线闲拈伴伊坐。和我。免使年少,光阴虚过。

这首词正是被晏殊斥咄的柳永俗词的代表,表现的是市井女子不耐空闺寂寞、大胆吐露青春骚动怨抑心曲的"代言"之作,充分体现了柳词中的市井情调趣味。这首词不讲求含蓄,不追求辞藻堆砌,而是以俚俗直白的语言,"发越"直露、一泻无余的口吻,真切细腻地表现了市井女子的情爱追求。其中像"犹压香衾卧""暖酥消,腻云嚲"等语刻画过露,且有浓重的色情味道;又如"镇相随,莫抛躲。针线闲拈伴伊坐"是直接的艳情场景的遐想叙写;再如"和我。免使年少,光阴虚过"是直白的情爱心声的袒露。这种率直叙事、直吐心声的笔法正体现了市井民众"以真为美""以俗为美""以露为美"的审美情趣,其格调情趣与"温柔敦厚"、含蓄蕴藉的诗歌传统可谓大异其趣,难怪要遭到晏殊等以雅相尚的士大夫阶层的贬抑乃至斥责了。

晏殊和柳永词风、词笔鲜明的雅俗对立,是文人士大夫和民众市井文化之间的差异和对立,是唐宋时期社会经济和文化转型于文艺形式与趣味上的反映。社会形态由古典向近代的转型,表现在文学上是语言形态由雅向俗、由"含蓄"向"发越"转移的大势。

由于这种社会转型是一个漫长的过程,词坛雅俗并存且相互渗透的现象也必然长期存在。在这种雅俗交织的文化背景下,北宋词人大多有着两副面孔——既作侧艳之词,又有大雅之作。一代儒宗欧阳修有一些艳词,其香艳程度不下柳永,后人百般为其辩解,称欧阳修词"亦有鄙亵之语一二厕其中,当是仇人无名子所为也"[1]。黄庭坚好作"艳歌小词","法云秀诫之曰:'笔墨劝淫,乃欲堕泥犁中耶。'鲁直曰:'空中语也'"[2]。集俗词之大成的柳永也不免如此,柳永出身于诗礼簪缨世家,自幼苦读游学,他是以士人的身份投身于市井歌词的创作中的,这一点决定了他内心深处也具有双重人格。这种双重人格表现在传统文化与新兴市井文化在生活方式和价值取向的冲突上,于其词作,则表现为两类题材和手法的差异。柳永词的题材"大概非羁旅穷

---

[1] [宋]陈振孙:《直斋书录解题》卷二一,徐小蛮、顾美华点校,上海古籍出版社,1987年版,第616页。
[2] [清]沈雄:《古今词话》词评卷上引《柳塘词话》事,载唐圭璋编《词话丛编》,中华书局,1986年版,第983页。

愁之词,则闺门淫媟之语"①,当身处市井中那"偎红倚翠"的情景中,尽情享受着"琼枝玉树相倚"的情爱生活时,他将音乐和文学才华付诸艳冶歌词的创作,即所谓"闺门淫媟之语",以发露之笔抒艳冶之情,来实现当下的市场价值,这时他掩盖了传统文人的身份,以市井代言人的角色存在。当他远离都市那灯红酒绿温柔绮靡的歌舞场所,处于山水行旅之中,他又回归传统文人的心境和氛围,孤独、寂寞、苦闷,夹杂着文人所固有的"修齐治平"追求的失落感就齐聚心头,所谓"羁旅穷愁之词"正是此时心境的真实写照。两类词作反映的是两种文化的冲突,同时,这种文化冲突也体现在与之相应的表现手法的差异上。如柳永的名篇《八声甘州》:

> 对潇潇、暮雨洒江天,一番洗清秋。渐霜风凄惨,关河冷落,残照当楼。是处红衰翠减,苒苒物华休。惟有长江水,无语东流。　不忍登高临远,望故乡渺邈,归思难收。叹年来踪迹,何事苦淹留。想佳人、妆楼颙望,误几回、天际识归舟。争知我、倚阑干处,正恁凝愁。

这首词是柳永登高念远的代表作,叶嘉莹先生评其为"秋士易感"之作,其风格和笔法迥异于俗词艳情的书写。据宋赵令畤《侯鲭录》卷七载:

> 东坡云:世言柳耆卿曲俗,非也。如《八声甘州》云:"霜风凄紧,关河冷落,残照当楼。"此语于诗句,不减唐人高处。②

之所以连一向鄙薄柳词的苏东坡也对此词大加称赏,其原因正在于柳永词中传统的典型意象笔法。正如叶嘉莹先生所说的那样:"其景物形象之开阔博大,与其声音气势之雄浑矫健,皆足以传达一种强大的感发之力,与唐人诗歌之以'兴象'之特质取胜者颇为相近的缘故。"③细致说来,这首词上片的写景,如"暮雨""江天""霜风""关河"等意象,皆是从大处着笔勾勒、概括,而不作细致的描摹刻写,气象高远雄浑;同时将个人的身世感慨寓于"兴象"之中,如"是处红衰翠减,苒苒物华休。惟有长江水,无语东流"等语,皆有岁华将暮,嗟老叹穷之意。然而就在这样的雅词中,也带有典型的柳永式的俚俗

---

① [宋]胡仔纂集《苕溪渔隐丛话》后集卷三九引《艺苑雌黄》语,廖德明校点,人民文学出版社,1962年版,第319页。
② [宋]赵令畤:《侯鲭录》卷七,傅成校点,载《宋元笔记小说大观》,上海古籍出版社,2001年版,第2091页。
③ 叶嘉莹:《论柳永词》,载《迦陵文集》第五卷《唐宋词名家论稿》,河北教育出版社,1997年版,第79页。

笔法。陈廷焯曰：

> 如柳耆卿"对萧萧暮雨洒江天"一章，情景兼到，骨韵俱高。而有"想佳人妆楼长望"之句。佳人妆楼四字，连用俗极，亦不检点之过。①

高雅的山林情趣中突然夹一句青楼楚馆的市井俚语，难怪要遭到以"温厚""沉郁"为词之最高旨趣追求的陈廷焯无情批驳了。柳永许多"羁旅穷愁"的词作，于萧瑟景物的描写和孤寂氛围的渲染中，所追忆怀想的多是旧日的欢会和相好的"烟花伴侣"。又如柳永的另一名篇《雨霖铃》，全词皆以香艳、细致的词笔来作离情别绪的叙事和描写，而下片夹一名句"今宵酒醒何处，杨柳岸、晓风残月"，景中寓情，充满了诗情画意的雅趣。从上所述，在柳永的词中体现着在社会形态的转型过程中，中国诗歌题材和创作手法的转移——由高雅的山林走向市井里巷、由意象的呈现转为散文化的写实。柳词中雅、俗矛盾的两面正是柳永真实人格的写照，也微缩了特定文化背景之下文学转型的真实面貌。

恩格斯说过："歌德在德国文学中的出现是由这个历史结构安排好了的。"②套用这句话，则柳永在中国文学中的出现也是由中国历史结构安排的结果。柳永身上反映了太多的社会转型时期的历史文化因素，由于论题所限，仅就体制和语言形态而言，意象手法发展到欧晏等雅化词人手中，已经到了圆润精熟、随意挥洒的地步，其与小令体裁的结合，承载的正是古典的含蓄蕴藉之美。成熟即意味着僵化，即意味着这种形式和手法已走到了尽头。在世俗的大潮中，这种手法和形式就显得与时代格格不入了。梁丽芳先生在谈到柳永词的意义时指出："柳永大胆以白话入词，确是有先见之明，因为小令满纸罗襟凤帐、金钗云鬓的陈腔滥调，已失去其原有的感发力量，再不改革，就成了死文字了。白话不但可以丰富了词的用字，还向词注入了新鲜活泼的生命。"③柳永长调的创制，白话的运用，对整个词体的发展无疑有着重大的意义，其意义甚至溢出了词史的范围，而成为中国文学由古典迈入近代的关键所在。就总体而言，近代文学与现当代文学的外在特征正是由短而长，戏曲、小说等叙事文学之替代正统诗文是由短而长，诗文内部的变革也是由短而长，因为短小就要精微含蓄，就要以不言或少言而出之，于是就会呈现古典

---

① [清]陈廷焯：《白雨斋词话》卷五，载唐圭璋编《词话丛编》，中华书局，1986年版，第3904页。
② 陆梅林辑注《马克思恩格斯论文学与艺术》第一卷，人民文学出版社，1982年版，第492页。
③ 梁丽芳：《柳永及其词之研究》，三联书店香港分店，1985年版，第114页。

精神的诸多要素;而篇幅的加长则适于直白的口语,适于详尽的叙事,适于"发越"的抒情,于是近现代文学的诸多要素就会自然显现出来,陈廷焯正是看到了这一点,才从崇古黜今的角度评价柳永:

> 耆卿词,善于铺叙,羁旅行役,尤属擅长。然意境不高,思路微左,全失温、韦忠厚之意。词人变古,耆卿首作俑也。①

所谓"变古",即柳永及其词作成为抛弃古典原则而开启近代文学的标志。柳永长调的创制以及市井俚语和铺叙手法的运用,无疑为近代文学或称"市民文学"开拓出了广阔的发展空间,其意义正如木斋先生在《走出古典》中所指出的那样:"柳词范式对于后来者的影响,更多的是越过唐宋词史本身而开启金元曲子,并遥遥地指向于白话诗歌运动。"②就词史的意义而言,柳永长调及铺叙手法的运用,已经突破了小令对表情达意的局限,为更细致具体的描写叙事和更细腻婉曲的情感抒发提供了广阔的驰骋空间。其表情达意的优长,从后来词家广泛采用且成为词坛主要的体式和手法可以得到确证。从这一点上可以说,柳永开创了一个时代。诚如龙榆生先生所言:

> 由于他(引者按,指柳永)有深厚的文学素养,对付这些格律很严的长调,不论抒情写景,都能够运用自如;这就使一般学士文人对这些民间流行的曲调,不再存轻视心理,而乐于接受这种新形式,从它的基础上予以提高。如果不是柳永大开风气于前,说不定苏轼、辛弃疾这一派豪放作家,还只是在小令里面打圈子,找不出一片可以纵横驰骤的场地来呢!③

长调的出现和运用,对词体的发展无疑有着重大的意义,篇幅的拓展延长就意味着内容要具体、丰富和细腻,手法要铺陈、直露和"发越"。

无论人们如何贬抑、鄙视柳永,柳永长调的创制确实为词体开拓出广阔的发展空间;柳永俗词中那卑俚语言和市井情调是为生机勃勃的市井文化立言,顺应了语言通俗化的趋势,代表了文学和文化的发展方向。无论同时代的苏轼"以诗为词",还是后来的周邦彦以"富艳精工"之赋笔集词体之大成,

---

① [清]陈廷焯:《白雨斋词话》卷一,载唐圭璋编《词话丛编》,中华书局,1986年版,第3783页。
② 木斋:《走出古典——唐宋词体与宋诗的演进》,中国社会科学出版社,2002年版,第97页。
③ 龙榆生:《词曲概论》,北京出版社,2004年版,第58页。

抑或南宋之辛弃疾"以文为词",以至于姜夔、张炎等人以"雅正"之笔向诗体回归,无不是在柳永开拓的道路上发展、演变、前行。正如刘扬忠先生所总结的那样:"他的贡献远远不止于增加了一种新风格、新体式和新流派,而是使宋词的艺术发展从词调、题材内容、风格类型到具体手法都进入了一个全新的阶段。"①

第三节 "含蓄"与"发越"之间的张先

以晏欧为代表的雅化的令词创作和以柳永为代表的俗化的长调抒写,形成了壁垒分明的雅俗对立,也意味着"含蓄"与"发越"两种手法的判然分野。突破雅化含蓄的小令抒写,而走向细致"发越"的长调创作,已是词体发展的必然之势。而在词体内部体制和创作手法转移过渡之中,必然存在着一种兼具小令和长调特征的过渡形态,此为事物发展的必然过程,而这一过渡形态在张先的词作中充分地体现了出来。张先在词史上起着承前启后的转折性的关键作用,之所以放在雅俗对立之后来论述,一方面是为了线索的清晰,另一方面也是为了将张先的作用突出出来。

陈廷焯在谈到张先于词史的意义时说:

> 张子野词,古今一大转移也。前此则为晏、欧,为温、韦,体段虽具,声色未开。后此则为秦、柳,为苏、辛,为美成、白石,发扬蹈厉,气局一新,而古意渐失。子野适得其中,有含蓄处,亦有发越处。但含蓄不似温、韦,发越亦不似豪苏腻柳。规模虽隘,气格却近古。自子野后,一千年来,温韦之风不作矣。②

陈廷焯深具慧眼,看到了张先词不仅在词史上有着由小令向慢词过渡转移的特殊地位,而且其意义甚至逾出了词史的范围,标志着中国文学的"古今",也就是古代与近代的分野和转移。张先词"适得其中,有含蓄处,亦有发越处",上结唐五代以来小令的含蓄作风,下开北宋以后长调的"发越"写法。陈延焯看到了在词之体制由小令向长调过渡的过程中,其创作手法也存在着过渡的形态特征。

细考张先之词作,发现其作法与晏欧等雅化词人的作法有着明显的差

---

① 刘扬忠:《唐宋词流派史》,福建人民出版社,1999年版,第220页。
② [清]陈廷焯:《白雨斋词话》卷一,载唐圭璋编《词话丛编》,中华书局,1986年版,第3782页。

异,晏欧之词乃是词之形式、诗之内容和手法,是以意象呈现、含蓄蕴藉的手法来抒发士大夫的忧患意识和闲雅情思,是"诗人之词"的典型代表。而张先虽然与晏殊同辈,比欧阳修大十七岁,且同为士大夫阶层,相互之间亦有交契,然而张先词从本质上更近乎"词人之词"。他更多地接续了韦庄和李煜那种具有民歌风格的直言无隐的抒写笔法,即细致的写景、具体的叙事和直接的抒情,同时他以小令作法行长调,于词中首创词序,这些都是词体渐渐背离古典的含蓄原则而趋于散文化、"发越"直露抒写的体现,都彰显了张先于词史上"古今一大转移"的关键地位。张先与晏殊、欧阳修之并立,其性质与温韦、冯李并立一样,体现的是"含蓄"与"发越"两种笔法、"诗人之词"与"词人之词"的共时演进的趋势。

张先的小令确实与晏欧不同,晏欧学冯延巳,缘情体物,抒发士大夫的高远情怀和娴雅情思,如"满目山河空念远,落花风雨更伤春"、"无可奈何花落去,似曾相识燕归来"、"平芜尽处是春山,行人更在春山外",等等。而张先词首先表现出来的是细致具体的景物描写。如他的名篇《天仙子》:

> 水调数声持酒听。午醉醒来愁未醒。送春春去几时回,临晚镜。伤流景。往事后期空记省。　沙上并禽池上暝。云破月来花弄影。重重帘幕密遮灯,风不定。人初静。明日落红应满径。

词中上片叙事抒情,下片写景,已突破了宋初体之上片写景、下片抒情的模式。单就下片写景而言,池边禽鸟沙上并栖,云破月来时花影娇柔地摇动,帘幕重遮灯影依稀,明日落花满径等凄婉景致。这些写景的句子刻画精微、细致传神,充分体现了词体语言"小语致巧"的特点,已完全不同于晏欧诸人只求"兴象"、不求形似的意象笔法。尤其"云破月来花弄影"一句广为传颂。王国维《人间词话》曰:"'云破月来花弄影',着一'弄'字,而境界全出矣。"[①]这一句之所以在当时广为人所称道,就在于它突破了诗歌意象语言不求形似的抒写模式,转向细腻描摹。全句由"云破""月来""花弄影"三组意象构成,且形成一个因果和时间先后的流畅序列,状物细致真切,画面生动可感,传递出无穷的情韵,乃"词人之词""入神"之句的绝妙写照。张先词好用"影"字,且都写得细腻传神。《古今诗话》云:

> 有客谓子野曰:"人皆谓公张三中,即心中事、眼中泪、意中人也。"

---

① 王国维:《人间词话》,载唐圭璋编《词话丛编》,中华书局,1986年版,第4240页。

公曰:"何不目之为张三影。"客不晓,公曰:"云破月来花弄影;娇柔懒起,帘压卷花影;柳径无人,堕风絮无影:此余生平所得意也。"①

以张先为代表,当时的词坛出现了一个非常有趣且令人深思的现象,那就是词人之间以警句相互称美。《遁斋闲览》载:

> 张子野郎中,以乐章擅名一时。宋子京尚书奇其才,先往见之,遣将命者,谓曰:"尚书欲见云破月来花弄影郎中乎?"子野屏后呼曰:"得非红杏枝头春意闹尚书邪?"遂出,置酒尽欢。盖二人所举,皆其警策也。②

陈师道云:

> 尚书郎张先善著词,有云"云破月来花弄影","帘幕卷花影","堕轻絮无影",世称诵之,号张三影。③

曾慥云:

> 子野尝有诗云"浮萍断处见山影",又长短句云"云破月来花弄影",又云"隔墙送过秋千影",并脍炙人口,世谓张三影。④

此外,柳永有"露花倒影柳屯田"之称,秦观有"山抹微云秦学士"之誉,贺铸由于其"梅子黄时雨"名句,士大夫谓之"贺梅子"等,"皆以一语之工,倾倒一世"⑤。细考这些名句,有一个共同的特点,就是摹写细腻,生动传神,其中尤以张先为最。在人们对这些名句反复称引的背后,是在新的时代风气之下,词体的语言风格朝着细致生动的写实方向发展,以此来满足人们情感渐趋细腻的审美要求。

其次,张先继承了韦庄、李煜以来直言无隐的叙事、抒情手法,或是边叙

---

① [宋]胡仔纂集《苕溪渔隐丛话》前集卷三七引,廖德明校点,人民文学出版社,1962年版,第253页。
② [宋]胡仔纂集《苕溪渔隐丛话》前集卷三七引,廖德明校点,人民文学出版社,1962年版,第252页。
③ [宋]陈师道:《后山诗话》卷上,载何文焕辑《历代诗话》,中华书局,1981年版,第308页。
④ [宋]曾慥:《高斋诗话》,载郭绍虞辑《宋诗话辑佚》,中华书局,1980年版,第492页。
⑤ [清]陈廷焯:《白雨斋词话》卷六,载唐圭璋编《词话丛编》,中华书局,1986年版,第3928页。

事边抒情,或是在写景、叙事后直接抒情,而不同于晏欧雅词的意象显情的含蓄手法。如上面的《天仙子》上片,开始是持酒听歌,然后是午醉酒醒,接着是对镜伤春,此为叙事,从"午"到"晚"再到"明日",是一个有着时间过程的动态叙事,并于此中抒发了浓重的伤春感怀之情。又如:

> 秋染青溪天外水,风棹采菱还。波上逢郎密意传。语近隔丛莲。相看忘却归来路,遮日小荷圆。菱蔓虽多不上船。心眼在郎边。
> (《武陵春》)

> 数声鶗鴂。又报芳菲歇。惜春更把残红折。雨轻风色暴,梅子青时节。永丰柳,无人尽日飞花雪。　莫把幺弦拨。怨极弦能说。天不老,情难绝。心似双丝网,中有千千结。夜过也,东窗未白凝残月。
> (《千秋岁》)

《武陵春》以叙事为主,开篇交代了时间、地点以及"采莲"的主题。在叙述中,有着与郎相逢、顿生爱慕之情、心意相授的旖旎情节和婉转情思。《千秋岁》基本上秉承了上片写景下片抒情的模式,与含蓄蕴藉的晏欧雅词所不同的是,张先是直接抒情,像"莫把幺弦拨。怨极弦能说""天不老,情难绝""心似双丝网,中有千千结"等句,皆为"发越"语、"说尽"语,将怨抑之情一泻无余,愈衍愈深,且在这种情感的直露发抒中,有着时间推移的叙事因素,如结拍"夜过也,东窗未白凝残月",写出了由日至夜、又至天明的漫长无尽的哀怨情思。

由此看来,张先词中有着不同于晏欧含蓄笔法的"发越"风格,这种风格的形成,大致与韦庄一样,是向民歌学习借鉴的结果。而且在张先的《安陆集》中,有着许多近于民歌性质的词篇,如:

> 忆郎还上层楼曲。楼前芳草年年绿。绿似去时袍。回头风袖飘。郎袍应已旧。颜色非长久。惜恐镜中春。不如花草新。(《菩萨蛮》)
> 牡丹含露真珠颗。美人折向帘前过。含笑问檀郎:花强妾貌强?檀郎故相恼。刚道花枝好。花若胜如奴。花还解语无。(《菩萨蛮》)
> 梦短寒夜长,坐待清霜晓。临镜无人为整妆,但自学、孤鸾照。楼台红树杪。风月依前好。江水东流郎在西,问尺素、何由到。(《卜算子》)
> 莫风流。莫风流。风流后、有闲愁。花满南园月满楼。偏使我、忆

欢游。　　我忆欢游无计奈,除却且醉金瓯。醉了醒来春复秋。我心事、几时休。(《庆佳节》)

像上举的这些词,基本是情态、心曲的直接抒写,词语浅近,情感"发越",有的是民歌手法的直接运用,如词语重复、顶真修辞等等,而这在晏欧的雅词中是不可能出现的。前两首《菩萨蛮》,夏敬观评曰:"古乐府作法。"①《卜算子》一词,陈廷焯评曰:"张子野词,最见古致。如云:'江水东流郎在西,问尺素何由到。'情词凄怨,犹存古诗遗意。后之为词者,更不究心于此。"②张先词中这些类似古府的创作特点,是词体"应歌"的需要,陈师道《后山诗话》曰:"张子野老于杭,多为官妓作词。"③晏欧词已然诗化,用以承载士大夫的高雅情怀,故须含蓄蕴藉;而张先词则是为了适合歌楼舞榭演唱的需要,故须通俗易懂、"发越"明白。

再次,与柳永一样,张先也开始了慢词的创作④,所不同的是,张先是以文人的小令作法行长调⑤。张先慢词的特点,正如夏敬观所说的那样:"子野词凝重古拙,有唐五代之遗音,慢词亦多用小令作法。"⑥如《谢池春慢》(题下小序云:玉仙观道中逢谢媚卿):

缭墙重院,时闻有、啼莺到。绣被掩余寒,画幕明新晓。朱槛连空阔,飞絮无多少。径莎平,池水渺。日长风静,花影闲相照。　　尘香拂马,逢谢女、城南道。秀艳过施粉,多媚生轻笑。斗色鲜衣薄,碾玉双蝉小。欢难偶,春过了。琵琶流怨,都入相思调。

据《古今词话》载:

---

① 夏敬观:《映庵词评》,载张璋、职承让、张骅等编《历代词话续编》,大象出版社,2005年版,第418页。
② [清]陈廷焯:《白雨斋词话》卷六,载唐圭璋编《词话丛编》,中华书局,1986年版,第3921页。
③ [宋]陈师道:《后山诗话》,载何文焕辑《历代诗话》,中华书局,1981年版,第314页。
④ 参见袁行霈主编《中国文学史》第三卷,高等教育出版社,1999年版,第47页。
⑤ 张先是宋初词人中慢词写作较早也较多的词人,袁行霈先生主编的《中国文学史》据《全宋词》统计,张先存165首,晏殊存词140首,欧阳修存词242首,他们三人所写的慢词,分别占其词作的10.3%、2.1%、5.4%,而柳永慢词占其词作总数213首的57%。他们三人远远不能和柳永相比,而三人中,张先写了17首慢词,数量最多。由此可见张先于词之体制由小令向慢词转变的过程中承前启后的特殊地位。
⑥ 夏敬观:《映庵词评》,载张璋、职承让、张骅等编《历代词话续编》,大象出版社,2005年版,第418页。

> 张子野往玉仙观,中路逢谢媚卿,初未相识,但两相闻名。子野才韵既高,谢亦秀色出世,一见慕悦,目色相授。张领其意,缓辔久之而去,因作《谢池春慢》以叙一时之遇。①

此为《谢池春慢》的本事,可见这首词是记一时具体的男女悦慕之情。夏敬观评张先长调说:"长调中纯用小令作法,别具一种风味。"②然如何用小令作法行长调,却未具体说明。此词上片写谢娘居所环境,基本是景物的缀集。先是写啼莺唤醒了谢娘,始知天晓,由人起再看到栏杆外阔远的天空,柳絮翻飞,然后走到池塘边,在"日长风静"之中,欣赏着水中之花与自己美丽容颜的倒影。上片是以景物的情态和转换来叙事传情。下片写词人与谢娘的城南相遇,写其艳色、媚笑,再写其衣着和发型,皆是直露的描写,最后直接抒情,"欢难偶,春过了。琵琶流怨,都入相思调"。之所以夏敬观说是"小令作法",首先,上下片分写居所和城南相见,近似于两首律诗在上下片各就一点采用"抒情瞬间"模式,而两点的情景关联不紧,皆可以独立成章;其次,上片仍是小令情景交融的写法,且写景过于冗缀,下片描写与抒情截然两分。可见,张先的慢词创作只是小令的拼接或篇幅的拉长,具体如何在加长的篇幅中将写景、叙事、抒情有机地结合、熔铸在一起,张先还处在初步的尝试、探索阶段。又如他的《山亭宴慢》:

> 宴亭永昼喧箫鼓。倚青空、画阑红柱。玉莹紫微人,蔼和气、春融日煦。故宫池馆更楼台,约风月、今宵何处。湖水动鲜衣,竞拾翠、湖边路。　　落花荡漾愁空树。晓山静、数声杜宇。天意送芳菲,正黯淡、疏烟逗雨。新欢宁似旧欢长,此会散、几时还聚。试为把飞云,问解寄、相思否。

这首词与《谢池春慢》一样,也有着上下片各立定一点,分写其景、分抒其情的缺陷。上片从开篇至"春融日煦"为纯然写景,"故宫池馆更楼台,约风月、今宵何处"一句,有着情景转换的作用,歇拍才点出人物的活动。下片前两拍又是写景,后两拍写新欢易逝的怅惘之情。

慢词篇幅的加长,需要更加丰富复杂的内容,且须将写景、叙事和抒情很好地融合在一起,柳永的长调基本上作到了这一点。小令的作法大体相当于

---

① [宋]杨湜:《古今词话》,载唐圭璋编《词话丛编》,中华书局,1986年版,第24页。
② 夏敬观:《映庵词评》,载张璋、职承让、张骅等编《历代词话续编》,大象出版社,2005年版,第418页。

近体诗立定一点的"抒情瞬间"模式,张先以惯常的小令模式作慢词,或是将小令的篇幅拉长,或是上下片各就一点写景抒情,这正是小令向慢词创作模式转移的鲜明表征,其缺陷自然难免。一种体裁自有一种体裁的作法,这也是晏殊、欧阳修等雅化词人多作小令而鲜有慢词的重要原因。然而张先于词体转移之际的慢词尝试,其创新精神以及于词史发展上的贡献,无疑是值得肯定的。

最后是张先题序的创立。张先存词一百六十五首,其中六十五首词有序,超过其词作的三分之一,这是一个很值得注意的现象。词调在最初创制时,词调即代表词的内容,沈际飞曰:

> 唐词多述本意,有调无题。如《临江仙》赋水媛江妃也。《天仙子》赋天台仙子也。《河渎神》赋祠庙也。《小重山》赋宫词也。《思越人》赋西子也。有谓此亦词之末端者,唐人因调以制词,故命名多属本意。后人填词以从调,故赋咏可离原唱也。①

词体发展初期,受民歌影响,继承了"感于哀乐,缘事而发"的传统,词调与词之内容相称,正是民歌这一传统的体现。后词调于音律组成上趋于定格,随着歌词内容的不断丰富变化,歌词的内容与凝固的词调间的关系渐趋淡漠,至最后词调与内容完全无关。而民歌"感于哀乐,缘事而发"的传统在敦煌曲辞中,又以题序的形式得以延续,如《婆罗门·咏月》《鱼歌子·上王次郎》《南歌子·奖美人》等等。敦煌曲辞有着相当丰富的题材内容,举凡边客游子、忠臣义士、征夫怨妇、公子王孙以及他们的豪言壮语、离思风情等,无不入词,丰富的内容乃是曲子词出现题序的主要原因。

词之创作到文人手中之后,由于皆为樽前应歌之作,主声不主文,题序也就没有过多的存在意义。胡适对此解释说:"这个时代的词有一个特征:就是这二百年的词都是无题的,内容都很简单,不是相思,便是离别,不是绮语,便是醉歌,所以用不着标题;题底也许别有寄托,但题面仍不出男女的艳歌,所以也不用特别标出题目。"②像晏殊、柳永等偶有如"赠歌者""秋夜""夏夜"等词题,也是寥寥。而张先词集中题序竟多达三分之一强,确是一个突出的现象,它反映了张先对于词体民间本色的继承,也反映了张先有意扩大

---

① [清]冯金伯:《词苑萃编》卷一引沈际飞语,载唐圭璋编《词话丛编》,中华书局,1986年版,第1773页。
② 胡适:《〈词选〉自序》,载季羡林主编《胡适全集》第三卷《胡适文存三集》,安徽教育出版社,2003年版,第722页。

词的社会实际功用的用心。而更深刻的原因在于,词体在"散文时代"的风气下,背离古典的含蓄原则而趋于散文化抒写的时代精神。如《定风波令》:

> 西阁名臣奉诏行。南床吏部锦衣荣。中有瀛仙宾与主。相遇。平津选首更神清。　溪上玉楼同宴喜。欢醉。对堤杯叶惜秋英。尽道贤人聚吴分。试问。也应旁有老人星。

其题序为:

> 霅溪席上,同会者六人,杨元素侍读、刘孝叔吏部、苏子瞻、李公择二学士、陈令(案"令"原误作"待",据《知不足斋丛书》本张子野词改)举贤良。

这首词是士大夫间交游酬答之作,词中没有文人雅士惯用的意象词语,像"西阁名臣""南床吏部""贤人"和夫子自道的"老人星"等词语,都是现实生活的直接反映,由此看出,张先已经有意识地增加词体的实用性、交际性,这不能不说是词体创作模式向散文化抒写转移的消息。而词序中写作背景的交代,则更将这种直接的现实内容表露无遗。刘熙载也察觉到了词体创作的这一动向,他说:

> 词贵得本地风光。张子野游垂虹亭,作《定风波》有云:"见说贤人聚吴分,试问,也应傍有老人星。"是时子野年八十五,而坐客皆一时名人,意确切而语自然,洵非易到。①

所谓"贵得本地风光""意确切而语自然",指的是词中意有确指的写实笔法,这正是文学语言由意象模式转为写实模式的体现,见出了张先"古今一大转移"的意义。张先词题序中多将词之意旨和背景作现实化、具体化的交代,如上面举到的《天仙子》,其题序云:

> 时为嘉禾小倅,以病眠不赴府会。

《山亭宴慢》题序云:

---

① [清]刘熙载:《艺概·词曲概》,上海古籍出版社,1978年版,第122页。

有美堂赠彦猷主人。

《泛清苕》题序云：

正月十四日与公择吴兴泛舟。

《宴春台慢》题序云：

东都春日李阁使席上。

这些题序交代了词作的背景、写作缘由和主旨，对我们理解词作有着切实的帮助。以张先导其先路的词中题序的出现，有着深刻的社会、文化以及思维发展的客观因素。当历史的面貌转入近代社会，由于社会的发展和人类思维趋于客观的发展趋势，诗歌的面貌也逐渐发生了相应的变化和转移，内容由主观趋于客观，语言由意象语言转向"散文"语言，这正是词序产生的深层的时代原因。张先对于词序的创立，在词史的发展上有着重大的意义，其以具体的形式见证了语言和文学纪实性的增强，标志着词体朝着客观和现实方向发展的散文化趋势。只是词序发展到东坡手中，东坡"以诗为词"，使得词的创作又回到传统的意象手法，将散文那现实的叙事内容交于词序，而词中专注于意象直觉的表现。苏轼以这样融通的方式，在意象语言与"散文"语言之间达成了妥协，完成了张先所创立的词序的角色定位。

张先于词史的意义在于，在词之体制发生转移之际，他起到了连接小令和慢词的桥梁作用，"有含蓄处，亦有发越处"，正是词之体制转移递变之际的必然表征。他的小令创作显出了与晏欧诗化雅词迥然不同的风格，更多地是延续韦庄、李煜等人得之于民歌的直言无隐的"发越"作风，其基本风貌更近于"词人之词"。张先以小令作法行慢词以及设立题序，为词体创作多样化的发展作出了可贵的探索，顺应了语言和文学通俗化、写实化的发展趋势，其于词史的意义应引起更多词学家的关注。

第十一章 "发越"的改造与"含蓄"的回归

柳永以"发越"铺叙之笔写艳冶刻露之情的"屯田家法",改变了词史的进程,也唤醒了士大夫拯救道德人心和恢复诗歌含蓄传统的强烈信念。先是苏轼"以诗为词"向诗歌传统意象手法回归,终因其不合词体"本色"的豪放风格而成为孤独的先行者。在秦观、贺铸等词人的探索之后,周邦彦以其"富艳精工"的"词人之词",在语言的"发越"趋势与传统的含蓄笔法之间达成了妥协,遂成就了其集大成的伟业,也完成了词体发展合乎逻辑的阶段性总结。南宋词的雅化历程大致有两条线索:先是靖康之变这一外部政治巨变,推动了以辛弃疾为代表的豪放派词人对词体题材和功能的拓展;后是姜夔、吴文英、张炎等骚雅派词人,在"雅而正"的理论自觉中完成了词体向诗体的雅化回归。

第一节 苏轼"以诗为词"与诗化先声

柳永艳冶长调俗词的流行,在词坛上掀起了一场革命,虽然后来词史的发展处处打上柳永的烙印,但他是以被士大夫所极端鄙夷的低俗情调和"俗子易悦"的市井语言来完成词体的新变和发展。柳词更大的意义还在于为后来勃兴的以戏剧、小说为代表的通俗文学作了一次"预演",而他所代表的市井文化和情调,不可能被当时以雅相尚的士大夫阶层所接受。柳永那"发越"的俗化抒写,形成了对士大夫意识深处的含蓄传统的强烈冲击,同时柳词更深层的冲击还在于,其市井人格和词中宣扬的世俗享乐精神形成了对传统礼教秩序的解构。这样,为了维护正统的雅化书写和消弭柳永带来的文化破坏作用,有为的士大夫词人就开始了第二轮在柳永所开创的慢词体制基础上的诗体雅化回归的历程。

最先对柳词表示不满且系统地对其进行反拨的是苏轼。苏轼凭借其在文艺诸方面的天纵才情,"以诗为词",打破了"词为艳科"、止于应歌的束缚,将传统诗歌有为而作、抒发性灵的精神,注入词体这一通俗文艺的肌体内,使词从青楼酒肆走向书斋案头,从歌女之口走向士大夫的心灵深处,使词成为与诗一样抒写士大夫高远襟抱、闲情逸致的一种真正的抒情诗体,这样苏轼

"以诗为词"的内容雅化必然带来诗化的含蓄抒写。

鉴于柳词在当时产生的"凡有井水饮处,即能歌柳词"的巨大社会影响,作为文坛泰斗的苏轼虽然口头上不满于柳词的俚俗,私下里却在学习借鉴其章法、笔法,也有意地将自己的词作与柳永作比,显出了苏轼于文艺上博采众长的精神和性格上争强好胜的一面。苏轼《与鲜于子骏书》曰:"近却颇作小词,虽无柳七郎风味,亦自是一家。"① 又如南宋俞文豹《吹剑录》记载的为人熟知的故事:"东坡在玉堂日,有幕士善歌,因问:'我词何如柳七?'对曰:'柳郎中词,只合十七八女郎,执红牙板,歌"杨柳外晓风残月"。学士词,须关西大汉,铜琵琶、铁绰板,唱"大江东去"。'东坡为之绝倒。"② 借鉴是创新的前提,苏轼以长调为词,顺应了语言通俗化、散文化的发展大势,其本身就是对柳永开创之功的认可。在苏轼借来柳永慢词体制的同时,却将自己运用自如的作诗之法引入词体的创作中,"诗词一理"就成为其"以诗为词"的理论依据。苏轼《题张子野诗集后》曰:"子野诗笔老妙,歌词乃其余技耳。"③ 又《祭张子野文》曰:"清诗绝俗,甚典而丽。搜研物情,刮发幽翳。微词宛转,盖诗之裔。"④ 依苏轼的观点,词乃"诗之裔",与诗一脉相承。这样,苏轼在有意模糊诗词文体界限的前提下推尊词体,扩大了词体的社会表现功能,使词体与诗体一样成为东坡抒发其"逸怀浩气"的"陶写之具"。众多论者谈到苏轼"以诗为词"的意义时,总限于题材和内容方面,此已为不刊之论。而经过更深一步的考察,我们发现,许多以含蓄为旨归的诗歌创作手法,被苏轼熟练地运用到了词体尤其是长调的创作中,以"发越"之体行"含蓄"之实,正是汤衡所说的"诗人句法"的本质。这对后来词体的创作产生了深远的影响。汤衡《张紫微雅词序》曰:

> 其后元祐诸公,嬉弄乐府,寓以诗人句法,无一毫浮靡之气,实自东坡发之也。⑤

---

① [宋]苏轼:《与鲜于子骏三首》其二,载《苏轼文集》卷五三,[明]茅维编,孔凡礼点校,中华书局,1986年版,第1560页。
② [清]王弈清等:《历代词话》卷五引《吹剑录》,载唐圭璋编《词话丛编》,中华书局,1986年版,第1175页。
③ [宋]苏轼:《题张子野诗集后》,载《苏轼文集》卷六八,[明]茅维编,孔凡礼点校,中华书局,1986年版,第2146页。
④ [宋]苏轼:《祭张子野文》,载《苏轼文集》卷六三,[明]茅维编,孔凡礼点校,中华书局,1986年版,第1943页。
⑤ [宋]汤衡:《张紫微雅词序》,载金启华、张惠民、王恒展等编《唐宋词集序跋汇编》,江苏教育出版社,1990年版,第164页。

首先是诗歌中比兴寄托手法的运用。比兴寄托手法本身就有着委婉曲折、含蓄深微、以不言而出之的特点。较早出现此一古老手法的词作,如晏殊的《山亭柳》,囿于词为"艳科""小道"的意识,晏殊也是偶然为之,通过对歌妓红颜老尽的慨叹,寄托了晏殊伤老嗟病的情怀。其"暮子"晏几道在令词雅化的趋势下,有意将传统诗歌感物赋情的"诗人句法"在词作中发扬光大,以寄喻其"磊隗权奇"①的身世之悲。苏轼则更广泛地将其运用到自己的词作中,且有着更深刻的社会内容和更浑然超妙的艺术魅力。如他的《卜算子》:

缺月挂疏桐,漏断人初静。时见幽人独往来,缥缈孤鸿影。　惊起却回头,有恨无人省。拣尽寒枝不肯栖,寂寞沙洲冷。

此首为苏轼经历了九死一生的乌台诗案后,被贬黄州时作。词中"说鸿即以说人,语语双关,高妙已极"②。词中以孤鸿自喻,含蓄地表达了苏轼在巨大的打击面前孤独苦闷的心境以及不同流合污、操守自持的人格,真是剔透玲珑,韵味无穷! 难怪黄庭坚对此词大加赞赏,曰:"东坡道人在黄州,作《卜算子》……语意高妙,似非吃烟火食人语,非胸中有数万卷书,笔下无一点尘俗气,孰能至此?"③ 又如苏轼次韵章质夫的《水龙吟》一词,其想象之奇,喻托之妙,前文已述。其名作如《贺新郎》(乳燕飞华屋)、《水调歌头》(明月几时有)、《八声甘州》(有情风)、《水龙吟》(楚山修竹如云)、《定风波》(莫听穿林打叶声)等篇,都有着喻托手法的高妙运用。这种喻托手法与词体本身美女、花草的"本色"书写相结合,遂使词体产生了无穷的"要眇幽微"的美感特质。当时以及后来的众多词人如秦观、贺铸、周邦彦、辛弃疾、姜夔等,无不受惠于东坡,于等闲的山光水色、风烟草木的摹写中包含着无穷的言外之旨。后之常州词派主寄托而推尊词体,谓"意内而言外谓之词","以道贤人君子幽约怨悱不能自言之情。低回要眇以喻其致",④张惠言虽推高温庭筠,然自觉为之且使当时及后来之作家靡然向风者,自非东坡莫属。

其次为用典。典故乃古诗和近体诗常用的手法,由于词体艳俗歌唱的性

---

① [宋]黄庭坚:《小山词序》,载金启华、张惠民、王恒展等编《唐宋词集序跋汇编》,江苏教育出版社,1990 年版,第 25 页。
② 唐圭璋:《唐宋词简释》,上海古籍出版社,1981 年版,第 94 页。
③ [宋]胡仔纂集《苕溪渔隐丛话》前集卷三九引黄庭坚语,廖德明校点,人民文学出版社,1962 年版,第 268 页。
④ [清]张惠言:《词选序》,载《张惠言论词》,唐圭璋编《词话丛编》,中华书局,1986 年版,第 1617 页。

质,其初期所涉典故只与诸如"巫山""阳台""神女"等艳情主题相关。由于典故的运用更多地具有文人案头创作的性质,所以真正具有更深感慨和更广阔社会内容的事典,于苏轼以前并不多见。"以诗为词"的本质就是将词体变为士大夫雅致情怀的书写工具,苏轼打通了诗词的界域,将这一诗之手法带入了词的创作中。如《八声甘州》下片两句:"约他年、东还海道,愿谢公、雅志莫相违。西州路,不应回首,为我沾衣。"两用东晋谢安的典故与参寥子道别。前用谢安虽受朝寄而不忘东山之志以自喻,表达了自己超然归隐之意,然一"愿"字中又有无尽的前路未卜的惶惑之情;后用谢安遇疾死于西州门,其甥羊昙醉过西州门痛哭而去之事典,虽有自我解嘲宽慰的意味,然其中亦有与参寥子生离死别的悲慨。典故的运用使得此词意蕴深曲、感慨无端,夏敬观谓东坡词"天风海涛之曲,中多幽咽怨断之音",确为知音。东坡词中这样的典故运用多有,如人们所熟知的《念奴娇》(大江东去)中"故垒西边,人道是、三国周郎赤壁",用周瑜事;《永遇乐》(明月如霜)中"燕子楼空,佳人何在,空锁楼中燕",用张建封事;《水龙吟》(小舟横截)中"五湖闻道,扁舟归去,仍携西子",用范蠡事;《水调歌头》(落日绣帘卷)中"堪笑兰台公子,未解庄生天籁,刚道有雌雄",用宋玉和庄子事。典故于诗词中的运用,有着一种隐喻的功能,是"情感语言"中隐喻式思维的体现,"由于环境、动机、人物关系等背景材料都已蕴含于典故之中,详细的解释就被简略的暗示所取代了"①,其与诗体意象手法的本质相通,都有着以少总多、意味丰富、含蓄蕴藉的美学特征。苏轼词中大量典故的使用,唤起了士大夫意识深处那浓重的古典意趣,后之作家靡然相从。其中尤以辛弃疾最为突出,他的《贺新郎》(绿树听鹈鴂)、《水龙吟》(楚天千里)、《永遇乐》(千古江山)等,都是典故运用的名篇,以至于让人有"掉书袋"之讥。南宋后期的格律派词人,如姜夔、吴文英、王沂孙等也都是词中用典高手,典故运用基本成为雅词的主要标志之一。

再次是词序的广泛运用。北宋早期,张先首创词前小题,但苏轼是特撰长序的第一人,而且苏轼词之有题序者颇多,约占其词作的三分之二以上,如他的《哨遍》(为米折腰)、《水龙吟》(小舟横截)、《水调歌头》(昵昵儿女语)等众多词作,都有很长的词序。词序的作用一般是交代词作的写作背景和缘由,有这样的背景交代,则词之本意主旨自然显豁无遗。而且,有的词序写得文采斐然,有的又深蕴哲理。如《西江月》序:

---

① 〔美〕高友工、梅祖麟:《唐诗的魅力——诗语的结构主义批评》,李世耀译,上海古籍出版社,1989年版,第163页。

> 春夜蕲水中过酒家饮。酒醉,乘月至一溪桥上,解鞍曲肱少休。及觉,已晓。乱山葱茏,不谓尘世也。书此语桥柱。

又如《江神子》序:

> 陶渊明以正月五日游斜川,临流班坐,顾瞻南阜,爱曾城之独秀,乃作《斜川诗》,至今使人想见其处。元丰壬戌之春,余躬耕于东坡,筑雪堂居之。南挹四望亭之后丘,西控北山之微泉,慨然而叹,此亦斜川之游也。

林顺夫先生曾对词和词序的关系作了考察,他说:"如果说序在结构上主要是起参照与反观的作用,那么词则是抒情的,表现作者的直觉。"① 他评论的虽是姜夔词与词序的区别和分工,但以此观点考察东坡的词与词序,大体也是如此。词序一般是对创作背景和经过的客观叙述,而词中更多地是通过隐喻、象征、意象、直觉等"情感语言"来进行的主观的诗意空间的塑造。如苏轼《洞仙歌》序云:

> 仆七岁时见眉山老尼姓朱,忘其名,年九十余,自言:尝随其师入蜀主孟昶宫中。一日大热,蜀主与花蕊夫人夜起避暑摩诃池上,作一词。朱具能记之。今四十年,朱已死,人无知此词者。但记其首两句,暇日寻味,岂《洞仙歌令》乎?乃为足之。

其词曰:

> 冰肌玉骨,自清凉无汗。水殿风来暗香满。绣帘开、一点明月窥人,人未寝,欹枕钗横鬓乱。　起来携素手,庭户无声,时见疏星渡河汉。试问夜如何,夜已三更,金波淡、玉绳低转。但屈指、西风几时来,又不道、流年暗中偷换。

这首《洞仙歌》中,词和词序之间有具体的分工,词序为背景的叙述,词则为意象空间的塑造。在宋人思维渐趋细致的情况下,苏轼对词和词序的有意分工,更深刻的用意是对柳永词中散文"发越"式铺叙手法的反拨和改造。苏

---

① 〔美〕林顺夫:《中国抒情传统的转变——姜夔与南宋词》,张宏生译,上海古籍出版社,2005年版,第55页。

轼秉承了传统诗歌的意象手法,词乃"诗之裔",是纯粹的抒情文本,散文化的叙事内容不应该出现在词中,词通过意象来传达情感,叙事的出现只会破坏意象的塑造和情感的表达。赵晓兰女士对张先以及苏轼词中词序的出现有过这样的评价:"词的题序的出现,在词史及文学史上均具重大意义。它意味着词这种地位卑下的文体正逐渐摆脱应歌艳曲的桎梏,开始偏离词的传统审美规范,其词境、词格将面临前所未有的巨变。"① 词中题序的出现确实在词史及文学史上有着重大意义,但她说词序的出现是词体"摆脱应歌艳曲的桎梏""偏离词的传统审美规范"等等,似可商榷。虽然词序的出现确是词体由应歌向文人案头创作转移的表征,然更深层的意义在于苏轼以词和词序这种分工合作的方式,在文学"散文时代"即将到来的时代背景下,将意象言说方式与"散文"言说方式暂时妥协整合,是文体及言说方式过渡形态的体现。后来以"诗人之词"为创作特征的词人,如辛弃疾、姜夔等都善于在词前撰题序,益见精彩,皆受惠于东坡,他们以这样变通的方式,完成诗歌意象语言和散文纪实语言的分工合作。而具有"词人之词"创作特点的词人,如周邦彦、李清照等一般不设词序,因为其词中本就包含着散文化的细致描写和具体叙事的因素。这或许有着某种巧合的成分,但词人对诗词体性的不同认知,以及在词作中对诗歌意象语言和散文纪实性语言的不同处理,无疑是导致这一现象的根本原因。

最后是意象手法的回归。这种回归已超脱了欧晏纤巧、艳丽的蹊径,更多地向诗体浑厚、高远的境界复归。如苏轼的《永遇乐》:

> 明月如霜,好风如水,清景无限。曲港跳鱼,圆荷泻露,寂寞无人见。紞如三鼓,铿然一叶,黯黯梦云惊断。夜茫茫、重寻无处,觉来小园行遍。
> 天涯倦客,山中归路,望断故园心眼。燕子楼空,佳人何在,空锁楼中燕。古今如梦,何曾梦觉,但有旧欢新怨。异时对、黄楼夜景,为余浩叹。

词中的景物描写,如"明月如霜,好风如水,清景无限。曲港跳鱼,圆荷泻露,寂寞无人见""夜茫茫"等,虽有清晰的层次感,但多是整体的把握和全景式的勾勒,不作细致的工笔描摹,这无疑是诗中意象笔法的体现。由于题材的特征,苏词中难免有香艳词汇的点缀,如该词"燕子楼空,佳人何在,空锁楼中燕",但也是运用典故和纵笔勾勒,不作细致刻写或渲染,同时在这种略带香

---

① 赵晓兰:《宋人雅词原论》,巴蜀书社,1999年版,第275页。

艳的题材中,抒发的也是士大夫世事无常的人生感慨和遗世高蹈的逸兴情怀,又如上面所举的《洞仙歌》(冰肌玉骨)、《贺新郎》(乳燕飞华屋)、《卜算子》(缺月挂疏桐)等。

苏轼由于不满晚唐以来纤巧香艳的词风以及当下柳永"词语尘下"的"发越"俗词,遂另辟蹊径,"以诗为词",有意识地改造和提高这种新兴文艺形式的品格。同时,苏轼以其影响和威望,在当时力黜柳词淫艳露骨的描写,而推崇倡导一种诗笔含蓄的雅化抒写,这从下文他对秦观的批评中可见一斑。

苏轼对词体大刀阔斧的革新,扩大了表现畛域,丰富了表达手法,开启了柳永所创制的长调的雅化先声,以后的词体发展基本上就是由散文式的"发越"抒写回归诗歌含蓄传统的雅化历程。后来词体的雅化,像辛弃疾、姜夔、王沂孙等南宋词人,其比兴寄托、遗貌取神、词序设置、典故运用等手法,均可上推至东坡。正是苏轼的首创,为词体摆脱音乐的束缚而成为独立的抒情诗体以及最终向诗体回归,作出了突出的、划时代的贡献。

但是,值得深思的是,以苏轼的思想见识、才情学力以及作为当时文坛泰斗的声望和影响,他的"以诗为词"的改革和主张,本应登高一呼而应者云集,然而在当时却应者寥寥,批评之声反而很多,就连他的学生陈师道也带头批评:

> 退之以文为诗,子瞻以诗为词,如教坊雷大使之舞,虽极天下之工,要非本色。①

李清照也批评苏词乃"句读不葺之诗"②。之所以有这样的现象,是人们囿于长期以来的词为"艳科""小道"的规范意识,认为苏轼"以诗为词"非词之"本色"。一方面,他的词"如诗如文,如天地奇观","无意不可入,无事不可言",彻底突破了"闺情与花柳"的词体题材规范,已不适宜"十七八女郎"的歌唱。另一方面,正如黄庭坚所言:"东坡居士曲,世所见者数百首,或谓于音

---

① [宋]陈师道:《后山诗话》,载何文焕辑《历代诗话》,中华书局,1981年版,第309页。
② [宋]胡仔纂集《苕溪渔隐丛话》后集卷三三引李易安语,廖德明校点,人民文学出版社,1962年版,第254页。

律小不谐。"①晁补之亦云:"苏东坡词,人谓多不谐音律。"②东坡词多不合音律,已不能唱。从这两点来说,苏词方之柳词,是对词体"本色"正体的更大的变体。正如龙榆生先生评价此种"以诗为词"的作法时说:

> 假社会流行之新兴体制,以抒写作者之浩气逸怀,音律渐疏,而内容日趋充实,疆宇益见扩大,作家之性情抱负,得充分表现于"曲子词"中,词体日尊,而距原始曲情益远。③

从词体发展的逻辑来看,在柳永所开创的长调世俗化"发越"书写这一课题面前,首要的任务是词体"本色"的回归,从俚俗露骨的市井情调向含蓄婉约的士大夫"本色"情调回归。因为柳永的慢词尚属初创阶段,其词"词语尘下",铺叙手法"一笔到底,始终不懈",格律"传讹舛错"等,均有着精致化、规范化的巨大发展空间。只有当长调的规范化、"本色"化走到尽头,才能为词体最终向诗体回归提供穷变的转机。这样经秦观、贺铸等词人的渐次发展,最后以周邦彦"无美不具""富艳精工"的细腻和婉的"本色"抒写,而集词体正体"本色"之大成。此为柳永俗词之后的词体发展逻辑,只有当此一过程完成以后,如苏轼开启的词体的雅化而回归诗歌传统的进程才应该开始。从这个角度讲,苏轼"以诗为词"的创作和理论无疑跨越了词体发展的进程,具有超前的性质,是南宋词体诗化的"预演"。一如李泽厚评论苏轼于中国美学史上的意义一样:"苏东坡生得太早,他没法做封建社会的否定者,但他的这种美学理想和审美趣味,却对从元画、元曲到明中叶以来的浪漫主义思潮,起了重要的先驱作用。"④苏轼于词史的意义也是跨过北宋而遥指南宋辛弃疾的怀抱壮笔和后期姜夔、张炎等风雅派词人的雅正抒写,故冯煦《东坡乐府序》评苏词云:"空灵动荡,导姜、张之大辂。"⑤

在当时人们普遍的词体"本色"观念下,苏轼"诗人句法"的主张不被接受也是正常的事情。柳永的词过俗而近曲,苏轼的词趋雅而似诗,皆乖于词

---

① [宋]赵令畤:《侯鲭录》卷八,傅成校点,载《宋元笔记小说大观》,上海古籍出版社,2001年版,第2099页。
② [宋]吴曾:《能改斋词话》卷一引晁无咎语,载唐圭璋编《词话丛编》,中华书局,1986年版,第125页。
③ 龙榆生:《两宋词风转变论》,载《龙榆生词学论文集》,上海古籍出版社,1997年版,第240页。
④ 李泽厚:《美的历程》,中国社会科学出版社,1989年版,第156页。
⑤ [清]冯煦:《东坡乐府序》,载金启华、张惠民、王恒展等编《唐宋词集序跋汇编》,江苏教育出版社,1990年版,第31页。

体立于诗曲之间雅俗兼具的过渡文体的"本色"特征。从中国文学史以至词史的整体发展历程来看,柳永和苏轼都有身为先行者不被理解的失落感和孤独感,只是充当的角色和不被理解的程度不同罢了。

第二节　词体的"本色"回归和雅俗整合

在北宋词坛,柳永和苏轼各以其不同的经历和禀赋,将词体之俗雅两端演绎至极。大致说来,柳词是一种贴近市井生活的散文书写,顺应了语言刻露、俗化的发展趋势;而苏词则更多地是对传统意象美质的继承和发展,恪守着诗歌的古典原则,这与他在诗中散文化的创作模式相映成趣。柳词和苏词分别极"发越"与"含蓄"两端的"变体"写法,自非词体之常态,由于词体深入人心的"本色"正体的召唤力量,词坛有了秦观、贺铸以及周邦彦等词人对柳词和苏词俗雅两端的整合。以雅化俗,将"发越"的语言趋势与"含蓄"的审美传统有机地结合起来,达成妥协,从而推动词体的发展。

一、秦观的"诗人之词"

秦观为"苏门四学士"之一,在四学士中最受苏轼器重赏识,然其词作却并未沿着苏轼所开创的"指出向上一路,新天下耳目"①的旷达书写的道路发展,而是接续了花间派柔婉细腻的书写模式,以其"和婉醇正"的词笔成就了"当行本色"的婉约正宗的美名。他善于学习借鉴柳永和苏轼的长处,且能融汇出之,形成了既铺叙婉转又含蓄有致的风格。如秦观最脍炙人口的《满庭芳》:

> 山抹微云,天连衰草,画角声断谯门。暂停征棹,聊共引离尊。多少蓬莱旧事,空回首、烟霭纷纷。斜阳外,寒鸦万点,流水绕孤村。
> 销魂。当此际,香囊暗解,罗带轻分。谩赢得、青楼薄幸名存。此去何时见也,襟袖上、空惹啼痕。伤情处,高城望断,灯火已黄昏。

这首词为秦观带来了巨大的声誉,据王兆鹏先生对历代词评家和词选家对唐宋词名篇品评和入选次数的数据统计,这首词在唐宋词名篇佳作中排名第二,仅次于苏轼的《念奴娇》(大江东去)②。此词造语之精醇和雅、抒情之含

---

① [宋]王灼:《碧鸡漫志》卷二,载唐圭璋编《词话丛编》,中华书局,1986年版,第85页。
② 参见王兆鹏《唐宋词史论》,人民文学出版社,2000年版,第110页。

蓄温厚,最能代表词之"本色",确乎词中上品。张炎评价秦观词曰:"体制淡雅,气骨不衰。清丽中不断意脉,咀嚼无滓,久而知味。"① 于此词中最能见出这种风味。细品此词,我们可以发现,它吸收了柳永词与苏轼词的精髓和长处,又能自出机杼,浑化无迹。据《高斋诗话》载:

> 少游自会稽入都,见东坡。东坡曰:"不意别后,却学柳七作词。"少游曰:"某虽无学,亦不至是。"东坡曰:"'销魂。当此际',非柳七词乎?"少游惭服,东坡又问别作何词,少游举"小楼连苑横空,下窥绣毂雕鞍骤"。东坡曰:"十三个字,只说得一个人骑马楼前过。"少游问公近著,东坡乃举"燕子楼空,佳人何在,空锁楼中燕"。晁无咎曰:"三句便说尽张建封事。"②

苏东坡指摘秦观学柳永,其依据是词中有着"销魂。当此际"之类的艳情描写。秦观确实有向柳词借鉴学习的痕迹,但苏轼所言仅仅是皮相,秦观借鉴柳词的精髓在于吸收了苏轼一贯反对的铺叙手法,且变化出之。夏敬观评柳词曰:"层层铺叙,情景兼融,一笔到底,始终不懈。"③ "发越"刻露、"形容曲尽"乃是柳词铺叙手法的特点,细致具体是其长处,然又有着一览无余、殊乏韵味的缺点。秦观借鉴了这种手法,又将其精约化、含蓄化,避免了一览无余的缺陷。如《满庭芳》中叙事,"暂停征棹,聊共引离尊",仅用最典型的动作来概括离别时的场面、情景,而不作过多的细节描写,若柳永为此,必发露无余,然秦观只轻轻一笔带过,以"多少蓬莱旧事"句避开实景具情,转入空幻迷茫的往事前尘的虚写。又如为苏轼所诟病的那句"销魂。当此际,香囊暗解,罗带轻分",也是点到为止,不作艳情场面的展开描写。拿这首词与柳词中同类题材的名作《雨霖铃》相比,特点立现。秦观这首词在被东坡指摘为学柳永的同时,却又"极为东坡所称道",东坡甚至戏称秦观为"山抹微云君"。④ 之所以有这样矛盾的情况,是因为在这首词中,我们既可以看到秦观借鉴柳词铺叙的词笔一面,又可以看到他学习苏词意象诗笔的一面。如"多少蓬莱旧事,空回首、烟霭纷纷"一句,此正所谓诗家之体,"盖写景与言情,

---

① [宋]张炎:《词源》卷下,载唐圭璋编《词话丛编》,中华书局,1986 年版,第 267 页。
② [清]沈雄:《古今词话》词话上卷引《高斋诗话》,载唐圭璋编《词话丛编》,中华书局,1986 年版,第 772 页。
③ 夏敬观:《映庵词评》,载张璋、职承让、张骅等编《历代词话续编》,大象出版社,2005 年版,第 419 页。
④ [宋]严有翼:《艺苑雌黄》,载郭绍虞辑《宋诗话辑佚》,中华书局,1980 年版,第 577 页。

非二事也。善言情者,但写景而情在其中"①,在简要铺叙离别情景之后,秦观将笔端突然荡开,以远处的迷离之景抒情,情景交融,景物的迷离苍茫显现了词人的茫然怅惘,将男女依依惜别之情含蓄地传达出来。词中上下片均以景结,益见出词笔之蕴藉无端。当时秦观久困科屋,功名未立,不免有坎坷蹉跎之悲,在那"烟霭纷纷"表面的艳情书写背后,更蕴含了秦观前路无着的身世之慨,乃是典型的以景现情,是诗歌含蓄传统的言说方式,故周济曰:"将身世之感打并入艳情,又是一法。"②真乃慧眼独具之评!也难怪苏东坡要对此词大加称赏了。

这里有必要说明的是,少游学柳永铺叙的笔法难免有稍过之嫌。这就是引文中秦观那句"小楼连苑横空,下窥绣毂雕鞍骤"(《水龙吟》)被苏轼批评"十三个字,只说得一个人骑马楼前过"的原因。沈祥龙曰:

> 词当意余于辞,不可辞余于意。东坡谓少游"小楼连苑横空,下窥绣毂雕鞍骤"二句,只说得车马楼下过耳,以其辞余于意也。若意余于辞,如东坡"燕子楼空,佳人何在,空锁楼中燕",用张建封事。白石"犹记深宫旧事,那人正睡里、飞近蛾绿",用寿阳事,皆为玉田所称。盖辞简而余意悠然不尽也。③

这段话乃是从辞简意丰的角度立说,确有道理,意象的笔法、典故的妙用正在以少总多的含蓄隐喻的言说特征,这也是苏轼"以诗为词"的表现之一,在苏轼的意识中,词是纯粹的抒情文体,须用意象来传情达意,过多的叙事只会冲淡意境的营造。苏轼恪守着古典意象的笔法,所以对秦观这种得之于柳永的毫无韵味的发露叙事笔法,自然大为不满。

然总观秦观词,虽有学柳永的地方,但他并不擅长叙事,也不以此为主要艺术特点。在终宋一代的词人中,秦观最具一颗敏锐善感的"词心"。以意象的笔法,通过如画的意境来传达细腻深微的情感,乃秦观之绝技。在"诗人之词"和"词人之词"之间,秦观更具有"诗人之词"的特征。在这一点上,他与苏轼心灵相通,况周颐云:"黄山谷、秦少游、晁无咎,皆长公之客也。山谷、无咎皆工倚声,体格与长公为近。唯少游自辟蹊径,卓然名家。盖其天分

---

① 况周颐:《蕙风词话》卷二,载唐圭璋编《词话丛编》,中华书局,1986年版,第4425页。
② [清]周济:《宋四家词选目序论》,载唐圭璋编《词话丛编》,中华书局,1986年版,第1652页。
③ [清]沈祥龙:《论词随笔》,载唐圭璋编《词话丛编》,中华书局,1986年版,第4053页。

高,故能抽秘骋妍于寻常濡染之外,而其所以契合长公者独深。"① 在苏门中,黄庭坚和晁补之均学步东坡,以摆脱儿女故态的放旷之笔为词,况周颐不予称道,唯言秦观"契合长公者独深"。其中原因是秦观和苏轼都善于将意象呈现、情景交融等传统诗歌含蓄蕴藉的表现手法融入自己的词作中,相较于苏轼,秦观更有着词体"本色"的出蓝之妙。意象手法加上其善感的"词心",成就了秦观词独有的柔婉蕴藉的美。如《踏莎行》:

雾失楼台,月迷津渡。桃源望断无寻处。可堪孤馆闭春寒,杜鹃声里斜阳暮。　驿寄梅花,鱼传尺素。砌成此恨无重数。郴江幸自绕郴山,为谁流下潇湘去。

词中出现了许多景象,如雾失楼台、月迷津渡、渺远桃源、春寒孤馆、斜阳杜鹃等等,均属朦胧虚幻、凄迷阴郁之象,这样的意象极具情感穿透力,把词人孤独、落寞、追思、怨慕甚至绝望等万般感慨愁绪传入读者的心田,感人至深。又如他的名篇《浣溪沙》:

漠漠轻寒上小楼。晓阴无赖似穷秋。淡烟流水画屏幽。　自在飞花轻似梦,无边丝雨细如愁。宝帘闲挂小银钩。

花轻似梦,雨细如愁,以微物传递柔细善感之情,除了秦观以外,恐怕中国诗人再难有这样细腻柔婉的书写了。故贺裳曰:"少游能曼声以合律,写景极凄惋动人。然形容处,殊无刻肌入骨之言,去韦庄、欧阳炯诸家,尚隔一尘。"② 正是这样纤弱柔婉的语言风格,同时剔除了柳词中刻露入骨的艳情描写,既合词体香艳柔婉的本色要求,又得诗体含蓄的传统旨趣,由此确立了秦观词婉约"本色"的正宗地位。刘熙载对秦观词作了精当的评价:"秦少游词得《花间》《尊前》遗韵,却能自出清新。"③ 在当时柳永和苏轼两种变体词风盛行之下,秦观保持了词之"本色"的书写。他借鉴了柳永的铺叙手法,但更为主要的是秉承了苏轼所倡导的意象含蓄的笔法,将其融为一体,避免了柳永过于"发越"的俗化倾向和苏轼过于高蹈的诗化倾向,优长并取,"自出清新",成为婉约正宗的"诗人之词"的代表。

---

① 况周颐:《蕙风词话》卷二,载唐圭璋编《词话丛编》,中华书局,1986年版,第4426~4427页。
② [清]贺裳:《皱水轩词筌》,载唐圭璋编《词话丛编》,中华书局,1986年版,第696页。
③ [清]刘熙载:《艺概·词曲概》,上海古籍出版社,1978年版,第109页。

二、周邦彦集大成的"词人之词"

秦观折中于苏柳之间,以意象笔法和小令风神来改造慢词,初步克服了柳词中存在的啴缓、"发越"的缺陷,有着与东坡一样的诗法含蓄的意趣。然秦词却"以气格为病"①,"虽婉美,然格力失之弱"②,这一毛病,一方面与秦观的禀赋气质有关,另一方面,也因其折中苏柳尚不成熟,有简单截取组合之嫌。可以说,苏轼所倡导的意象含蓄的诗笔于秦词中有着绝妙精彩的运用发挥,而柳永长调"一笔到底""发露无余"的缺陷在秦观处仍没有解决,这一任务由后来章法大家周邦彦完成了。

长调的创作始终有一个问题,那就是章法结构。小令由于篇幅短小,这个问题还不很突出,而长调由于篇幅加长但内容不外乎闺情花柳、离愁别绪,所以这个矛盾就显现了出来。柳永慢词,其佳者自能"一笔到底,始终不懈",但大多数显得比较松散、发露。如何在加长展衍的篇幅内,作到诗歌传统所要求的含蓄警炼,这是长调确立之后不得不解决的问题。刘体仁曰:"长调最难工,芜累与痴重同忌。衬字不可少,又忌浅熟。"③又曰:

> 中调长调转换处,不欲全脱,不欲明黏,如画家开阖之法,须一气而成,则神味自足。④

沈雄曰:

> 长调要操纵自如,忌粗率。能于豪爽中,着一二精致语,绵婉中着一二激厉语,尤见错综。⑤

柳永创制长调之后,经过苏轼、秦观、贺铸等词人对长调雅化的不断探索,终于由周邦彦总其成,基本完成了长调体制上的雅化抒写,熔雅俗于一炉,合"发越"与"含蓄"于一体,成就了其集大成的伟业。关于周邦彦的集大成地位,词论家多有论述,如陈廷焯曰:

---

① [宋]叶梦得:《避暑录话》卷三,徐时仪校点,载《宋元笔记小说大观》,上海古籍出版社,2001年版,第2629页。
② [宋]胡仔纂集《苕溪渔隐丛话》后集卷三三引晁无咎语,廖德明校点,人民文学出版社,1962年版,第253页。
③ [清]刘体仁:《七颂堂词绎》,载唐圭璋编《词话丛编》,中华书局,1986年版,第621页。
④ 同上书,第619页。
⑤ [清]沈雄:《填词杂说》,载唐圭璋编《词话丛编》,中华书局,1986年版,第629页。

> 词至美成，乃有大宗。前收苏、秦之终，复开姜、史之始。自有词人以来，不得不推为巨擘。后之为词者，亦难出其范围。然其妙处，亦不外沉郁顿挫。顿挫则有姿态，沉郁则极深厚。既有姿态，又极深厚，词中三昧亦尽于此矣。①

王国维曰：

> 先生于诗文无所不工，然尚未尽脱古人蹊径。平生著述，自以乐府为第一。词人甲乙，宋人早有定论，惟张叔夏病其意趣不高远。然北宋人如欧、苏、秦、黄，高则高矣，至精工博大，殊不逮先生。故以宋词比唐诗，则东坡似太白，欧、秦似摩诘，耆卿似乐天，方回、叔原，则大历十子之流。南宋惟一稼轩可比昌黎。而词中老杜，则非先生不可。昔人以耆卿比少陵，犹为未当也。②

蒋兆兰曰：

> 词家正轨，自以婉约为宗。欧晏张贺，时多小令，慢词寥寥，传作较少。逮乎秦柳，始极慢词之能事。其后清真崛起，功力既深，才调尤高。加以精通律吕，奄有众长，虽率然命笔，而浑厚和雅，冠绝古今，可谓极词中之圣。③

周美成之所以独享"词中之圣"的美誉，其于词之创造确有过人之处。他将韦庄、张先、柳永延续下来的偏于细腻写景、具体叙事和直接抒情的"词人之词"的写作手法推向了一个新的高度，又吸取了苏轼、秦观等"诗人之词"的意象、化用、典故等笔法，且能独出机杼。集众多词人之优长于一身，可谓"无美不具"。其语言艺术成就，人们常常总结为：善于融化古人诗句，并能自铸新词；"言情体物，穷极工巧"。正如王国维所云：

> 先生之词，陈直斋谓其"多用唐人诗句檃栝入律，浑然天成"。张玉田谓其"善于融化诗句"，然此不过一端。不如强焕云"模写物态，曲尽

---

① [清]陈廷焯：《白雨斋词话》卷一，载唐圭璋编《词话丛编》，中华书局，1986年版，第3787页。
② 王国维：《人间词话》附录一，载唐圭璋编《词话丛编》，中华书局，1986年版，第4270~4271页。
③ 蒋兆兰：《词说》，载唐圭璋编《词话丛编》，中华书局，1986年版，第4632页。

其妙"为知言也。①

首先,最能体现周邦彦成就的是,他"严于章法,擅长于铺叙之中作顿错腾挪、曲折回环,使整个词篇既具浑瀚流转之气,却又具波澜起伏之感,显示出一种整严层深的法度规模来"②。如其名作《瑞龙吟》:

> 章台路。还见褪粉梅梢,试花桃树。愔愔坊陌人家,定巢燕子,归来旧处。　黯凝伫。因念个人痴小,乍窥门户。侵晨浅约宫黄,障风映袖,盈盈笑语。　前度刘郎重到,访邻寻里,同时歌舞。唯有旧家秋娘,声价如故。吟笺赋笔,犹记燕台句。知谁伴、名园露饮,东城闲步。事与孤鸿去。探春尽是,伤离意绪。官柳低金缕。归骑晚、纤纤池塘飞雨。断肠院落,一帘风絮。

这首词成为分析美成章法的经典例作,陈洵对此有详细的解说:

> 第一段地,"还见"逆入,"旧处"平出。第二段人,"因记"逆入,"重到"平出,作第三段起步。以下抚今追昔,层层脱卸。"访邻寻里",今。"同时歌舞",昔。"惟有旧家秋娘,声价如故",今犹昔。而秋娘已去,却不说出,乃吾所谓留字诀者。于是"吟笺赋笔","露饮""闲步",与窥户、约黄、障袖、笑语,皆如在目前矣。又吾所谓能留,则离合顺逆,皆可随意指挥也。"事与孤鸿去",咽住,将昔游一齐结束。然后以"探春"二句,转出今情。"官柳"以下,复缘情叙景。"一帘风絮",绕后一步作结。时则"褪粉梅梢,试花桃树",又成过去矣。后之视今,犹今视昔,奈此断肠院落何。③

这首词的主旨是"前度刘郎重到"一句,内容不过是"人面桃花"的"旧曲翻新"而已。然而周邦彦却能将此主题在今、昔、后来之间翻腾跳宕出无穷的变化,极沉郁顿挫之妙。词分三片,首片没有按顺序的直笔写去,而用"逆入"之法,先从眼前写起,但是在写今日所见之景物之上又冠之以"还见"、收之以"旧处",使读者身在今日之时、地,而思绪已飞到昔日的情景之中。第

---

① 王国维:《人间词话》附录一,载唐圭璋编《词话丛编》,中华书局,1986年版,第4271页。
② 杨海明:《唐宋词风格论》,上海社会科学院出版社,1986年版,第92页。
③ 陈洵:《海绡说词》,载唐圭璋编《词话丛编》,中华书局,1986年版,第4865页。按,"因记"即"因念"句,陈洵引周词文字略有出入。

二片以"黯凝伫"接上片之"旧处",展开对昔日的追思。"因念"以下,全用追忆的手法,"个人痴小,乍窥门户。侵晨浅约宫黄,障风映袖,盈盈笑语",酣足地写出了当时秋娘美丽的形象。然而就此以"前度刘郎重到"突然顿住,转换场景,使上面如花之场景顿时烟消云散、归于梦幻,留有无穷的余味,又引出第三片大段的类似"人面不知何处去"的深长叹息。第三片所写"访邻寻里"的一系列观感,按时间来说,本应在上两片之前,然而却要放在它们之后迟迟道出,这在行文上就是腾挪跳宕之法,而如此的章法安排不仅造成了文笔上的波澜起伏之感,更使得情感的吞吐有无穷的回环往复之妙。

又如他的名篇《兰陵王》:

> 柳阴直。烟里丝丝弄碧。隋堤上、曾见几番,拂水飘绵送行色。登临望故国。谁识。京华倦客。长亭路,年去岁来,应折柔条过千尺。
> 闲寻旧踪迹。又酒趁哀弦,灯照离席。梨花榆火催寒食。愁一箭风快,半篙波暖,回头迢递便数驿。望人在天北。　凄恻。恨堆积。渐别浦萦回,津堠岑寂。斜阳冉冉春无极。念月榭携手,露桥闻笛。沉思前事,似梦里,泪暗滴。

全词共分三片。第一片托柳起兴,由咏柳引出送别;第二、三片由当筵的离别生出对别后情景的设想,分别从行者与送者的角度进行多层次的叙写。然这种叙写又非柳永式的平铺直叙,而是极尽顿挫离合之妙。陈廷焯对此有着精彩的分析:

> 美成词极其感慨,而无处不郁,令人不能遽窥其旨。如《兰陵王·柳》云"登临望故国。谁识。京华倦客"二语,是一篇之主。上有"隋堤上、曾见几番,拂水飘绵送行色"之句,暗伏倦客之根,是其法密处。故下接云:"长亭路,年去岁来,应折柔条过千尺。"久客淹留之感,和盘托出。他手至此,以下便直抒愤懑矣。美成则不然。"闲寻旧踪迹"二叠,无一语不吞吐。只就眼前景物,约略点缀,更不写淹留之故,却无处非淹留之苦。直至收笔云:"沉思前事,似梦里,泪暗滴。"遥遥挽合,妙在才欲说破,便自咽住,其味正自无穷。①

众多词论家都提到了美成词能"留"、能"郁",即所谓"妙在才欲说破,便

---

① [清]陈廷焯:《白雨斋词话》卷一,载唐圭璋编《词话丛编》,中华书局,1986年版,第3787页。

自咽住,其味正自无穷",道出了周词于铺叙展衍中见含蓄蕴藉的本质特征。这与柳永那种明白家常、平铺直叙的作风有着明显的不同,是对柳词铺叙手法的艺术化、婉曲化。其具体体现是,周邦彦于词之章法上极尽变化之妙,善于运用顺叙、逆叙、穿插、伏笔、照应、想象、假设等手法,进行多层次、多侧面的铺叙,将时间上的过去、现在、未来以及不同的空间地点等因素交叉糅合在一起,使词之结构显得规模宏大,曲折多变。他的诸多名篇如《花犯》(粉墙低)、《六丑》(正单衣试酒)、《过秦楼》(水浴清蟾)、《浪淘沙慢》(晓阴重)、《夜飞鹊》(河桥送人处)等,在结构上多有可观之处。赵仁珪先生在《论宋六家词》中将周邦彦结构章法于继承柳永"平铺直叙、直线展开者"之外,又总结出"顿挫变化、曲线结构者"和"痕迹消融、暗线结构者"两类。周邦彦以长调佳构为自己赢得了巨大的声誉,也为后来长调的创作开启了广大法门。南宋诸家如姜夔、吴文英、王沂孙等无不奉周邦彦为楷模,至有杨泽民、方千里辈首首追和美成,可以说南宋后期格律派词人无不笼罩在周邦彦的范围之内。故周济曰:"美成思力,独绝千古,如颜平原书,虽未臻两晋,而唐初之法,至此大备。后来作者,莫能出其范围矣。"① 陈廷焯亦云:"美成乐府,开阖动荡,独有千古。南宋白石、梅溪,皆祖清真,而能出入变化者。"②

自慢词创制起就存在一个问题,即如何在篇幅加长的体制之内,满足诗歌传统含蓄蕴藉的美学要求,也就是说如何将语言和体制的"发越"趋势与诗歌的含蓄传统有机地结合起来。应该说,这一难题到周邦彦手里得到了完美的解决。小令的作法是以意象、情景交融等传统手法行不言而出之的含蓄策略;而慢词由于篇幅加长,就不得不用铺叙的赋笔,柳永的作法是"一笔到底,始终不懈",自然是将景、情、事都说尽,没有给想象留空间。而周邦彦特变化其法,以逆叙、穿插、倒转、离合、伏笔、照应等手段,将叙事的顺序或中断,或打乱,或顺逆离合。要之,其最根本目的是不作说尽语,避免一览无余,为想象留空间。小令是在景中留余味,长调是在事中通过断续、接转、跳宕、逆挽等手法留余味,正如陈廷焯所谓"妙在才欲说破,便自咽住"。周邦彦以其沉郁顿错的长调章法,在语言之"发越"趋势与诗歌之含蓄传统之间达成了妥协,于新变和传统之间确立了慢词创作的典范。

其次,清真顺应了语言客观写实、细腻刻画的发展趋势,其词无论写景、言情均能细致工巧,直摄物之神理,直透人之心曲,如临其境,如感其情。王国维言其词"言情体物,穷极工巧"③。其写景如"叶上初阳干宿雨,水面清

---

① [清]周济:《介存斋论词杂著》,载唐圭璋编《词话丛编》,中华书局,1986年版,第1632页。
② [清]陈廷焯:《词坛丛话》,载唐圭璋编《词话丛编》,中华书局,1986年版,第3723页。
③ 王国维:《人间词话》,载唐圭璋编《词话丛编》,中华书局,1986年版,第4246页。

圆,——风荷举"(《苏幕遮》),王国维评此句曰:"此真能得荷之神理者。"①这样刻画细致的词句于其《片玉集》中多有,如:"湖平春水,菱荇萦船尾。空翠入衣襟,䩞轻桹、游鱼惊避。晚来潮上,迤逦没沙痕,山四倚。云渐起。鸟度屏风里。"(《蓦山溪》)写湖上景色,细致入微。又有"渐飒飒、丹枫撼晓"(《霜叶飞》)、"芳草怀烟迷水曲,密云衔雨暗城西"(《望江南》)等。其描写女子之容颜情态,细致逼真,生动可感。如写眉黛,"小叶尖新,未放双眉秀"(《蝶恋花》);写晨妆,"不会沉吟思底事,凝眸。两点春山满镜愁"(《南乡子》);写离别容颜,"梦念远别、泪痕重。淡铅脸斜红"(《塞翁吟》);写睡起,"唤起两眸清炯炯,泪花落枕红绵冷"(《蝶恋花》);等等。

清真极善于写人之心曲,层层勾勒叙写,曲尽其妙,正如周济所谓"清真愈钩勒愈浑厚"者。以他的名篇《六丑》为例:

> 正单衣试酒,怅客里、光阴虚掷。愿春暂留,春归如过翼。一去无迹。为问花何在,夜来风雨,葬楚宫倾国。钗钿堕处遗香泽。乱点桃蹊,轻翻柳陌。多情为谁追惜。但蜂媒蝶使,时叩窗隔。　东园岑寂。渐蒙笼暗碧。静绕珍丛底,成叹息。长条故惹行客。似牵衣待话,别情无极。残英小、强簪巾帻。终不似一朵,钗头颤袅,向人敧侧。漂流处、莫趁潮汐。恐断红、尚有相思字,何由见得。

此首乃客里愁思之作,陈廷焯析曰:

> "为问家何在。"上文有"怅客里光阴虚掷"之句,此处点醒题旨,既突兀又绵密,妙只五字束住。下文反覆缠绵,更不纠缠一笔,却满纸是羁愁抑郁,且有许多不敢说处,言中有物,吞吐尽致。②

周济于此词"愿春暂留,春归如过翼,一去无迹"亦云:

> 十三字千回百折,千锤百炼,以下如鹏羽自逝。不说人惜花,却说花恋人,不从无花惜春,却从有花惜春,不惜已簪之残英,遍惜欲去之断红。③

---

① 王国维:《人间词话》,载唐圭璋编《词话丛编》,中华书局,1986年版,第4247页。
② [清]陈廷焯:《白雨斋词话》卷一,载唐圭璋编《词话丛编》,中华书局,1986年版,第3787页。
③ [清]周济:《宋四家词选目录序论》,载唐圭璋编《词话丛编》,中华书局,1986年版,第1647页。

词中写花恋人、人惜花之情,反复缠绵、曲尽其妙。

最后,清真善于化用唐人诗句,取其词语,衍其诗意,深得出蓝之妙。宋刘肃云:"周美成以旁搜远绍之才,寄情长短句,缜密典丽,流风可仰。其征辞引类,推古夸今,或借字用意,言言皆有来历,真足冠冕词林。"① 沈义父谓清真词"下字运意,皆有法度,往往自唐宋诸贤诗句中来,而不用经史中生硬字面,此所以为冠绝也"②。如清真《满庭芳》中"雨肥梅子",用杜诗《陪郑广文游何将军山林十首》其五"红绽雨肥梅"句,"黄芦苦竹,拟泛九江船",用白居易《琵琶行》中"住近湓江地低湿,黄芦苦竹绕宅生"句,"且莫思身外,长近尊前",用杜诗《绝句漫兴九首》其四"莫思身外无穷事,且尽生前有限杯"句;《琐窗寒》中"夜阑未休,故人剪烛西窗语",用李商隐《夜雨寄北》中"何当共剪西窗烛,却话巴山夜雨时"句;《夜游宫》中"桥上酸风射眸子",用李贺《金铜仙人辞汉歌》中"东关酸风射眸子"句;《长相思》中"夜色澄明,天街如水",用杜牧《秋夕》中"天街夜色凉如水"句;等等。融化诗句,妥帖恰当,浑化无迹。更有甚者,以清真才学之富赡,笔力之纵横,往往在一首长调中融化、檃栝几首诗作,如《西河》:

> 佳丽地。南朝盛事谁记。山围故国绕清江,髻鬟对起。怒涛寂寞打孤城,风樯遥度天际。　　断崖树,犹倒倚。莫愁艇子曾系。空余旧迹郁苍苍,雾沉半垒。夜深月过女墙来,赏心东望淮水。　　酒旗戏鼓甚处市。想依稀、王谢邻里。燕子不知何世。入寻常、巷陌人家,相对如说兴亡,斜阳里。

梁启超曰:"张玉田谓清真最长处,在善融化古人诗句如自己出,读此词可见此中三昧。"③ 此词檃栝南朝乐府《莫愁乐》与刘禹锡《金陵五题》中的《石头城》与《乌衣巷》,化用原诗的成句与意境,气韵雄沉,苍凉悲壮,抒发了沉痛的历史兴亡之感,堪称绝唱。善于化用唐诗,使清真词的语言别具"浑厚和雅"的格调意韵。

周邦彦能够比较全面地吸收前人词艺之长而避免其短,对北宋应歌合乐的词体尤其长调作出了继承、总结和救弊纠偏的贡献,且大大丰富和拓展了词体的表现手法。周邦彦继承了韦庄、张先和柳永等词人于描写、叙事、抒情

---

① [宋]刘肃:《片玉集序》,载金启华、张惠民、王恒展等编《唐宋词集序跋汇编》,江苏教育出版社,1990年版,第69页。
② [宋]沈义父:《乐府指迷》,载唐圭璋编《词话丛编》,中华书局,1986年版,第277~278页。
③ 梁启超:《饮冰室评词》,载唐圭璋编《词话丛编》,中华书局,1986年版,第4307页。

中细腻悠长的笔法,且能变化出之,其词"模写物态,曲尽其妙",叙事"开阖动荡,独有千古",均达到了一个新的境界,是"词人之词"的最高典范;然而其词又不失为"诗人之词",将唐人诗句檃栝入律,浑然天成,能在细致的状物和叙事之中抒发一己之哀思愁怨,且寄寓着深重的人生感慨,将"诗人之词"和"词人之词"各种优长集于一体,见出了清真词集大成的特征。美成能折中于苏柳之间,既继承了苏轼所强调的词体文学性的一面,感物赋情、词句华美;又延续了柳永所遵循的词体音乐性的一面,婉转美听,音律严密,是音乐文学的最高典范。张炎言美成词"惜乎意趣却不高远"[1],刘熙载言美成词"当不得个'贞'字"[2],不过是说美成词中的花柳艳情题材,其实男女情爱正是音乐文学的生命,是在当时词体"本色"意识的召唤下,对苏轼"以诗为词"的反拨是词体音乐性于内容上的体现,周词那艳冶的题材与华赡的文辞正是词体音乐性与文学性各致其极的表征。

词体演进至周邦彦,各种因素实现了完美的整合,随着北宋的灭亡告一段落。在晏欧令词的诗体雅化之后,柳永创制长调,开始了新一轮的雅俗矛盾运动。柳永于词中所表现出来的"发越"、刻露的语言抒写,无疑代表了通俗化的发展趋势;而苏轼则以其"以诗为词"的创作和主张,向着诗歌含蓄蕴藉的美学传统回归。苏柳各致其极,遂有了秦观、贺铸等人折中两端的探索,终以"富艳精工"的周邦彦词集词体的音乐性与文学性于一体、熔"词人之词"与"诗人之词"于一炉,将语言的"发越"趋势与诗歌的含蓄传统有机地整合,词体的各种力量和因素于周词中终于达成了完美的和谐统一。周邦彦也以其"无美不具"的集大成的词作,为词体于长调上的演进作了阶段性的"结北开南"的完美总结。

第三节 雅之大成与俗化趋势

周邦彦以其"浑厚和雅"的词章,为后来的词人创作树立了"无美不具"、可供追模的典范。可以说,词体发展的一些矛盾因素,诸如音乐性与文学性、雅与俗、语言的"发越"趋势与诗歌的含蓄传统等,在周邦彦的词作中得到了完美的整合。南宋词的发展,大体是在周邦彦所确立的体制规范的基础上,对词艺的不断探索和精进,最终完成了向传统诗体的雅化回归。而对于一种文体来说,这种技艺的精进和雅化的抒写,由于背离了文艺通俗化的大势、放弃了体制"发越"的进一步探索,丧失了语言发展的势能,其结果必然是走向

---

[1] [宋]张炎:《词源》卷下,载唐圭璋编《词话丛编》,中华书局,1986年版,第266页。
[2] [清]刘熙载:《艺概·词曲概》,上海古籍出版社,1978年版,第109~110页。

僵化和没落。虽然词体在南宋的发展无论在创作人数还是质量上都臻于"极盛",虽然南宋词人中有着如辛弃疾、姜夔和吴文英等为后人所仰慕挚爱的大家,但是从文体发展的走向和大势的角度,这里也只能以扫描的形式加以论述,以大致描述一个完整的词体发展演进脉络。词体之后,本文将对曲体的产生和形态作一个简单的分析和描述,一方面形成对词体的参照和反观,另一方面验证文学与语言相携而行的通俗化的演进历程。

一、雅之大成的词体

词体,其"倚红偎翠"的言情书写、"娱宾遣兴"的文体规范,在南渡后本可以沿着周邦彦的路子走下去。然而,经靖康之难的巨大变故,词体所赖以生存的"倚红偎翠"的社会环境和世情心态被涤荡一空,救亡图存、矢志恢复成为时代文艺的主旋律,所谓"文变染乎世情,兴废系乎时序"①,词体也通过这种外来突变的力量完成了其功能的根本转型。

经过岳飞、张元幹、张孝祥等人慷慨悲壮的恢复之音的探索,以及叶梦得、陈与义、朱敦儒等人潇洒放旷的尘外之思的尝试,再加以陈亮、刘过、韩元吉、陆游等人为之羽翼,最终以"词中之龙"辛弃疾集其大成,词在南宋形成了以抚时感事和襟怀志意为主旨抒写的辛派词人群体。由于辛弃疾巨大成就的影响,文人志士向风慕义,潮波浩荡,一时蔚为壮观,成为南宋前期词坛的主流,其流风延及宋季,犹有刘辰翁、文天祥、蒋捷等辛派词人之余音嗣响。

"国家不幸诗家幸,赋到沧桑句便工",辛弃疾以其胸襟和才情全力为词,别开生面,在词史上达到了"横绝六合,扫空万古,自有苍生以来所无"②的不可企及的高峰,也于东坡之后为词体的言志功能开辟出了更为广阔的发展空间。辛弃疾于词体的贡献大致有以下几个方面。其一,"如诗如文"的词境开拓。辛词的内容题材较苏词更为广阔丰富,以矢志恢复为中心,充满了对英雄往事的追忆,对报国无门的悲愤,将时代的爱国精神演绎到极致。除此之外,像闺思友情、田园风光、哲理禅思、闲居情趣、读书感受等等诗文所能表现的内容入词,真正达到"无意不可入,无事不可言"的地步,苏轼虽最先提出了词者"诗之裔"的观点,然苏轼以余力为词,而辛弃疾倾其全力为词,其词之领域"如诗如文",第一次真正地将词体抬高到与诗文等量齐观的地位。其二,"摧刚为柔"的深婉抒写。豪放之词的抒写不免流于粗滑浅率

---

① [南朝梁]刘勰:《文心雕龙·时序》,载周振甫注《文心雕龙注释》,人民文学出版社,1981年版,第479页。
② [宋]刘克庄:《辛稼轩集序》,载金启华、张惠民、王恒展等编《唐宋词集序跋汇编》,江苏教育出版社,1990年版,第173页。

之弊,而稼轩词特能将其激昂悲慨之情以含蕴曲折之笔委婉道出,所谓"百炼钢化为绕指柔",愈见其情之深厚博大,故周济曰:"稼轩郁勃故情深。"[1] 观其《摸鱼儿》(更能消)、《水龙吟》(楚天千里)等词中"画檐蛛网""红巾翠袖"等语句,柔婉"本色"的字面蕴含的却是沉郁深挚的情感,于淡烟疏柳之中见英雄豪宕之气,此为稼轩绝技。其三,"不主故常"的语言创造。稼轩词体现了高超的语言技巧,既善于熔裁点化前人的诗句,又积极吸收通俗的口语;既能借鉴模拟前代的文章体式、作家作品,又能自铸"雄深雅健"的文学语言,达到了"不主故常""随所变态,无非可观"[2] 的高度自由、炉火纯青的境界。其中,"以文为词"是稼轩最为突出的语言创造,这是在苏轼"以诗为词"、周邦彦以赋笔为词之后对词体语言的可贵开拓。其四,"横竖烂漫"的典故运用。用典乃诗家之常见手法,东坡于词中始开风气,至稼轩则"横竖烂漫",无所不施,举凡《论》、《孟》、《诗小序》、《左氏春秋》、《南华》、《离骚》、《史》、《汉》、《世说》、《选学》、李杜诗,拉杂运用,弥见其笔力之峭"[3]。稼轩词用典博杂广泛,花样翻新,又纯熟自然,达到了终宋一代词体典故运用的最高境界。观其《贺新郎》《水龙吟》《永遇乐》诸名篇,通篇缀集典故,又至有"掉书袋"之讥。

  时代的变故改变了文学的走向,南宋前期词体的发展,可以说"是传统下来的词学史中一个桠枝旁干的怒出",但却成就了"由苏轼到辛弃疾的一个最光辉的时期"。[4] 周邦彦以其"富艳精工"的词作集词体"本色"之大成,辛弃疾则以其"雄深雅健"的词篇集苏轼以来变体之大成;再从辛词的数量、质量以及词作所反映社会人生的广度和深度来看,则其成就又在清真之上。辛弃疾以其伟大的词作大大提高了词体的地位,前所未有地扩大了词体的表现领域,创造性地丰富和拓展了词体的语言运用技巧,对词体的发展走向产生了深远的影响,并为词体最终成为与诗体并尊的格律抒情诗体作出了里程碑式的贡献。

  南宋后期,社会偏重享乐,加之经济繁荣发达,江南的明山秀水、理学之流行以及词体的"本色"召唤等诸多原因,在"别开天地"的稼轩词之后,一大批骚雅派词人继起。通过姜夔、史达祖、吴文英、王沂孙等人的创作实践以及张炎的理论总结,词体雅化至极后,最终回归诗体。

  南宋骚雅派词人所面临的困境是,前有周邦彦,以典丽工巧、"浑厚和

---

[1] [清]周济:《介存斋论词杂著》,载唐圭璋编《词话丛编》,中华书局,1986年版,第1634页。
[2] [宋]范开:《稼轩词序》,载金启华、张惠民、王恒展等编《唐宋词集序跋汇编》,江苏教育出版社,1990年版,第172页。
[3] [清]吴衡照:《莲子居词话》卷一,载唐圭璋编《词话丛编》,中华书局,1986年版,第2408页。
[4] 薛砺若:《宋词通论》,上海书店出版社,1985年版,第206页。

雅"的词风,集词体"本色"抒写之大成;后有辛弃疾,以"横绝六合,扫空万古"之词笔,继承并完成了苏轼所开创的抒怀言志、向上一路的词体改造,集变体抒写之大成,并指明了词体最终归于诗体的发展道路。词体艺术的顶峰已然形成,面对两座高峰,后起者几乎已难以为继。又由于这些词人多数生活内容较为狭窄,他们只能"在音律、章法、字面等方面甚下功夫,也尽管他们之中有些人本不乏创作的才能,而究其结果,却再无较大的'发明'或'创造'"①。在"复雅"的风气下,他们的词作精妙无比,形式、字面、章法多有可观之处,正如王士祯评价姜夔、吴文英等南宋词人所言:"宋南渡后,梅溪、白石、竹屋、梦窗诸子,极妍尽态,反有秦、李未到者,虽神韵天然处或不及,自令人有观止之叹。"②

骚雅派之开风气者及最杰出者乃姜夔,"白石词同词史上柔婉艳丽与雄放豪壮两大类型皆有不同,他一洗华靡而又屏除粗豪,别创一种清疏飘逸、幽洁瘦劲之体"③,折中两峰之间,而别开清空瘦硬之体。约而言之,其开拓之处有如下几个方面。其一,"幽韵冷香"的风格创造。稼轩将其英雄豪气与词体柔婉抒写相结合的旨趣,白石也将自己山林梅荷之雅趣、家国身世之悲慨与词体艳情抒写相结合,以清刚雅健之笔写柔情,在这一点上周济可谓独具慧眼,看出白石继承稼轩处:"白石脱胎稼轩,变雄健为清刚,变驰骤为疏宕。"④如《长亭怨慢》《琵琶仙》《念奴娇》诸篇,读来别有"瘦石孤花,清笙幽磬"⑤之味。其二,"遗貌取神"的诗笔回归。风骚之传统,乃以抒情言志为旨归,而非景物的真实描写再现。白石对山水梅竹等景物皆不作具体质实之描写,只摄取其神理、点染其情韵,以其为寄托或背景,展开对自己直觉感受、志趣心境的表达和叙写。故王国维说:"白石写景之作,如'二十四桥仍在,波心荡、冷月无声','数峰清苦,商略黄昏雨','高树晚蝉,说西风消息',虽格韵高绝,然如雾里看花,终隔一层。"⑥道出了其诗笔"遗貌取神"的本质。其三,"去留无迹"的虚字运用。白石吸取了稼轩词"以文为词"的长处,于句中善用虚词,使词句相互勾连,意脉不断,尽收曲折婉转、疏朗灵动的表达效果,如其名篇《暗香》《疏影》两篇,乃是虚词运用的典范。张炎评价白石词"如野云孤飞,去留无迹"⑦,也是看到了其中"合用虚字呼唤"之工。其四,

---

① 杨海明:《唐宋词史》,江苏古籍出版社,1987年版,第368页。
② [清]田同之:《西圃词说》引王士祯语,载唐圭璋编《词话丛编》,中华书局,1986年版,第1458页。
③ 刘扬忠:《唐宋词流派史》,福建人民出版社,1999年版,488~489页。
④ [清]周济:《宋四家词选目录序论》,载唐圭璋编《词话丛编》,中华书局,1986年版,第1644页。
⑤ [清]郭麐:《灵芬馆词话》卷一,载唐圭璋编《词话丛编》,中华书局,1986年版,第1503页。
⑥ 王国维:《人间词话》,载唐圭璋编《词话丛编》,中华书局,1986年版,第4248页。
⑦ [宋]张炎:《词源》卷下,载唐圭璋编《词话丛编》,中华书局,1986年版,第259页。

"句琢字炼"的艺术追求。白石以江西诗派瘦硬健劲之法锤炼语言,形成了清空骚雅的词风,像《点绛唇》中"数峰清苦,商略黄昏雨"、《暗香》中"千树压、西湖寒碧"等句,确是高格响韵,意味无穷。对此众多词评家大为称赏,赞其"词极精妙,不减清真乐府"①,"不但韵高,亦由笔妙"②,"词亦精深华妙"③。白石于其《庆宫春》小序中言创作此词"过旬涂稿乃定"④,道出了其于字面形式精雕细琢之工。流风所及,我们看到后来众多骚雅派词人都于形式方面有极致的追求,也由此看出词体衰微的气息。

在姜白石开风气之先的影响下,后来之骚雅派词人在词艺的"精深"方面作出了各致其极的发掘探索,遂有史达祖尽态极妍的字面锤炼,吴文英情天恨海的心曲抒写、浓艳密丽的感性修辞、脉络井井的跳宕章法,王沂孙"思笔双绝"的寄托诗法等,最后以张炎"意度超玄"的词体创作和"雅而正"的理论总结,为骚雅派的发展画上了挽歌式的句号。

经过长期的发展演进,词之题材不断拓展、技巧日渐成熟,在南宋初期,词体已成为与诗、文地位相当的文体,相较于诗文,词体后起,尚有开拓之空间,才华杰出之文人多参与创作,遂有前期以感于时事为主流的辛派词人的变体创作、后期以"复雅"为尚的骚雅派词人的"本色"抒写,南宋词坛一时词人蜂起,词作如林,"词家至南宋而极盛"⑤,亦"词至南宋始极其工"⑥。

词至南宋确实达到了"极盛"的地步。杨海明先生列出了三方面的依据。一是数量之多。依《全宋词》统计,北宋词人227人,占26%;南宋词人646人,占74%,后者约为前者的3倍。二是"品种"之多。除苏轼词外,北宋基本是"言情"词的天下;而南宋则除"言情"外,有抗战词、隐逸词、祝寿词、咏物词等等,后者较前者题材大为拓展丰富。三是质量之高,杨海明先生在谈到这一点时主要指以辛弃疾为代表的爱国词的思想内涵,然就形式技巧而言,辛派词人和南宋骚雅派词人都达到了精深极致的地步。⑦

在这种"极盛"的局面下,南宋尤其后期词体沿着"复雅"的道路发展,最终在雅之大成的演进轨迹中走向衰微。文廷式曰:"词家至南宋而极盛,亦

---

① [明]杨慎:《词品》卷四,载唐圭璋编《词话丛编》,中华书局,1986年,第491页。
② [清]李调元:《雨村词话》卷三,载唐圭璋编《词话丛编》,中华书局,1986年版,第1428页。
③ [清]永瑢等:《四库全书总目》卷一九八《白石道人歌曲》提要,中华书局,1965年版,第1818页。
④ 唐圭璋编《全宋词》,中华书局,1965年版,第2175页。
⑤ [清]文廷式:《云起轩词钞序》,载郭绍虞主编《中国历代文论选》第三册,上海古籍出版社,1980年版,第392页。
⑥ [清]朱彝尊:《词综发凡》,载[清]朱彝尊、汪森编《词综》,李庆甲校点,上海古籍出版社,1978年版,第10页。
⑦ 杨海明:《唐宋词史》,江苏古籍出版社,1987年版,第365~366页。

至南宋而渐衰。"① 在南宋的时代氛围中,文人普遍崇尚一种风雅脱俗的生活情致,唯"骚雅""雅正""醇雅"是务,词要表现文人士大夫高雅的山林梅竹之趣,词仍应"簸弄风月,陶写性情",但须"屏去浮艳",要"雅正",要志趣高远。由于游食清客、江湖诗人的身份,多数骚雅派词人对山水林泉有着天然的嗜好;他们在狭小的"应社"圈子里相互酬唱应和,以"复雅"相鼓吹;他们谨守格律而不渝,至有张炎有"琐窗深"一句中"深"字换"幽""明"之声母轻清重浊之辨;他们对字面形式的雅化有着近乎偏执的追求,生怕沾染上一点市井流行的"缠令之体"。这种在狭小的文人圈子里,在重重的戒律束缚下的雅化抒写和技艺精进,由于阻隔了生活深厚丰富的源头活水,其结果必然是雅在大成后的僵化和没落,最终归于传统格律诗之一种,继之而起的是顺应了通俗化趋势的更为生鲜活泼的曲体。

王国维于《宋元戏曲史》序曰:"凡一代有一代之文学:楚之骚,汉之赋,六代之骈语,唐之诗,宋之词,元之曲,皆所谓一代之文学,而后世莫能继焉者也。"② 此为著名的"一代之所胜"或"一代之文学"观,说的是每一种文体在其黄金时代臻于顶峰,过往则辉煌不再,似别有"气运"存乎其间。对于这一文学现象,王国维的解释是:"盖文体通行既久,染指遂多,自成习套。豪杰之士,亦难于其中自出新意,故遁而作他体,以自解脱。一切文体所以始盛终衰者,皆由于此。"③ 此语道出了文体兴替的一般规律。而就文体递变的内在规律来看,可以说一种文体的产生及其兴盛,伴随着对汉语某一特点或某一构成要素的发现认知,并将其发挥至极致;当这种文体"通行既久","自成习套"难以创新之后,"豪杰之士"遂"遁而作他体",开始了新一轮对汉语特点和构成的发现认知,又将于旧文体诸多要素之上建构的新文体演绎到极致顶峰,成就其黄金时代。这就构成了中国诗体螺旋上升、承旧开新、递相演进的发展轨迹。而词体前集中国古典诗体、文体之大成,后开近代通俗散体抒写之先河,在中国文学与文体发展史上具有集成转枢的关键地位。

句式方面,《诗经》和楚辞共同构成了中国诗歌史光辉的源头,而《诗》《骚》的四六言体,在各种因素的作用下,铺排敷衍为汉赋,又以对仗的句式精约为"六代之骈语",四六句成为当时文章的根本体式。这种"丽辞""骈语"乃是对汉语汉字单体独音之特点所构成的对称美的发现和运用,并以这

---

① [清]文廷式:《云起轩词钞序》,载郭绍虞主编《中国历代文论选》第三册,上海古籍出版社,1980年版,第392页。
② 王国维:《宋元戏曲史》,百花文艺出版社,2002年版,序第1页。
③ 王国维:《人间词话》,载唐圭璋编《词话丛编》,中华书局,1986年版,第4252页。

种对举的形式来比附"造化赋形,支体必双;神理为用,事不孤立"①的古典宇宙精神。五七言乃古典诗歌的主要句式,五七言较之四六句更为灵动,更宜于叙事抒情,终以整饬的近体诗成就五七言之辉煌。而在律诗的体制要求中,中间两联必须对仗,这又是对骈语超越性的继承,一以贯之,"对偶就是骈文和律诗的灵魂"②。而词体坐集其后,实集各种句式之大全。初始之小令脱胎于近体,尚以五七言为主;待慢词出现,篇幅增加则需铺陈展衍,四六句之优势尽显,成为长调最常见之句式。在"依曲拍为句"的作用下,奇偶、长短、整散等各种句式相间、相叠,优长互用,极尽组合变化之能事,将各种句式的特点发挥无余。

声律方面,沈约等齐梁诗人于汉语四声的发现,标志着中国诗歌"人为艺术"的开端,并使其判然有别于以前自然书写的古诗阶段。凭借着对这套平仄相间、抑扬顿挫的声音模式的精致构建和充分利用,唐人成就了近体诗的辉煌,并以这套规格律令形式来承载"盛唐那种雄豪壮伟的气势情绪"③。词体伴随着清乐法曲而产生,初期以近体之格律辅以简易的"减字""偷声"之法入乐,尚未深究声辞配合之理。唐末沙门守温首创、宋人完成的三十六字母,是对中古汉语声类系统的发现和构建,这一语言学成果促进了李清照、张炎等人对唇齿喉舌鼻之五音发音部位、语音"清浊轻重"之特点的认识,并由此探索声纽呼吸与音节高低急缓的配合之理,指导和规范词体创作。同时,具有音乐素养的大词人如柳永、周邦彦、姜夔、吴文英等,无不深辨汉语四声之特点及其与曲调配合之理,这是在词体音乐属性的召唤下,对唐人在近体中简化四声为平仄的反拨,对汉语四声的继续探索和发展。这样,对汉语发音部位、发音方法的发现,对汉语四声的深入认识,推动了词体在声律上精细化、严密化的构建,使其更具音乐美听之效果。故谢桃坊说:"词,或称曲子词,是中国韵文形式中最精巧和格律最严密的一种体裁。"④

于词之作法方面,有苏轼之"以诗为词",柳永、周邦彦之赋法为词,辛弃疾之"以文为词"等,峰峦相接,蔚为壮观。前已论及,此不赘述。

词之体制的定型标志着古典诗体对汉语,更确切地说是对中古汉语的特点和构成的认识、探索的完成,是全面而辉煌的艺术总结,总汉语之特点而曲尽其妙,集众体之作法而汇于一炉,萃众体之优长而后出转精。对此,刘永济于近体之后总结道:"词体承之以兴,参奇偶之字以成句,合长短之句以成章,

---

① [南朝梁]刘勰:《文心雕龙·丽辞》,载周振甫注《文心雕龙注释》,人民文学出版社,1981年版,第384页。
② 黄永武:《字句锻炼法》(新增订本),台北洪范书店,2002年版,第67页。
③ 李泽厚:《美的历程》,中国社会科学出版社,1989年版,第133页。
④ 谢桃坊:《唐宋词谱校正》,上海古籍出版社,2012年版,第1页。

复重而为双叠,演而为长慢,字句之错综既已极矣。而五声从之参伍其间,变乃无穷。故词之腔调,弥近音乐。其异于近体而进于近体者,在此;其合于美艺之轨则而能集众制之长者,亦在此。"① 由是观之,词体确集古典诗体之大成。

二、俗化趋势的曲体

词体经过长期的发展演进,终以骚雅派词人"雅正"的创作和理论总结,完成了向古典诗体的回归,集雅之大成,成就了格律诗的最高形态。随着南宋覆灭,词体宿命般地走完了自己的黄金时代,后被从其母体中衍生的新兴曲体所替代,践履着"一代有一代之文学"的铁律。词曲之递变兴替,大致有如下三方面的原因:

其一,雅俗文化之代兴。陈寅恪先生说:"华夏民族之文化,历数千载之演进,造极于赵宋之世。"② 华夏民族文化积数千年之发展,造极于两宋,不论是经济政治还是文学艺术,抑或是士大夫整体的品格和素养,均凌越前代,词体集古典诗体之大成,正是文化兴盛于文学艺术上的反映。然盛极而衰、"物极而复",在唐宋时期,市井文化勃兴,小说、戏曲、说唱文学等通俗文艺形式已呈上升趋势,柳永时代的词体也属于通俗文艺之一种,只是在士大夫广泛介入、在强大的雅文化力量作用和改造下归于传统诗体。终宋一代,雅俗文化交织并行,词体也正有着雅俗兼具的品格。而元明以降,俗文化流行,"童子解吟长恨曲,胡儿能唱琵琶篇""凡有井水饮处,即能歌柳词"的时代已经一去不复返,元代的人们都在听散曲看杂剧。俗文化的流行决定了词体必然衰落的命运。

其二,音乐形式的转移。词乐南渡后大量失传,虽有姜白石尚能自度曲,然词乐整体已气息奄奄,终不免归于衰亡,而元南北曲乐勃兴,元曲遂由之而生。王世贞曰:"曲者词之变,自金元入中国,所用胡乐,嘈杂凄紧,缓急之间,词不能按,乃更为新声以媚之。"③ 徐渭也说:"今之北曲,盖辽、金北鄙杀伐之音,壮伟很(引者按,即狠)戾,武夫马上之歌,流入中原,遂为民间之日用。宋词既不可被管弦,南人亦遂尚此。上下风靡,浅俗可嗤。"④ 词乐与曲乐之差异,张炎言曲乐"其拍颇碎",刘崇德先生对此详辨毫厘:"细按其'十二

---

① 刘永济:《宋词声律探源大纲 词论》,中华书局,2007年版,第105页。
② 陈寅恪:《邓广铭宋史职官志考证序》,载《金明馆丛稿二编》,《陈寅恪集》,生活·读书·新知三联书店,2001年版,第277页。
③ [明]王世贞:《曲藻序》,载《弇州山人四部稿》卷一五二,明万历五年王氏世经堂刻本。
④ [明]徐渭:《南词叙录·叙文》,载李复波、熊澄宇注释《南词叙录注释》,中国戏剧出版社,1989年版,第24页。

字,格律又严密繁复,已极难填写,"物极而复","于是单调小令的短制,又重新回复起来,注以新的活力而构成一种新诗体——散曲"①。套曲继承的是鼓子词、大曲、赚词以及诸宫调等北宋、金元以来流行于民间的具有叙事性质的说唱艺术形式。像鼓子词中有赵令畤《蝶恋花》十首咏《会真记》的故事,其后更进者为董解元之《西厢记诸宫调》,合数宫调中的数曲以咏一事,用曲遂繁,已近于元曲。就曲牌而言,曲牌与词牌都属于固定格律的长短句形式,据王国维统计,元曲曲牌出于唐宋词牌的有七十五种之多②。就语体而言,散曲大量运用当时市井流行的俗语和口语,浅俗显露,生鲜活泼,其作风遥接流连坊曲以俗言俚语入词的柳永,体现着同样的世俗文化精神。

　　曲体对词体的新变主要体现在两点。一是散曲用韵比词更密,甚至句句押韵,而且不论平仄,可通押。如著名的〔越调·天净沙〕《秋思》,其平声韵有"鸦""家""涯",仄声韵为"马""下"。二是散曲于曲牌正格之外可加衬字。曲牌有腔格的限定,在表达时必然跟词牌一样受到束缚和限制,而衬字的运用可以在很大程度上减少或摆脱这种束缚。以上两点,使散曲较之词体,在叙事和抒情上更灵活自由、显豁无遗,能够充分保持散曲作为通俗文艺形式质朴活泼的风格和特质。

　　杜文澜曰:"至元季盛行南北曲,竞趋制曲之易,益惮填词之艰,宫调遂从此失传矣。"③词乐失传,遂使当时文人避艰深之词体、趋简易之曲体,亦为大势所趋,毕竟俗文化盛行的社会需要贴近世情、摆脱束缚以自由书写的文艺形式可以实现市井环境中娱乐价值的最大化。这样,穷尽体制约束之能事、复合古典文体之大全、极尽含蓄蕴藉之至美的词体,在华夏雅文化发展至极的宋代亦臻于古典雅文学的顶峰,之后又不得不在滚滚的俗化大潮中留给世人一个远去的背影和一段美丽的传说。

---

① 梁乙真:《元明散曲小史》,商务印书馆,1998年版,第2页。
② 王国维:《宋元戏曲史》,百花文艺出版社,2002年版,第66页。
③ [清]杜文澜:《憩园词话》卷一,载唐圭璋编《词话丛编》,中华书局,1986年版,第2851页。

结　　语

中国文学史从某种角度上来说是文体演进的历史,"一代有一代之文学",对文体递变的考察,后世之学者遂有"事之始者,后必难过"①的文体退化观,宋诗不如唐诗,元明词难及宋词,甚至晚唐诗不如盛唐,南宋词不及北宋词,北宋词不及唐五代词,等等。

其中既有中国文学思想中"崇古"的传统,又体现了文体发展演进的一般规律。一切文体或文艺形式在其发生期和上升期往往是生动鲜活的,皆源自一种直指人心的纯真质朴的感发力量;而当文人介入之后,"浅薄的内容变丰富了,幼稚的技术变高明了,平凡的意境变高超了"②,文体对形式精致典雅的追求,带来的往往是内在感发生命的销蚀,也就意味着这种文体衰落的开始,诗之格律化、词之"赋化"即是如此。故王国维曰:

> 四言敝而有楚辞,楚辞敝而有五言,五言敝而有七言,古诗敝而有律绝,律绝敝而有词。盖文体通行既久,染指遂多,自成习套。豪杰之士,亦难于其中自出新意,故遁而作他体,以自解脱。一切文体所以始盛终衰者,皆由于此。故谓文学后不如前,余未敢信。但就一体论,则此说固无以易也。③

再进一步讲,在这个众所周知的文体递变演进的序列里,总是伴随着对汉语某一特点或某一构成要素的发现和认知,反复试验,并将其发挥至极;至极而"体穷",又开始了新一轮发现和认知、实验而至极的螺旋上升的文体演进历程。《诗经》之四言,即如成语之"四字格",其"二二"节奏的构成是汉语合乎语言法则的自然选择。四言表意不完,句式"典重甚至板滞",遂开启了五言诗体奇句流动句式的探索历程,较之四言有更丰富多变的句式、更详尽的表意功能,使五言成为"众作之有滋味"之诗体。这时期又伴随着六朝对

---

① [明]陆深:《中和堂随笔》,载《俨山外集》卷二二,文渊阁《四库全书》本。
② 胡适:《〈词选〉自序》,载季羡林主编《胡适全集》第三卷《胡适文存三集》,安徽教育出版社,2003年版,第723页。
③ 王国维:《人间词话》,载唐圭璋编《词话丛编》,中华书局,1986年版,第4252页。

骈偶句式的探索,是对汉语单体独音特点所构成的对偶功能的充分运用和发挥,"造化赋形,支体必双"的形式追求,最终形成"一代之文学"——"六代之骈语"。沈约等永明体诗人对中古汉语四声的发现和运用,拉开了近体诗演进的序幕,此为众所周知的事实。而词体的演进,则是伴随着对四声特点、词与音乐的配合规律的进一步细化的认识,对汉语声类发音部位、发音方法的发现和认识而渐次展开。词体终于在宋元这一中古汉语向近古汉语转变过渡的时期,完成了对中古汉语在声韵、句式以至词汇等诸多方面语言特点和构成要素的全面探索和总结,成为古典诗体的集大成者。随着元代近古汉语取代中古汉语,词体的生存土壤不再,而依托于近古语言之上的曲体伴随着新兴曲乐,承续了文艺通俗化、市井化的演进历程。中国诗体与汉语的发展有着如此一致的演进历程,让我们再一次体会到贝特森的观点:"真正的诗歌史是语言的变化史,诗歌正是从这种不断变化的语言中产生的。"①

文学体裁大致有诗歌、散文、戏剧、小说等形式,而中国文学大半是诗歌的历史。对此闻一多先生曾说:

> 从西周到宋,我们这大半部文学史,实质上只是一部诗史。但是诗的发展到北宋实际也就完了。南宋的词已经是强弩之末。……中国文学史的路线南宋起便转向了,从此以后是小说戏剧的时代。②

一种文体不仅仅是外在语言形式和语言秩序,还是人类不同历史阶段社会面貌、思维方式和文化精神的载体,同时,文体的变迁演进也反映了社会构成诸要素的变更和转移。

诗歌是人类最早发展起来的一种文学体裁,按照维科和卡西尔的说法,人类的早期都有着共同的"诗性智慧"或称"隐喻式思维"之源,在中国诗歌发展的早期所形成的具有艺术语言特征的比兴寄托、意象呈现等表达手法,就是人类这种"诗性智慧"具体生动的体现。这种言说方式有着形象生动、玲珑剔透、含蓄蕴藉等诸多美质,在中国诗歌经历了四言、五言、七言等齐言体制的发展之后,以近体诗集其大成,完成了中国诗体前期的发展演进历程,也将这种言说方式定型化。由于中国古代社会结构长期处于超稳定和相对静止的发展状态,故诗歌这种最早的文学体裁以及与之相应的具有原始"诗

---

① 转引自〔美〕雷·韦勒克、奥·沃伦《文学理论》,刘象愚、邢培明、陈圣生等译,生活·读书·新知三联书店,1984年版,第186页。
② 闻一多:《文学的历史动向》,载《闻一多全集》第十册,湖北人民出版社,2004年版,第18页。

性智慧"的思维模式和表现手法,诸如隐喻、象征、直觉、比兴、意象等,在中国文学和文化中得以充分地保存和延续下来,这就是闻一多先生说中国文学史大半是一部诗史的根本原因。

而当这种相对静止的农耕文明发展到唐宋时期至其顶峰,社会形态开始转型,渐次地进入具有近代色彩的市民社会之中,典型的社会特征就是市民阶层的壮大和市井文艺的勃兴。社会的世俗化、市井化,带来的是文学艺术的品格全面下移,出现了更适宜市井欣赏口味的多种文艺形式,如曲词、变文、话本、小说等等,抛弃玄远的哲思而趋于世情的描写、摆脱政教的内容而成为娱乐的工具,是这时期新兴文体共同的价值趋向,而于其间兴起的词体,则是这种具有平民精神的"宋型文化"的典型代表。

词体以其具有更多语法功能词汇的字法,更符合汉语"句读"精神的句法,以及扩展了的利于更具体丰富的叙事和抒情的章法,代表了世俗风气下文学散文化的发展方向。然而转型社会中,文学和语言的转型毕竟是一个缓慢的过程,新变因素和旧有的文学传统于词体中错综交杂,在这种新旧质素的交融中,遂产生了介于诗和散文之间的词体所独有的"要眇宜修"的美质。从句法上讲,相较于整齐的诗体,词体那参差错落的句式构成承载了更丰富细致的表意内容;在长短的顿挫折进之间,获得了婉转幽约的言说效果。正如查礼所言:"情有文不能达,诗不能道者,而独于长短句中可以委婉形容之。"① 从语汇上讲,传统诗歌长期发展所形成的诸如"香草""美人"等具有隐喻性质的意象词汇,在词体中遂变为日常语言形态下的主题叙述。而当词体的文本脱离了歌筵酒席的具体语境进入文人阅读视野的时候,就走向了与日常语言的通俗本性隔离的象征隐喻,摆脱了单纯而直白的描写和抒情,完成了日常语言形态下诗歌意象本质的回归,平易中寓含着丰盈的诗意,而词体那"要眇幽微"的文体特征也于此尽现。

对于词体文本的意象词汇、句法构成以及美感意蕴等方面的内容,众多当代学者进行了详尽的梳理和精微的阐释。但从根本上说,文学的面貌既是社会形态的生动刻写,又是一个民族思维和语言发展阶段的真实记录。唐宋时期,汉语经历了由文言向白话的过渡,诗歌言说方式经历了由诗性的意象语言向散文化的日常语言的转移,诗歌语言既有对意象传统的天然继承和精彩演绎,又有对散文语体的可贵探索和新鲜尝试。产生并兴盛于此际的词体,尤其词体的早期形态所具有的——如叶嘉莹先生所说的——在浅近的言辞中富含"言外深微之意蕴"的词体美质,正是这种语言过渡形态的真实反映。词体既是对传统诗歌意象美质的继承和总结,又顺应了文学散文化自

---

① [清]查礼:《榕巢词话》,载张璋、职承让、张骅等编《历代词话》,大象出版社,2002年版,第1190页。

由抒写的发展趋势,在中国文学由"诗歌时代"向"散文时代"转变的过程中,词体为以后的通俗文艺作了一次预演,起到了重要的承接过渡作用。由于强大的文化和文学传统的惯性,词体最终走上了雅化的道路,作为中国古典格律诗体之一种而集其大成,见证了文体由民间到庙堂的发展规律。

诗歌和散文的各种要素糅杂、整合,使得词体既富含诗歌内在的隐喻质素,又表现为外在的散文式的自由抒写形式;同时,在词体的演进以及对词体的认知定位过程中出现的诸如诗词之辨、雅俗之争、"含蓄"与"发越"、"本色"与"变体"、"尊体"与"辨体"、"诗人之词"与"词人之词"等内容,都体现了文学转型时期词体这种过渡文体的异类特征和诸多不确定因素。本文从语言的角度论述了词体具有的传承和新变的过渡文体特征,王晓骊女士则从唐宋词与商业文化关系的角度加以研究,也得出了基本相同的结论,她说:"在文化转型和文化冲突的大背景下,唐宋词同时受到了商业文化的孕育滋养和传统文化的规范改造,它是诗的尾声,又是曲的开端;它是传统美学发展的高峰和总结,又是新的美学追求的起点。继承与发展、传统与叛逆、新与旧两种文化力量的交织融汇,形成了唐宋词的独特风貌。"①

随着世俗社会来临,物质丰富发展,实用主义扩张,随之而来的是诗意的不断丧失和古典精神的终结,而词体正以其古典格律诗体集大成者的身份,成为划分古典"诗歌时代"和世俗"散文时代"的界石。古典即意味着约束,词体将中古汉语的特点和构成要素,诸如声韵、句式以至词汇等诸多方面的约束发展到极致,成为古典诗体顶峰上的顶峰。集诸多约束和美质于一身的词体,也成为诸多诗体中之最难创作者,唯诗人中才情超绝者方能成为真正的词人。"由于词的形式上的特点,它比诗更适宜于表达那种激奋的、跳荡的和变化不定的情绪"②,在经历了元明的衰落期后,于明末清初之大变革时代复振颓起衰,以表现士大夫在巨大家国变故中的深哀剧痛,以至于"一代清词以其流派纷呈、风格竞出的空前盛况,终于为这抒情文体的发展史谱就了辉煌丰硕的殿末之卷"③。于诸多诗体中,在其"黄金时代"已过之后仍能复振再兴者,唯有词体,其作为古典抒情诗体之集大成者的魅力和生命力,亦由此可见。

在社会转型的文化背景下产生的词体,在平直俗化的"散文时代"——后来的戏剧和小说创作走向文学殿堂中心的时代——到来之前,借助音乐的载体,在通俗风气盛行之下,奏响了最后一段"要眇幽微"的古典绝唱,以此为中国诗史作了一次完美的谢幕演出。

---

① 王晓骊:《唐宋词与商业文化关系研究》,中国社会科学出版社,2004年版,第336页。
② 章培恒、骆玉明主编《中国文学史》中卷,复旦大学出版社,2004年版,第417页。
③ 严迪昌:《清词史》,江苏古籍出版社,1990年版,第1页。

主要参考文献

一、古代典籍、近人及今人著作(按书名拼音排序)

《北美中国古典文学研究名家十年文选》,乐黛云、陈珏编选,南京:江苏人民出版社,1996年版。

《北宋词史》,陶尔夫、诸葛忆兵著,哈尔滨:黑龙江人民出版社,2005年版。

《藏一话腴》,[宋]陈郁著,文渊阁《四库全书》本。

《草堂诗余正集》,[明]沈际飞著,聚瑰堂藏本。

《楚辞补注》,[宋]洪兴祖著,白化文、许德楠、李如鸾等点校,北京:中华书局,1983年版。

《词别是一家》,蒋哲伦著,上海:上海社会科学院出版社,2005年版。

《词的审美特性》,孙立著,台北:文津出版社,1995年版。

《词的艺术世界》,钱鸿瑛著,上海:上海文艺出版社,1992年版。

《词话丛编》,唐圭璋编,北京:中华书局,1986年版。

《词籍序跋萃编》,施蛰存主编,北京:中国社会科学出版社,1994年版。

《词林纪事》,[清]张宗橚辑,成都:成都古籍书店,1982年版。

《词律》,[清]万树编著,上海:上海古籍出版社,1984年版。

《词论史论稿》,邱世友著,北京:人民文学出版社,2002年版。

《词曲概论》,龙榆生著,北京:北京出版社,2004年版。

《词史》,刘毓盘著,上海:上海书店出版社,1985年版。

《词学》,梁启勋著,北京:中国书店,1985年版。

《词学全书》,[明]查继超辑,陈果青、房开江校订,贵阳:贵州人民出版社,1990年版。

《词学通论》,吴梅著,上海:复旦大学出版社,2005年版。

《词与文类研究》,[美]孙康宜著,李奭学译,北京:北京大学出版社,2004年版。

《词与音乐》,刘尧民著,昆明:云南人民出版社,1982年版。

《词与音乐关系研究》,施议对著,北京:中国社会科学出版社,1985年版。

《词源注 乐府指迷笺释》,[宋]张炎、沈义父著,夏承焘校注、沈嵩云笺释,北京:人民文学出版社,1963年版。

《词综》,[清]朱彝尊、汪森编,李庆甲校点,上海:上海古籍出版社,1978年版。

《从诗到曲》,郑骞著,曾永义编,北京:商务印书馆,2015年版。

《当代英美诗歌鉴赏指南》,〔英〕伊丽莎白·朱著,李力、余石屹译,成都:四川人民出版社,1987年版。

《赌棋山庄所著书》,[清]谢章铤著,续修《四库全书》本。

《读通鉴论》,[清]王夫之著,舒士彦点校,北京:中华书局,1975年版。

《多面折射的光影:叶嘉莹自选集》,叶嘉莹著,天津:南开大学出版社,2004年版。

《俄国形式主义文论选》,〔俄〕维克托·什克洛夫斯基等著,方珊等译,北京:生活·读书·新知三联书店,1989年版。

《二十世纪西方文论述评》,张隆溪著,北京:生活·读书·新知三联书店,1986年版。

《樊川文集》,[唐]杜牧著,《四部丛刊》本。

《纺授堂集》,[明]曾异著,明崇祯刻本。

《符号·初文与字母——汉字树》,饶宗颐著,上海:上海书店出版社,2000年版。

《符号学文学论文集》,赵毅衡编选,天津:百花文艺出版社,2004年版。

《古典诗词讲演集》,《迦陵文集》第七卷,叶嘉莹著,石家庄:河北教育出版社,1997年版。

《国故论衡》,章太炎著,上海:上海古籍出版社,2003年版。

《汉书》,[汉]班固著,北京:中华书局,1962年版。

《汉魏六朝诗讲录》,《迦陵文集》第八卷,叶嘉莹著,石家庄:河北教育出版社,1997年版。

《汉语的韵律、词法与句法》,冯胜利著,北京:北京大学出版社,1997年版。

《汉语诗律学》,王力著,上海:上海教育出版社,2005年版。

《汉语诗体学》,杨仲义、梁葆莉著,北京:学苑出版社,2000年版。

《汉字的魔方——中国古典诗歌语言学札记》,葛兆光著,上海:复旦大学出版社,2008年版。

《后村先生大全集》,[宋]刘克庄著,《四部丛刊》本。

《胡适文存三集》,《胡适全集》第三卷,胡适著,季羡林主编,合肥:安徽教育出版社,2003年版。

《胡适学术文集·新文学运动》,胡适著,姜义华主编,北京:中华书局,1993年版。

《迦陵论词丛稿》,《迦陵文集》第四卷,叶嘉莹著,石家庄:河北教育出版社,1997年版。

《迦陵论诗丛稿》,《迦陵文集》第三卷,叶嘉莹著,石家庄:河北教育出版社,1997年版。

《姜夔与南宋文化》,赵晓岚著,北京:学苑出版社,2001年版。

《姜夔与宋代词乐》,刘崇德、龙建国著,南昌:江西高校出版社,2006年版。

《近代汉语读本》,刘坚编著,上海:上海教育出版社,1985年版。

《近代汉语研究概要》,蒋绍愚著,北京:北京大学出版社,2005年版。

《近代汉语指代词》,吕叔湘著,上海:学林出版社,1985年版。

《金明馆丛稿初编》,《陈寅恪集》,陈寅恪著,北京:生活·读书·新知三联书店,2009年版。

《金明馆丛稿二编》,《陈寅恪集》,陈寅恪著,北京:生活·读书·新知三联书店,2001年版。

《旧唐书》,[五代]刘昫等著,北京:中华书局,1975年版。

《历代词话》,张璋、职承让、张骅等编,郑州:大象出版社,2002年版。

《历代词话续编》,张璋、职承让、张骅等编,郑州:大象出版社,2005年版。

《历代诗话》,[清]何文焕辑,北京:中华书局,1981年版。

《历代诗话续编》,丁福宝辑,北京:中华书局,1983年版。

《灵谿词说》,缪钺、叶嘉莹著,上海:上海古籍出版社,1987年版。

《柳永及其词之研究》,梁丽芳著,香港:三联书店香港分店,1985年版。

《刘禹锡全集编年校注》,[唐]刘禹锡著,陶敏、陶红雨校注,北京:中华书局,2019年版。

《龙榆生词学论文集》,龙榆生著,上海:上海古籍出版社,1997年版。

《论人类语言结构的差异及其对人类精神发展的影响》,[德]威廉·冯·洪堡特著,姚小平译,北京:商务印书馆,1999年。

《论宋六家词》,赵仁珪著,北京:北京师范大学出版社,1999年版。

《论语疏证》,杨树达著,上海:上海古籍出版社,1986年版。

《美的历程》,李泽厚著,北京:中国社会科学出版社,1989年版。

《美典:中国文学研究论集》,[美]高友工著,北京:生活·读书·新知三联书店,2008年版。

《美学》第一卷、第三卷下,[德]黑格尔著,朱光潜译,北京:商务印书馆,1979、1981年版。

《梦溪笔谈》,[宋]沈括著,侯真平校点,长沙:岳麓书社,2002年版。

《明词史》,张仲谋著,北京:人民文学出版社,2002年版。

《南词叙录注释》,[明]徐渭著,李复波、熊澄宇注释,北京:中国戏剧出版社,1989年版。

《南宋词史》,陶尔夫、刘敬圻著,哈尔滨:黑龙江人民出版社,2005年版。

《普通语言学教程》,[瑞士]费尔迪南·德·索绪尔著,高名凯译,北京:商务出版社,1980年版。

《彊村丛书》,朱孝臧著,上海:上海古籍出版社,1989年版。

《清词论丛》,《迦陵文集》第六卷,叶嘉莹著,石家庄:河北教育出版社,1997年版。

《清词史》,严迪昌著,南京:江苏古籍出版社,1990年版。

《清代词体学论稿》,鲍恒著,北京:人民文学出版社,2007年版。

《清代词学》,孙克强著,北京:中国社会科学出版社,2004年版。

《清代词学批评史论》,孙克强著,上海:上海古籍出版社,2008年版。

《清名家词》,陈乃乾辑,上海:上海书店出版社,1982年版。

《清诗话》,丁福宝辑,上海:上海古籍出版社,1963年版。
《清诗话续编》,郭绍虞编选,富寿荪校点,上海:上海古籍出版社,1983年版。
《青箱杂记》,[宋]吴处厚著,李裕民点校,北京:中华书局,1985年版。
《情感与形式》,[美]苏珊·朗格著,刘大基、傅志强、周发祥译,北京:中国社会科学出版社,1986年版。
《曲词发生史》,木斋著,北京:光明日报出版社,2011年版。
《曲词发生史续》,木斋著,北京:中国文史出版社,2014年版。
《全宋词》,唐圭璋编,北京:中华书局,1965年版。
《全唐诗》,[清]彭定求等编,北京:中华书局,1960年版。
《全唐五代词》,曾昭岷、曹济平、王兆鹏等编撰,北京:中华书局,1999年版。
《诗词曲语辞汇释》,张相著,北京:中华书局,1997年版。
《诗词曲语汇例释》,王锳著,北京:中华书局,1980年版。
《诗词散论》,缪钺著,上海:上海古籍出版社,1982年版。
《诗歌意象论》,陈植锷著,北京:中国社会科学出版社,1990年版。
《诗论》,朱光潜著,上海:上海古籍出版社,2005年版。
《诗人玉屑》,[宋]魏庆之著,王仲闻点校,北京:中华书局,2007年版。
《诗薮》,[明]胡应麟著,上海:上海古籍出版社,1979年版。
《诗源辩体》,[明]许学夷著,北京:人民文学出版社,1987年版。
《十三经注疏》,[清]阮元校刻,北京:中华书局,1980年版。
《实用国文修辞学》,金兆梓著,上海:上海书店出版社,1990年版。
《史记》,[汉]司马迁著,北京:中华书局,1959年版。
《说文解字》,[汉]许慎著,北京:中华书局,1963年版。
《斯文:唐宋思想的转型》,[美]包弼德著,刘宁译,南京:江苏人民出版社,2001年版。
《宋词的文化定位》,沈家庄著,长沙:湖南人民出版社,2005年版。
《宋词声律探源大纲 词论》,刘永济著,北京:中华书局,2007年版。
《宋词体演变史》,木斋著,北京:中华书局,2008年版。
《宋词通论》,薛砺若著,上海:上海书店出版社,1985年版。
《宋词艺术论》,张廷杰著,北京:研究出版社,2002年版。
《宋词与理学》,张春义著,杭州:浙江大学出版社,2008年版。
《宋词正体》,施议对著,澳门:澳门大学出版社,1996年版。
《宋代词学审美理想》,张惠民著,北京:人民文学出版社,1995年版。
《宋代词学资料汇编》,张惠民编,汕头:汕头大学出版社,1993年版。
《宋代歌舞剧曲录要 元人散曲选》,刘永济辑录,北京:中华书局,2007年版。
《宋代文学传播探原》,王兆鹏著,武汉:武汉大学出版社,2013年版。
《宋代文学通论》,王水照主编,开封:河南大学出版社,1997年版。
《宋人雅词原论》,赵晓兰著,成都:巴蜀书社,1999年版。

《宋诗话辑佚》,郭绍虞辑,北京:中华书局,1980年版。
《宋史》,[元]脱脱等著,北京:中华书局,1977年版。
《宋书》,[南朝梁]沈约著,北京:中华书局,1974年版。
《宋型文化与宋代美学精神》,刘方著,成都:巴蜀书社,2004年版。
《宋元笔记小说大观》,上海:上海古籍出版社,2001年版。
《宋元词话》,施蛰存、陈如江辑录,上海:上海书店出版社,1999年版。
《苏轼文集》,[宋]苏轼著,[明]茅维编,孔凡礼点校,北京:中华书局,1986年版。
《隋唐五代燕乐杂言歌辞研究》,王昆吾著,北京:中华书局,1996年版。
《谈艺录》(补订重排本),钱锺书著,北京:生活·读书·新知三联书店,2001年版。
《唐代酒令艺术——关于敦煌舞谱、早期文人词及其文化背景的研究》,王昆吾著,上海:知识出版社,1995年版。
《唐声诗》,任半塘著,上海:上海古籍出版社,1982年版。
《唐诗的魅力——诗语的结构主义批评》,[美]高友工、梅祖麟著,李世耀译,上海:上海古籍出版社,1989年版。
《唐诗语言研究》,蒋绍愚著,郑州:中州古籍出版社,1990年版。
《唐宋词的女性化特征演变史》,孙艳红著,北京:中华书局,2014年版。
《唐宋词集序跋汇编》,金启华、张惠民、王恒展等编,南京:江苏教育出版社,1990年版。
《唐宋词简释》,唐圭璋著,上海:上海古籍出版社,1981年版。
《唐宋词流变》,木斋著,北京:京华出版社,1997年版。
《唐宋词流派史》,刘扬忠著,福州:福建人民出版社,1999年版。
《唐宋词美学》,邓乔彬著,济南:齐鲁书社,2004年版。
《唐宋词美学》,杨海明著,南京:江苏教育出版社,1998年版。
《唐宋词名家论稿》,《迦陵文集》第五卷,叶嘉莹著,石家庄:河北教育出版社,1997年版。
《唐宋词谱校正》,谢桃坊编著,上海:上海古籍出版社,2012年版。
《唐宋词社会文化学研究》,沈松勤著,杭州:浙江大学出版社,2000年版。
《唐宋词审美观照》,吴惠娟著,上海:学林出版社,1999年版。
《唐宋词审美文化阐释》,杨柏岭,合肥:黄山书社,2007年版。
《唐宋词十七讲》,《迦陵文集》第九卷,叶嘉莹著,石家庄:河北教育出版社,1997年版。
《唐宋词史》,杨海明著,南京:江苏古籍出版社,1987年版。
《唐宋词史论》,王兆鹏著,北京:人民文学出版社,2000年版。
《唐宋词通论》,吴熊和著,北京:商务印书馆,2003年版。
《唐宋词与商业文化关系研究》,王晓骊著,北京:中国社会科学出版社,2004年版。
《唐宋人词话》,孙克强编著,郑州:河南文艺出版社,1999年版。
《唐宋诗词语词考释》,魏耕原著,北京:商务印书馆,2006年版。

《唐宋诸贤绝妙词选》,[宋]黄昇编,《四部丛刊》本。
《唐五代笔记小说大观》,上海:上海古籍出版社,2000年版。
《唐音癸签》,[明]胡震亨著,上海:上海古籍出版社,1981年版。
《苕溪渔隐丛话》,[宋]胡仔纂集,廖德明校点,北京:人民文学出版社,1962年版。
《通典》,[唐]杜佑著,王文锦、王永兴、刘俊文等点校,北京:中华书局,1988年版。
《王弼集校释》,[魏]王弼,楼宇烈校释,北京:中华书局,1980年版。
《王国维遗书》,王国维著,上海:上海书店出版社,1983年版。
《文化表征与文化研究》(修订本),周宪著,上海:上海人民出版社,2015年版。
《文镜秘府论汇校汇考》,[日]遍照金刚著,卢盛江校考,北京:中华书局,2006年版。
《文体演变及其文化意味》,陶东风著,昆明:云南人民出版社,1994年版。
《文体与文体的创造》,童庆炳著,昆明:云南人民出版社,1994年版。
《文心雕龙札记》,黄侃著,上海:上海古籍出版社,2006年版。
《文心雕龙注释》,[南朝梁]刘勰著,周振甫注,北京:人民文学出版社,1981年版。
《文学理论》,[美]雷·韦勒克、奥·沃伦著,刘象愚、刑培明、陈圣生等译,北京:生活·读书·新知三联书店,1984年版。
《文学与语言的界面研究》,陈洪、张洪明主编,天津:南开大学出版社,2008年版。
《文言、白话、大众话论战集》,任重编,上海:上海书店出版社,1989年版。
《文艺理论教程》(修订二版),童庆炳主编,北京:高等教育出版社,2004年版。
《闻一多论古典文学》,闻一多著,郑临川述评,重庆:重庆出版社,1984年版。
《闻一多选集》,闻一多著,成都:四川文艺出版社,1987年版。
《我的诗词道路》,《迦陵文集》第十卷,叶嘉莹著,石家庄:河北教育出版社,1997年版。
《吴梅词曲论著集》,吴梅著,解玉峰编,南京:南京大学出版社,2008年版。
《夏承焘集》,夏承焘著,杭州:浙江古籍出版社、浙江教育出版社,1998年版。
《先秦音乐史》,李纯一著,北京:人民音乐出版社,1994年版。
《新唐书》,[宋]欧阳修、宋祁著,北京:中华书局,1975年版。
《修辞学发凡》,陈望道著,上海:上海教育出版社,1979年版。
《寻求跨中西文化的共同文学规律——叶维廉比较文学论文选》,[美]叶维廉著,温儒敏、李细尧编,北京:北京大学出版社,1987年版。
《雅俗之辨》,孙克强著,北京:华文出版社,1997年版。
《俨山外集》,[明]陆深著,文渊阁《四库全书》本。
《弇州山人四部稿》,[明]王世贞著,明万历五年王氏世经堂刻本。
《燕乐新说》,刘崇德著,合肥:黄山书社,2003年版。
《养吾斋集》,[元]刘将孙著,文渊阁《四库全书》本。
《艺概》,[清]刘熙载著,上海:上海古籍出版社,1978年版。
《艺术语言学》(修订版),骆小所著,昆明:云南人民出版社,1992年版。
《艺术哲学》,[法]丹纳著,傅雷译,合肥:安徽文艺出版社,1991年版。

《意象符号与情感空间——诗学新解》,吴晓著,北京:中国社会科学出版社,1990年版。

《语言论》,〔美〕布龙菲尔德著,袁家骅、赵世开、甘世福译,北京:商务印书馆,2009年版。

《语言论——言语研究导论》,〔美〕爱德华·萨丕尔著,陆卓元译,陆志韦校订,北京:商务印书馆,1985年版。

《语言与神话》,〔德〕恩斯特·卡西尔,于晓等译,北京:生活·读书·新知三联书店,1988年版。

《元明散曲小史》,梁乙真著,北京:商务印书馆,1998年版。

《元曲三百首注评》,任中敏、卢前选编,王星琦注评,南京:凤凰出版社,2015年版。

《元散曲的音乐》,孙玄龄著,北京:文化艺术出版社,1988年版。

《詹安泰文集》,詹安泰著,吴承学、彭玉平编,广州:中山大学出版社,2004年版。

《直斋书录解题》,[宋]陈振孙著,徐小蛮、顾美华点校,上海:上海古籍出版社,1987年版。

《中国词曲史》,王易著,北京:中国书籍出版社,2017年版。

《中国词学的现代观》,叶嘉莹著,长沙:岳麓书社,1990年版。

《中国词学史》,谢桃坊著,成都:巴蜀书社,2002年版。

《中国词学研究体系建构稿》,崔海正著,济南:齐鲁书社,2007年版。

《中国古代歌诗研究——从〈诗经〉到元曲的艺术生产史》,赵敏俐、吴相洲、刘怀荣等著,北京:北京大学出版社,2006年版。

《中国古代诗体通论》,秦惠民著,武汉:华中科技大学出版社,2001年版。

《中国古代文学史》,郭预衡主编,上海:上海古籍出版社,1998年版。

《中国古代音乐史稿》,杨荫浏著,北京:人民音乐出版社,1981年版。

《中国句型文化》,申小龙著,长春:东北师范大学出版社,1988年版。

《中国历代诗学论著选》,陈良运主编,南昌:百花洲文艺出版社,1995年版。

《中国历代文论选》第二册、第三册,郭绍虞选编,上海:上海古籍出版社,1979、1980年版。

《中国诗歌艺术研究》(第3版),袁行霈著,北京:北京大学出版社,2009年版。

《中国诗句法论》,易闻晓著,济南:齐鲁书社,2006年版。

《中国诗史》,陆侃如、冯沅君著,天津:百花文艺出版社,1999年版。

《中国诗体流变》,程毅中著,北京:中华书局,1992年版。

《中国诗学》,刘若愚著,杜国清译,台北:幼狮文化公司,1977年版。

《中国诗学》(增订版),〔美〕叶维廉著,北京:人民文学出版社,2006年版。

《中国抒情传统的转变——姜夔与南宋词》,〔美〕林顺夫著,张宏生译,上海:上海古籍出版社,2005年版。

《中国俗文学史》,郑振铎著,北京:商务印书馆,2010年版。

《中国文学史》,袁行霈主编,北京:高等教育出版社,1999年版。

《中国文学史》,章培恒、骆玉明主编,上海:复旦大学出版社,2004年版。

《中国韵文史》,龙榆生著,上海:上海古籍出版社,2002年版。

《中原音韵》,[元]周德清著,文渊阁《四库全书》本。

《朱子全书》,[宋]朱熹著,上海、合肥:上海古籍出版社、安徽教育出版社,2002年版。

《朱自清古典文学论文集》,朱自清著,上海:上海古籍出版社,1981年版。

《字句锻炼法》(新增订本),黄永武著,台北:洪范书店,2002年版。

《走出古典——唐宋词体与宋诗的演进》,木斋著,北京:中国社会科学出版社,2002年版。

《20世纪中国文学研究·宋代文学研究》,张毅主编,北京:北京出版社,2001年版。

二、本书写作时参考引用的主要论文篇目(按文章名拼音排序)

《从文学体式与性别文化谈词体的弱德之美》,叶嘉莹撰,《人文杂志》2007年第5期。

《柳永所用词牌之特色》,梁丽芳撰,《南开学报》1982年第4期。

《论中国古典诗歌律化过程的概念背景》,肖驰撰,《中国文哲研究集刊》第9期。

《曲词发生史研究的学术史误区》,木斋撰,《井冈山大学学报》2010年第4期。

《试论小山词朦胧深美的意境追求》,叶嘉莹、李东宾撰,《山西大学学报》2008年第3期。

《试论叶嘉莹诗词学中的"比兴"观》,李东宾撰,《内蒙古大学学报》2008年第3期。

《一百年来的词学研究:诠释与思考》,胡明撰,《文学遗产》1998年第2期。

《中国文学史上的"古代"与"近代"》,〔韩〕金学主撰,《复旦大学学报》2002年第3期。

后　　记

　　记得2020年教师节我填过一首《踏莎行》："舞剑鸡鸣,读书萤照。江山意气曾年少。迷途十载奈消磨,看花已误长安道。　漫锁雕鞍,空闲远棹。而今冷眼红尘闹。讲台三尺寄初心,芳华桃李怡然笑。"词中交杂着生涯蹉跎的憾恨之情与道归正轨的怡然之意。面对这部在博士论文基础上几经增删修改、迟缓问世的书稿时,心境亦复如是。

　　论文最初的题目是《词体语言研究》,是业师叶嘉莹先生帮我确定的,缘我硕士修的是语言学专业,学科融通互补,优势独得,遂有是题。先生以为从语言学的角度探索词体构成、阐释词体特质,此类研究属于词之本体研究,有着广阔的发展空间,有难度,然更有意义。经过艰难的、暗夜前行般的论文写作,总算完稿并通过了论文答辩。围棋有名言曰"争棋无名局",言过强的功利性难有完美的结果,诸位专家学者都指出了论文诸多需修改和完善之处,且不吝后来提升之期待;于我而言,则更有一种难以言说的惶惑和茫然:已言者似为盲人摸象之呓语,而欲言者恐为说即不中之班语。

　　诸位专家的宝贵意见和对词体语言、形态等问题的思考与探索,成为我进一步充实和完善书稿的动力。博士毕业后的三四年里,搜集增加了许多文献材料,恶补了相关领域的最新成果,对原稿中收到专家修改意见最多的第二章《词体的音乐属性》基本进行了重新撰写;对第二编《词体散文化的表征》做了部分增补,修改了许多内容;并对论文的框架进行了大幅度的调整和重构。在此基础上,于2013年申报了国家社科基金后期资助项目,承蒙评审专家的抬爱,获批立项,且提出了许多修改意见,如"加强音乐与词的相互关系研究""应将词体与诗体、曲体进行比较研究"等,据此又增补了"词乐的发生起源""俗化趋势的曲体"等部分,完善修改后于2017年通过哲学社会科学工作办公室的验收。

　　书稿之所以迟至今日问世,主要原因在于自己与物无忤、散淡拙疏的个性,还有工作中教学、科研的别样压力。缘我毕业后到内蒙古大学文学与新闻传播学院,进的是语言教研室,"古代汉语""现代汉语""语言学概论"等主干课程都轮过一遍,又随着语言教研室团队的项目、课题共进退,近期才转到古代文学教研室,此或谓"命途多舛";又于出版社循序出版期间碰上了疫情,此可谓"时运不齐"。王国维说"天以百凶成就一词人",余则谓"世以十年磨砺一书稿"!一点憾恨,归于自嘲。

凡所出发皆有归宿,书稿总算出版了,敝帚自珍,自然是一份慰藉和怡悦,算是对自己以前那段耕耘探索历程的总结和回报,而伴随其中的是太多温暖的记忆和对师长感念一生的情谊。

感谢业师叶嘉莹先生。先生学术、人格境造高寒,三年旁闻侧侍之间,是学业的精进、品格的熏染,使我受益终生。论文从定题到材料搜集到撰写,是一个迷茫、痛苦,有时甚至是绝望的过程,这期间,叶先生热情的鼓励和精心的指导,始终是我前行的动力和力量的源泉。

感谢孙克强先生。是您对我的论文给予了具体而细致的指导和帮助,在您的督促下,论文几易其稿,从结构的安排、观点的提炼到行文的技巧等等,无不渗透着您的心血和汗水,才使得论文始具雏形,且顺利通过论文答辩。您对我的帮助,我会永远铭记于心。

感谢刘崇德先生。先生乃当今词曲研究大家,在论文写作中遇到乐理及音乐史问题,常执弟子礼造访求教。记得为了讲清楚"律吕"配合之理,先生在纸上反复画图说明,其情可感。后多有论文事向先生请教,拙著不吝赐序,亦使此段师生情缘更复深厚矣。

在读博和论文写作期间,曾得到过詹福瑞、张国星、陶文鹏、陈洪、查洪德、张峰屹等诸位先生的帮助和赐教,在此表示衷心的谢忱。感谢家人和爱人在我求学道路上的默默付出,感谢内蒙古大学文学院魏永贵、米彦青等领导对拙著出版的支持,感谢北京大学出版社郑子欣等编辑的倾力付出。我深知拙著的完成和出版,是众多师长朋旧泽溉和帮助的结果,也深感学识浅薄、错舛多有,肯祈方家不吝赐正。

学海无涯,彼岸难寻,也只能以更加不懈的努力来报答亲朋师友的错爱!聊赋《金缕曲·用顾贞观寄吴汉槎韵》二首记一时所感,且以收束云:

薄册裁成否?溯源流、迷津雾里,怅然搔首。叠句重章遗韵远,比似生涯年幼。倚胡乐,花间歌酒。腻柳豪苏开境界,更清真、赡美称词手。融雅俗,溉沾久。　　稼轩弹泪红巾透,骋才情、摧刚绕指,几人能够?标举风骚推白石,绚极吴王还有。贯词史,管弦承受。唇吻宫商微妙处,合高低、长短频相救。惭法眼,暗藏袖。

已惯沉沦久,驻津门,从游幸结,几多师友。绛帐弦歌唯富美,不悔

拍',非谓'句拍',而是'节拍',其一拍已指一个小节,即已将句拍析为节拍,此拍亦即南北曲所称之'板'。以小节为单位,在节奏上比句拍又进化了一步,而其正为曲拍之代表,而词乐至亡亦无此变。"① 通俗文艺中之音乐文学,其赖以存在的基础是与之相应的音乐,音乐形式的转移带来的是文体的变迁。

其三,语音系统的变迁。贝特森指出:"真正的诗歌史是语言的变化史,诗歌正是从这种不断变化的语言中产生的。"② 语言的变迁促成了文体的兴替。唐宋时期是汉语言变化最为活跃的时期,文言与白话错杂,尚有词体生存的语言环境。而在中古音向近古音过渡的过程中,中原语言与北方各少数民族乃至域外语言相互碰撞、渗透、交融,使得汉语语音发生了重大的变化。曲乐与变化了的"平分阴阳""入派三声"的近古汉语相合,始成曲调,故《中原音韵》序曰:"以声之上下分韵为平仄,如入声直促难谐音调,成韵之入声悉派三声,志以黑白,使用韵者随字阴阳置韵成文,各有所协,则上下中律而无拘拗之病矣。"③ 至元代则"大江以北,渐染胡语,时时采入。而沈约四声,遂阙其一,东南之士,未尽顾曲之周郎"④。北方近古语音系统流行,而词体所依附的中古汉语不再,其衰落也是不易之势,所谓"语言各有方域,时代递有变迁,文章亦各有体裁"⑤。

由于上述诸多原因,词体所赖以生存的土壤不复存在,其黄金时代已然过去,遂开启了新的"一代之文学"——曲体产生发展的演进历程。"旧文体的结构要素在文类变易中被转化到了新文体之中,参与了新文体的建构"⑥,一种文体之兴起,乃是继承中的发展和翻新,"或是直接的承嗣传续,或是背离了一种连续性传统,而返祖归根,接受的是另一种传统"⑦。曲体乃是词体于市井俗文化环境中承嗣的新变。

曲体对词体的因袭主要体现在体制、曲牌、语体方面。就体制而言,元散曲中有小令和套曲两种形式,小令就是单首曲词;套曲又叫套数,是由若干曲牌联缀组成的,又有引子和尾声。"散曲小令,其前身就是晚唐五代的小词。"⑧ 慢词发展至南宋末期已致其极,像《莺啼序》一调,共四片二百四十

---

① 刘崇德:《燕乐新说》,黄山书社,2003年版,第253~254页。
② 〔美〕雷·韦勒克、奥·沃伦:《文学理论》,刘象愚、邢培明、陈圣生等译,生活·读书·新知三联书店,1984年版,第186页。
③ 〔元〕周德清:《中原音韵》,文渊阁《四库全书》本。
④ 〔明〕王世贞:《曲藻序》,载《弇州山人四部稿》卷一五二,明万历五年王氏世经堂刻本。
⑤ 〔清〕永瑢等:《四库全书总目》卷一九九《中原音韵》提要,中华书局,1965年版,第1829页。
⑥ 陶东风:《文体演变及其文化意味》,云南人民出版社,1994年版,第15页。
⑦ 任中敏、卢前选编,王星琦注评:《元曲三百首注评》前言,凤凰出版社,2015年版。
⑧ 梁乙真:《元明散曲小史》,商务印书馆,1998年版,第4页。

余生消瘦。记不得,三年僝僽。典籍愁城围落寞,托空言,有补乾坤否?心力竭,向谁剖。　　增删百遍知妍丑,笑中年,晨昏兀兀,鬓如髡柳。长赖吾师迷雾拨,一路蹒跚护守。总祈愿,德高人寿。刍议难堪遗恨少,乞方家,教正嘲谐后。山仰止,更濡首。

　　　　　　　　　　　　李东宾
　　　　　　壬寅桂月于青城希望阳光苑寓所